海峡原创长篇精品

原鄉

（台湾）陈文贵
（大陆）叶　子
著

海峡出版发行集团｜海峡文艺出版社

图书在版编目(CIP)数据

原乡/陈文贵,叶子著. -福州:海峡文艺出版社,2014.1
ISBN 978-7-5550-0222-2

Ⅰ.①原… Ⅱ.①陈…②叶… Ⅲ①长篇小说-中国-当代 Ⅳ.①I247.5

中国版本图书馆CIP数据核字(2014)第039514号

原 乡

陈文贵 叶 子 著
责任编辑 郑咏枫
出版发行 海峡出版发行集团
海峡文艺出版社
经 销 福建新华发行(集团)有限责任公司
社 址 福州市东水路76号14层 **邮编** 350001
发 行 部 0591-87536797
印 刷 福州万达印刷有限公司 **邮编** 350008
厂 址 福州金山桔园洲工业园仓山园19号楼
开 本 787毫米×1092毫米 1/16
字 数 300千字
印 张 19
版 次 2014年1月第1版
印 次 2014年3月第2次印刷
书 号 ISBN 978-7-5550-0222-2
定 价 38.00元

我回家
我來當年
我要見
媽媽

福

导　读

1949年，国民党退守台湾。海峡两岸，一衣带水，从此却远若天涯。

分离让人生分，争斗产生偏见。我们可以从《原乡》中看到，在那特殊的年代，一边是宣传“台湾的甘蔗蜜一样甜，台湾人民的生活苦黄连”；一边是说大陆人民生活在水深火热之中，三个人穿一条裤子。此岸骂彼岸是“蒋匪”，彼岸骂此岸是“共匪”。在大陆孩子的眼中，国民党的兵与日本兵一样，一定是无恶不作的；在台湾孩子的心目中，共产党的兵大约也差不离吧。

《原乡》抛弃了“成王败寇”的传统叙事，让国民党的官兵变成了普普通通的中国人。回归人的本身，回归事实本身，《原乡》提示我们，两岸的兵，不都是普通的中国人吗？不大多是农民的子弟吗？就像海峡两岸的中国人都拥有一个中国一样，海峡两岸的中国人有着一样的中华民族优良品质。

美国南北战争结束时，林肯总统认为，南北的士兵都是为他们心目中的国家而战，因而，南北将士的尸骨一起埋进阵亡将士公墓，一起被后人追悼、怀念。林肯还对被遣散的南方士兵说，你们可以带着武器回家，因为一路上也许还会有各种各样的危险。战后，南方的将军还竞选当上了州长。

晚年的刘伯承从不主动提起自己参加的战争，拒看一切战争片，特别是内战片。他多次说：“我们牺牲一位战士，他的全家都要悲伤，这给那个家庭带来多大的损失！同样，一个国民党士兵死了，也会殃及整个家庭。他们都是农民的子弟，一场战争要损伤多少家庭啊！就是因为这个，每在战前我们连觉都睡不好。现在战争结束了，我就不愿看、怕看战争的场面……敌人也一样，他们也是我们的同胞啊!”

“敌人”也是同胞，这就是《原乡》通过一系列的悲情故事向读者展示的一个基本事实：虽然有着意识形态上的差异，但海峡两岸是中华民族这棵参天大树下的两支根脉，主根脉生长在大陆的沃野上，另一支，则探过海峡，延伸在宝岛上。这部小说所承载的历史与时代信息，是难得的海峡两岸都能接受的共同的关切。是的，海峡两岸的中国人都在寻找共同的关切，寻找能够互相接纳的话题。

从当年的“蒋匪”、“共匪”到今天的“海峡无战事”，可谓“度尽劫波兄弟在，相逢一笑泯恩仇”。时代毕竟进步了，愿同胞永远不再刀兵相向。最近，政府有关部门做出决定，将国民党抗战老兵也纳入到社保体系。虽然来得有点迟了，但毕竟是社会的进步。

这是一部感人至深的“情书”，许多细节催人泪下。细读作品，不时可见或清新或伤感的诗意，仿佛聆听一曲缠绵悱恻、余音缭绕的思乡曲。

翻开此书，眼前是一片苍茫，看上去无边无际的大海，残酷的涛声，声声拍打着人的灵魂。这是一个时代的终结与一个时代的开始。大撤退时，在厦门码头，败兵蜂拥而上，船少人多，许许多多的人落水。为了阻止更多的人挤上不堪重负的“方舟”，船上机枪往岸边扫射，岸边上不了船的败兵要拉垫背的，也朝船上开枪。一船的败兵，还有满地的猩红，不知是兄弟残杀洒下的鲜血，还是王朝落日的余晖……

船驶向了金门。

可是，“胡马依北风，越鸟巢南枝”，不多久，被抓壮丁的傅友诚套着轮胎一头扎进了黑黢黢的大海，他想游回彼岸，但无情的海浪还是把他打回了原点。结果是显而易见的，不是打进地狱，就是打进监狱。但他的结局还算好，由于长官不忍心自己的弟兄有如此悲惨的结局，把他打进了精神病院。

是的，很多的征象表明，他是一个精神病患者。然而，当打开历史的记忆时，他又似乎是健全的人。当他的班长洪根生和班副杜守正穿着军服，戴着军帽，他立刻就认出了故人，举手行了个军礼。离开了医院，他出来乞讨，哪里也不去，只在厦门街上，为什么呢？他的故乡在厦门，他的父母和女友淑玲在厦门，他在厦门街上找寻他的亲人他的爱，找寻他苦命的“新娘”。你说，他是健全的人，还是一个精神病人？

故乡，恍若隔世，恍若隔世的梦。

唉，这些老兵的命啊！当年，当局把他们从大陆带到台湾，跟他们说，三五年就能回去，但是三十七年过去了，也没有故乡的任何消息。他们出发的时候是年轻力壮的青年，于今都变成了骨头快要生锈的老人。就像一弯被时光磨损的下弦月，他们的思念与悲伤被岁月挤压得变了形，一颗颗失落的心已长满了青苔。这些老兵像石头一样被丢弃在荒野里，任凭风吹雨打，这些经受过锤击斧凿而伤痕累累的石头，这些没有欢笑、只有绝望的石头，他们的心也渴望开花呀！

作者虽然在书中没有引用余光中的《乡愁》一诗，但随着情节的展开，字里行间仿佛随处可见余光中的诗句：

小时候，乡愁是一枚小小的邮票，我在这头，母亲在那头；
长大后，乡愁是一张窄窄的船票，我在这头，新娘在那头；
后来啊，乡愁是一方矮矮的坟墓，我在外头，母亲在里头；
而现在，乡愁是一湾浅浅的海峡，我在这头，大陆在那头。

余光中诗中所承载的亲情、爱情、生死之情以及家国情怀等，在《原乡》中都能通过情节的展开得以表现。可以这么说，《原乡》是用一代老兵悲欢离合的故事，三难三灾的命运，生动诠释了“乡愁”的丰富意蕴。

“乡愁是一枚小小的邮票”。在《原乡》中，乡愁就是那碗故乡的菜糊。要过年了，洪根生的家都要做一道家乡江西婺源上晓起村的菜糊。面对菜糊，洪根生的思绪飘回了故乡，穿越到了他的童年。他最喜欢家乡那条小河，河边长着毛茸茸的小草和无名的野花，还有青翠的竹丛，河水绿莹莹的，也不知道是河底滑人的青苔，还是竹丛的倒影。黄牛哞哞的叫声让清晨倍加温暖。妇女和姑娘们在河边洗着衣服，洪根生最爱看阿妈手里变魔术般变出一堆雪白的肥皂泡。这过往的童年记忆，满是清纯的诗情，满是翠绿的画意。菜糊并不好吃，但妻子、女儿都吃得不亦乐乎，并不无夸张地声称好吃，仿佛是美味佳肴。洪根生的菜糊，是一碗乡愁，妻女随顺着他，那是她们对他的爱。小时候，因为家乡的贫穷，洪根生曾经一心想离开自己的家乡，现在到了台湾，家乡回不去了，却让他倍加思念。一个从没有离开故乡的人，他永远不会懂得故乡的含义。故乡是什么？故乡就是那碗菜糊，那碗盛满忧伤的菜糊；故乡就是你走了千里万里，却永远在你的梦里的那个温暖的怀抱。

“乡愁是一张窄窄的船票”。在《原乡》中，故乡虽然只隔着一湾窄窄浅浅的海峡，却仿佛是轮船永远驶不到的彼岸。有多少新婚夫妇被隔在了这头和那头。洪根生离开了大陆，留下了大陆的妻子李茶，到了台湾，又娶了台湾妻子网市，这样的人生际遇，在老兵中可谓千千万万，在大陆，不是有“寡妇村”吗？网市和李茶见面了——这是一种象征，海峡两岸的新人旧人见面了——这是古老的话题了，她们是争抢一个心上人，还是不可抗拒地按照命运的逻辑，按照中国传统道德的逻辑，互相推让？两个女人和一个男人的故事，早在上个世纪八十年代，陈国凯的小说《我该怎么办》中就有类似的描述。相见时难，抉择亦难，毕竟时光不能倒流。那是一张永远无法抵达的旧船票了，哪怕根生见着了李茶。

“乡愁是一方矮矮的坟墓”。《原乡》中，八百黑的老娘吕大娘，将死之时，念叨牵挂的当然是他那远在台湾的儿子。此时，正巧碰上贴身监视回乡老兵杜守正的警总探员庄力奇。已经被老兵和亲人的真情感动的庄力奇，情急之下，冒充八百黑的儿子，认吕大娘作奶奶。书中写到，吕大娘的眼睛霎时亮了起来。紧接着，庄力奇说了八百黑在台湾的境况，告诉老人家，因为台湾有规定，所以八百黑不能回大陆。老人家眼睛一瞪：“那你怎么回来了？人家好多老兵也都回来了！”庄力奇告诉他，都是偷偷回来的。吕大娘的言语却是那么“古典”：“偷偷回来的，都是孝子！杨四郎盗令箭也要回宋营探母啊！”不多久，吕大娘又进入了昏迷状态，生命垂危。庄力奇回大陆前，带着八百黑的录像带。他摁下了播放键，也许，听了儿子的声音，大娘就能苏醒过来！录像开始播了：“老娘爱听中路梆子，一有空我就去学，那时候最红的角儿叫八百黑，老娘也就管我叫八百黑……今儿我为老娘唱一段！”八百黑唱开了，“擦去了老娘的热泪满腮，提起了往事儿心如刀裁，心如刀裁呀……十五年日日夜夜，夜夜日日常把南朝怀，到今儿才有机会探母来！”八百黑唱着唱着，突然跪了下来，边唱边叩首：“我一叩一拜三叩三拜，叩叩拜拜，拜拜叩叩，我把高堂拜呀……”歌声中，昏迷的吕大娘眼角滚下了一颗浑浊的泪珠。老人家就这样走了。此后，八百黑便是回到大陆，也只能是“我在外头，母亲在里头”了。

“乡愁是一湾浅浅的海峡”。海峡的那头，就是老兵们魂牵梦绕的原乡。海峡虽浅，可是“溯洄从之，道阻且长”。董家强不顾台湾当局禁令，借道美国，私自返乡，回台后被台湾警备总部抓捕，办成“通匪”大案，董家强因此身陨。台湾当局想杀一儆百，可老兵还是“羡慕”董家强，毕竟他死之前回到了故乡，见到了亲人。台籍老兵林水泉欲回台湾打探父母妻子的下落。由于台湾当局要求林水泉以“反共义士”身份回台湾，林水泉不允，只能留在香港，打探亲人消息。余夫人千辛万苦找到丈夫田夫，电话诉衷肠时只能先打到香港，香港那边再用另一部电话拨通田夫，用了四部电话才实现了两岸的“第一次通话”。洪根生和茶嫂分隔37年后，相见的地点也只能选择香港。小说结尾，台湾当局迫于岛内民众压力，终于开放探亲，天堑终成通途。

这部小说不仅有诗的意境，还有歌的缭绕，上述八百黑的歌声，可以想见，是沙哑中带着不尽的凄苦，亦可谓“字字血，声声泪”。

徐志摩说，他有一个特殊的耳朵，“不仅会听有音的乐，也会听无音的乐”，他的意思是，他有艺术细胞，能够感受到大自然中花鸟虫鱼鸣叫声中的音乐韵味。《原乡》的字里行间，也充满着“无音的乐”。朱晋、八百黑和几个老兵在大院里胡侃，外面强韧的山风呼啸，他们觉得自己就像一株株被山风吹得东倒西歪的小草，周身冰冷，觉得自己血管里流的不是血，而是贫穷和苦难。他们瞪大眼睛，望着外面茫茫的黑夜，觉得往后的日子像海，又冷又深，白茫茫一片；心上那些乌云又像阴影一样的哀愁，时时在眼前飘荡……此地，此时，此景，这样一群老兵，聊着聊着，想到那些惊心动魄的恶战，半夜里仍然会从噩梦中惊醒。就是这么一些故人，“深夜里唱着古老的山西梆子，挨不到天明的更漏，无尽的乡愁”。深夜里的山西梆子，再加上他们拉着二胡，二胡那特别的愁绪，“好像老兵一辈子的颠沛流离和思乡之苦都凝聚在他那根弦上，他的二胡一拉就会拉出所有老兵的眼泪来，好像有一把锯子正在把所有人的心慢慢锯出血来”。读这些文字，是不是同时可以听到声声的音乐？有点伤感？有点残酷？有点悲壮？是不是还有点山西陈醋的味道？是的，是带有醋味的文字的音乐，伤感的残酷的悲壮的音乐。

山西的兵，纠缠着的是山西梆子。那么，其他地方的异乡人，魂牵梦萦的也是家乡的音乐。在书中，余夫人专程飞到香港听歌仔戏，台湾也有歌仔戏，可她要听的是厦门来的戏班子。听了厦门来的歌仔戏，余夫人的血压甚至都正常了。此歌非彼歌。她是一般意义上歌仔戏的发烧友吗？显然不是。她久久地站在海边，心事如海潮一般澎湃。在她心里，埋藏着故乡的夕阳与炊烟。家乡，是印在她胸口的一株红梅。台湾与厦门近在咫尺，可笑她只能望梅止渴跑到香港听厦门的歌仔戏。滔滔海峡，有多少痴男怨女的眼泪！少小离家，老大未回，乡音不改，有家难归。与其说她听的是歌仔戏，不如说听的是袅袅的乡音啊！

作者说到老兵的命运漂泊时，是这样写的："这些老兵像油麻菜子，大风一刮，就飘走了，飘到哪里，就在哪里落地生根。"随风而飘，无助，无奈，但飘到哪里，就能在哪里生根发芽，足见其生命力的强大。这忧伤的隐喻中，饱含着民族的遗传基因，再多的苦难，我们也要破土，也要生长！

岳知春将军一直对这群老兵心怀愧疚，他要不惜一切代价帮助老兵重见故乡的亲人。书中，有岳知春将军吟咏于右任老先生的《望大陆》的情节，可以想见，因了阅历的沧桑，其声调是多么的沉郁：

葬我于高山之上兮，望我大陆；大陆不可见兮，只有痛哭。
葬我于高山之上兮，望我故乡；故乡不可见兮，永不能忘。
天苍苍，野茫茫，山之上，国有殇！

在这首诗中，我们依稀可见于右任老先生长须飘飘，仰天长叹的形象。

岳知春为了替老兵们争取探家的权利，陆续在报刊上发表《老兵的故事》，临终前，把文章结集成了一本《老兵传》，他把自己、洪根生、杜守正、八百黑、傅友诚、董家强等人都写进书里，让下一代人都知道这些老兵为历史作出的牺牲。老兵们就像一群土人，暴风雨一来，就变成了泥水，这些泥水在暴风雨中苦苦挣扎。岳知春要对当局说不。他已经夺去了这些老兵的青春岁月，现在，他要还给老兵一个夕阳下恬静的晚年。青年和中年时代苦苦前行，晚年应该有美丽的夕阳，晚年是人生长卷中的最后一章，他要把晚年这一章写好，不留千古遗憾。

发疯的老兵傅友诚穿了一件上面写着“妈妈，我想你”的背心，其他老兵也穿上了“想家”的背心，纷纷走上街头，洪根生、杜守正走在最前面，连警总头目路长功也穿上了“想家”的背心加入了游行的队伍。

历史潮流不可阻挡。1987 年 10 月 14 日，国民党中常会终于通过了开放老兵回大陆探亲的议案。杜守正终于没事了，洪根生没事了，八百黑没事了，傅友诚没事了……他们都没事了！

大陆张开双手，故乡的祠堂启开大门。海峡虽然苍茫，再澎湃的海水，也阻止不了孤魂找寻安魂之所。岳知春带着老兵的骨灰，寻找他们的老家，让他们魂归故里。一代颠沛流离的人们终于圆了还乡梦，那些客死异乡的孤魂野鬼也得到了安魂之所。

血浓于水，当老兵的魂魄进了自家的祠堂，台湾，这个中华民族的海外游子，是不是也正思考着，中华民族的大家庭，终有九九归一的时刻？

这是海峡两岸作家联手打造的第一部长篇小说。

台湾著名作家、编剧陈文贵说：“我要记录下这一段不容忘却的庄严历史。”陈文贵先生的作品《自古英雄出少年》、《铁齿铜牙纪晓岚》、《保生大帝》、《包青天》、《小李飞刀》和《赵氏孤儿案》等，风靡大江南北、海峡两岸，也蜚声东南亚等地。祖籍厦门的陈先生目睹一批大陆、台湾、香港的老兵饱受思乡的煎熬，经过不懈努力终于圆了还乡梦，深受震动。

大陆女作家叶子说：“我要从陈老先生手里接过历史的接力棒……”叶子，本名郭美艺，福建省文学院签约作家，中国作家协会会员，已出版长篇小说《板桥林家》、《安身立命》，中篇小说集《咖啡人》、《生活的虚构》，散文集《秋风带凉亦漂亮》等。叶子少女时代屡次听闻东山寡妇村的悲剧，对国民党老兵的故事多有耳闻，为这一代人的命运而欷歔……

陈文贵、叶子共同创作的《原乡》，可以说是强强联手，他们与海峡两岸所有的中国人一样，希望历史翻过心事成冰的黑暗一页，为海峡两岸的和平而欢呼。由于共同的文化背景与一样的人文关切，得益于信息时代便捷的沟通渠道，他们的和谐合作近于完美。

上面说了，这是一部感人至深的“情书”，但它不是一般意义上的“催情书”。那种编造的，那种靠表演从而“赚取”眼泪的书，明眼人是一眼就可以看出的，看出那感情泛滥后面的虚假。鲁迅说，从水管里流出来的都是水，从血管里流出来的才是血。《原乡》应是作者饱含眼泪写下的书，是沾着老兵的血写成的书，绝对不是那种追赶政治时尚或情感时尚的水写的文字，不是文字的泡沫与垃圾。

此书将让海峡两岸的中国人同歌共哭，在领略可歌可泣的故事与亦悲亦喜的人物命运之后，我们都会感叹，海峡两岸曾经似乎远若天边，今天看上去，却确实近在眼前，在跳动的心中，在流淌的血里。

故乡是什么？故乡是记忆的河，是流淌在血管中的血。这是致命的思乡啊，哪怕发疯了，故乡、亲人，依然是如此的刻骨铭心！故乡，是印在台湾老兵胸口的一株仿佛滴血的红梅；故乡，是一条无边无际的河，一直通往血脉，通往灵魂。

序

李闽榕

读完《原乡》，深为小说中的感人故事情节所打动，我的脑海中闪现的是余光中的《乡愁》：“小时候，乡愁是一枚小小的邮票，我在这头，母亲在那头；长大后，乡愁是一张窄窄的船票，我在这头，新娘在那头；后来啊，乡愁是一方矮矮的坟墓，我在外头，母亲在里头；而现在，乡愁是一湾浅浅的海峡，我在这头，大陆在那头。”在我看来，《原乡》就好像是《乡愁》的小说版，作者细致地铺陈了因为历史和政治的原因，只能在海峡的对岸遥望故乡的人们。他们中，有“望大陆”的台湾大陆籍老兵，有“望台湾”的台籍大陆老兵，也有因战乱而离散两岸的平民……三十多年的坎坷人生，三十多年的两岸分离，将他们对故土、对亲人的思念化为抽刀断水水更流的悠悠乡愁。

掩卷沉思，进而为贯穿全书、力透纸背的强烈的“根”的意识所震撼。我的耳畔回响的是于右任先生的《望大陆》：“葬我于高山之上兮，望我大陆；大陆不可见兮，只有痛哭。葬我于高山之上兮，望我故乡；故乡不可见兮，永不能忘。天苍苍，野茫茫，山之上，国有殇！”于右任先生还在日记中写道：“我百年之后，愿葬玉山或阿里山树木多的高处，山要高者，树要大者，可以时时望大陆。我之故乡是中国大陆。”叶落归根，大陆就是中华民族这棵参天大树的根——这不仅是于右任先生和小说中洪根生、杜守正、八百黑、傅友诚等众多不愿客死他乡做孤魂野鬼的台湾老兵的心愿，也是千百年来饱受中华文化熏陶的炎黄子孙的共同心愿。中华民族在长期的历史发展过程中，形成了以家庭为基本单元，以家族、宗族为居落群体，以民族为主体构成的社会架构。与这种社会架构相适应，中华民族最早创立了以血缘关系为纽带的姓氏文化，崇尚血缘传承，崇尚认祖归宗、落叶归根。特别是通过编写“家谱”、“族谱”，形成了强烈的“根”的意识，无论你在哪里，只要翻开“家谱”、“族谱”，就知道自己的祖先来自何方，是何人，也知道自己在家族中的位置。自古以来，正是这种家庭⟶家族⟶宗族⟶民族⟶民族融合⟶大一统国家的传承路径和模式，使中华文化得以世世代代传承不息，使中华民族这棵参天大树无论遭受什么样的狂风暴雨摧残，都能够以其他民族无法想象的强大生命力生存下去，枝繁叶茂。

我曾经在两岸智库论坛上建议：两岸的研究议题，要从易到难循序渐进，先从两岸都能接受的，现在正进行的经济合作交流议题开始，逐步进入中华民族传统文化的研究以及两岸现代文化的统合研究，最后进入两岸政治互信、政治交流、政治协商、政治统合的研究。此建议得到了岛内许多专家学者的认同和响应。

上个世纪的50至70年代，两岸处于敌对状态之时，大陆文学作品充满了“阶级斗争”的意识，国民党统治区是“水深火热”的，国民党兵则是“穷凶极恶”的；50年代台湾兴起的“战斗文学”，同样把大陆描绘得一团漆黑，一家人穷得只有一条裤子，还有“匪区”、“匪谍”、“戡乱”……如今，随着祖国大陆的改革开放，随着台湾开放大陆探亲，随着两岸各项交流合作的日益频繁深入，那种因意识形态而兴、把对方妖魔化的文学早已成为历史的烟尘。

正如电视剧《三国演义》插曲中所唱的那样，“暗淡了刀光剑影，远去了鼓角铮鸣”，20世纪中华民族的内战之火也终于平息了，但两岸的隔绝却长达数十年。《原乡》通过一个个鲜活的故事，告诉人们破冰之旅是如此艰难，那是明与暗的较量，血与火的抗争。一己之见终敌不过大势所趋，两岸终于意识到：“没有什么不同，都是故乡的游子，母亲思念的儿子，爱人的梦中人……”家是故乡好，人是老娘亲。《原乡》的故事以特殊年代两岸骨肉分离开头，以台湾当局开放两岸探亲，大陆敞开怀抱欢迎游子回乡结束。故事中的每一个人，无论最终是不是回到家乡，都找到了自己心灵的归宿。

从融化因两岸隔绝而形成的坚冰开始，从人类共有的感情入手，写两岸共同关切的故事：关于故乡，关于亲情，关于爱……这是两岸文化交流的共同使命和应遵循的节奏。

小说《原乡》不仅是一次跨越海峡的合作，而且是跨越两个时代的作家的合作。自1987年开放两岸探亲，至今已有二十多年了。反映老兵回乡的文学作品不胜枚举，但是，两岸作家联手，共同创作这样一部催人泪下的反映两岸老兵故事的长篇小说，这还是第一次。

当陈文贵先生担任编剧的《自古英雄出少年》在国内引发观影热潮时，大陆女作家叶子还是一位不谙世事的小女孩。这两位作家看似毫无交集，其实有着内在的联系，那就是他们对老兵，以及老兵家人命运的关注。

祖籍厦门的陈文贵先生，亲眼看到，亲耳听到一个个大陆、台湾、香港的老兵的故事，他们饱受亲人离散之痛、思念家乡之苦，经过不懈努力，终于圆了还乡梦。老兵们的经历深深震撼了作家那颗敏感的心，陈先生说："我要记录下这一段不容忘却的庄严历史。"

一夜之间，大半青壮男人被抓壮丁去了台湾，留下妻儿苦等三十多年，著名的"东山寡妇村"，就位于叶子的家乡漳州。叶子少女时代就熟知"兵灾家属"的悲剧，也耳闻过回乡老兵"台湾一个家、大陆一个家"的辛酸与无奈，她为这一代人的命运而欷歔。她说："我要从陈老先生手里接过历史的接力棒，把老兵的故事写下去。"

再长的故事，读到最后一页也就结束了，但两岸的故事还在继续。2012年底，中央电视台《海峡两岸》节目中，央视记者在台北街头采访一位百岁老人，老人说，他曾打过八年抗战，年轻时最看重的就是当兵，跟日本打仗；最遗憾的，就是没有回大陆。大陆这边，随即开展了一场为台湾百岁老兵找亲人，帮助老兵回家的活动，还有几位江西观众，听出了他的乡音，"确认"老人就是自己的亲人，呼唤他"回家看看"。二十多年前台湾"老兵返乡运动"的发起者之一姜思章说，因为种种原因，有的老兵并没有如愿回到家乡，有的老兵宁愿把故乡放在心中永远怀念……历史的伤口，个人的创伤，都需要时间去治愈。以文学作品的方式，回顾这段历史，记录这样一群人的心路历程，反映他们的心声，也是疗伤的一种方式。好在，新一代的人没有那么沉重的历史包袱，现在往来于两岸的有不少就是“台生”、“晓梅”、“卫东”，他们是老兵的第二代、第三代，他们投资、经商，两岸的演艺人员，互相到对岸去开演唱会，两岸的文化人，合作一部作品，就像《原乡》的创作一样……

度尽劫波兄弟在，相逢一笑泯恩仇。两岸敌对的噩梦已经过去，中华民族伟大复兴的中国梦正在成为两岸同胞共同的梦，并且离我们越来越近。只要两岸民众共同努力奋斗，美好的梦想就一定会尽快变为亲历的现实！

据悉，同名电视剧《原乡》也已杀青将要开播了，到时候，“诗歌”、“小说”、“影像”打通，看书、吟诗时脑海里浮现鲜活的人物，看剧时想起书中那些诗意的文字……这将是一个多么独特的体验。我十分期待与两岸读者和观众共享这个情景交融、感人肺腑的时刻。

目录

引 子

那个石榴，那个圆鼓鼓、粉嘟嘟，穿着黄衣裳带着一大片红晕犹如少女抹了胭红的石榴，即使多年以后，仍然深深地印在十七岁厦门少年傅友诚的脑海里。怪就怪自己倒霉，不该在1949年的夏天经过那条小巷。要是早知道那条巷子里隐藏着他一生的厄运，他说什么也不会走那条巷子的。那天，他穿着一身蓝色学生服，手里拿着同学淑玲送给他的大石榴，从双十中学的校门口走出来。淑玲脸上飞红的样子，像极了那颗石榴。周围很安静，其他同学早就回家了，他因为做卫生迟了，天开始慢慢暗下来，但他心情愉快得很。在厦门，石榴是观赏花木，这么大颗的，作为水果的石榴是很罕见的。淑玲家的亲戚从云南带来几颗珍贵的石榴，她拿了一颗偷偷塞给自己，这份心意，令傅友诚心里美滋滋的。他要把这个石榴拿回家给阿母吃，还要告诉阿母，送他石榴的女孩子，像这颗石榴一样美丽，阿母一定会非常高兴的。

一阵急促的脚步声惊动了他。傅友诚抬头一看，巷子前后突然出现了两个衣衫褴褛、手里拿着枪的国民党兵。傅友诚还没明白是怎么回事，就被两个兵扑倒在地。傅友诚哭喊道："你们要干什么？放开我！"他的两条胳膊很快被扭到了背后。石榴掉落在地滚出老远。

傅友诚听到一个浓重的北方口音说："别乱动，爷爷带你去一个吃穿不要钱的好地方。根生，你愣着干啥？帮我按住他啊。"边说边用绳子捆他的双手。因为傅友诚使劲挣扎，一直捆不好。

另一个兵上前来抓住傅友诚的双手，让那个北方兵腾出手来打绳结："唉，这个学生伢看上去也就十六七，还是个孩子，他妈妈丢了儿子，会哭死的！守正，我们是不是太狠心了？要不，放了他吧？”

“放了？你说得倒轻巧，营长下了死命令，每人要抓五个壮丁。抓不到就等着吃枪子儿吧。你放他一条生路，谁来放我们一条生路？今天好容易逮着一个，虽说是‘童子鸡’，总比抓不到强。”

傅友诚哭喊：“阿爸，快来救我呀！阿母，快来救我呀！”僻静的小巷空无一人，其实，这时候整个厦门，都因为这群兵的到来关门闭户了。傅友诚也知道呼救无用，便把乞求的眼神转向那位叫“根生”的南方兵。他的手按住傅友诚的力度，仅限于让他不能动弹，比北方兵轻柔得多，加上他刚才说的话，令傅友诚感觉到一丝善意。但是，南方兵的目光刚与傅友诚对视，就慌忙转过头去，不再看他。

就这样，山东兵杜守正，江西兵洪根生，在随部队撤退的时候，把厦门少年傅友诚抓进了兵营。

听长官说要撤到海的那边去，绝望的情绪在部队蔓延。这败退的一群人，不知道明天在哪里。耳边时不时响起沉闷的炮声。天亮的时候一艘登陆艇靠岸了，人像海水一样往上冲，刚开始没有一个能进去，全都卡在门口，挤不进去就往下踩，就这么踩着人上满了。傅友诚肩膀一沉，身后有个老兵拿枪托往下拼命压他的肩膀，准备踩着他上船，洪根生一枪托把那个兵从他肩上打下来。傅友诚感激地望了洪根生一眼，惊魂未定。他光着脚，两只鞋子不知什么时候被踩掉了，人潮汹涌，走，寸步难行；不走，后面的人往前挤。他们就这么被人潮裹着，身不由己地上了船。

船门口还有很多人上不去船也退不回去，船门却不管不顾地关了。有的被卡住脖子，有的被夹住一条腿，一片鬼哭狼嚎般的惨叫声，

船缓缓离岸，没有挤上船的人意识到自己被抛弃了，大声叫骂起来。忽然，岸上的兵愤怒地端起手中的枪，对着渐行渐远的船一通狂扫，甲板上的人倒下了一大片，都是血。一发炮弹落到船上，又倒下一大群人。好在，船终于驶出了枪炮的射程……

傅友诚和洪根生、杜守正、朱晋、八百黑挤在船舱的厕所里，里面塞了七八个人，挤得一动都不能动，他们就这样到了金门。

五年过去了。二十二岁的国民党兵傅友诚在金门马山徘徊着。每天早晨，对岸厦门角屿上的大喇叭里传来的“国民党官兵、金门的同胞，福建前线人民解放军对金门广播现在开始……”声音成了驻金门官兵的“起床号”。傅友诚已经能把“对蒋军起义投诚人员的六大保证”倒背如流，因为对岸的喇叭每天普通话一遍、闽南语一遍交替播出：“一、保证生命安全；二、不打、不骂、不侮辱；三、不没收个人财产；四、伤病者给予治疗；五、愿回家者发给路费，愿就业者帮助就业；六、起义投诚立功者给予奖励。”

对岸的喇叭响了半年后，在金门马山，也安装上了一个大喇叭向对岸喊话。那边“我们一定把美帝国主义赶出台湾”喊过来；这边“我们一定要反攻大陆”喊回去。后来，你来我往的不光是喊话，还有空飘、海漂的政治宣传单和“糖衣炮弹”。傅友诚执行向对岸发射“糖衣炮弹”的任务时，无数次地幻想在那些传单、毛巾、肥皂、背心、水果糖里，夹上一封家书，漂到厦门家乡的海滩上，正好被阿爸阿母拾到……

傅友诚无数次环看金门，密密匝匝的树木，微微起伏的山丘，五年了，他无论如何就是无法爱上这个荒凉的小岛。自己失踪了，阿爸不知道会急成什么样子，阿母不知道会哭成什么样子，还有淑玲，也不知道怎么样了……他恨自己胆小懦弱，不敢反抗。读书时，学到“咫尺天涯”这个成语，他以为是夸张，现在他彻底懂得了什么叫咫尺天涯。驻地离厦门只有两公里多的距离，天晴的时候还可以清清楚楚地看到对岸的轮廓。夕阳慢慢把海水染红，一点点地滑入海底，随后，大地慢慢地融入广阔而神秘的黑夜。一只海鸥鸣叫着，拍打着雪白的翅膀，久久盘旋在船周围，最后消失在烟水迷蒙的天际。海鸥尚且可以在两岸自由地来回，自己怎么就活得不如一只海鸥？

接下来的几个月，角屿岛的广播里常常传来一个女人的哭诉：“阿土啊，家里老的老小的小，你让我怎么活……”

这个阿土就是傅友诚连队的，和他同时被抓壮丁到了金门。忽然有一天，阿土不见了！原来他竟冒着生命危险，用一口大锅助力，游回了厦门。

长官震怒，声言再有人学阿土，抓住要枪毙一百次。训话时还特意打量了傅友诚两眼，因为连队里，只有阿土和傅友诚这两个兵的家就在对岸。傅友诚心里偷偷埋怨道：这个阿土，怎么不叫上我呢？他也知道自己不该埋怨阿土，这种掉脑袋的事，即使是亲兄弟也不见得可以商量。傅友诚也曾打过厨房那口大锅的主意，可自从阿土“叛逃”后，厨房门关得紧紧的，还加了把大锁，连只苍蝇也飞不进去。

此后，又发生了好几起“叛逃”事件。不过，他们没有阿土幸运，全被抓了回来，送上军事法庭，正如连长发狠时说的那样，都被枪毙了。傅友诚还记得，有个逃兵临刑前拒绝喝那碗“断头酒”，他说：“我怕喝醉了，我的魂魄找不到回家的路。”每次被迫看行刑，傅友诚都手脚冰凉，感觉那子弹好像打在自己身上。他晚上噩梦连连，梦见自己被子弹击中，脑浆飞溅……噩梦中哭喊着醒来时，听到的不是亲人的安抚声，而是同屋的骂声：“深更半夜的乱喊什么？要死啦！”

怕归怕，傅友诚还是不死心。一想到阿土已经在自己家里说说笑笑，傅友诚的心就像被猫爪挠似的。他对着屋墙的风狮爷祷告：“风狮爷，求求您老人家保佑我像阿土一样，顺顺利利回厦门。到时候，我叫我阿母买一只猪头来谢您。”他感到，风狮爷的脸似乎微微一动。

这天傍晚，傅友诚居然拣到了一瓶对岸海漂过来的茅台酒。傅友诚大喜：“风狮爷果然助我，这次肯定能成功！”

对岸打来的“糖衣炮弹”以各地的名优特产居多，有金华火腿、山西老陈醋等等，各地的老兵们一看到自己家乡的特产，往往百感交集……虽然长官吓唬他们说，对岸过来的东西有毒，不能吃，但大家该吃吃该喝喝，谁也没当真，包括长官们自己。

傅友诚这几天打起了废轮胎的主意，他正想讨好汽车连管仓库的王大头，对岸就漂来一瓶茅台，这不是风狮爷保佑是什么？王大头是贵州兵，好酒。

已是深冬了，王大头一人值班，湿冷的海风呼呼地吹着，海浪凶猛地拍打着礁石，似乎要把礁石拍成碎片。王大头搓着手跺着脚，心里咒骂着正呼呼大睡的营长：妈的，当官就是好啊，吃得好睡得香，我这当大头兵的就要在这喝西北风受累。远处一个黑影走来，王大头迅速抓起枪，警惕地喊一声：“谁？”

“我，小傅。大哥，你看我给你带什么来了。”傅友诚一手拎着那瓶茅台，一手端着一盘炒得香喷喷的各种杂螺，这是傅友诚偷偷到海滩上拣的。王大头惊喜地问："这么好的酒，你怎么舍得给我?"傅友诚说："我不会喝酒。知道这是大哥家乡的酒，特意送给大哥喝。"

"好酒啊，好酒!"王大头深深地陶醉，"这螺也好吃，有点像我们家乡的炒田螺呢。小傅，你也吃点。"几杯酒下肚，王大头醉眼蒙眬地拉着傅友诚的手改称他"好兄弟"。趁着王大头东倒西歪出去解手的时候，傅友诚将一条轮胎藏了起来。

酒喝光菜吃完，王大头直着舌头说："好兄弟，谢谢你，难为你大冷天的还想着哥哥。这里风冷，你赶紧回去吧。"

傅友诚一颗心怦怦直跳，抱着轮胎到了海边。今天的风浪不知为什么特别大，海龙王好像发怒了，要吃人似的。傅友诚是独子，父母的宝贝，所以虽然在海边长大，他的水性却并不好。看着黑沉沉的海，傅友诚犹豫起来，下意识地后退了一步。他知道，这一步跨出去意味着什么。成功了，那就是上了天堂；失败了，就下到万劫不复的地狱。对父母和淑玲的思念压倒了恐惧，傅友诚觉得，今生再也见不到父母和心爱的人的日子，比大海要可怕一千倍一万倍。他用长官经常训诫他们的一句话鼓励自己：已然之事，不悔；未来之事，不惧。傅友诚咬咬牙：再犹豫下去就迟了，说不定连长发现他不见了，马上就会带人来追。今天要是退缩了，就不是阿母养的儿子！傅友诚一咬牙，套上轮胎一头扎进了黑黢黢的大海。

海水冰冷刺骨。傅友诚奋力游着，一个浪头又一个浪头接二连三地打来，他抹了一下脸上的海水，突然惊恐地发现自己迷失了方向。开弓没有回头箭，傅友诚使尽全身力气往前游，可是海里四面八方好像都站满了海妖，无数双巨手一直把他往后扯。傅友诚绝望地喊："阿母，帮帮我！风狮爷，帮帮我!"砰的一声巨响，他撞到了一块礁石，昏死了过去。

轮胎带着傅友诚荡呀，荡呀，荡到了海滩上。当傅友诚像一条搁浅昏死的鱼悠悠醒过来时，他看到了无数双黑压压俯视他的眼睛。傅友诚张口叫道："阿爸!"

连长踢了他一脚："小子，你醒醒吧，这里不是厦门，是金门。你就等着吃枪子儿吧。"

傅友诚嗷的一声弹簧似的跳了起来，冲着连长喊："阿爸，你为什么不认我呀?”他又哭又叫，连咬带踢，周围的兵费了好大的劲才七手八脚地把他捆成粽子，傅友诚又昏过去了。

傅友诚再次醒来时，嘴里自言自语着，哼着一首不知名的欢快的歌曲，傻笑着，嘴角不时流下涎水。这时，连长带着一个伙夫端着一碗饭过来了，傅友诚一头扎进碗里就啃，待抬起头来时，满脸白花花的饭粒。伙夫惊呆了：“连长，傅友诚是不是疯了?”

连长点点头：“疯掉好，便宜这小子了，疯掉就不用吃枪子儿了。”

第一章　新年思乡愁

当年随着大部队撤退到台湾的百万官兵和家眷绝对没想到，他们会在这一片片被称为“眷村”的简易房子里住上几十年。洪根生、杜守正、八百黑他们，每人在“莒光新村”分到一间鸽舍一般大小的房子，当时他们并没有嫌其简陋。长期战乱，颠沛流离，现在能安顿下来，而且兄弟们还能在一起，他们已经很满足了。更重要的是，在每人分得一间房子的同时，老兵们还得到一张上级郑重其事颁发的“战士授田证”，这是他们这些老兵流血流汗，追随蒋介石到台湾所得的补偿。洪根生、杜守正、八百黑们都清楚地记得，发证那天举行了隆重的仪式，长官宣读了蒋委员长的训示，蒋委员长承诺：他将带领官兵“反攻”大陆，等到胜利返回大陆的那一天，老兵们便可凭授田证获得土地……在这些骨子里仍是农民的老兵心中，土地是他们的命根子。“授田证”上家乡的那片土地，才是他们心目中的安身立命之所。至于眷村，只是他们人生的一个落脚点，好坏都不值得计较。

“反攻”的期限一再推延，老兵们纷纷退役了，他们便靠卖力气或卖手艺——做家乡的小吃、收废品、开计程车……艰难谋生，娶妻生子。本来就拥挤的眷村，又因为添加人口、开设店铺的需要私搭乱盖，更是混乱不堪。

离眷村不远，有一座山西风格的大宅子，那是退役将军岳知春的家，洪根生所住的这片眷村的老兵，大多数都是当年岳将军的部下。据说是岳将军自己选定这个地方建宅子。他说：“这些老兵跟着我出生入死，跟着我来了台湾，我却不能把他们带回家乡，心中有愧。我要跟我的兵住得近些，好在他们有事时，能帮到他们。”

后来，他还真的成了老兵们的保护神。

陕北籍老兵朱晋，退役后以开计程车为生。有一日生意颇好，老朱心情愉快，开车时哼起了家乡的小调，结果被乘客举报“唱匪区的歌”。警总的人来抓他时，他完全不知道自己犯了什么罪。

老朱说他哼的是家乡的“信天游”，可警总说他同情“共匪”，甚至有“匪谍”嫌疑，因为他竟然会唱《东方红》。

岳将军得知此事后，出面找到几位会唱家乡民歌的陕籍老兵，还通过自己的人脉，找到了一位对北方民歌有研究的专家，他们的证言说，陕北的“信天游”有上百种，这种民歌有相对固定的曲调，歌词则可以由唱歌的人即兴编唱。大多数都是“二妹妹、三哥哥”之类的情歌。有位作证的老兵，还当庭唱了几句“芝麻油，白菜心……”，果然与朱晋哼唱的曲调很相似。专家和几位陕籍老兵力证朱晋唱的确实是“信天游”的一种，最终帮老朱洗脱了罪名。

在老兵心里，岳将军享有崇高的地位，因为将军抗日期间英勇善战，身先士卒。将军曾带领他们参加过赫赫有名的台儿庄战役，还在那次战役中受了重伤，当他被送进战地医院时，医生夹出子弹头，连连咋舌：“真险啊！再差一毫米，就打中心脏了！”以前，老兵们对将军更多的是敬畏，在将军为朱晋洗脱“匪谍”罪名后，他在老兵们心中，不仅可敬，更变得可亲了。“信天游”风波之后，岳将军嘱咐老兵要小心：世上没有不透风的墙，何况眷村的墙是四面漏风的。“以后要是想知道‘那边’的消息，想聊聊家乡和亲人，不要在眷村的家里偷偷听‘敌台’，不要在眷村互相打听这些事，以防被警总盯上。想知道什么，你们可以到我家里来聊。”

后来，老兵们果然经常相约来看望将军。每当老兵想家了，或生活上遇到难事了，就不由自主地往将军家跑，每个人都带上一两个菜，聚会兼聚餐。将军变成了老兵们的主心骨，就像一块磁石牢牢地将铁屑吸引在一起一样。

又是一年的岁末到了，有性急的人家，已经开始大扫除了，陈旧灰暗的眷村也洋溢出几分喜气。岳将军派佣人老莫传了话过来，让老兵们年前去他家中一聚。洪根生、杜守正、朱晋、八百黑等人相约到将军家里时，将军正伏案临写《望大陆》：

葬我于高山之上兮，望我大陆；大陆不可见兮，只有痛哭。

葬我于高山之上兮，望我故乡；故乡不可见兮，永不能忘。

天苍苍，野茫茫，山之上，国有殇！

1964年，辛亥老人，国民党元老于右任的这首临终绝笔公开发表，令无数大陆去台人员潸然泪下。当年将军一边奋笔疾书，一边含泪吟诵这首诗，在洪根生他们听来，完全是说出了自己的心声。从那时起，高兴或者忧伤时，岳将军总是会写一遍《望大陆》。

“来了？坐、坐、坐！”将军从书案上抬起头来，招呼洪根生他们。

“将军的字，写得越来越见功力了。”八百黑煞有介事地欣赏着将军的书法，赞道。

将军笑道：“八百黑，你拍马屁的功力也见长了，斗大的字不认得两箩筐，能看得出什么好赖。”洪根生和杜守正相视一笑，看来，今天将军写《望大陆》，是因为高兴。

八百黑叹了口气：“书法我是不懂，这字我却认得，望大陆，望大陆！不知道这辈子还有没有机会回大陆了。”

“别灰心嘛！你们还记得警总有一天收缴香港的《星岛日报》和《华侨日报》的事吗？”

“听说过，我们都没订这两份报，这和回大陆有什么关系？”

“当然有关系。你们知道警总为什么要收缴那天的报纸？是因为这两份报纸上，登了廖承志先生写给经国先生的公开信。”将军从书柜中找出一份边角已经磨破了的报纸，“这是我好不容易留下来的。”他戴上老花镜，兴奋地念了起来：

“经国吾弟：咫尺之隔，竟成海天之遥……盼弟善为抉择，未雨绸缪。‘寥廓海天，不归何待？’……‘度尽劫波兄弟在，相逢一笑泯恩仇’。遥望南天，不禁神驰，书不尽言，诸希珍重，伫候复音……”

“廖承志是谁？”杜守正问道。

“廖承志先生是国民党元老廖仲恺之子。廖家和蒋家渊源很深，廖承志求学期间和经国先生是同学，两人很熟悉。他现在是中共那边对台湾工作领导小组的副组长。廖承志先生看到了经国先生悼念蒋公的文章，‘切望父灵能回到家国与先人同在’，‘要把孝顺的心，扩大为民族感情，去敬爱民族，奉献于国家’，很感慨，就给经国先生写了这封公开信。”

老兵们文化水平不高，信里文绉绉的用词他们听不太懂，但将军读得饱含感情，“兄弟”“盼望归来”的意思，他们是听懂了的。

八百黑眼角闪着泪花，赶紧转过身将眼泪擦去。根生高兴地说：“我出生时老爹为我取名根生，就是要我不忘老祖宗这个根呀！看来，我们落叶归根、光明正大回大陆的日子不远了，今天我们来个一醉方休。”

杜守正却没有那么乐观：“前几年将军就说过，收听到大陆的《告台湾同胞书》，那边提议国共两党谈判，早日结束两岸同胞分离之苦。听说大陆方面还托飞虎队陈纳德将军夫人陈香梅女士，给这边带话，表示大家都是中国人，都有父母、兄弟姐妹、老婆、孩子，可以先让在台湾的老兵回家探亲。可惜我们这边还是打定主意‘不接触、不谈判、不妥协’，一点进展都没有。”

一听这话，大伙儿刚刚兴奋起来的情绪又低落下来。将军安慰大家：“你们一定要有信心。不要一会儿兴奋冲动，一会儿悲观失望。天下分久必合，这一点你们一定要相信。而且，我对经国先生抱有很大的信心，他一定会体谅民心，做出正确的决策。我读过他的一段日记，‘离别时，虽未流泪，但悲痛之情，难以言宣。溪口为祖宗庐墓所在，今一旦抛别，其沉痛之心情，更非笔墨所能形容于万一。谁为为之，孰令至之？一息尚存，誓必重回故土’。你看，经国先生比我们更想回家！你们只要耐心等，就一定能等到光明正大回大陆探亲的那一天。”

杜守正听了这话特别兴奋：“是啊，经国先生是一个关心我们老兵的人，在修建中横公路时，他经常到工地视察，有的地方没办法走上去，他坚持要亲自看看，捆条绳子在身上，用绳子吊上去。吃饭的时候，他不吃工务段为他准备好的饭菜，跑到分队和我们队员一起吃。我们没有桌子，随便弄几块木板钉个桌子，搬几块石头坐着吃，他也这样。他也不带茶水，哪里有水哪里喝。吃了饭以后还到我们工棚来聊天，那时候没电，全靠一个煤油灯点着。我想，经国先生会理解我们这些老兵的。”

洪根生也像是忽然想起了什么："将军说得对啊，大陆那边说话还是算数的。我儿子晓雄在金门当兵，最清楚了。他说对方早就停止打炮了。现在广播也不互相骂对方是'匪'。我们这派邓丽君小姐去前线唱歌，对方也不回骂是'靡靡之音'，也没用电波干扰，好像还很爱听呢。这都是向我们这边释放谈判和解的诚意啊。也许，光明正大地回家的日子，真的不远了。"

强调"光明正大"，是因为大家都知道已经有人暗中打通了"不光明正大"的回家之路。老兵中时常有某某人辗转收到家信的传言，也有的老兵忍不住了，偷偷托关系经由香港等地，迂回曲折地打听家乡亲人的消息。只是这等机密大事，老兵之间，非生死之交相互绝不会说；大家也都心照不宣，人家不主动说，绝不打探。

没有人再说话，屋里忽然安静了下来。

每次都是这样，不管是因为什么原因到将军家里一聚，最终的话题，都会归于大家在一起谈论时事，细细地分析每一个与大陆有关的新闻事件，希望从中分析"回家"的路变得近了，还是更加遥不可及了。老兵们的心，也总是在这希望和失望中起起伏伏，像大海的波浪一般。

朝鲜战争的消息传来时，老兵们曾经感到希望就在眼前。中共在朝鲜与美国开战，当时蒋介石也曾令部队做好参战的准备。不知道为什么，老美没允许国军参战，而志愿军竟然打出了气势，逼得美国坐下来谈判。这次希望的火苗被浇灭后，他们其实已心知蒋介石大概是无力带领他们"反攻大陆"了，只是不愿深想。最让他们绝望的一次，是中美建交的时候。那一天，大家聚在将军家，久久无语。有美国的支持，国军尚且不能与共军抗衡，撤退到了台湾。失去美国，就更不可能了。最让老兵们心中百味杂陈的，是大陆"核爆"成功的消息传来时。那一次大家都喝多了，笑了哭，哭了笑。笑，是因为国家终于强大了，任何国家，都不可能再像小日本那样，跑到自己的家乡去杀人放火了。当年要不是国家贫弱，被列强侵略，这一代人，命运怎么会如此坎坷。哭，是因为两岸军事力量的对比发生了变化，打回老家的希望，变得更加渺茫了。

"唉，年纪大了，脑子就是糊涂，差点把正事给忘了。"将军一拍脑门，打破了沉默。"我今天找你们来，是要告诉你们一个好消息，好让你们高高兴兴过年。大陆那边，现在渐渐开放了，我托一位美国朋友，联系上了老同学赵彤。我的这位老同学，现在是大陆的政协委员，听说就是做‘对台’工作的。过完年，我和老同学会到香港会面，我可以托他替你们打听家乡亲人的消息。我这位老同学是个热心人，一定会帮大家忙的。”

“真的？政协委员，那不就是政委，是个大官吧？”每个人的眼睛，都瞬间亮了起来……

这一次聚会不同以往，大家没有一醉方休，而是匆忙吃了便饭就告辞了。将军嘱咐他们，回到家后，悄悄地写封家书交给将军，将军到香港与赵彤会面时，会交给赵彤，让他帮忙，为大家传信……洪根生、杜守正他们此时一刻也等不得了，只想着去写那封在心中写了三十多年还没有结尾的家书，所以简单地吃了顿饭，大家就告辞了，只有朱晋留了下来：“将军，我有一件事情要向将军报告……”

除夕到了。中午时分，眷村里家家户户飘出自己家乡特色菜的香味。晓梅吸了吸鼻子，陶醉了：“真香啊！”网市勉强对女儿一笑。

网市其实是有些怕过年的。大扫除、做新衣、做年夜饭……过年时家庭主妇总是最劳累，网市是能干的女人，这些劳累她倒不怕。主要是老公洪根生在除夕夜总是特别伤感，在这一晚上他想家乡比往常哪一天都想得厉害。根生常常讲起家乡，却很少提到家人，网市隐隐约约觉得，根生家里是有个女人的，他是怕谈家人时，必然要谈到那个女人。但根生不说，网市也不敢问。不问，就可以幻想自己就是根生唯一的女人。问了，如果家乡果然有原配，自己反倒不好自处。就这么含糊着，能过多久算多久吧。

网市叹了口气，把菜糊舀进碗里。菜糊是女儿晓梅亲手做的，在洪根生多年来手把手的教导下，晓梅做出来的菜糊完全是江西婺源上晓起村的原汁原味，用米粉在锅里调成稀糊，再加入豆芽、虾米、甜菜、豆腐、鸡杂等佐料，虽然看起来有点吓人，但吃起来味道不错。女儿就是乖巧贴心，不像儿子晓雄，天生就是个惹祸精。洪根生因此特别宠爱晓梅，倒是把儿子晓雄晾在了一旁。

网市唠叨道：“哎，你爸爸说出门买个年货，怎么这会儿还不回家呢？这个酒鬼，肯定又是找哪个老兵灌黄汤去了。这个老不死的。”说着出门张望老公回来了没有。晓梅冲着阿母的背影喊："不用看啦，爸爸一会儿就回来啦。"晓梅一头披肩长发，圆圆的脸庞，眉毛弯如新月，有些琼瑶小说中女主角的味道。

对自己阿母，晓梅是既爱又怨，她最怕阿母整天唠叨她赶紧嫁人；不过，晓梅觉得阿母真是了不起的眷村妈妈——她和晓雄上小学时，是家里经济最困难的时候，阿母总是很晚才到菜市场去，那时市场散得差不多了，一些水果贩子往往会将剩下的水果降价处理，阿母就将这些水果以极低的价钱买回来，有时水果贩子半买半送，几乎相当于不要钱。在晓梅记忆中，自己吃的芒果总是削了一半的，因为另一半烂掉了。即便如此，削了一半的芒果总是甜的，总比别人家连烂芒果都吃不上好一些。不过，晓梅不喜欢和阿母一起上菜市场，阿母讲价讲得太厉害了，一斤葱三元，她给人家压到一元，对方都生气了："不卖了，不卖了。"阿母却连拿带抢，临走还抓上一把。晓梅都觉得阿母太过分了，一路遭菜贩们冷言冷眼，晓梅替阿母难为情，却也从此知道眷村生活不容易。晓梅小时候最怕台风天气，窗外是怒吼的风声，积水一浪高似一浪地啃食着病人般摇晃的小破屋，梁柱不时发出吱呀的声响，伤痛般地叹气。电早就停了，只有一点点微弱的烛光，阿爸在门外排水，晓梅和弟弟晓雄扑在阿母怀里，只有在这个时候，晓梅才觉得阿母的怀抱好温暖。

网市眼巴巴地站了一会儿，还是看不见人，不免有些焦躁。杜守正的老婆美如在篱笆那边喊道："我家老杜烙了山东大饼，给你送几张过去！"说着就端了一摞热气腾腾的山东大饼过来。网市正在包台式润饼，一锅万年菜，一叠薄面皮，她在面皮上铺上海苔、花生粉、主菜，一双手灵巧地包着，还不耽搁说话："美如，等一会儿拿几张润饼回去尝尝。我老家闽南叫春卷，可以清蒸，也可以油炸，油炸很香，就是上火……"

"哟，晓梅越长越水灵了，睫毛扑闪扑闪的爱死个人了。不过可别挑花了眼，赶紧找个人嫁了，这样你阿爸阿母才能放心。"

这话是晓梅最不爱听的，不过她还是乖巧地装出一副笑脸："谢谢婶子。你家油锅快炸了吧，赶紧回去看看。"晓梅不喜欢眷村家家户户离得这么近，几乎没什么隐私可言，张家说的话隔墙的李家听得清清楚楚，邻里之间少不了在大杂院中传播是是非非。

洪根生和杜守正退伍后就在眷村安了家做了邻居。前一阵子晓梅交了个男朋友，因为离家远，吹了。晓梅舍不得离开爸爸妈妈，她是个懂事的孩子，家里负担重，阿母又有风湿病，晓梅初中毕业就读了护专，年纪轻轻的就出来当护士赚钱补贴家用，还兼了几个家教，拼命得很，一晃也二十好几了。晓梅特别不喜欢自己和小伙子一起走在路上的时候，家家户户的目光都黏在她身上，让她浑身不自在。想到这里，她不由得叹口气，望着自家的外墙发呆，那墙上，挂着泪水般的雨痕，由于天长日久已变成了墨绿色。她不喜欢眷村，眷村的一切都散发着陈旧的气息，她喜欢锃亮的可以照得见人影的瓷砖，锃亮的事物都是崭新的，她希望可以与陈旧的过去告别。

就在晓梅胡思乱想的时候，她做梦也想不到，她的爸爸此时正坐在警总的审讯室里。洪根生兴冲冲出门去买年货，忽然看见一个穿便服的人站在路中央背着身，显然是在等他。洪根生一看这个背影脸刷地一下变得惨白。他恭恭敬敬地叫了一声："路长官!"背影转过身来，不错，就是警总的路长功。路长功朝他努努嘴："走吧。跟我去拉拉呱。"

洪根生张了张嘴，最后还是乖乖跟在路长功后面往前走。

到了警总门口，洪根生的小腿不由自主地打战，有抽筋的感觉。

警总成立于1958年，这个最高治安机构在台湾无处不在，负责岛内安全，管理出入境，签发护照、证件，从事港口调查，对违反《戒严法》的人（包括有间谍嫌疑的人）进行拘留审查，统辖有关邮件检查、电信侦查和政治犯调查等工作。

洪根生对警总并不陌生，每次被叫来，无非是眷村有什么"新动象"时，警总询问他听没听到谁偷听"敌台"，知不知道有老兵跟大陆的老家联系。洪根生看起来都是有问必答，实际上是在无关紧要的事上实话实说，在要紧的事上东扯西拉。有时警总也会找他们逼问在将军家聚会时谈了些什么。老兵们每次聚会后都会统一说辞，从来没有出过纰漏。但是，洪根生每次来警总，都会有窒息的感觉。他深深地吸了一口气，又长长地把气吐出来。路长功转过身："磨蹭什么？看风景吗？里面请吧。"两个值班人员一齐向路长功敬礼问好。路长功毫无表情。那个年纪大的朝着年纪轻的努努嘴巴："瞧瞧大鱼这德行!"

"大鱼？什么大鱼?"年轻的很不解，他是新职员。

“冷血动物!”

洪根生木偶一般挨到那把熟悉的铁椅上坐下。审讯室没有窗户，阴森森的，大白天的也须开灯。路长功摁了开关，头顶一盏电灯马上发出刺目的光，强烈的灯光扎得洪根生几乎睁不开眼睛，他脸色像敷了白粉一样惨淡。路长功说：“你先自己待会儿吧，我去去就来。”铁门被咣啷一声用力关上，好似一记响亮的耳光打在脸上热辣辣地痛，震得洪根生条件反射地挺直了身子：糟了，搞不好没办法回家过年了。这该死的路长功，该死的警总!

洪根生孤独地坐在铁椅上，四周一片死寂，只听见他自己的呼吸声越来越粗重。也不知过了多久，门突然吱呀一声开了，洪根生吓了一大跳。只见路长功手上拿着两个不锈钢便当盒大踏步走了进来，洪根生紧张地望着他。路长功走到铁椅前，把一个便当盒递到洪根生手里：“饿了吧，吃一点。”

洪根生没想到路长功居然请他吃饭，一时不知所措，机械地接过便当盒，一动也不敢动，低着头，手上青筋暴涨。路长功走回审讯桌坐下，把便当盒打开，拿起一双免洗筷子叹了一口气：“今天是大年三十，本来应该吃年夜饭的，不过在这里我只能请你吃便当了。你要是配合的话，还来得及回家祭祖吃团圆饭喝小酒，一家人还可以开开心心一起看电视里邓丽君唱歌。”

洪根生忐忑不安地拿着筷子，他知道路长功想从他嘴里撬出关于岳知春将军的行踪，他下意识地抿紧了嘴巴。路长功见洪根生不吭声，也不理他，自顾自大口吃起便当来。等他将便当一扫而空，擦了擦嘴巴，满足地打了个饱嗝，才抬头扫了洪根生一眼：“怎么？吃不下？没胃口？”路长功夸张地做了几个扩胸运动，“是啊，当然没胃口了。这时候本来应该在家吃年夜饭的，我没记错的话，你太太网市是客家人，她做的粉条还上过电视比赛，得了第几名?”

“第三名。”洪根生声音开始响亮起来，这个老婆是让他骄傲的。

“第三？多能干的老婆！还有你女儿晓梅，这会儿一定做了一锅江西婺源的菜糊，这女儿多好啊！她知道老爸就好吃这个。”听到姓路的提到女儿，洪根生脸色更白了，汗水顺着额头流下来。女儿是他的心头肉，姓路的不至于下三烂到伤害他的女儿吧？

见戳到了洪根生的痛处，路长功脸上露出猫逗老鼠的微笑：“还有你的儿子晓雄，在金门当兵，除夕夜一定会打电话回来，结果他会意外地发现老爸不在家。”

洪根生抑制不住地微微颤抖。路长功满意地看看表：“说吧。说吧。这会儿还来得及。你家里人一定眼巴巴地等着你，网市在等你，晓梅在等你，你那老婆说不定跑到村口那棵大榕树下等你好久了。”

洪根生的腮边抖了抖：“我……”

看洪根生欲言又止，路长功开始不耐烦起来：“我的耐心是有限的。你再不说，我就回家吃年夜饭了。你要是准备在警总过年的话，网市她们就会一直等，等到别人家都吃完年夜饭了，别人家开始看电视或打牌，一家人一起守岁，她们母女闻着别人家团圆饭的香味，听着别人家里的欢声笑语，饿着肚子，提心吊胆，等到很晚很晚……一直等到明年……”

尽管洪根生的心很痛，他还是打定主意不开口。他一路跟随岳将军枪林弹雨走过来，对将军的忠诚绝不会轻易动摇。何况岳将军这次去香港会朋友，还不忘为他们带信。

路长功见他仍不肯开口，使出了杀手锏：“你在大陆还有一个老婆对吧？你在网市面前保密工作做得不错嘛！要是大年夜里将这个事告诉网市，她一定连吃三大碗饭，备足力气来扇你的耳光。”路长功阴森森地笑了。

洪根生一震，以网市的刚烈，上吊都有可能。原配了几十年，突然之间变成了小老婆，任何人都受不了，网市不歇斯底里才怪。“求求你别说了！”洪根生困兽般绝望地叫起来，他颤抖着嘴唇，“我说，我全说还不行吗。我……将军他……”洪根生斟酌着要说些什么。以警总灵敏的狗鼻子，大概也对将军要去香港会见老朋友赵彤的事有所察觉，他尽量说些无关痛痒的话，看能不能先蒙混过关。再说了，以路长功和岳将军的交情，警总应该不至于太为难将军的。

路长功脸上露出一丝胜利的微笑，拿起桌上的钢笔准备记录。

“将军……将军说……要去香港……”每个字都像从牙缝里挤出来那样艰难。洪根生紧紧地攥着拳头，他知道，他把将军出卖了。从现在开始，他自己都瞧不起自己。该死的，要不是今天除夕，要不是路长功击中他的软肋，无论如何他也不会把将军的事说出来！这个可恶的路长功，前世大概是一只九尾狐，瞅准了这一天把他抓进来。

路长功一边记录一边问："去香港干吗？"

洪根生盯着路长功的脑袋，克制着自己挥拳的冲动："他……说是去看看老朋友。"

"老朋友是谁？"

"我……不知道……"洪根生搪塞着，他想刹住自己的舌头。

路长功用鹰一样锐利的眼光瞪着他："声音太小了，我没听见，你再说一遍。"他的目光似乎能把人身上的肉咬下来。

洪根生慌了："那个人好像姓赵。"

"赵什么？"

洪根生哀求地看着路长功："赵什么，我真的说不上来，确实没留意……"路长功扔下笔："你要是想不起来我可走了，你就在这大年夜里慢慢想吧。"他抬起屁股作势要走。洪根生吓坏了："别走。别走。我想起来了，好像叫赵龙……还是赵洪……长官，我耳朵在金门当兵时被大炮震坏了，真的，不信你叫医生验……"故意说错赵彤的名字，这让他觉得自己并没有完全出卖将军。其实他自己也知道，没有用的。

路长功心里暗暗松了一口气，洪根生的嘴终于被他撬开了，这样，洪根生可以回家过年，他也可以回家过年了。做完记录，他拿起车钥匙，一颗心早就飞回了家里。车开到一半，他突然想起了什么，又掉头往岳将军家的方向开去。

汽车驶到岳知春将军门外戛然停下。听到门外动静，管家老莫迎了出来。路长功下了车："将军呢？"他刚刚审完洪根生，十分疲倦。对于岳将军，他的感情很复杂，岳将军既是他曾经的上司，也是他的朋友，但这个老朋友如今正准备干一件党国决不容许的事情。不管个人恩怨如何，他不能让将军在孤独中度过大年夜，他准备接岳将军到他家里一起过个热热闹闹的大年三十。

老莫无奈地摊一摊手："您劝劝将军吧，他说想一个人过年。"

客厅里，唱片机正放着京剧《四郎探母》。两鬓斑白的岳将军落寞地坐在沙发上。路长功伸手移开唱针，岳知春嚷道："你不回家，跑这儿来干吗？"

路长功笑道："跟我走吧。"

"哟，除夕夜，警总直接来逮人了？"虽然退休了，但将军看起来仍然十分威严。

"没错，警总规定，过年不准一个人。"

路长功家通红的麻辣火锅畅快地翻滚着，里面放着从香港搞来的正宗四川花椒。路长功的妻子立苹端着涮锅用的鱼、肉、菜走了过来。岳知春将一个红包塞到台生手里："这孩子，在电视台里干得不赖吧，真给你老爸长脸！"台生个高腿长，岳知春一直很喜欢这个小伙子，虽然他对这个小伙子的老爸很有意见。台生礼貌地向岳知春鞠躬："岳伯伯新年好。"岳知春的一句话勾起了台生的心病，他一直向往到警总工作，觉得穿着制服十分威风，哪知老爸的脑筋搭错了线，死活不让他进警总，非得逼迫他进这花花绿绿的电视台，台里的人满口文艺腔，总让他浑身起鸡皮疙瘩。

路长功笑道："喂，老岳，难道我拉你过来就是给台生赚红包的？"

"什么话？我正愁这红包发不出呢！孩子跟他妈都不肯回来，我又不肯去美国过年，我们老家有这么一说，大年三十压岁钱发不出去要倒霉的。"

"岳伯伯，我要是你，我就去美国过年。"台生心直口快。

岳知春呸了一口："美国哪里有年？他们只有什么剩蛋节。过年是咱们中国才有的习俗，大年夜就得在中国土地上过。来，为我们的中国年干杯！"

四只透明的玻璃酒杯碰在一起发出清脆愉快的声音。

毕竟年事已高，几杯酒下肚，岳知春歪在沙发上开始打鼾，鼾声如雷一阵高过一阵。立苹有些为难，不知该不该叫老莫来接将军回去。路长功摆摆手，示意立苹先去休息。儿子上楼看电视去了，待到周围无人，路长功果断地拿起电话给手下发布命令："庄力奇，是我。以岳知春为圆心，搜索所有姓赵的人……"

洪根生家里，老婆网市和女儿晓梅正在厨房里忙碌。晓梅望着自己亲手做出来的菜糊，嘟囔道："啧，这道吓死人的浆糊，我可不吃，黏糊糊的看了就想吐！"

网市瞪了女儿一眼："你敢！想气死你老爸，你就别吃。"晓梅伸了伸舌头："还是阿弟有福气，过年不用吃这种浆糊。"

"什么福气？当兵最苦了，可怜你阿弟，说不定今晚轮到他站岗呢！今天过年，你嘴巴要给我上把锁。记着，吃年夜饭的时候，你爸又会唠叨老家的事，你要是敢皱个眉头，我就给你好看。”

“知道了，一年就烦这一次，我忍，我再忍，这样行了吧？”晓梅真无奈，老爸每年唠叨这事，他怎么不嫌烦呢。网市提醒女儿：“老爸会考你老家在哪里，你还记得吧？”

“记得记得，江苏省婺源县江湾镇上晓起村嘛！”晓梅调皮地说。网市呻吟了一声：“夭寿哦，祖宗都忘记了，是江西省啦！”晓梅和尚念经般地重复着：“江西！江西……我饿得前胸贴后背了，老爸怎么还不回来啊？”网市放下碗筷，又走出家门张望。晓梅故意逗网市：“哎，阿母，是不是山西省？”

网市气得直摇头：“夭寿哦，江西省啦！”

从警总里垂头丧气走出来，洪根生觉得自己就像一条被抽掉脊梁的狗，两道惨淡的灯柱照射着地面，冷风吹着他的衣衫，他浑身打了个激灵。他越想越懊丧，忍不住狠狠地扇了自己一巴掌。幸亏运气没有坏到底，一辆老旧的公车驶来，停在公车站。洪根生大喜，小伙子般敏捷地跳上车。回到眷村，他才想起这趟出门的目的。糟了，自己是出来买年货的，现在两手空空的回家，网市追问起来，警总的事不就露馅了？他小心翼翼地绕到杜守正家的后门，做贼般地压低嗓子问：“家里有什么年货？没拆封的！”

杜守正丈二金刚摸不着头脑：“多的是，你要什么？花生糖行不行？”

“随便，拿两袋来，快点！”洪根生急切地挥挥手。杜守正一头雾水：“急什么呢，张罗过年是女人的事情，你让网市她们忙活就行了，进来喝杯茶吧！”洪根生着急道：“啰唆什么？快点！”杜守正不知他吃了什么枪药，也没心思深究，随手从一大堆年货里拿了两袋把他打发走了，回头张罗祭拜祖先。

供桌上是两个祖宗牌位，一张授田证，插着三炷香。杜守正跪在供桌前，虔诚地磕头。美如与二女儿惠芳三女儿小芳跪在守正后面。惠芳小芳看着爸爸一本正经的模样忍不住偷笑起来，互相挤眉弄眼。美如悄悄各打了惠芳小芳一下，让她们正经一点。杜守正对着牌位祷告：“爹，娘，桂芳嫁到美国，生了个大胖小子。等到哪一天，让桂芳抱着儿子回老家看看您二老，您的曾外孙是美国籍，孙女婿连中国话都不会说了。好在是正宗的中国血脉，您二老可不要不认……”好不容易等丈夫唠叨完了，美如端上一大盆热气腾腾的水饺。

洪根生拿着两袋花生糖撒腿就跑，跑到自家门前，他用手胡乱捋了捋被风吹得乱糟糟的头发，定了定神，匀了匀气，这才走进家门。

晓梅眼尖，欢喜地大叫："爸爸回来了！你到底去哪里买年货，大半天才回来？我和妈妈好担心呀。来，快坐下。"要是往常，网市必定数落丈夫几句，母鸡下蛋也用不了这么久呀！不过大年夜讲究吉利，网市强按住心中的不悦，温柔地将筷子递给丈夫。

洪根生望着满满一桌丰盛的菜肴，强笑道："哎，我去了迪化街，人头多得像西瓜，挤得喘不过气来，公车满满当当的，怎么也挤不上，只好走路回家了，耽搁了大半天时间。"

菜有些凉了，网市端起两盘菜走进厨房。晓梅也端着凉掉的鸡汤跟进厨房，回头说："爸，菜马上就热好了，你忍耐一下，很快就好。"

客厅里只剩洪根生一个人，像一摊烂泥似的疲软下来。他呆呆地坐着，想到警总那刺目的灯光还心有余悸。泪水从他饱经风霜的脸上无声地滑落，他赶紧伸手抹去。洪根生一生自傲的就是"无愧于人"，可是撤离大陆时，为了向上级交差，抓了学生仔傅友诚，害得小傅疯痴，如今不知是死是活；撤退到台湾，受不了孤单寂寞娶了网市，愧对原配阿茶；今天，一时软弱，又出卖了老长官岳将军……洪根生啊洪根生，你还有何脸面活在这世上？

趁着一个人在客厅，他抓起电话拨了将军家的号码："喂，老莫，将军在吗？啊，去路长功那儿了？老莫，等将军回来，麻烦你马上通知我。"洪根生表情沉重地放下电话，被路长功逼供出岳将军要去香港会朋友的事，像大石头一样压在他心里，他觉得有必要提醒将军小心，还要向将军忏悔。现在竟然找不到忏悔的对象，难道路长功这么快就朝将军下手了？根生的心揪得紧紧的。

晓梅母女从厨房出来，晓梅压低声音道："妈，爸好像很不开心呢。"网市并不在意，每到过年，根生总是格外伤感的，不过今天，他的脸似乎阴沉得比往年更厉害。

吃团圆饭之前要拜祖宗，网市吩咐女儿把家里的授田证找出来。晓梅打开柜子翻找，柜子里塞得满满的，授田证不知放到哪里去了。网市有些着急："夭寿啊！找不到？那是你老爸的命根子呢！"

晓梅肚子早已饿得咕咕叫，噘着嘴巴道："丢了就丢了，这证又没用。"

"胡说！授田证跟祖宗牌位一样，平常没用，过节的时候，总得拿出来供一下。你再乱说，小心我撕你的嘴。”网市平时很疼爱这个女儿，今天找不到授田证她真急了。晓梅一脸苦笑，从一个饼干盒中取出一张用塑料套子套住的证书，在妈妈眼前扬了扬：“‘祖宗牌位’找到了，给你。”网市揩干了手才小心翼翼地接过，将授田证摆到两个祖宗牌位的中间：“这是‘政府’分给你爸的，几十亩呢！”

晓梅撇撇嘴：“这也就是画个饼给老兵充饥，这辈子能不能回到家乡还不知道呢！就算回去了，那田现在肯定是别人在种，你说那田是你的，人家就肯给你了？”

女儿一句话触到了洪根生心头的痛处。洪根生的思绪飘回了故乡。他最喜欢家乡那条小河，河边长着毛茸茸的小草和无名的野花，还有青翠的竹丛，河水绿莹莹的，也不知道是河底滑人的青苔，还是竹丛的倒影。黄牛哞哞的叫声让清晨倍加温暖。妇女和姑娘们在河边洗着衣服，他最爱看阿妈手里变魔术般变出一堆雪白的肥皂泡。在上晓起村，有他年轻的妻子阿茶，还有当时刚生下来，没来得及取名字的儿子。阿茶阿茶，依你的性子，你一定是一个人咬着牙过日子吧？我是个负心汉呀，受不了孤单寂寞，在这里娶了同样孤苦无依的网市，生了晓梅和晓雄……阿茶，我对不起你！当年我跟你说，等着我，我很快就会回家。没想到莫名其妙被骗到这个岛上三十多年，到头来我自己也成了骗子。我骗了你，瞒了网市。骗子，骗子，统统都是骗子！洪根生失魂落魄地望了望墙上他与网市的结婚照。照片上，他和网市都甜蜜地笑着。洪根生绝望地闭上了眼睛，企图忘记欺骗，忘记这三十多年来的一场大梦。

十一二岁上不起学在家放牛的时候，洪根生经常在后山上砍柴，不知不觉砍到天一点一点黑下来，他的心里装满了恐惧，不远处传来夜枭的怪叫，为了逃离那夜枭，洪根生连滚带爬跌下了小山坡，蒺藜刺得他浑身是血。洪根生用手捂住眼睛伤心地哭了，泪水掉进血里，变成了血水。再以后，洪根生的手上扎过铁钉，扎过玻璃，手上到处是小白鱼似的伤痕。他整天拔着野刺苋，切成猪食，手板全是绿色的浆液，时间久了，那绿色慢慢就洗不干净了。洪根生经常想，要是哪天可以不放牛不砍柴不拔野刺苋该有多好啊，那时候，根生一心想离开自己的家乡。保长来家里宣布他被抽了壮丁，父母质问为什么大户人家两三个儿子都不用当兵，却要他们的儿子去，洪根生却毫不犹豫地说：我去！

现在到了台湾，家乡回不去了，却让他加倍思念。一个从没有离开故乡的人，他永远不会懂得故乡的含义。故乡就是那碗菜糊，故乡就是那个你抛弃了它，它却还张开双手来迎接你的那个温暖的怀抱。当年离家之前，他去洪家祠堂拜了祖宗。在台湾成家之后，他回不了家进不了祖祠，但祖宗不能不拜，就根据对家乡祖祠里祖宗牌位的印象，让人做了两个祖宗牌位供了起来。

拜过祖宗，三人坐下来准备吃年夜饭。见洪根生还是魂不守舍的样子，网市端起碗，夸张地大口吃起菜糊来，还故意弄出很大的声音。洪根生醒过神来，见菜糊已经快见底了，有些诧异："网市，你以前最多吃半碗的，怎么今天吃这么多？"

"好吃当然吃得多啦，我是真爱吃。"网市这一招果然管用，洪根生笑了："我没说错吧，我早说这菜糊你一定会喜欢上的。"晓梅也乖巧地说："今天这菜糊特别好吃。"根生听了赶紧舀了一大勺加到女儿碗里。晓梅暗暗叫苦，这就是说谎付出的代价。她一边硬着头皮吞菜糊一边继续讨阿爸的欢心："阿爸，我昨天梦见爷爷奶奶了。"

洪根生的情绪果然亢奋起来："这孩子，哄我吧？老家那地方你根本没去过呢。"晓梅流畅地背诵："江西省婺源县江湾镇上晓起村。"洪根生感动地拍着自己的大腿："我根生生养的就是祖宗根上生养的，洪家子孙没忘根，我养了个好女儿啊！"

吃过饭，守过岁，折腾了一天的一家人都歇下了，洪根生迷迷糊糊进入了梦乡。溪水潺潺，鸭子在溪中游，阿茶朝他跑来，洪根生激动地望着妻子："阿茶，家里都好吗？我早就想回来了。"大门打开，一个有点像晓雄的小伙子跑过来，这想必就是阿茶给自己生的儿子了。正要拥抱，突然看见路长功举着一把手枪对着他："你敢私入'匪区'？"砰的一声枪响，洪根生惊叫着醒过来，网市也被他吓醒："地震了吗？"

洪根生坐在床上，一头大汗，不安地掩饰："没有啦，做了一个噩梦。"

大年初一，路长功带着老婆立苹和儿子路台生去给老丈人拜年。台生快活地开着车，在滨海公路上疾驰，偶尔瞥一眼车窗外蓝蓝的大海。汽车快得像一阵风似的，立苹捂着心脏连喊慢点慢点。这时，路长功腰间的BP机嘀嘀嘀响了起来。立苹不悦起来："肯定又是老潘。这老潘还让人活不活呀，大年初一的也不放过你，你又没有卖给他。"

路长功苦笑："不是十分紧急，老潘肯定也不愿意大年初一来打扰我。台生，把车给我，我得赶回台北。你和你妈搭公车去，前面就有个车站。"

"什么？叫我们搭公车？这种抛妻弃子的事，也只有老爸干得出来。"台生不满地大叫起来。立苹不忍老公被骂，关键时刻她总是站在老公这边："台生，你爸也是公务在身，上司呼他嘛！你不是也常说人在江湖身不由己吗？"路长功感激地捏了捏老婆的手，立苹没好气地把他的手甩开，下车。路长功隔着车窗说了声对不起，就飞驰而去。台生冲着小汽车的尾尘大叫："当你儿子真倒霉！"此情此景又勾起了台生对老爸的满腹牢骚，要是当初进警总，怎么着也有辆警车开开，哪会落到今天"沦落街头"的地步。立苹拎着大包小包的礼物在旁边无奈地叹气。

路长功气喘吁吁走进局长办公室。老潘用一根指头按住桌上的一张旧照片推到他眼前："这人你认识吧？"

"这是赵彤，当年我们共事过，他后来投共了。"路长功肯定地点点头。老潘严肃地指指照片："这就是我大年初一把你喊来的原因。这个赵彤，他现在是中共政协委员。岳将军要去香港见的就是他。此事非同小可，你一定得阻止。"

岳知春退休后在庭院里种了些花，种了些草，相当于种了些闲适，种了些渴望，也种了些寂寞。

大年初一，老兵们相约来给岳将军拜年，因为年前岳将军就说要托自己的老朋友为他们联系家人，大家都带着精心写就的家书，交给将军，因为有了与故乡亲人互通消息的希望，这次聚会格外欢愉，欢声笑语几乎要冲破屋顶。看到大家这么高兴，想到警总已经掌握了岳将军的计划，洪根生心里格外内疚、痛苦……

岳知春正在厨房里炒他的拿手菜山西过油肉，这是一道山西名菜。山西有句老话：戴花要戴大红花，吃肉要吃过油肉。可见过油肉味道之鲜美。

杜守正在一旁为将军打下手。将军恭喜杜守正女儿嫁到了美国，杜守正反问："将军，您的夫人和公子也在美国，不知您是喜是愁啊？"

将军摇摇头："生个孙子，将来长大了，我看他连老家在哪都不知道，唉，将来谁给我们上坟烧香呢？到那时，清明节恐怕是最难过的节日。哎，年纪大了，人一个个少了，今年就少了赵连长……肺癌……"岳知春伸手抓了一瓶醋，往小锅内加了几滴，看着锅里腾起烟气，接着说："赵连长咽气前求我，如果有一天能回大陆，一定要将他的骨灰带回老家祖坟入土，他不愿在外做孤魂野鬼……"

朱晋、八百黑和几个老兵闻之无不黯然神伤，都不说话了。这些退伍的老兵，想到那些惊心动魄的恶战，半夜里仍然会从噩梦中惊醒。朱晋退伍后开出租，虽然辛苦，但能保证老婆孩子不受风吹雨打。八百黑简直是黑脸包公再世，也不知他祖宗里有没有非洲黑人的基因。他开着馒头店，靠着一点乡土滋味生存，那馒头白胖胖的，和他的脸形成鲜明的对比。他没有成家，夜里唱唱古老的山西梆子，挨不到天明的更漏，无尽的乡愁。他还擅长拉二胡，老兵们对他拉二胡是既爱又怕，好像老兵一辈子的颠沛流离和思乡之苦都凝聚在他那根弦上，他的二胡一拉就会拉出所有老兵的眼泪来，好像有一把锯子正在把所有人的心慢慢锯出血来。当八百黑在黑暗中流泪想念母亲的时候，外面强韧的山风呼啸，他觉得自己就像一株被山风吹得东倒西歪的小草，他周身冰冷，觉得自己血管里流的不是血，而是贫穷和苦难。他瞪大眼睛望着外面茫茫的黑夜，觉得往后的日子像海，又冷又深白茫茫一片；心上那些像乌云又像阴影一样的哀愁、灾难时时在眼前飘荡；有时又像火，火舌舔得他全身流汗，冰火两重天永无尽头……

洪根生有时觉得他们这些老兵就像一把把破伞：下雨的日子，伞被撑起；无雨的日子，伞被弃置于寂寞一角。伞，被风雨撕破。被风雨撕破的伞，不知会不会在雨天被人想起。或者，老兵就像一群蟋蟀：在树根下的泥穴里活，在贫瘠山坡上的荒草里活，在断桥的缝隙里活，在坍塌的墙角里活，在灾荒的岁月里活，在枯寂的黑夜里活，在囚禁的牢笼里活……

岳将军看着老兵，满肚子的欢喜。这些老兵简直就是他的孩子。每次聚会，都是岳将军最高兴的时候，也是大伙儿最高兴的时候。

往常聚会洪根生都神采飞扬，今天他心神不定，一副心事重重的样子。杜守正捧着大盘走出屋子："来了，正宗山西过油肉来了！"众人纷纷抢上桌，只有洪根生独自坐在角落石凳上抽烟。

八百黑抽抽鼻子："真他妈的香！"他来不及等将军，挟起来就嚼，"邪门了，今天这过油肉特别好吃。"见将军走过来，弟兄们纷纷问将军得了哪位大厨的指点。岳知春神秘一笑："不是大厨指点，是我得到一瓶仙水。"岳知春将一个粗糙的玻璃瓶放到桌上，众老兵好奇地望着。"看看，这是我们家乡的老陈醋！做过油肉，选料、刀功、火候都要讲究，最后画龙点睛的，还得要说是用醋。要用得巧，用得恰到好处。"

老兵鉴宝似的把醋瓶从一人手中传到另一人手中，大伙儿轮流闻着。八百黑倒了一点在酒杯里，一口干了下去。

众人不及阻止："那是醋，不是酒，怎么能这么喝？"

八百黑陶醉道："多少年没尝过了，这是我家乡的味道啊！"

岳知春洋洋得意："我们山西的老陈醋，号称天下第一醋，讲究的是色、香、醇、浓、酸，这醋可不简单，它是用高粱作主料，用酒曲发酵，做成新醋，这还不能喝，新醋得经夏日伏晒，冬季捞冰，做一缸好醋就像我们老兵一样啊，要反反复复折腾又折腾……"

"咦，这是什么字啊？"

"不认识吧？这叫简体字。山西省清徐县红旗老陈醋厂。清徐县的醋是最有名的。大家见识过了我可要把商标撕了，简体字犯忌，让人看见可不好。"

众人笑："将军你这宝贝神仙水怎么得来的啊？"

"就是我的老朋友赵彤托香港宝岛宾馆的老板魏永乐转给我的。这个永乐可真是个热心肠，咱们台湾人回大陆不是都要转道香港嘛，永乐就在中间当联络人，以后要是和大陆亲人联系上了，咱们可得好好感谢感谢他。"

众人欢笑起来。这时，坐在一旁一直埋头不语的洪根生，突然抬起头来："报告将军，我有重要的事情要跟你汇报。"

"那就说吧。"岳知春乐呵呵地夹起一块过油肉。

洪根生固执地说："这件事，我只能单独跟将军报告。"众老兵纷纷起哄，是不是借钱啊，大过年的，可不兴在将军家添乱。洪根生急了："不是借钱，是很重要的事。"

岳知春见洪根生那么认真，招招手："小洪，来，到屋里说。"

洪根生跟随将军进了屋内，反手把门扣上。"昨天下午，路长功跟我逼问您的事，我开头不肯说，可是后来……我怕……我真是孬种！我把您要去香港见朋友的事说了。"洪根生很沮丧，"我回来后马上打电话给您报信，老莫说您已经被路长功接走了，我真吓坏了，担心了一个晚上，怕那姓路的对您下手。"

岳知春略有些吃惊，然后苦笑："那倒不至于，我和他几十年的老交情了。只不过警总也太他妈的操蛋了，你们为党国卖命大半辈子，还这么对你们。"

洪根生痛苦地捂住脸："将军，对不起，我把您卖了。我不是人，我他妈的就是个叛徒、汉奸、卖国贼，你打我一顿吧。"

将军动情地搂住洪根生："小洪，咱们是在枪林弹雨中结下的缘，你是我的好兄弟，永远是我的好兄弟。这不算什么出卖，幸亏你说了，要不然警总大门你还出得来？"

洪根生如释重负。

将军宅外，路长功和助手庄力奇默默抽着烟，密切监视着岳知春的一举一动。听着岳宅内的欢声笑语，路长功心里禁不住泛起一股股酸涩的味道。将军宅内的欢声笑语一浪高过一浪，一阵风吹来，路长功缩了缩脖子紧了紧衣服。他有些茫然，大年初一，自己不在家好好嗑瓜子看电视享受天伦之乐，跑到这里究竟是为了什么。

晚上，老兵都走了。岳将军独自坐在沙发上，一边读报，一边听《四郎探母》："我好比笼中鸟，有翅难展；我好比虎离山，受了孤单；我好比南飞雁，失群飞散；我好比浅水龙，困在了沙滩……"弦乐过门的时候，他就"得得了啷当"跟着哼伴奏，交叠的腿一晃一晃打着节拍。

庄力奇监视老兵的时候发现，几乎所有的老兵都爱听《四郎探母》，根据老兵籍贯不同，还分晋剧、潮剧、曲剧等各种版本，最多的当然是京剧。在监视过程中，他慢慢熟悉了它的每一个字，每一个音，像岳将军正听的这个京剧名段，庄力奇还能跟唱几句，尽管他是土生土长的台湾人。

因为老兵各自不同的家乡背景，眷村的新年过得五花八门。但各户老兵家过年的规矩，年夜饭的菜式，却又遥遥地与自己的故乡保持着惊人的相似。江西婺源上晓起村的新年，也正热热闹闹进行着。

鞭炮声此起彼伏震耳欲聋，茶嫂与儿子建国、儿媳秀菊团团围坐着。墙上钉着一个村里的有线广播的箱型喇叭，黑白电视里正飘出张明敏的歌声："河山只在我梦里，祖国已多年未亲近……"茶嫂在自己身旁的空位摆上一副筷子、一把汤匙、一个空碗和红色塑料酒杯。建国看了有些不忍，空碗和空酒杯摆了三十多年了，也没有把阿爸等回来。一年一年的摆放，一年一年的失望，一年一年的徒劳，他真想制止阿妈：别再摆了，没有用的。不过，既然这个空碗和空酒杯可以安慰阿妈，那就随她吧。

茶嫂走到门外张望了一下，雪花无声地密密地飘落。当然，雪地里没有丈夫洪根生的身影。她默然回到位子上："我们开始吃吧。咦，卫东哪里去了？"这时，孙子卫东拉着老汉马向前一身雪花走了进来："马公公，进来呀。你一个人过年，那多冷清啊？不就多一双筷子嘛！"

马向前搓着手，忸怩地站着，不安地看了茶嫂一眼。茶嫂低着头不说话。卫东把马向前强摁到位子上："我奶奶也在等着你呢。"马向前半推半就在茶嫂身边坐下。建国两口子起身到厨房里再炒两个菜，把卫东也叫了进去。建国埋怨儿子："你怎么不告诉奶奶一声就把马公公拉来了？"

卫东小声道："是马公公要我把他拉来的。"秀菊忍不住扑哧一声笑了。茶嫂一直低着头盯着桌面。马向前有些尴尬："你做的菜糊真香。"

"你……回去吧。这饭你不能吃，不合适……"茶嫂轻声说。

马向前涨红了脸："怎么不合适啦？我在这里吃饭，也不是一次两次了，为什么今天就不合适？"

茶嫂低着头："因为建国他爹在这里。"茶嫂又想起三十多年前根生走的那天，她顺着田埂跑着，踩塌了一畦油菜花，接着又跳上黄褐色的土路，直到根生的队伍看不见人影了，她才一屁股坐在路边大哭起来。一眨眼，竟然三十多年过去了。

马向前很受打击："阿茶，你醒醒吧，不要再骗自己了。根生在台湾，回不来了！"他激动地拿起碗筷旁边那半张黑白残旧、边缘参差不齐的照片，指了指里面年轻的洪根生，"根生早就在台湾娶老婆生孩子了。你看，这照片是撕了一半的，照片不能合在一起了，人也不能合在一起了。"

茶嫂还是不为所动："哪天都行，就是今天不行。"她声音虽小却很坚决，"我等了三十多年了，不在乎多等几年。"

马向前哀求道："阿茶……我人都来了……"茶嫂久久沉默着。马向前叹了口气："好吧，我走，你们一家人好好过年吧。"马向前的身影有气无力地消失在雪地里。

茶嫂一脸愧疚，想张口叫他回来，又没有勇气。门在风中来回晃动着。建国见母亲伤感，拉着秀菊端起酒杯对着照片鞠躬："爹，我是您的儿子建国，这是我媳妇秀菊，我们在这里给爹拜年了。告诉爹一个好消息，今年我们种的茶叶非常好，广州、深圳、厦门的茶商都来跟我们订货哩！家里日子好了，您在台湾就放心吧。"

卫东挤上前来："该我了。爷爷，我是您的孙子卫东，我今年初中毕业了，爸爸要我跟他种茶，我呢，我就想跟爷爷一样，去当兵。"

建国与秀菊面面相觑。茶嫂又好气又好笑："这孩子，别瞎说。你能跟爷爷一样吗？你爷爷可是国民党兵，你奶奶就为了这个遭了大罪了。"

卫东开心地笑了："爷爷，我要当解放军。爷爷，你什么时候回来啊？我真想你！你再不回来，我奶奶就被人抢走了，马公公喜欢我奶奶……"建国与秀菊夫妻俩赶紧把他拉走："真是狗嘴里吐不出象牙来。"

吃完年夜饭，茶嫂早早就上床歇息了，她在黑暗中睁大着眼睛。根生，你还活着吗？下村何姐的男人也在台湾，人没回来，可托人来信了，你呢，连封信也没有……何姐的男人在台湾又成家了，你是不是也娶了台湾女人啊？我在这里给你爹你娘养老送终，拉扯孩子，我可没哪点对不起你，你千万不能当陈世美啊。她翻来覆去怎么也睡不着，脑袋瓜里一会儿是洪根生的背影，一会儿是马向前的脸。一想到自己那样对待马向前，茶嫂就深感不安。

熬过了除夕夜，茶嫂终究放心不下，为弥补自己内心的愧疚，茶嫂一大早就喊孙子卫东去给马公公拜年，顺便请马公公来家里吃饭。不一会儿卫东跑回来咋咋呼呼地说："奶奶，不好了，马公公不见了。"

茶嫂道："胡说，怎么会不见？可能到邻里串门去了，我们再去看看。"

马向前家的门没上锁，小屋冷冷清清的，屋内一片漆黑。茶嫂想："唉，单身汉的日子不好过呀。”向前老了，也没力气砍柴了，只能到树林里拾点枯树枝、捡牛粪片烧，烟熏火燎的，呛得一边流泪，一边咳着，好不容易才能吃上一顿热饭。建国还小的时候，年轻力壮的马向前没少帮茶嫂做力气活。茶嫂有时也替他洗洗缝缝，有时留他吃餐饭，毕竟要避嫌疑，也不能走得太近。

卫东喊了几声“马公公”，没人应。祖孙两人从上村一直找到下村，连影子也没有。

卫东道：“奶奶，你昨天不肯给马公公吃年夜饭，马公公会不会想不开，去跳河了。”

茶嫂呸了一声：“大年初一的不许咒人。会不会串亲戚去了？”

“马公公是五保户，哪来的亲戚？”

茶嫂这时才真正紧张起来，自己大年三十把人家赶走，马向前的心可能都被自己撕碎了。自己的确太伤人了，说不定马向前真寻了短见。她跌跌撞撞就往河边跑。卫东脚快，远远地跑在奶奶的前面，跑向河边一棵巨大的樟树。见卫东来了，马向前从树后伸出头：“你奶奶来了？”

“来了来了。我说你可能跳河，奶奶吓得就跑来了。”卫东扮了个鬼脸。马向前有些不安，怕弄巧成拙反倒惹茶嫂会生气。远处，茶嫂踩着河边的石头跌跌撞撞急急走来，马向前忍不住喊：“慢一点，慢一点，别崴了脚。”卫东连连摇头，马公公也太沉不住气了。茶嫂气喘吁吁走到马向前跟前，见他没事，一肚子气就炸开了：“你这把年纪，还学人家小年轻动不动就到河边玩，我以为你想不开要跳河呢。”

马向前委屈地辩白：“我没有啦……是卫东出的主意。”大树后，卫东暗暗叫苦。

“少赖在卫东头上，卫东会知道这地方？这是你和根生当年磕头拜把子的地方。”

马向前望着波光粼粼的河水。三十多年光阴就这样流走了。当年，根生被抽丁，临走的时候交代他一定要好好照顾阿茶。他一去不回，如果还活着，现在应该在台湾，几十年了，能不再娶吗？说不定仔都生了好几个了……

茶嫂仿佛看穿了马向前的心思，自言自语道：“根生不会变心的。”

马向前捡起一块石头丢进河里：“阿茶，不是根生变心，这实在是没办法的事，他根本回不来嘛！这几年你也听说不少台湾老兵的事了，个个都在台湾娶妻生仔，有一大家子人了。听说汪口那个李什么，带了口信回来，也在台湾娶了，还叫他女人改嫁呢。"

茶嫂很倔："根生跟别人不一样，别人娶了，我们根生不会娶。再说了，我要是跟你好了，万一哪天根生回来了，他要是没再娶，我不得一头撞死？要是哪一天联系到根生，他要是娶了别人，我就嫁你。"

马向前高兴地问："当真？你要说话算话。"他要的就是这句话。

茶嫂说："我还要去看个人，今天就不请你到家吃饭了。明天你一定来。"马向前愣住了。卫东从树后跳出来，咋呼道："马公公，我奶奶又要去找我爷爷了。隔壁村有个老爷爷从台湾回来了，奶奶要去问问他认不认得我爷爷……"马向前气得捏了捏卫东的嘴巴，卫东疼得龇牙咧嘴。

茶嫂装了一背篓茶叶、米糕，又放进去几个蒸熟的红薯，背上背篓，风尘仆仆地步行到了邻村。她拦住一个老人："听说来了个台湾老兵，知道是哪一家吗？"

老人笑着用手一指："往前走，门口很多人看热闹的，就是罗嫂子家。"茶嫂谢过，拢了拢头发，心中又喜又忧，这几年来，她从不放过任何一个机会，只要听说有人从台湾来，再远她也要赶去问问。她失望过无数次了，仍不放弃任何一丝希望。

一个不大的农家院落，里面挤满了人，水泄不通。一位老人，穿了一身别扭的西装，一个皮包斜挎在脖子上。这样的打扮，是村里人没见过的，想来就是那位台湾来的老兵了。

茶嫂见状，把背篓放到地上，她想等人散了些，才好上前向老兵打听根生。

老兵此时俨然成了大人物，被一群大人和小孩簇拥着，老兵的手微微颤抖，从皮包里拿出礼物，兴致勃勃地分发，等人们看清楚了，男的得到的是手表，女的得到的是金戒指，不禁一阵惊叹，场面随后失控了。大家争着往他身边挤，挤不进去的人着急地踮起脚尖往里望。整间屋子像一锅沸腾的开水，有人生怕自己分不到，手伸得老长，在老人的眼前拼命晃，还有一只手伸到了老兵的包里乱掏。老兵大窘，忍不住大吼一声："你们怎么这样？"

茶嫂为乡里人感到脸红，怎么这么贪财呢？这会让老兵伤心啊！她更担心的是，这事要是传到台湾，根生他们听到岂不寒心！老兵们要是因此不想回来了，那她可就没盼头了。

这时候，一位穿着夹克、干部模样的中年男人站到院子的一个石墩上，大声说：“乡亲们静一静，听我说两句。”

“支书来了，听支书说。”人群慢慢地安静下来。中年男人道：“这位老伯年轻时被国民党抓壮丁当了兵，这么多年一直思念着家乡。现在好不容易冲破重重封锁回来了，我们作为家乡人，是不是要热情欢迎他，不要让老伯失望啊？”

“是啊，是啊。”稀稀拉拉的有几个人回答，人们开始意识到刚才的失态，脸上表情有点讪讪的。

“老伯带了这么多礼物来，是对家乡的情分，是给亲戚晚辈的见面礼。这么多年不通音讯，老伯也不知道家里添了多少丁，进了多少口，准备的礼物的数目可能不准。拿到礼物的亲戚呢，就跟老伯报个名道个谢，回去也想想回什么礼，贵不贵重没关系，是一份心意。没分到礼物也不要紧，如果家乡能给老伯留下难忘的美好印象，老伯以后会常回来看看，大家还有机会礼尚往来，来日方长嘛。”

于是，有的说：“谢谢叔叔。”有的说：“你是我的舅公。谢谢了。”

中年人又转头对老兵说：“您看看我们的家乡，虽然不算富裕，可也不缺吃穿，没穷到像那边说的那样三个人穿一条裤子吧？”

老兵不解其意，诚恳地说：“不穷，不穷，比我离开时进步了好多。”

中年人点点头：“这就对了。这么多年，帝国主义封锁我们，我们自力更生，所以我们生产出来的东西呢，跟你带回来的大不一样。就说这表吧，我们的都是指针转圈的，你的这个——叫电子表是吧？是数字的。所以啊，乡亲们不是贪财，就是好奇，拿去看看新鲜。”他把脸转向人众人：“是不是啊？乡亲们。”

众人纷纷答道：“是啊，是啊，就是看看新鲜。”

老兵愣愣的，仍不知道他什么意思。中年人一笑，转向人群：“现在新鲜看过了，还给老伯吧！”

陆陆续续有表和戒指塞回到老兵手中。老兵动容："不必不必，本来就是要送给大家的……"

老兵看着仍在滔滔不绝的中年人，心中叹道：不知道支书是个什么官，"匪干"之中真有人才啊，三言两语，就化解了一场不快，挽救了自己和家乡的情分。

"现在，族长已经在家摆好了欢迎游子回乡的接风宴，大家请老伯入席好不好？"

"好！"

老兵拉起一个孩子的手，这是他的侄孙，有着一对机灵的大眼睛，老人一看就很喜欢。大家簇拥着老兵去另一家院子赴宴，茶嫂插空挤到老兵身边陪着他一边走，一边说明了自己的来意。老兵诚恳地说："对不起，我不认识你说的洪根生。抱歉，帮不上你的忙。"

茶嫂赶紧鞠躬："我知道，我知道，到台湾的老兵那么多，哪有那么巧，您就认识……我只是想请你回台湾后，帮忙打听一下。"

"没问题！就是婺源县上晓起村的洪根生嘛，我回去就帮你问。"老兵痛快地点点头。为了心中那个共同的疼痛，只要力所能及，所有回乡探亲的老兵都不会拒绝这样的请求。老兵看着茶嫂额头上的汗珠，关切地问："你现在回上晓起村吗？"茶嫂摆摆手。听说汪口镇还有一个老兵，她想去找他问问。老兵很吃惊，汪口镇？那么远的路，你还要去？

"没事，找到我们根生要紧。"茶嫂脸上浮现出一抹少女似的羞涩。

老兵感动地拉住茶嫂的手："这位大嫂，当年去台湾的人很多都在那边成了家……我就是这样……"茶嫂很坚决："我们根生不会娶别人的。"

她从背篓里拿出茶叶米糕递到老兵手中："这是家乡的茶，家乡的吃食，我自己做的，你尝尝，还是不是从前的味道。"说完大步走开。老兵久久地望着茶嫂的背影。家乡的女人啊……如此坚贞，真是让人感动！

山路上，茶嫂一边啃着冰凉的蒸红薯，一边快步地走着。她捋了捋头上的白发，凄凉地笑了——她在别人面前嘴硬，说根生绝不会娶别人，但她心里知道，说不定根生的儿子都快娶老婆了！

第二章　授田证风波

洪根生的这个新年，过得真是不平静。大年初一晚上，金门部队忽然来电话告知，晓雄站岗时被枪打伤了，已经送去医院。网市在旁边听电话，当时就哭天抹泪的，闹着要去看晓雄，根生道："那是军队，想去就能去看啊。男孩子，受一点轻伤怕什么。"

洪根生是经历过枪林弹雨的人，儿子受点伤他虽然也心疼，却并不惊慌。让他心里不安的是，对岸已经很久没有向金门开火了，怎么大年夜会忽然射过来一颗子弹打伤哨兵呢？难道形势又要有变化？

第二天，一位姓吴的上尉军官，在眷村口的大榕树下一群谈笑、下棋、唱戏的老兵中，找到了洪根生，问："你就是洪晓雄的父亲？请问洪晓雄现在在哪里？"

洪根生大吃一惊："晓雄不是受了伤，送进医院了吗？你怎么来向我要人？"

八百黑问："又跟人打架了？"

杜守正见根生的脸色不好，忙说："晓雄如今懂事了，不是打架。听网市告诉我们美如，是被对岸打了一枪，挂彩了。"

那位吴上尉是个不懂事的，也不知道把洪根生拉到一边去单独谈，就这么当着众人不留情面："什么挂彩？那一枪是他自己打的。"

众老兵面面相觑。向来要面子的洪根生脸上挂不住了："不可能！枪是对岸打过来的，晓雄没事为什么要自己打自己一枪。吴上尉，大过年的，你不能冤枉我们家晓雄。”

吴上尉也急了：“我们怎么会冤枉他？军医检查洪晓雄的伤口，发现枪距不到两米，不是自己打的是谁打的？你也是当过兵的，对岸离金门多远你知道。这几年那边天天说要谈判，连炮都好多年不打了。难道他们会大过年的派个蛙人过来，就为了打你儿子一枪？洪晓雄就是跟班长闹僵了不想当兵了。看到自伤的事情被拆穿，他怕了，从医院逃了。他现在是个逃兵！”

洪根生面色铁青，大步往家里走去，杜守正跑步在后面追：“根生，你一定要冷静。”洪根生气得浑身发抖：“冷静？你叫我怎么冷静？你是没摊上这样一个好儿子，所以你冷静。”眷村的人都看着洪根生指指点点，见洪根生气冲冲走来，像躲瘟神一样躲开了他。

洪根生不知道，晓雄已经潜回了眷村。晓梅接到阿弟的电话后飞奔到眷村口，只见阿弟左手绑着绷带，面色苍白地望着她。晓梅气喘吁吁地问：“阿弟，你怎么回来了？”

晓雄嘘了一声：“小声点，别让人听见。我在金门被老兵欺负，被班长罚，我想家，不想当兵了……”晓梅心一软，从小她就护着阿弟，尽量满足阿弟的要求，阿弟如果要她去摘天上的星星，她也得想办法去摘。晓雄求阿姐给他送点钱来，千叮咛万嘱咐阿姐不要把他的行踪告诉爸爸。

洪根生怒气冲冲回到家时，晓梅正想着要是阿爸问起来到底该怎么回答，心里如十五个吊桶七上八下。洪根生马上发现老婆女儿神色不对劲，吼道：“说，那兔崽子藏在哪里？”

晓梅支支吾吾道：“阿弟说要到板桥的一个朋友那里住两天，等风头过了再说。”

“风头？他是逃兵！通缉令是开玩笑的吗？他躲得过初一躲不过十五。”洪根生的脸因为又气又急而扭曲得狰狞可怖。网市战战兢兢地问：“要是抓到了……会判刑吗？”洪根生咆哮起来：“判刑算轻的，要是在打仗的时候，逃兵抓到就是枪毙。”网市捂着脸哭起来，这已经是新年里她第二回大哭了，这个年真是难过。

晓梅抚着阿母的肩膀：“爸，你就别吓我阿母了。”

洪根生恨得在屋内转圈圈：“我吓你们做什么？我说的是真的。现在只有一条路，把你弟弟找回来，我带他去自首，也许还能轻判几年。你赶紧给所有认识阿弟的人打电话。”晓梅也吓着了，她不知道事情后果会这么严重。网市捶着心口：冤孽啊！

杜守正回到家里，小芳从自己房里探出头来小声地喊他：“爸，你进来一下，我有话对你说。”

“这小丫头又搞什么鬼？”杜守正以为小芳又想跟他撒娇，瞒着美如和惠芳向他要钱，买她永远也买不够的包包。不想他刚一跨进女儿房门，小芳就慌忙关上门，门扇后赫然出现了左手绑着绷带的晓雄。杜守正吓了一大跳，这败家孩子怎么就躲到他家来了呢？窝藏逃兵，罪过可不小啊。

小芳哀求道：“爸，你得救晓雄啊！”杜守正一看小芳那着急的样子，心里顿时明白了八九分，这两人从小打打闹闹惯了，时常闹得鸡飞狗跳的，所以他们两个来往，大人们也没往恋爱方面想，这是什么时候好上的？

其实早在十五六岁的时候，晓雄就给小芳写火辣辣的情书：相思像棵树，时间愈久树愈大，相思愈长。爱情像坛酒，时间愈久酒愈浓，爱情愈醇。秋愁绵绵，相思甜甜，我已种下相思的树，愿与你共饮爱情的酒。也不知道是自己编的还是在哪里抄的。在这样甜言蜜语的炮轰下，小芳能不乖乖投降吗？

杜守正无力地坐了下来：“不行，你不能呆在我家。眷村哪里是藏得住人的地方？不但保不住你，还会连累你我两家。你躲在这里要是被发现了，军方会相信你爸爸不知情吗？我去把你老爸叫来，让他带你去自首吧。”

入夜了，洪根生已被这一天的事闹得筋疲力尽地瘫倒在床上，可眼睛还是瞪得大大的，逼视着女儿的眼睛：“你真的不知道你弟弟在哪儿？”晓梅摇摇头，她确实不知道阿弟在哪儿，阿弟只说等他安顿下来，会跟她联络的。根生有气无力地交代女儿：“你要是找到他，就叫他赶紧回来。你跟他说，老爸什么都能原谅他，老爸陪他去自首……”晓梅顺从地点点头：“别担心，老爸，阿弟会回来的。”

房门轻轻推开一缝，网市悄悄向晓梅招手，躺在床上的根生看不见妻子。晓梅为阿爸盖好被子，叮嘱阿爸好好休息，匆匆走出。网市低声道：“你杜叔叔说有事找你爸。”

晓梅连连摆手："杜叔叔是个糯米屁股，坐下来就起不来，这一夜跟老爸扯阿弟的事，老爸别想睡了。你就跟他说阿爸已经睡下了。"

这样有些不好吧？网市有些犹豫，又心疼老公，她站到大门口，一脸歉意对着杜守正："他为儿子的事，累了一天了，好不容易才睡了……"杜守正心急如焚，不管三七二十一就闯了进来："根生，根生！"洪根生蓦地从床上坐起来："守正，什么事。"

杜守正带着哭腔："我们小芳不见了！"

"小芳怎么会不见了？"洪根生甚是诧异。杜守正叫起来："还不是你的好儿子，把小芳拐跑了。"洪根生整个人弹起来，一把揪住杜守正的衣领："你是说，我们晓雄躲在你家？"

杜守正垂头丧气："小芳把他藏在我家，她们两个……好上了。"洪根生怒吼："你他妈的怎么不早告诉我？晓雄人呢？"

杜守正道："你这爆脾气，我要是在你气头上告诉你，你还不闹得整个眷村都知道了啊？要是被人检举抓走，连自首都没机会。我是想等天黑人少来告诉你。没想到天刚黑，晓雄和晓芳就都不见了。"

洪根生几乎要掐死杜守正："这么大的事，你也敢瞒着我？你还我儿子！"守正惨叫："明明是你儿子拐跑了我女儿，你讲不讲理啊！他们两个手里没钱，小芳把我的授田证偷走了。"

洪根生颓然松开手，杜守正大口喘息。授田证？授田证是他们这些老兵的命根子啊，这小芳是要了她爸的半条命了。洪根生冷静下来一想，整件事情确实是自己儿子惹的祸，老杜没有兴师问罪，还让着他三分，这是念着战场上自己救过他的情分啊。

该死的晓雄，小芳要不是为了帮你，怎么会做出这样的糊涂事。杜守正骂骂咧咧走了。

洪根生转身回屋，翻箱倒柜，网市在一旁一边收拾洪根生扔乱的东西一边安慰他："你放心吧，阿弟不是小芳，他不敢偷你的授田证。"洪根生终于找到那个小铁盒，小心翼翼地从铁盒内取出那张发黄的、边角已有些破烂的授田证。网市松了口气："老天保佑，东西还在。老公啊，人家隔壁张大妈她家，就是把授田证藏在银行保险柜，说是那里最保险。你看我们要不要……"根生对她的唠叨充耳不闻，拿着授田证急急往外走。网市吃了一惊："你疯了！你到哪里去?"洪根生没回答，很快不见了踪影。他气喘吁吁跑到守正家，美如正哭得两眼红肿，愤愤不平瞪着洪根生："你来做啥?"洪根生把自己授田证往桌上一放："给!"

杜守正困惑地望着洪根生："你什么意思?"

"你拿去吧。是晓雄惹的祸，谁叫我摊上这么一个冤孽呢?"洪根生悲从中来，几乎哽咽。杜守正感动得有些口吃起来："我、我、我哪能拿你的授田证呢?"他把授田证塞回给洪根生手里，"拿回去吧，是小芳不争气。"洪根生满腔内疚："都是我们晓雄……守正，你拿着，我心里好受一点。"他又把授田证塞回给守正。

杜守正推回授田证："我拿你的授田证有什么用，难道将来到你家乡去种田?"一旁的美如看他们把一张授田证推来推去，生怕丈夫真把授田证推掉了，赶紧上前从杜守正手上拿过授田证："小心别把授田证弄破了，我来收好。"杜守正知道妻子小气，制止道："美如!"美如强笑："洪大哥做人讲义气，你就是推到明天，他也不会收下的。"

洪根生与杜守正都静了下来，面面相觑。根生安慰守正："我的授田证先押在你这里，放心吧，拼了这条老命，我也要把你的授田证拿回来。"

一栋老旧的公寓房间内，小芳拿着一件新衣衫在为晓雄套上："正好！我的眼光不错吧?"晓雄感动地望着小芳，同时有些忧虑："小芳，你真的不回眷村了？我现在是个逃兵，见不得光，跟着我你要吃苦了……"

小芳满脸不屑："谁还回那破地方啊？要不是为了等你，我早就跑了。山猪哥说了，以后我们就跟着他，万华这一带全是他的地头。你看这房间，旧是旧了点，可多安静啊。不像在眷村，放个屁隔壁也能听见。"她动情地把头靠在晓雄的肩膀上。

晓雄感到了男子汉的肩头的责任："小芳，我会闯出一片天的，为了你。"小芳兴奋起来："山猪哥说了，过两年，就把万华这一片交给你。"她对未来满是美好的憧憬，"到时候，你就是黑道老大，我就是老大的女人。"

正谈得热闹，一阵敲门声吓了他们一大跳，小芳紧张地问："谁?"

“阿弟，是我啦。”是晓梅。小芳不悦地责备晓雄：“你怎么把这地方告诉你阿姐了？”晓雄一边上前开门一边说：“阿姐给我送钱来啊，不然我们喝西北风吗？”晓梅走入房间，打量一下四周，劈头就问：“小芳，你怎么把你爸的授田证拿走了？”

“嗨，一张破纸，又没什么用，紧张什么？”小芳满不在乎地撇撇嘴。晓梅很生气：“既然没什么用，你干吗要拿走？”

“山猪哥要的啦。”

晓梅吓了一跳，山猪？她瞪着阿弟：“你怎么混上黑道了。”晓雄嗫嚅道：“我一个逃兵，不混黑道，还能怎么办？难道送上门去让人抓？爸妈还好吗？”晓梅冷冷地瞟阿弟一眼，你还记得有个爸？她把手朝小芳面前一伸：“把授田证给我，你要了你爸半条命了。”

“人家都给山猪哥了，怎么好意思去跟山猪哥开口嘛！”一想到老爸，小芳有些后悔了。

“我管你怎么开口。反正你老爸的一条老命已经丢了大半条，随便你吧。”晓梅取出一沓钞票交给晓雄：“省点花哦，不够再跟阿姐说。我警告你，千万别跟山猪借钱。欠黑道的钱不是闹着玩的。走，你带我去找山猪，把授田证要回来。”

晓雄领着晓梅出门走了一段路，朝前指了指：“姐，那个就是山猪。”他为难地说，“答应给人家的东西再要回来，不合江湖道义吧？”晓梅瞪了弟弟一眼：“没出息的东西，我去跟他说。”

山猪一身黑衣服，留着刺蓬头，胳膊上刺了一条蛇，晓梅一步步走近他，直感到小腿发抖，手心猛出汗。山猪边走边翻着杂志，看上面的裸女。忽然觉得一个人影走到他面前，抬头一看：“哟，美女。”山猪坏笑起来，“找我有事啊？”

“我是晓雄的姐姐。小芳是不是给了你一张授田证？那是她爸的。山猪哥，你就还给小芳吧。”

山猪痞里痞气地瞄了晓梅胸口一眼：“我也不想要什么授田证啦，是小芳要我罩着晓雄，你要知道，罩着一个通缉犯要担好大风险的，总要交点保护费的嘛。”

晓梅忍气吞声赔笑："这东西对你就是一张废纸，你又不能到大陆去种田，山猪哥要它做什么呢，不如做个好人还给小芳她爸。"

山猪乜斜着眼，叼上一根烟点上："是晓雄小芳他们交不出钱，拿这个东西抵押给我的。拿回去可以，拿钱来赎。"

"要多少钱？"

"看在美女的分上，少一点啦，一万。"

"一万？"晓梅大吃一惊。

山猪轻佻地走到晓梅面前，朝着晓梅吐出一口烟圈："当然，也不是不可以商量。就看你会不会做。商量得好，一分钱不要还给你也是可以的。"

晓梅大喜："谢谢山猪哥。要怎么做，山猪哥才肯把授田证给我？"

两人边走边说已经走到了一幢旧楼的楼梯口，楼道黑暗幽长，晓梅警觉起来，停住了脚步。山猪一把搂住她的腰，把她往楼道里推："只要你跟我上楼，到我家里去拿，我就把授田证还你。"

晓梅顿时醒悟，不禁毛骨悚然，奋力挣开山猪的手，山猪却又使劲扳住晓梅的肩，一口把烟吐了，嘴直凑上来。一股烟臭味冲得晓梅反胃，情急之下，晓梅抡起手里的包，死命朝山猪砸去，万幸，包上的金属环恰好扫到山猪眼睛，山猪眼前一黑，不由自主松开了手。晓梅赶紧冲出黑暗的楼道，奋力往大路上跑。晓雄远远看见山猪跟阿姐说话的样子，忽然感到有点担心，就站在原地没走开，等着阿姐回来。忽然见阿姐披头散发跑出来，晓雄吓一跳，连忙跑了过去。晓梅喊："阿弟，你回去叫上小芳快跑。"这时山猪捂着青肿的眼睛追了上来。晓雄不但没逃，反而拦在姐姐和山猪中间大喝一声："不许碰我阿姐。"山猪冷笑："哈，你个逃兵也敢大声说话了啊？"一把推开晓雄要去拉扯晓梅。正在这时，一辆黑色轿车开过来，在他们面前戛然而停，山猪的脚差点被碾到，不由自主后退了一步。路长功的手下庄力奇坐在车上，将黑乎乎的枪口对准山猪。山猪连忙把晓梅松开，赔笑道："长官，我跟我的马子开玩笑。"庄力奇冷冷地望着山猪："是不是你的马子，问问这女孩就知道了。"

这时候，台生从驾驶室跳下车扶起晓梅，晓梅有点像琼瑶剧女主角的气质，令台生怦然心动。那一脸惊慌无助的表情，更是令他心生要保护她的欲望。晓梅惊魂未定，说了声"谢谢"撒腿便跑。台生还未来得及与这女孩搭讪，眼睁睁看着她跑远，心中怅然。

晓梅催着晓雄回住处叫上小芳赶紧离开。小芳见两人的样子，惊讶地问："怎么跟山猪哥打起来了?"晓梅怒道："什么山猪哥，就是一头猪。老话说'盗亦有道'，就算不得已混黑道，也要投奔个讲江湖道义的大佬。跟这头猪混，不是找死吗？快收拾东西，跟我走!"

一身面粉的晓梅一边帮八百黑揉面，一边唠叨着："八百叔，阿弟他现在惨了，他是逃兵，宪兵队一天到晚到我家来要人，为了杜大叔，我又得罪了山猪，山猪也要找阿弟算账。我阿母是天天哭啊。我爸呢，没有一晚睡得着。"

八百黑同情地看着晓梅："唉，可怜天下父母心啊！晓雄这小子，怎么搞得黑白两道都不容?"

"总归是我亲弟弟，我不能不管。我带他去找朱伯伯，朱伯伯吓得不敢开门。我打了电话给左营的李叔叔，他倒是跟我说了真心话，他一家七口人，全靠他一个人养，万一出点事就全完了，真的不敢收留阿弟……"

八百黑气道："这个朱晋，就是没骨头的孬种。"八百黑气得把一个馒头都捏扁了，他一拍胸脯，胸前黑衣上印了一个雪白的手印，"叫你阿弟到我这边来吧，我就一个人，啥也不怕。"晓梅惊喜万分："真的？我爸常说，这班老哥儿们，就您最讲义气。"她朝着门外大喊，"阿弟，快来!"八百黑一愣。大门外，晓雄拉着小芳尴尬地走进来。

八百黑目瞪口呆，感觉自己中了晓梅的圈套了。晓梅说："他们两个以后就是你的伙计了，有什么力气活叫他们做，不用客气。也不用开工钱，管饭就行。"说完不等八百黑答话，赶紧走了。

晓梅安排好弟弟和小芳，回到眷村时，正遇到山猪被打得满脸是血，带着马仔落荒而逃。山猪与晓梅打照面时还不忘恶狠狠地威胁："臭女人，你等着。"

转眼间，洪根生带着一帮眷村老兵也赶到了，看见晓梅，洪根生指着就骂："你见了晓雄？这么大的事你也不告诉我？那山猪是什么人，万一被他欺负了你还怎么活?"一想起刚才的险境洪根生还心有余悸。

晓梅避重就轻："我怕你去了把阿弟痛打一顿。我甩掉山猪后就赶紧叫阿弟跟小芳跑了！"

根生急得跺脚："晓雄是逃兵！要是被抓到…… 你呀！太不懂事了……"

"至少阿弟不会在黑道里混了。他没地方去，就会找我，我会劝他去自首的。爸，你没受伤吧？"

"我受伤？开玩笑，你老爸身经百战，对付这几个小毛贼，小菜一碟！"洪根生嘴上逞能，一到家就躺到床上，连腰都伸不直了，小声地让老婆取膏药来帮他贴上。网市骂他："就爱逞英雄！"

第二天，眷村自治会会长把杜守正与洪根生叫到了办公室。两人立正站着，气急败坏的会长将几份报纸拍到两人面前："你们看看，报纸上怎么写的？这一张，《外省老兵围殴本地青年》，这一张，《眷村血案》。"

洪根生气愤极了："明明是那帮黑道抢了守正的授田证，还差点欺负了我女儿。真是猪八戒倒打一耙！"杜守正喃喃道："是那班人冲进眷村挑事的。我还是头一回看见，这么无法无天……"会长瞪着杜守正："你给我闭嘴！听说昨晚就是你纠集了眷村的人去打架。"

"人是我打的，守正啥也没干。再说不是我们找他们打架，是他们跑到眷村来打架，我们是自卫。"洪根生马上为杜守正辩护。会长敲着桌子冷笑："够义气啊！'退辅会'已打电话来关切了。我调查过了，授田证不是人家抢走的，是杜小芳主动送给人家的，是不是啊，老杜？"

杜守正只好承认："是……是……"

洪根生还是气得满脸通红："小芳不懂事，我们晓梅本来也就想拿回授田证，哪晓得那个王八蛋，居然动起晓梅的歪脑筋。"

"什么王八蛋？你知道那个山猪的老爸是谁吗？是'国大'代表。"

洪根生嚷道："我管他什么代表？我就想拿回守正的授田证。"会长头摇得像个拨浪鼓："值得吗？为了一张废纸！我看你就是一头驴。"杜守正伤心地低下了头。洪根生气愤地辩解："那是老家的一片田啊，那不是废纸。"

会长被他气得笑起来："一片田？你信吗？反攻大陆！你信吗？"杜守正与洪根生面面相觑，会长的话击中了他们心中一直躲避的痛。会长叹了口气：

“你们把人打伤了，对方说，要是想拿回那张授田证，就拿三万去换。”

杜守正倒吸了一口凉气。洪根生又惊又气：“三万？昨天他们还说一万，狮子大开口啊？他妈的这就是土匪啊，光天化日下明抢。”会长不耐烦了：“你自己看着办。昨天那一万是赎授田证的钱，我们还可以说他敲诈。现在把人家伤了，他们说是治伤的钱，叫我们怎么说？不肯付这笔钱，你带人去抢吧！眷村这些老弟兄你准备带多少人去？就是打赢了一场两场的有什么用？每个老兵都是拖儿带女一家子啊，他们可是黑道，三天两头来寻仇你们受得了？不要说打死一个，就算伤了一个，你负得了责任？”

洪根生绝望地看看杜守正。杜守正万般无奈：“不要了……不要了……听会长的。这事就这么算了……惹不起咱躲得起……”

洪根生决定，不管怎么样，要帮守正把授田证拿回来。所有的事情从根上说，都是因晓雄而起，他这个当爸爸的负有责任。可是，他所认识的这帮弟兄们，八百黑卖馒头，朱晋开计程车，李国耀送报纸……都不宽裕，算了，能凑多少算多少吧。

洪根生跑了一圈下来，也只凑到了将近一万。想来想去确实没办法，只好厚着脸皮再次向将军伸手了。将军一听洪根生的话，拍案而起：“你们还真要送三万块钱给山猪那个地痞流氓啊！是不是脑子都进水了？”洪根生垂着头任由将军责骂，将军发完火，一见洪根生那无奈的模样，缓和语气道：“我虽然退休了，但也不是没有办法收拾一个小兔崽子，只是大家要过安稳日子，还是息事宁人的好。这样吧，还差多少？”洪根生大喜过望，只是伸出两根手指头，坐在椅子上傻笑：“我替守正谢谢将军。”

洪根生脚下生风，赶到守正家里告诉他这个好消息：“将军给我们把钱凑齐了。你可以去山猪那里把授田证赎回来了。”杜守正乐得用拳头砸自己的脑袋：“这样一次次麻烦将军，真是不知道如何报答。以前手头紧时将军没少接济我们，也没让我们还。这次这么大一笔钱，我是一定要还的。”

杜守正乐颠颠地回家跟美如报喜，美如笑骂道：“将军要是不给你凑钱，我看你卖血也要把授田证赎回来的。说到底，你们这些老兵就是猪脑子。那张什么授田证，一百块也没人要啦，你还拿三万块去换。将军的钱是大风刮来的啊？以后还不是要还。你说你是不是猪？猪都比你聪明啦！我要是有三万块，就在自己老家买一片田。”

“那不一样。”守正争辩道。

“当然不一样，我拿三万块到乡下买块地，能种稻、种菜、种茶、种花，能挣钱养一家人，你那块地就是一张纸，什么用都没有。”

那张授田证，是他们这些老兵出生入死流血流汗的报酬，是游子与家乡联系的纽带，是老兵们对故乡感情的寄托。这样的复杂的情绪，跟美如这样一个没有离开过故乡的女人，如何扯得清！让杜守正感到欣慰的是，美如骂归骂，倒也没有哭闹阻止他去赎回那张她口口声声“什么用都没有”的授田证。这么多年的夫妻了，美如虽然不能完全理解，但也能充分尊重老公对家乡土地的一片深情。这对一向小气的美如来说，已经很不容易了，守正心里很感激。

每次去见岳知春将军之前，路长功都要猛抽几根烟，再狠狠地掐灭，才有勇气登门。他知道自己是不受欢迎的，但再怎么不受欢迎，他还是得硬着头皮去见将军。

岳知春一见路长功又来了，毫不掩饰地皱起眉头。他不喜欢这个不速之客。以前那个喊着“一寸山河一寸血，十万青年十万军”的口号投笔从戎的热血青年路长功不见了，现在的路长功只是执行上头指令的机器人。有时岳将军想，如果向路长功发出指令的是纳粹，他大概也会不折不扣地去执行屠杀犹太人的命令。那些制定和执行规定的人，是铁石心肠吗？

将军又在奋笔疾书《望大陆》，他想象着于右任老先生长须飘飘仰天长叹，眼里含着深沉的泪水。

“这幅字写得怎么样？你看了，会像那些老兵一样思念家乡和亲人吗？”将军问正向他走来的路长功。

路长功朝将军伸出一只手：“老岳，你不能去香港，把你的护照给我。”

将军冷笑起来，这年头，连看望朋友的自由也没有了。路长功仿佛看穿了将军的心思：“老岳，你无论如何不能去见赵彤那个‘共匪’，这是对党国的背叛！你虽然退下来了，但你毕竟是将军，你如果在香港出点什么事，那对上头就是个灾难。”

岳知春吐出一口烟圈：“承蒙关爱。我在香港能出什么事？难道我会游过深圳河去投共?”

路长功一脸诚恳:“将军当然不会去找‘共匪’,可人家不会来找你啊?香港可是老共的地盘,万一来几个人,把你绑架到那边去,然后以你的名义发表统战言论,你说会有什么后果?”

岳知春笑了:“那你这个警总的干将可就要倒霉了,你的上司老潘也要跟着倒霉。”路长功苦笑,将军心明眼亮,今年以来,私入“匪区”探亲的人多了,确实有人想利用这件事来整老潘。岳知春冷笑:“我看是老潘想利用这事整他的对头吧?”

路长功心知在将军面前什么也掩饰不了,干脆承认:“反正双方都想抓住这事大做文章,在这种形势下,将军你绝不能行差踏错!”

岳知春不为所动,他是坚决不会交出护照的。路长功没办法:“交不交护照都一样,反正你走不了的,我奉命对你实施二十四小时监控。”

岳知春起身推开窗户:“那就请便吧。”

想到这半生驰骋沙场,如今却形同被禁足,将军心中不禁充满悲愤。我做错什么了?不过是想跟自己的老朋友叙叙旧,想为自己的部下打探一下故乡的消息。

又过了几天,将军暂时按兵不动。路长功在办公室里忙得焦头烂额,监控机器红红绿绿的灯泡闪烁着,一个手下通过对讲机向他报告:“三号目标在莲园餐厅宴客,席上出示了一批照片,是他与匪区亲人在香港会面时拍的。”路长功果断地命令手下想办法影印这些照片。紧接着他马上按下另一按钮:“说吧!”

“三号小组报告:五号目标在眷村内跟几个老芋仔喝酒,哭得稀里哗啦。哭完就骂人,从营长直骂到总司令。”

路长功叹了口气:“录音备案。”电话一个接一个,路长功直讲得口干舌燥,刚想喝口茶,另一个电话又响了。

“什么书?……乡愁诗抄?直接到印刷厂查封……这种事还需要法律依据?有多少本流入市面?……每个书报摊去追回,少一本唯你是问。”

总算消停一会儿了,他疲惫不堪地揉着太阳穴,这些电话吵得他头痛死了。都是小鱼小虾,他最关心的岳将军动静,却一点消息都没有。这庄力奇怎么搞的？毕竟年轻，没有多少经验，会不会被老岳蒙了？路长功越想越觉得放心不下。

此时庄力奇正奉命严格监视着岳知春的住宅。他一边看着岳宅门前那只懒洋洋的老猫一边报告：“处座请放心，岳知春没有出门迹象，只有荣工处梁处长夫妇提着礼物前来拜年，岳知春和客人谈得正热闹呢，也不知道他们哪来这么多的话。”

路长功警觉起来：“梁处长我很熟悉，他不是个久坐之人啊？岳知春有什么反常举止吗？真的一点外出迹象都没有？”

“没有，他连衣服都没换，还穿着晨袍呢，怎么出门？”

路长功手指头敲着桌子思索了一会儿，突然神色一变：“不对！岳知春军人出身，见客的时候一定着装整齐，何况见梁副主委这么大的人物！”听路长功这么一说，庄力奇也感到不对劲了，不禁慌张起来：“处座，怎么办？”路长功气急败坏：“笨蛋，赶快进去看看。”

“将军不在家，有事？”岳家仆人老莫，穿着晨袍给庄力奇开门。

原来，岳知春早就提着一个简单的旅行袋打车去了机场。路长功气急败坏地抓起电话：“境管局？我是路长功，立即拦下岳知春。”

岳知春现在已顺利地坐上了飞机的头等舱，旁边是两个美国人。将军脸上挂着一丝自嘲的笑意。想当年，饱读兵书的将军，在战场上与日本人斗智斗勇，那是怎样的豪情万丈。如今却要跟昔日的老同事、老朋友玩“三十六计”了。这一招“金蝉脱壳”之计用得漂亮，却丝毫没让岳将军感觉到胜利的喜悦，他只觉得荒诞可笑。

境管处的孟忠立是岳将军的老部下，岳将军特意选了孟忠立值班的日子出行。岳将军一到，孟忠立就叮嘱办公室的部下，不管谁来电话，都说找不到他。孟忠立亲自把岳将军送上飞机，所到之处一路绿灯。将军一直望着机舱外，直到看见外面景物开始移动才收回视线。这表示飞机正在滑行，准备起飞了。岳知春一脸轻松地喝着空姐送来的橙汁，这橙汁，味道真好。

孟忠立回到自己办公室里坐下，见桌上一个电话亮着红灯。他拿起电话，按下红灯，那边马上传来了路长功冷冷的声音：“老孟，你可真忙啊，所有的人都找不到你。”孟忠立呵呵笑道：“上头动动嘴，我就要跑断腿。今天美国在台协会几个人回国，我得鞍前马后招呼着。老路，你有什么事？”“没什么，上头不让岳知春去香港。”

孟忠立假意叫起来：“哎呀，你早告诉我啊，他的飞机刚起飞。”路长功无奈，机上有美国在台协会的人，若强召飞机返航，那可是要惊动国际了。

路长功刚放下话筒，老潘的电话马上追了过来。路长功像属下垂头听他训话一样，垂头接受了老潘的炮火。

机场里人潮涌动，大型电子布告牌像潮水般一浪接一浪地翻动，公布着最新的航班消息，拖着行李的旅客陆续从出口的大斜坡走了出来。人群中，赵彤伸长脖子不停地往前张望，赵彤下榻的宝岛宾馆的老板魏永乐仰头望了电子布告牌一会儿，挤到赵彤身边：“赵先生，岳先生乘坐的班机已经准点降落了，再加上过关拿行李，半小时左右就能出来，你耐心等候一下。”

赵彤按捺着激动的心情强作镇定地摆摆手：“不急不急，我已经等了三十多年了，不在乎再等三十多分钟。”

台北的路长功此时正面色严峻坐在自己办公桌前，老潘的电话又轰炸过来，路长功面对老潘的电话心惊肉跳，又不敢不接。老潘有些兴奋：“岳知春乘坐的CI103刚刚在香港着陆，难得华航的飞机这么准时。不过，红桃K也很准时。”

路长功微微一颤：“为了这么点事，就要动用王牌杀手？”

老潘冷冷的声音：“我不能让岳知春见到那个中共政委。谁知道机场有多少老共的人？别怪我无情，长功，我给了你机会，我让你拦住岳知春的。你拦不住，我得拦住他。”说完咔嚓一声挂断了电话。

路长功面色铁青，捶着桌子——老岳啊，你是去找死啊！看来，不得不动用黑桃皇后了。

岳知春下了飞机，环顾左右，深深吸了一口香港的空气，真畅快！马上就可以见到老朋友赵彤了，今晚必定有彻夜的长谈。这时，一位皇家警察的洋官员拦住了他的去路，将他请到了办公室：“先生，麻烦您出示一下护照。”岳知春有些不悦，但为了避免节外生枝，他还是配合地将护照拿出来。官员举着护照翻来覆去地看，抬头严肃地说："先生，我们不能让你入境。"

岳知春用手指弹着护照抗议地叫起来："看清楚了，这上面有你们的入境签证。"

"对不起，岳先生，我们发签证的时候，还不知道你的真正身份。"官员彬彬有礼，但态度非常强硬。"我的身份？我以前确实是军人，可早就退役了。"官员微笑摇头："NO，你是台湾警总保安处的专员，间谍。我们要保持中立，不能让你这样身份的人入境。"

"胡说八道！"岳知春简直被气昏了。官员还是微笑，他很清楚这不是胡说八道，他们的消息来源绝对可靠。岳知春怒气冲冲："是哪个人胡编乱造蒙骗你们的？"官员依旧彬彬有礼："提供消息正是你们警总的路先生。他的消息绝对可靠吧？"岳知春惊呆了，路长功？他的手怎么伸得这么长？难道孙悟空翻腾了十万八千里，还是逃脱不了如来佛的手掌心？岳知春苦笑，他真的无话可说，只好返航。

路长功在办公室里焦躁地来回踱步，他抽着烟，神色憔悴，紧张地等待着岳知春的消息。电话响起来，他急忙丢下香烟，那边说："报告，北平同乡会聚餐，有人唱《四郎探母》。"

路长功很不耐烦："录音存证。记住，不准再打这电话。"

他烦躁地点了根香烟，还没放进嘴边，电话再次响起，老潘的声音："刚刚得到消息，岳知春已经乘原来的飞机飞回台北了。"路长功松了口气，黑桃皇后干得可真不错。他抓起电话："台生吗？我请你和你妈妈吃饭。"

岳知春怀着对路长功的满腔怒火回到了台湾。这个路长功，表面上对自己还算尊重，自己有时也体谅路长功人在警总身不由己，难免要做出一些违心的事来，所以，这些年尽管争争吵吵，情分却没有断绝。没想到他今天竟然来这么一出釜底抽薪。赵彤和永乐大概很失望吧？当下机的旅客一个个走完，机场犹如退潮的沙滩那样荒凉，盼望中的人影就是没有出现。那是什么滋味？

岳知春回到家第一件事就是给路长功打电话："你什么意思？我什么时候成了你们的人了？你们警总都是下三烂！"他怒不可遏。

路长功不想让立苹知道将军正在跟他吵架，在电话里打着哈哈："过奖了，我不过尽自己的一点绵薄之力为你做点事。"

岳知春大怒："我真谢谢你了，路长功。这件事我会一辈子记住的。"

"举手之劳，何足挂齿？你也不必太当一回事。"路长功尽力做出一副轻松的样子。

"我告诉你，我见赵彤是见定了。你以为你真能拦住我？哼，骑驴看唱本，走着瞧!"说完将军用力放下电话。路长功继续拿着话筒，做出一副还在通话的样子："改天吧，改天吧。吃饭有的是时间，过年大家都忙……再见。"

他在心里自嘲，一个警总的人心里不知要藏着多少事啊，脸上笑，心里哭，比黄连还苦。

岳知春从香港回来的第二天，洪根生坐着朱晋的出租车来到将军府上，报告将军杜守正出事了，如今正在荣总住院治伤。岳知春大吃一惊："我临走时不是给你们凑足了钱，让你们去赎授田证的吗，怎么会弄成这样?"

在去医院探望守正的路上，洪根生、朱晋向将军述说了事情的经过。

原来，那天他们两人陪着杜守正去约好的茶室跟山猪见面。考虑到山猪屡次到眷村挑衅都没有占到便宜，估计他必是不甘心，此番见面，会有一番刁难。怕洪根生的性子爆，忍不住火误事，最后决定洪根生在车里等，由朱晋陪着杜守正去见山猪。

一进茶室，果然见那山猪摆着阵式，大模大样地坐在中间，说话时斜着眼看他们。他用本地对外省老兵的蔑称叫他们，一口一句"老芋仔"，先是大骂晓雄小芳他们不懂规矩，后又嘲笑老兵们拿张废纸当宝，脑子进水了。两人始终强压着怒火，杜守正甚至卑微地一口一个"大哥"，替女儿小芳的"不懂事"道歉，求"大哥"高抬贵手。

受尽屈辱，终于熬到谈正事了，杜守正恭恭敬敬地双手把钱放在茶几上。

山猪的马仔数了数："一分不少。"山猪坏笑道："老芋仔很讲信用嘛。"对马仔说，"授田证还给人家吧。"

马仔道："早就放好了。"

杜守正问："在哪里?"山猪装着吃惊的样子："哎呀，小弟不会办事，放到桌子下面了。对不住了，麻烦你自己拿。"

杜守正低头一看，长条茶几下的地砖上，果然放着他的那张授田证。要想拿到它，就得在山猪面前趴下，伸手去够。杜守正的脸立刻红成了猪肝色。朱晋实在看不下去了："大哥……你要三万，我们一分没少给你了，你们不能这样对待一个老人啊！"

山猪一把将朱晋推到一边："这授田证你到底要不要？你要是不要，我就拿来擦屁股了。"

众马仔一阵哄笑。杜守正终于爆发了，挥拳照着山猪的脸打去……

一场混战。毕竟年纪大了，杜守正被几个马仔按住，打得浑身是伤。

等在车里的洪根生看到茶室窗子里飞出一把椅子，紧接着一大群人争先恐后地跑了出来，知道情况不妙，他操起一把为防不测事先准备好的刀，冲了进去。洪根生想，他们三个老兵要是强拼，不是山猪和众马仔的对手，便乘着众人打成一团没人注意到他，悄悄地从背后接近山猪，一下子用刀逼到了他的咽喉。山猪愕然："你、你、你还敢杀人？"洪根生冷笑："老子杀小日本的时候，你小子还没投胎呢！放开他们两个，让我们走。"说着手上稍一用力，刀刃陷进皮肤，山猪杀猪似的叫起来。朱晋扶着杜守正，洪根生以山猪为人质，一步步退回到车上，推开山猪，发动汽车，方才得以脱身。

医院里，头上身上都裹着纱布的杜守正，一见到将军就孩子似的哭了："我上辈子到底造了什么孽？这辈子要受这样的苦。稀里糊涂被抓当了兵，半辈子出生入死，一大把年纪的人了，还要受这帮小兔崽子的欺辱。有家回不了，我连张老家的照片都没有，都快想不起老家的模样了。授田证上印着有老家的名字，我枕着它还能做个回家的梦。现在授田证没有了，这点可怜的梦都做不成了。"几位老兵在一旁听了这话，如同发自自己的肺腑，都不禁潸然泪下。美如也哭了起来。

山猪已放出话来，他宁愿一分钱不要，也不会把授田证还给老芋仔了。

将军抚着杜守正的背，安慰道："我就不信，一头猪还能成了精？就算成了精，也不过是个猪八戒。你们放心，我一定会摆平这头山猪，把守正的授田证拿回来。"

既然警总不让他去香港，岳知春想，他们总不能不让自己去探望在美国定居的妻子和儿子吧？他辗转告诉香港的魏永乐，让他带话给赵彤，他要去美国的儿子家里住一段时间，请赵彤方便的时候去美国见面。

办公室里，老潘把一张机票复印件递给路长功："你那个老战友真是太不安分了，他要去美国会那个赵彤。"

"那个赵彤也能去美国？不大可能吧？"路长功不大相信。老潘很恼火："美国是一般大陆人想去就能去的吗？这正说明了，这个赵彤不是一般的大陆官员，他可能就是搞统战做策反工作的。不要忘记，李宗仁就是从美国回大陆的。"这个岳知春真会添乱，牵着警总的鼻子走，忙得警总团团转。路长功有些不安："您是担心老岳也会步李宗仁的后尘？"

老潘冷笑："谁敢保证不会？只不过美国不比香港，我不能安排人手在那儿杀人。"路长功想到了一个主意："不然吊销他的护照？随便找个理由，不让他出国就行了。"路长功的话简直是火上加油，老潘一肚子没好气："那老头啥都想到了，刚刚打电话给我了，他说如果我们吊销他的护照，他就召开记者招待会。"

路长功一震，看来将军不达目的绝不罢休，将军早已看准了警总的软肋，知道警总绝不愿意把事情公开。将军这个人，不仅性子倔，而且脑子好使，老当益壮。

"不管你用什么方法都要阻止他。车祸，食物中毒，心脏病发……"看来，老潘非置将军于死地不可。他递给路长功几颗白色药丸："给，这玩意儿很好用，死亡病征就跟心肌梗塞几乎一样。除非法医，一般医院查不出来。"路长功不由一颤，惊出一身冷汗。

路长功一身大衣，站在岳宅大门外，按着门铃。老莫赔着笑脸："路先生，真不好意思，将军今天身子不舒服，概不见客。"路长功很失望："身子不舒服？我正好去问候一下。"

"不好意思，将军服了药，睡着了。"老莫很客气。

闭门羹的滋味不好受。路长功不死心，事关将军的安危，他呆在汽车里准备死等。这时，一辆计程车驶来停下，洪根生、八百黑、朱晋几个老兵下车按门铃。老莫打开门，亲热地把三人领进大门。路长功看在眼里酸溜溜的："老岳，虽然你我立场不同，可我还是记得你当年战场上救命之恩的，我这也是救你，报答你啊，你就这么不领情么？”

岳知春穿戴整齐准备出门。自从许诺帮守正追回授田证，他就开始在脑海中搜索哪个老战友或者老部下可以帮忙的，这事还没个着落。路长功微笑着站在路口：“老岳，你好啊。你前几天刚买了去美国的机票，机票副本就摆在我桌上了。”

这个路长功真是阴魂不散！岳知春很恼火：“警总的消息真比狗鼻子还灵啊，有没有逮捕令啊？有的话我就直接上你的车了。”

路长功拉开车门，岳知春冷笑着坐了上去：“谢谢你，你没给我上手铐，真给我面子啊！”将军看着窗外，突然发现路线不对，怎么不是去警总？路长功一脸轻松的笑容：“到我家聊聊天吧。”岳知春脸色一沉：“路长功，你要是吃饱了饭没事干，请你找别人泡茶，我忙着呢。”路长功促狭一笑：“我知道你很忙，除了忙着帮杜守正摆平山猪，还忙着怎么躲过警总的眼睛飞美国，是吧？你先别生气，告诉你一个好消息，我有办法拿回杜守正的授田证。”岳知春一怔：“你肯出面？哟，警总什么时候也帮起老百姓来了？”

“当然是有条件的，请你不要离开台湾。”

岳知春脸色一沉：“你绕来绕去，原来就是为了这个目的。拿老兵的事做筹码，逼我就范，你真是用心良苦啊。”

路长功不动声色：“你别小看那个山猪，他老爸是‘国大’代表，老兵背后是什么？什么也没有。你看看报纸怎么说的，‘本地青年被外省老兵欺负’，有谁替老兵写过一个字？这事再闹下去，这班老兵就更受伤。老岳啊，他们可都是你最心疼的老部下啊！”

岳知春从路长功手上抓过烟头，自己狠狠吸着：“妈的！你就那么怕我去美国？怕我去见赵彤？他不也是你的朋友？”

“自从他投了共，他就不是我的朋友了。没错，我怕！你闹的动静太大，上面承受不了这样的动静。上头压下来，我也承受不了这个压力。”

想想杜守正在医院的病床上哭得像个孩子的样子，想想几个老兵伤感的脸庞，岳知春把烟头狠狠在车座上揉熄。汽车坐垫是真皮的，路长功心疼地叫起来。

“你真能把授田证拿回来?”

路长功皮笑肉不笑:“那就看你能不能保证不离开台湾了。”

岳知春长叹一声:“你赢了,每次都是你赢。你了不起,你厉害。”岳知春竖起大拇指。路长功摇头:“我为了阻止你,使出各种法子,你都不肯退让,一直到我搬出你这些老部下……在这世上,除了你的家人,他们还真是你最关心的人啊。”岳知春瞟了路长功一眼:“当年守正这些人都是小伙子,是我把他们带到台湾来,到现在也回不去,我欠他们太多了……我真想不通,这世上除了你老婆儿子,你没有要关心的人了吗?”

路长功有些伤感,声音低沉地说:“除了台湾的老婆儿子,我还能关心谁?我要是说我还关心你这个老上司老朋友,只怕你都不肯相信。”

岳知春沉默了许久才开口:“这些年,你变得越来越冷酷,越来越不通人情,就是因为这个?你大陆家人遇害的消息,也不一定是真的,那时候兵荒马乱,误传是常有的事。当年国军为了让大家同仇敌忾,凝聚战斗力,也愿意传这种消息。你记不记得驻守金门的那个师长,我们这边的消息也是说他全家都遇难了。共军那边知道了他是湖南人,专门到他湖南老家录了音在大喇叭里放,老娘、媳妇、儿子都在。后来上头只好把他调离了金门。”

“那是共军的攻心战,洗脑。”“就算是洗脑,家人活着总是真的吧?这么多年,你就没有想着托人去家乡打听一下?要不,我托赵彤去问问。”

“你别跟我提他,当年,我们队伍里要不是有他这种动摇分子,何至于一败再败!还有你的那些兵,就知道自己家的一亩三分地,哪有一点家国情怀?还要被抓壮丁才肯去为国家打仗。共军那边一喊话‘你的家乡土地改革了,你家分了地’,就成批成批地丢下枪跑了,我看洪根生他们是没逮着机会,若是有机会,也未必不会跑。你看看他们把授田证当宝贝的样子。”

“你是这样想的,所以对老兵们冷面无情?长功,你家境富裕,不知民生疾苦。国不知有民,民亦不知有国啊。他们是社会最底层的人,没受到过什么教育,也没得到过国家多少恩惠,自然是没有你当年投笔从戎的胸怀。可是,他们代表了中国最庞大的群体,他们的所想就是民心所向。委员长当年要是早点解决农民最关切的土地问题,而不是到了台湾才想到给他们发授田证,也许就会是另一种局面了。”

路长功无言以对，默默开着车。他把收拾山猪的任务交给了庄力奇。

庄力奇看着镜子中的自己，心中难免有些惆怅：一米六九的个头，气势上天生比别人矮了一截。身材瘦削，肩和屁股一样宽，全身掰下来没有三两肉。所幸一张脸生得清秀，还不至于让人感到猥琐。他心目中的自己应该像希腊的美男子，倒三角形的身材，肌肉一块一块地隆起让人觉得它们随时在弹跳。当初进警总体检的时候，他偷偷地踮起脚尖，因为身高最低要求是一米七。路长功显然看到了这个举动，瞄了一眼他档案里的成绩单和鉴定语，便假装没有看见他的小动作。他进警总已经半年了，是以优秀毕业生的身份进来的。但路长功根本不把这个优秀毕业生放在眼里，他随心所欲地指挥庄力奇，把他当枪使，当抹布擦，庄力奇整天东奔西跑累得像一条狗。他承认，他的确严重缺乏经验。在这个世界上，经验是宝贵的。在警总里，有着身经百战的狼、狮子、老虎、毒蛇、鳄鱼，在他们面前，他顶多就是一条刚出生的小猎狗。路长功是一只精明的老鹰，那双鹰眼往他身上一扫，庄力奇心里的小九九马上被看得一清二楚。因此，庄力奇每次汇报工作，走到路长功的办公室门前时，他的心都会怦怦狂跳，呼吸急促，比以前考台大进考场时还要畏惧。他累死累活，总算当上了小队长。别看小队长是警总里最低的职务，那可是成功的起点，至少手下有两个兵可以供他吆来喝去，让他找到男性的尊严。可令他沮丧的是，不久前奉命监视岳将军，他又犯了致命的错误，被路长功好一顿教训。哎，什么时候才能更上一层楼，混个大队长当当。

“嗨，力哥！”

听到招呼声，庄力奇一抬头，看见台生笑嘻嘻地站在面前。台生为了补偿破碎的警官梦，只要电视台里没事就往警总里跑，还经常跟着庄力奇执行任务，坐在警总的车上耀武扬威地过干瘾。自从那次跟庄力奇出车，意外地上演了一场“英雄救美”之后，台生就来得更勤了。

庄力奇掏出一根香烟丢给台生：“你不好好在电视台里干活，又跑到这里来了。不怕你老爸看见了再凶你一顿？”台生“嘘”了一声，一屁股坐到力奇办公桌上：“怎么样，最近有什么有趣的案子没有？”庄力奇看了看台生身上穿的那件红色马甲背心，这颜色这款式，太“文艺”了，跟警察形象格格不入，这小子怎么会喜欢当警察呢？他把山猪的照片丢给台生："你爸叫我整治一下街区，照片上这个叫山猪，是街区最大的地痞，我打算晚上去吓唬吓唬这个流氓，必要的时候把他狠狠收拾他一下。怎么样，有兴趣吗?"

台生拿过照片一看，咦，这不就是那天欺负"琼瑶剧女主角"的家伙吗?他顿时来了精神："有兴趣，有兴趣！今天晚上正好不是我值班，你们几点出发？说好了，可别把我丢下。你要是敢把我丢下，我就在老爸面前讲你的坏话，让你一辈子升不了职。"

"操，那我不是要一辈子讨好你？三十年河东三十年河西，说不定你也有求我的时候!"力奇吐出几个烟圈。

台生放声大笑："力哥，咱们是哥们，谁求谁呀。我先讨好你一下吧。"说着，将一包飞马香烟塞进庄力奇上衣兜里。

庄力奇相信他今晚上一定能将功赎罪，漂亮地完成路长功交给他的任务。

歌厅昏暗的灯光下，一个涂着大红嘴唇的女歌星正在唱着《甜蜜蜜》，歌声软得像年糕。台下一桌桌的客人，肆无忌惮地猜拳，吃东西。突然间，全场灯光大亮，女歌星莫名其妙，庄力奇穿着领队服带着警总的兄弟们冲了进来。山猪被搅了兴致很不爽："妈的！搞什么鬼?"

庄力奇大喊："女士们先生们，大家都坐好，谁都不要动，警方临检。"

山猪生气地指着马仔的鼻头破口大骂："这场子不是我们看的吗？跟刘警官合伙的，从来也没临检过。是不是搞错了？这是哪个不知死活的菜鸟？打个电话给刘警官。"

马仔刚要起身，一只手用力把他推了回去，马仔跌坐在椅子上，差点摔倒，庄力奇领着警总的兄弟们包围住山猪这一桌。庄力奇拿着手枪对准山猪，神色冷酷："叫你的人都坐好，不要动，谁要是站起来，我就当他是袭警，妨碍公务。"

山猪轻狂地嚷嚷着："你搞清楚了，我是……"庄力奇的手枪瞄准山猪的心脏。山猪吓一跳，悻悻然坐着："死条子，回去跟你算账!"警察开始搜身，纷纷搜出匕首、铁链。搜到山猪时，山猪怒叫："招子放亮一点，要不然明天调你去守石碇，你就死定了。"

庄力奇霍地从山猪腰间摸出一把手枪，仔细检查，朝山猪一笑：“石碇？鸟不生蛋的地方？我好怕哟！”

山猪仍然狂妄不可一世：“手枪，没见过啊？”

庄力奇冷笑：“你说呢？这是64式口径，7点62毫米的制式手枪。全长155毫米，重560克，一次可装七发子弹。这种枪台湾做不了，美国也没有，这是中共制造的。把人给我带走！”

山猪吃惊得合不拢嘴巴。

昏暗的灯光下，山猪一个人恐惧地坐着，鸡皮疙瘩一个接一个竖起来。外面传来惨叫声……山猪不寒而栗。另一间办公室里，电视机正播放《神雕侠侣》，杨过一刀砍中坏蛋，坏蛋惨叫。庄力奇迅速把音量旋钮转到最大，台生在旁边双手掩嘴偷笑。山猪如坐针毡，满头大汗，一心期待着老爸赶紧来救他。

隔着房门，庄力奇故意大声命令台生以便山猪听见：“把那头猪送到绿岛去。”

台生一本正经问：“什么罪名啊？”

“他手里有一把中共的手枪，肯定是‘匪谍’。”

山猪魂都吓没了，等庄力奇走进审讯室，山猪赶紧结结巴巴地辩白：“长……长官，那枪是买的，我真不知道是中共制造的。”庄力奇眯缝着眼睛审视山猪：“我们抓到的‘匪谍’都这么说！”山猪更怕了：“长官，我爸是‘国大’代表……”庄力奇装出惊讶的样子：“哦？是吗？你怎么不早说呢？大水冲了龙王庙了嘛！这下麻烦了，你这件案子都报上去了。伤脑筋啊，怎么撤案呢？”

这时手下走了进来：“报告队长，有个嫌犯有张老兵授田证，处座收了授田证说把人放了，因为处座的老太爷就喜欢收集老兵授田证。”庄力奇佯装气恼：“授田证又不是藏宝图，真是奇怪了，还有人喜欢那东西啊？”“谁知道呢，搞收藏的人都是奇奇怪怪的，我听说还有收集夜壶的呢。”

山猪一下子冲到庄力奇面前，一脸激动：“我也有老兵授田证。”山猪暗喜，还好没有赌气把那张废纸撕掉，没想到关键时刻竟然是这张废纸救了自己。

深夜，庄力奇拍了拍守正家的门，将一个公文袋放在门前，快速闪开了。美如走出来看看四周，眷村狭长的街巷，昏暗的路灯下，一个人影也没有。美如突然一怔，就在她的脚下有一个公文袋。美如拣起公文袋打开，回到屋里，从里面抽出一份文件，不禁发出一声尖叫。躺在床上的杜守正大惊，顾不得伤势掀开被子跳下床，伸手抓起床头一把剪刀冲了出来。洪根生也紧张地冲了过来："守正，是不是山猪又来了？"

杜守正和美如兴奋地叫着跳着："我们家的授田证回来了！"洪根生也一阵惊喜。几个老兵纷纷抓着扁担、铁锹冲来救援。洪根生把授田证交给一个老兵，众老兵一个一个高兴地传看着。杜守正老泪纵横："我的命根子，终于回来了！"只是众人不明白，岳将军到底拜托到哪尊菩萨，山猪居然乖乖地把授田证放到家门口了？总之将军就是他们一生的贵人了。

第三章 “匪谍”董家强

老潘把路长功叫到自己的办公室，一张脸阴沉沉的，这让路长功有些紧张，他知道老潘肯定是挨上面的剋了，而每次挨了剋，老潘总是会把上面给他的压力，原封不动地甩给下属。老潘冷冷地问道：“岳知春这段时间真的一点动作都没有?”

路长功答道：“他已经同意不去美国了。老潘，你连我也不相信?”

“不是我不相信你，是上头有人不相信你。人家说你在暗中包庇岳知春。有人指责我们应对不力。”老潘抬头看墙上挂着的蒋委员长照片。

路长功暗惊：“您给我的任务就是不让岳知春去见那个共党政委，我做到了。难道非要他死才叫不包庇?岳知春虽然退役多年了，也算是个有名望，有影响力的人，尤其是在老兵中，威望甚高。他的夫人和儿子又都在美国，如果不明不白地死了，恐怕会造成很大的震荡。我认为现在这样处理，还是最稳妥的。”

“如果上面不是考虑到这一层，你以为他还能活得如此逍遥自在么?”老潘口气依然是冷冷的，“还有那帮老兵，也是蠢蠢欲动，与‘匪区’暗中联系的越来越多，这股风是不刹不行了。”

路长功急于想扭转上级对他的不满，赶紧建言：“找一个私入‘匪区’的，杀一儆百，倒也不难，有一个叫董家强的，私入‘匪区’……”

“可以把他办成大案。”老潘的脸色稍稍缓和了一些，“老共的统战厉害啊，既然私入‘匪区’，就有可能被策反……”

路长功一下子明白了，这才是今天谈话的真正目的，老潘与政敌的争斗已趋白热化，他需要办一个漂亮的“匪谍大案”，为自己增加砝码。

董家强并不知道自己的一举一动已经全在庄力奇的监控之下。像他这样普普通通的老兵，本来并没有资格成为警总监控的目标。可是过完年后，有好几个警总盯梢的目标人物，活动与董家强有交集。“一号目标，在董加强家呆了一下午”，“三号目标，晚上去了董家强家”……他的名字在庄力奇呈上的监控报告中第三次出现时，引起了路长功的注意。路长功调取了机场的出入境记录，马上就明白了七八分：一个平常毫不起眼的老兵，出国去探了一次亲，回来之后忽然成了眷村的中心人物，这是为什么呢？只有一个可能——他借道第三国，私入‘匪区’。老兵们频繁造访他的家，就是打听他从‘匪区’带回来的消息。

路长功来到了洪根生的废品回收站。废品站里各种废旧家电乱七八糟堆了大片场地，根生穿着污黑的工作服，正在费劲地搬着一个旧冷气机。路长功煞有介事地打开生锈的废冰箱门看看，好像对废品很感兴趣的样子。洪根生赔笑道：“长官新年发大财，升大官！”路长功觉得，洪根生见到他，虽然一如既往地恭敬，但目光坦然，毫不躲闪，恭敬之中，似乎多了一种不卑不亢的感觉。

路长功的感觉一点也没错，自从除夕那天被路长功要挟，不得已说出了岳将军的秘密，破坏了将军与老朋友赵彤的会面计划后，洪根生痛彻心扉。恐惧到了尽头，反而会生出勇气。洪根生渐渐想明白了，其实，给警总来个“一问三不知”，路长功又能把自己怎么样呢？也就是抓进去讯问几天，无凭无据，早晚还是得放了。顶多是让网市多哭几场，让孩子受点惊吓罢了。有了那次对不起岳将军的经历，洪根生才知道，出卖和背叛所受到的良心折磨，要比被警总审讯痛苦百倍。他心中暗暗发誓，今后就是被打死，他也绝不再向路长功透露一个字。

路长功装着漫不经心的模样：“这段时间忙着拜年，见到不少老朋友吧？”他随手递给洪根生一支香烟，洪根生双手接过：“趁过年大家都有闲，见了几个老相识……”路长功笑问：“有什么新鲜事啊？”他笑起来好像每一条笑纹里都藏了阴谋。

“就是拜个年叙叙旧嘛，能有什么新鲜的。”

路长功面无表情，玩着一个废吸尘器。见洪根生应对之间滴水不漏，他不满地提示道：“你不是还去了董家强家吗，怎么不说?”洪根生见他啥都清楚，知道瞒不过，只好说出部分无关紧要的实话：“董家强去澳洲看儿子，回来后，大家是在他家里聚了聚。”

“董家强就没说他还去了别的什么地方，比如说……‘匪区’?”路长功忽然用眼睛直逼着洪根生的眼睛。洪根生假装吓了一跳：“路长官，这种事非同小可，不能乱说。”

“他没有带回来一些照片给你们看?”路长功顺着自己的套路继续发问。

“有啊，他孙子的，那可真是个大胖小子，壮实，老董可得意了。”

路长功忽然拉长了脸，厉声道：“装什么糊涂?我说的是他‘匪区’老家的照片。”

洪根生大声分辩道：“没听说他回过老家啊。就算真去了‘匪区’，拍了照片，那还不跟藏贼赃似的捂得严严实实的，怎么会让我看到。我跟他不是一个部队的，因为在眷村住得近，抬头不见低头见，点头之交而已，没多深的交情，他怎么可能把这么机密的事告诉我?”

什么都没问出来，路长功居然轻易地放过了他，就这么走了，这倒让洪根生很是意外。其实，关于董家强的情报，路长功已经掌握得差不多了。虽然没有真凭实据，但只要把人抓到警总，证据不难弄到手。他找洪根生，一来是想印证一下自己的判断，二来是故意让眷村的人看到他找过洪根生，破坏老兵之间的信任。

晚上，洪根生远远地看到董家强家灯火通明，不禁忧心忡忡，想来那不知死活的董家强又在洋洋得意地向满屋子的人展示一张张照片，就像他这段时间向一拨又一拨前来拜访的老兵展示的那样，就像前几天他向杜守正、朱晋、八百黑和自己展示的那样。

洪根生他们几个看过那些照片，听过董家强自豪地描述家乡的情形后，也不禁动了想办法回家乡的念头。从那以后，洪根生、杜守正、八百黑他们经常在一起探讨回家的可行性。大家一致认为杜守正是最有条件回大陆的。因为他的女儿桂芳嫁到了美国，杜守正可以名正言顺地申请去美国探亲，尤其桂芳生下孩子后，以看望外孙的名义申请，警总没理由不准。

是啊，这几年，虽然经常听到谁谁谁悄悄回了老家的消息，但那个“谁谁谁”没有真实的姓名地址，仿佛离自己还很远，远得像一个传奇故事。而如今，“回家”的故事居然就发生在自己身边认识的人身上，对家乡亲人日思夜想的老兵们，没法不激动万分，没人能忍得住不去一探究竟。董家强是湖北人，前来拜访他的老兵，有的人家乡与湖北远隔万里，但老兵们仍觉得，总归是在大陆，离自己的家乡就近了一步。他们想从董家强带回来的照片上，推导出自己家乡的情形。

和洪根生他们在董家强家聚会的情形一样，这时的董家强家中，一位老兵不大相信地问：“老董，你家房子这么好，不对吧？你家要是那么有钱，你还当什么兵？”

“咳！我家也是这些年才富起来的，村里头办了个木工机械厂，做了一款制砖机，每年能赚一百万呢。我弟弟就在厂里当副厂长。”

又一位老兵感叹道：“我们这边还说大陆三个人合穿一条裤子。”董家强满脸红光：“不去不知道，一去吓一跳。回到老家，我全不认识了，电线杆子比树都多。”

董家强取出一个盒子：“这是我们老家的芝麻糖，大伙尝一尝。”众老兵纷纷伸手取糖。

其实，董家强刚回来时，还是很小心的，只告诉了几个知心朋友，后来，朋友告诉朋友，朋友告诉朋友的朋友，知道的人越来越多。老董一辈子默默无闻，忽然这么多人来见他，求他，讨好他，令他觉得自己俨然成了大人物，他从来没有这么风光过，自尊心得到极大的满足。一开始他还是关门闭户，窗帘拉得严严实实，小心拿出照片，小声地说话，以防隔墙有耳。长时间平安无事，令他慢慢地放松了警惕。董家强不知道，他已经像一条被选中的鱼，随时可能被警总捞到岸上晾干展览。

第二天，董家强被捕的消息，震惊了整个眷村。

路台生那天跟庄力奇的车出警，意外地上演了一场“英雄救美”的戏码之后，洪晓梅那长发飘飘的身影，受惊的小鹿般的眼神，就一直在台生的眼前晃动。可惜，尽管此后台生一有空就坐上庄力奇的车到处乱转，却再也没能见到女孩的踪影。精明的庄力奇早已看出端倪，安慰他："没关系，有缘自会再相见。"台生仍然闷闷不乐，便想找干妈余夫人聊聊。

余夫人是富贵遗孀，白皙的皮肤，双眼皮，左腕上一个绿莹莹的玉镯，右手上套着两个大大的金戒指，一看就知道长年过着养尊处优的生活。晓梅最近找了份兼职，成为余夫人的私人护士。晓梅正在帮余夫人量血压，余夫人闭目养神。晓梅看了看血压计，很高兴："血压正常，余夫人，不简单哦，在同龄人中，你的身体是最棒的。"余夫人微笑起来："我自已也觉得最近身体不错……"

正聊着，台生拎着一个礼盒走了进来："干妈，我爸叫我来看看您。"晓梅正在收拾血压计，台生一眼认出晓梅，真是"踏破铁鞋无觅处，得来全不费工夫"，他不禁又惊又喜："哟，美女，咱们有缘呀。你还没谢谢我呢。"晓梅脸红了："大恩不言谢，以后你要是身体哪里不舒服，你喊我一声就是了。我叫洪晓梅。"台生打量了晓梅一眼，笑道："干妈，又换护士了？"

余夫人满意地笑起来："这个晓梅好，用了这么多人，就数她最合我的意。"

台生望着晓梅笑："洪小姐，你真有两把刷子！我这干妈，出了名的挑剔，这保健护士啊，我每回来都看到不同人，从来也没听见她夸过人的。"

余夫人笑骂："这死台生，一来就揭干妈的老底。晓梅，我从香港带了些中药，你帮忙挑一些杜仲、当归、黄芪让台生带回去。这都是正宗的大陆货，中药讲究的是地道，大陆产的，疗效才好。"

台生不大相信："真的吗？"

余夫人朝晓梅努努嘴："不信你问晓梅，人家是行家。"台生望着晓梅，晓梅微笑着点头："真的，真的，老中医都这么说。"

余夫人让台生送晓梅回诊所上班。台生一边开车一边问："要不要去吃冰淇淋？来来大饭店的冰淇淋很有名的。"

晓梅委婉谢绝："我在诊所上班要上到七点半呢，下回吧。"

台生不死心："七点半我来接你吧。"晓梅对台生这样的公子哥怀着一种警惕心理，她找借口："对不起，八点半我还要去安亲班上课。"台生又提出送她去安亲班上课，晓梅还是谢绝："不用了，我骑脚踏车，很近的。"

台生追问："那你下次什么时候去给我干妈检查身体？"

"星期二。谢谢你，路先生，我这里下就好。"晓梅提前下车，好不容易摆脱了台生的纠缠，走了十来分钟，到了诊所门口时，山猪迎面从大门内跳出来。山猪起先只是垂涎晓梅的美色，后来为了晓梅，屡屡吃亏，不禁怀恨在心，发誓非把她搞到手玩玩不可。晓梅看到山猪，吓得倒退了两步。山猪一把揪住晓梅，满脸邪笑："告诉你，老子派人盯了你很久了。你别想逃出我的手心，陪老子玩玩，以前的账就一笔勾销。"

晓梅很害怕，又强自镇定："你再不放手，我就喊人了。"

山猪冷笑："你喊啊，我看谁敢多管闲事？"晓梅大喊救命，街上行人都朝这边望来。山猪嗖地亮出寒光闪闪的匕首，周围行人吓得纷纷躲让。山猪吹了一下口哨，一辆黑色汽车驶来，山猪押着晓梅正要上车。这时一辆汽车冲上人行道，差点就撞到山猪，台生摇下车窗。山猪大怒："你瞎了眼啊！"两个马仔从黑车上跳下，各持棍棒逼近台生。晓梅心提到嗓子口，台生笑了，亮出一支手枪："山猪，眼力真差，不认得我这把枪了？警总的手枪啊！要不要去警总喝杯咖啡啊？"原来，台生被晓梅婉拒，仍然恋恋不舍，便悄悄地开车一路跟随着晓梅。忽见山猪跳出来纠缠晓梅，台生不怒反乐：这笨猪来得真是时候，在晓梅面前露脸的机会来了……

山猪慌忙赔笑："长官，误会，误会啦！"说着扔下晓梅，躲进车里一溜烟跑了。台生冲着山猪的背影喊道："我警告你，别再纠缠她，否则我对你不客气。"

晓梅本是为了甩掉台生谎称上班，现在魂都吓没了，急忙上了台生的车。台生带她到冷饮店，点了冰淇淋为她压惊，晓梅大口吃着。台生从衣服下面拔出手枪，一扣扳机，枪口冒出火焰，原来是打火机。晓梅忍不住笑了，那山猪被警总吓破了胆，根本不敢细看这把枪。晓梅很好奇："山猪的事，你怎么知道的？你真是警总的？"

台生故作神秘一笑，他都不好意思告诉晓梅自己其实是在电视台工作的了。晓梅趁机打听老兵私回大陆探亲的事："警总为什么老是找我阿爸他们的麻烦呢？我阿爸是个本分人，只不过是老兵们喜欢聚在一起谈谈家乡的事罢了，这也有罪吗？还有董叔，他也是太过思念亲人……"台生根本不知其中的来龙去脉，只好胡乱搪塞：“警总的事，不能随便打听的。”

晓梅看了台生一眼，低下头：“不好意思，我的要求可能太过分了……”

台生不忍看晓梅失望的眼神，忙讨好她：“你下星期二不是要去给我干妈做保健吗？我们在她家里见面，然后我请你吃饭，告诉你警总处理老兵私入‘匪区’案的消息。”

晓梅眼睛一亮：“真的？那太谢谢你啦！”

告别了晓梅，台生赶紧找庄力奇打听老兵探亲的案子。他一边陪着庄力奇打篮球，一边拐弯抹角探口风，得知董家强的案子就是庄力奇管的，台生大喜，真是天助我也！“力哥，你可得帮我。还记得我们从山猪手里救下来的那个‘琼瑶剧女主角’吗？我已经找到她了，我想追她。她是眷村老兵洪根生的女儿，叫洪晓梅。老兵们不是都关心这个案子吗？她向我打听这件事。怎么样？怎么样？讲点内幕来听听！”

庄力奇眉头一皱：“这可不是一般的案子，台生，你要小心，别为了女人摔跟头。”

“你太不够意思了，这点小忙你都不帮？你是知道的，我长这么大，还真没为一个女孩这么动过心。现在我好不容易遇到了喜欢的人，她现在还以为我是警总的人，要是她托我这么一点事我都办不成，我就漏气了，她以后会不理我的。”台生不满地叫起来。

面对处座这位吊儿郎当的公子，庄力奇既不能一口拒绝，又不能泄露机密，实在是进退两难。他对准篮筐投了个漂亮的三分球：“台生，你知道警总的事不能随便讲的，你这样分明是为难我嘛。”

台生软磨硬泡：“你告诉我，我只告诉晓梅一个人，又不告诉记者，不会出什么事的。拜托！我要是追上了晓梅，感你一辈子的恩。山猪的案子你不是也告诉我了吗？还让我参加审讯，也没出什么事。”

庄力奇实在招架不住台生的死缠烂打：“山猪那种案子是小 case，所以我让你玩玩。老兵私入‘匪区’的案子是特大案，怎么能一样？”台生不相信：“又想骗我？山猪私藏枪支，那才是大案。老兵不过是回老家走了一趟，哪会是什么大案？”看看四周无人，庄力奇低声道：“上头要把这件案子做成大案，你懂吗？就是你爸的意思。”

台生愕然。身后突然响起路长功的声音："台生，你来做什么?"台生吓了一跳，忙掩饰道："我来还车钥匙啦。"路长功没接车钥匙："你去接你妈吧，她在美容院做头发呢！力奇，你跟我来。"台生知道爸爸最不喜欢他打听警总的事，赶紧走了。

麦当劳餐厅里，台生故作神秘："老兵回大陆探亲的案子，上头要做大。"他从庄力奇那里得到一鳞半爪，马上就拿来向晓梅献宝。晓梅一直想尝尝麦当劳，只是舍不得自己赚的工资，今天既然有人请，她就不客气了。

"做大？什么意思?"她一直小口小口地啜饮着热红茶，看着台生咕嘟咕嘟一口气把可乐喝掉一大半，一根炸鸡腿一口咬下去就去了半根，忍不住笑了。台生大概也意识到自己举止过于粗鲁，现在是在美女面前，应该装得绅士一些，他赶紧把鸡腿放下："做大嘛，就是公开审讯，还要电台直播。"当着美女的面，台生忍不住要吹牛，要显摆自己无所不知。

见晓梅将信将疑，台生找来店员："你们那个收录机不要放音乐了，赶紧转台，转中广。"

店员疑惑地望了望他，台生凶道："我是警总的。"店员吓一跳，连忙扭转频道。电台里的声音非常清晰："就董家强私入'匪区'案，记者采访了台北临时军事法庭，有关人员表示，案情相当重大，有证据显示，可能涉嫌'匪谍'，详细案情现在不方便透露……届时将会公开审判……"台生洋洋得意："怎么样，我说得没错吧?"

这当然是庄力奇的杰作。他敲开路长功的办公室门，将文件呈上去："董家强什么都招了。当地的台办设宴招待，后是村里的'匪干'，这老兵真没用，县政府请他到县城去，他都不敢去，装病……"这几天，庄力奇突击审讯董家强，累得头晕眼花。

路长功打开文件仔细看了一遍，阴沉着脸合上文件："这份口供不行。"庄力奇傻眼了："怎么不行？老芋仔说的每个字都记下来了。"路长功冷冷地瞟了他一眼，庄力奇一惊：坏了。路长功也是外省老兵出身，"老芋仔"这个对外省老兵的轻佻称呼，惹上司不高兴了。路长功道："他说的你都记下来了，他没说的呢？你挖出来没有？”

庄力奇挠了挠头皮：“没说的？不可能！他总共就回去了四天，每一天，每个小时，做些什么，跟什么人接触，他都交代得清清楚楚。我软硬兼施，没少吓他，他不敢不说真话。”说到这庄力奇忍不住有些得意。路长功轻蔑地看了手下一眼：“他是老兵，不是菜鸟，你以为吓一吓就成了？回去再审，让他坐冰块！”

庄力奇仿佛醍醐灌顶，回去又审了一回，终于让董家强承认在‘匪区’发了一些牢骚。他觉得董家强已经吓得够呛，能吐出来的，大概都吐出来了，便前来邀功。不料路长功还是不满意：“‘匪干’是吃素的？见到这种动摇分子还会放过？你连这点政治嗅觉都没有？你要是不会审讯，那我就调别人来审。”庄力奇吓出一头冷汗，要是真调了别人来审，前面的功劳就都让人抢走了，慌忙道：“我会，我会！”

直至董家强承认他已经被中共情报机构发展为间谍，准备回到台湾，发展间谍网，路长功才感到满意，拍了拍庄力奇的肩膀：“力奇，审得很漂亮嘛！董家强这件案子，上头决定移交法院公开审讯，到时候还少不了电台进行庭审直播。上头要用这件案子做大文章，你懂吗？”

庄力奇自作聪明：“是不是案子越大功劳越大？”不料路长功马上晴转多云：“话说得太白就难听了。记住警总的一句名言：只可意会，不可言传。董家强那边究竟可靠不可靠？”

“把口供给他了，让他背得七七八八……”庄力奇毕恭毕敬，面对路长功他总有喘不过气的感觉。

路长功还是有些不放心：“公审有电台直播，要防止他在庭上翻供。”

“警告过他了，他说不敢翻供。”

路长功冷笑：“他说什么你就信了？去，把他老婆孩子接来，让他们见一面……跟他说，公审期间，为防止民众愤怒之下，做出什么过激行为，我们会把他的家人转移到安全的地方去。他家人在我们手里，就绝对不敢翻供。”

一伙老兵都聚集在岳将军家里。洪根生面色惨白：“回老家的人也不少……没听说有出事的……他老婆哭得都没眼泪了。”将军叹息：“‘退辅会’

倒是一向睁一只眼闭一只眼，可董家强却是警总直接带走的!”杜守正有些后怕：“这警总也太厉害了！怎么知道老董去了‘匪区’呢？回家有罪吗？回自己家有罪吗？老董跟我们一样，都是拉壮丁拉来的。我们可没要到台湾来啊。”

洪根生苦笑：“整个眷村谁不知道？老董逢人就说。”朱晋说：“眷村的人不会出卖自己人吧。”八百黑不同意朱晋的话：“难保不出一两个内奸。”

“作孽啊！哪能出卖自己的兄弟啊？”大伙儿七嘴八舌议论着，洪根生面色苍白，路长功屡屡逼问他，他东扯西拉不吐实情。会不会自己哪句话说错了，让路长功那老狐狸钻了空子？一想到有这个可能，洪根生心里不禁七上八下。

八百黑咬牙切齿：“我要是找到这个家伙，就给他个白刀子进，红刀子出!”

洪根生如坐针毡：“我听说陆光三村有人回了趟老家，回来后警总找去问了几句话，也就没事了……”他对董家强一事抱有幻想。

“我也听说了……”杜守正跟着证实。

岳知春叹了口气：“警总说你没事就没事，说你有事就有事。董家强落到路长功手里，恐怕没有好结果。我和路长功是多年的老朋友，我们一起当的兵，一起打过仗，抗战时他救过我，八二三我也救过他。再也没人比我更了解路长功了。在军中的时候，我们都叫他鳄鱼。他可以一口气干掉几十个敌人，连俘虏也不放过。”将军牢牢地记得他和路长功同生死共患难的情景。当时他和路长功冒着猛烈的炮火前去运载军用物资。车子时而急停，时而疾驰，躲避炮弹，突然一声巨响，驾驶士官猛一刹车，路长功猛地扑在岳知春身上，两人几乎被甩出车外，定神一看，车前灰土纷纷扬扬，一颗炮弹将路面砸出一个大坑，横躺在坑中，驾驶士官摇晃着头上的钢盔说：“好险，侥幸这颗炮弹没有开花。”这是将军印象中对路长功最温情的记忆。对朋友，路长功可以两肋插刀；对敌人，路长功冷酷无情。他们曾经是生死与共的朋友，很不幸，将军现在不知道路长功与他是敌是友。

众老兵不寒而栗。一听到将军介绍路长功虽然很晚才进警总，可是官升得比谁都快，靠的就是他的冷血无情，所有人都沉默了。

洪根生不甘心地反问：“我听说路长功近两年在警总只办特别的案件。老董这种案子太小了吧？怎么落到路长功手上了?”

将军沉重地摇摇头："这就是我担心的地方。一个退伍几十年的老兵，就算回到大陆，共产党也不会找这种人要情报。为什么路长功要亲自办这件案子？"

众老兵心情沉重，这件事已经超出了他们所能想象的范围了。将军神情严肃地指着众人，语重心长地交代他们："你们几个人，这段时间都给我老老实实待着，不要看人家回老家探亲，你们也动了心。我们今后要想办法争取合法回家探亲的权利，这样偷偷摸摸与家人联系不是办法，看起来法不责众，好像是安全的，可只要私自探家，就是授人以柄，人为刀俎，我为鱼肉，一旦有人想踩着你们向上爬，你们马上就有牢狱之灾。近来风声不对啊！台风来了，最先倒霉的就是你们这些无依无靠的老芋仔。"

大家点点头各自散去，洪根生百感交集。众老兵走后，岳知春径直来到余夫人家。路长功在余夫人家里等他，因为两人迫切需要交锋。去将军家，将军不会让他进去；去长功家，两人都不想吓着立苹。所以，他们只能在共同的朋友余夫人家里，把事情"说清楚讲明白"。岳将军到余家时，路长功正在恭维夫人怎么看都比他家立苹要年轻。余夫人嗔笑他嘴上抹蜜，让他们俩先坐一会儿，她梳洗一下换件衣衫就下来。

客厅中，只剩下路长功与岳知春二人。路长功望着岳知春微笑："我看你好像憋了一肚子话？"

岳知春怕惊动夫人，靠近路长功，声音不大但语气很凶："你干吗要抓董家强？你怎么不把眷村的老兵全抓起来啊？那多省事啊！"

路长功叹息道："你是不是所有老兵的事都要管，我的将军大人？这不能怪我，老岳！这是上头指令抓的要案，我也是不得已。"

岳知春气愤地质问："不能怪你，难道怪董家强？回去见亲人，也算是罪？"

"都怪董家强太过胆大包天，私入'匪区'。其实很多老兵都是选择在香港见亲人，这就钻了法律的漏洞，警总也就睁只眼闭只眼。但像董家强这样性质恶劣的，警总就不能不管了。"

岳知春气得想拍桌子，但这不是在自己家里，只好克制着："也有人回了老家啊！"

“对！的确有些老兵进了‘匪区’，警总也不是查不出来，只是没去追究。这些人也懂得做事，回来都是一声不吭，左邻右舍都不知道，没有造成恶劣影响，我们警总也乐得做个顺水人情。你不知道那个董家强有多傻，整个眷村早就炸开了。他带了很多照片回来，还一再宣传他家里多富多有钱。”路长功一口气滔滔不绝地说了一大堆，仿佛全是董家强的错，理都在他这一边。

岳知春冷笑：“那要怪我们党工宣传不得法啊！人家董家强只是如实地拍了几张家乡的照片，难道他家有钱了也不许讲？是不是还得照你们宣传的那样，三个人穿一条裤子才行？”

路长功寸步不让：“你不是不知道，他这是在为‘共匪’宣传。他回来这些天，去他家的老兵有多少人，这些人从董家强那里得到什么讯息？‘匪区’好！这班老兵本来心都不定，董家强这一煽动，那人心还不都动摇了？民国三十八年撤到台湾的有多少人？这些人都有老家，都有亲人。如果人人都做董家强，心都向着那边，台湾就垮了。”

岳知春冷笑：“私入‘匪区’这条罪名就够大的，再加上一条动摇军心罪，那更了不得了！你们拿董家强开铡，就是为了杀鸡儆猴？”

路长功坦率地点点头：“很不幸，他撞在枪口上了，这可怪不得我。”

岳知春又气又无奈：“这案子是你经办的，你就不能手下留情？老兵回乡，群情汹涌，董家强一颗人头根本塞不住这股潮流。董家强何辜？老兵何辜？”

“错！千里长堤，溃于蚁穴。董家强这颗人头，正好塞住这蚁穴！”路长功说了一半突然发现自己的态度过于强硬，连忙放软了声调，“老岳，董家强好像不是你带的兵嘛！”

岳知春拍案而起：“不是我带的兵，也是我的袍泽兄弟啊！”岳知春真的为这些老兵的命运感到悲愤，为什么人世间所有的凄风都要刮向他们，所有的苦雨都要打向他们，他们没有郁郁葱葱的青春，没有金黄的中年，所有的日子几乎都是灰暗阴沉的。他愧对这些老兵，这注定了他退休后的日子内心疼痛难忍，所有的暗疾与旧伤随时随地都会发作。

看到岳知春为不相干的人这样激动，路长功连连摇头：“老岳啊，要不是你这股傻劲，你本来可以升得更高，何至于早早被人逼退？”

“这乌烟瘴气的官场，不用人逼，我早就想退了。长功，我只问你一句话，看在咱们的交情上，你得救董家强啊！你跟老潘说，我不去见赵彤，我这辈子都不离开台湾，行了吧？”虽然满腔气愤，为了董家强，将军不得不忍气吞声求人。

路长功叹息：“你在警总也不是没熟人，你跟他们打听打听，这回是上头要借董家强大做文章。老岳，你在政坛白白打混了这么多年，你以为咱们在玩政治这盘棋？错了，你我都是棋子而已！那个董家强呢，连做棋子的资格都没有！”路长功的话虽然赤裸，却是赤裸裸的真理。

岳知春见多说无益，起身便走。余夫人下楼时，只见到岳将军匆匆而去的背影，惊讶地问长功：“你们又吵架了？”

眷村的收音机前围着一堆人，众老兵都担心着董家强的命运。电台的声音听起来冷冰冰的：“据知情人透露，董家强将以‘匪谍叛国罪’被起诉！董家强私入‘匪区’后被招募为‘匪谍’……”突然，电台中断了，大家面面相觑。

路长功的电话响了，他接起电话：“报告长官，董家强心脏病突发死了！”声音大得连在一旁的庄力奇都听得清清楚楚。庄力奇心里不禁哀叫一声：“完了，全完了，路长功又要把我骂得狗血喷头了。”路长功跌坐在椅子上，狠狠地瞪了他一眼。这个愣头青，不懂得把握力度和火候，把这么有价值的案子活生生毁了。路长功犹如一个铆足了劲的拳击手突然一拳击空，他的眼睛里布满了血丝。力奇这小子，还是缺乏历练啊。看来，把家雀训练成一只老鹰还需要相当长的一段时间。

董家强的死讯把所有的老兵都炸蒙了。前几天还活蹦乱跳的一个人，就这样从人世间消失了，世上的所有人，都找不到他了。八百黑一边拉着胡琴，一边唱着高亢悲怆的山西梆子：“到如今出了个奸曹操，上欺天子下压群僚。我有心替主爷把仇报，掌中缺少杀人的刀！”

洪根生和杜守正往火盆里扔着一张张纸钱，火光映红了他们的脸庞。洪根生突然喃喃骂道：“没种，真没种！再怎么样也不能吓死啊。反正是死，干脆抓个警总的人一块儿跳楼，那也值了。”

杜守正为董家强辩护：“进了警总，谁不怕啊？再说了，老董死得比我们值！他临死之前，还回了趟老家，见到了自己的老娘，也见到了家乡的老婆和儿子。咱们呢？到现在跟老家都没通上信，咱们命比他长，又有什么意思？”

洪根生一颤：“没错……他都见了……我们这辈子再见不到家人，活着就跟死了一样！老董啊，我们给你多烧些钱，阴间没有警总，你早点回老家，爱待多久待多久……”

岳知春家里，香炉上三炷香袅袅冒着青烟。岳知春沉痛地坐在沙发上。他为董家强之死既感到难过又感到庆幸。如果没有这场心脏病，董家强要出庭受审，路长功一定要给他安上“匪谍”的罪名，他自己再也不可能活着回家，家产还要充公，全家都要背上“匪谍”家属的罪名。而他心脏病发作时法院还没审讯，他的罪名还没成立，他到死都不是“匪谍”，他这一条命换来了老婆孩子一辈子的安宁。唉，这些老兵的命啊。当年把他们从大陆带到台湾来，跟他们说，三五年就能回去，现在已经三十五年了。他们出发的时候都是年轻力壮的青年，到现在都变成了骨头快要生锈的老年人。董家强只不过是回去看看家人，就被警总带去，活活给吓死。这些老兵流尽了鲜血和眼泪，像石头一样被丢弃在荒野里，任凭风吹雨打。这些饱经痛苦与黑暗的石头，这些经受过斧头、铁锤和凿子敲击的石头，没有欢笑的石头，没有希望只有绝望的石头，裸露着累累伤痕的石头，他们的心也渴望开花呀！

老莫悄悄走到他身边：“将军，路先生来访。”

“告诉他，我不想见他。”

老莫无语，岳知春抬头一看，路长功已经挟着一个公文袋走进来了。岳知春一下子就爆发了：“你这人怎么这么没礼貌？”路长功面不改色，自顾自在沙发上坐了下来：“不瞒你说，我刚从医院出来，连口水都没喝，想到你这儿来喘口气。”老莫倒了一杯水，放在路长功面前茶几上，路长功端起来咕噜咕噜大口喝起来。

岳知春冷笑：“怎么了，进医院了？是不是为党国太操劳了？”

“我是去医院等董家强的验尸报告。这是医院出具的文件，你看看，真的是心脏病。”

岳知春冷笑，一副不相信的模样。警总要造个假还不容易？

“你不相信我，应该相信医生吧？你看看，签字的这些人都是医学界有名的权威人士，他们绝对不会造假。”

“我相信你，你们要利用董家强大做文章，当然不会笨到把他弄死。养得白白胖胖，不就是为了让社会大众看到，警总多么人道！审讯多么公平！你们也需要董家强配合你们，当庭认罪，痛哭流涕，承认自己当了‘匪谍’，这么一出好戏，你哪舍得让主角死了呢？”岳知春满脸讽刺。

“都怪手下，没经验，应该安排一辆救护车待命……”其实，面对董家强的死，路长功也很沮丧，因为董家强还没有完成任务就死了，让警总竹篮打水一场空。

岳知春用刀一般的目光看着路长功：“不必责怪手下了，凶手就是你！董家强就是被你活活吓死的。”

“这他妈的只是巧合，反正我问心无愧！”路长功狡辩。

岳知春气得心绞痛：“你还问心无愧？董家强是思乡心切私自探家的一般老兵，还是‘匪谍’，你心知肚明。你昧着良心硬往他头上扣‘匪谍’的帽子，想要达到什么目的，我会不知道？案子没办成，你召开个记者会，公布医院的报告，拍拍屁股回家去，跟老婆孩子吃饭，可董家强的老婆呢？今晚等不到丈夫，他的孩子等不到父亲，他们跟谁喊冤啊？”

“‘政府’对他们够好的了，这些眷村还不都是‘政府’为他们盖的？只要他们老老实实……不要搞事……”

岳知春越听越生气：“什么叫搞事？回趟老家叫搞事？看看爹娘还要军法审判？不行，我这心脏都被你气得受不了，我得吃药。”路长功熟练地拉开抽屉，取出药瓶倒出药丸，拿起水杯递给知春。岳知春颤抖着吃药，喝水。

路长功喊老莫：“再给我一杯水。”

“干吗？你不是刚喝过一杯吗？”岳知春有气无力。

路长功一肚子气：“我也要吃药。”他拖着一身疲惫回到警总大楼，默默抽着烟。到现在为止，老潘一个电话也没有。这就不妙了。如果老潘打电话来破口大骂，那倒真的没事了。没办法，谋事在人，成事在天啊！人算不如天算啊！他知道老潘肯定气坏了。老潘要的就是董家强这样的“匪谍案”。老兵归“退辅会”管，“退辅会”的某位大佬是老潘争夺中常委的主要对手，长官要往上爬，下面的人都是垫脚石。搞不好，路长功也会像块垫脚石一样被踩在脚下。

第四章　厦门街疯子

这天，台生陪晓梅坐在厦门街的路边小店吃着热气腾腾的扁食，晓梅吃得满头大汗。台生取笑她怎么喜欢这样的地方。晓梅解释："我刚找了个补习的小朋友，他家就住在这附近……"说着说着突然停住了。台生见她目光不对，顺着她的视线回身一望，不远处，一个年约五十、衣衫褴褛的流浪汉，眼睛直勾勾地看着晓梅。他穿一件破成丝丝缕缕的墨绿色军装，敞着怀，袖口和裤筒上边用黑布条不伦不类地扎着，晓梅紧张地低声道："他一直盯着我看哎!"台生安慰她："没事，有我在呢。"

流浪汉突然闯进店内，老板忙上前阻拦："你进来干什么?"流浪汉指着晓梅痴痴地笑："我找淑玲……说话……"看来是个疯汉。

老板生气地把疯子推出去："赶紧走，别影响我做生意。"老板走回来向台生二人赔笑："是个疯子……不过你们别怕，他是文疯子。他在这里好多年了，从来没伤过人。这条街上的店家看他可怜，有剩饭剩菜的就给他吃点，他从不进店里打扰客人，今天不知道是怎么了。"

晓梅受了惊吓，没有心情再吃那半碗剩下的扁食，两人起身要走，晓梅紧张地前后张望。

那疯子直挺挺站在对面的路灯下，激动地望着晓梅。晓梅下意识地紧偎着台生，台生趁机搂住她的肩膀，瞪着疯子："找死啊，老子是警总的。"

疯子不知道是害怕"警总"，还是害怕台生，转身拔腿就跑，一直跑到巷子深处，躲在一根路灯柱子后面，探出头偷窥。晓梅娇嗔道："连一个疯子你都要搬出警总来吓他。”台生意识到晓梅觉得自己轻浮了，赶紧住嘴。他用身体护在晓梅的前面，向汽车走去。

疯子又突然大喊起来：“淑玲，警总抓你了，快跑啊！”

晓梅回身一望，远处疯子向她挥手。晓梅莫名其妙：“他好像一直叫我淑玲？”台生笑道：“别理他，疯子嘛！”他拉开车门，晓梅上了车，台生从另一边上了驾驶座发动汽车。从后视镜中，晓梅看到那疯子竟然追着他们的车，声嘶力竭地喊，从嘴型上看，仍然是在喊“淑玲、淑玲”。不一会儿疯子就被远远地甩在了后面。晓梅不禁有些伤感：这位淑玲是谁呢。是他发疯以前的恋人？他就是为了她发疯的？那位淑玲，是不是知道曾经的恋人，在疯癫之中还对自己念念不忘？

车向八百黑的馒头店开去。台生的心里，又开心又犯愁，今天晓梅把弟弟的事告诉了台生，问他有没有办法帮到晓雄。台生想，连这等机密大事都告诉他，说明晓梅完全把他当成了自己人，欣喜之下，台生忍不住又逞能，拍着胸脯说没问题。台生在晓梅面前“警总干探”的角色，是扮演得越来越入戏了。然而令他犯愁的是，万一哪天演不下去，穿帮了，晓梅会不会恨他，不理他？董家强死后，晓梅曾表达过对警总的强烈不满，令台生暗暗揪心，还好晓梅没有迁怒于他。“我知道，这是上面的意思，你一个普通警员，也没有办法。”想到晓梅的话，台生自我安慰，晓梅是通情达理善解人意的，等到真相大白的时候，生气是肯定要的，也许不至于绝情到要分手。

在八百黑的馒头店里，蒸笼热气腾腾，小芳正忙着往灶内塞着木柴。她转头道：“晓雄，快没柴火了。”晓雄道：“我去劈一点。”他刚走出馒头铺准备劈柴，只见一辆小汽车驶来。晓雄吓了一跳：难道是警总追到这里来了？他急忙躲到门后，手上拿着劈柴的斧头，准备拼命。汽车停下来，晓梅喊道：“阿弟！”晓雄这才走出来：“阿姐，你好几天都没来了。今天怎么坐汽车来？吓了我一大跳。”

晓梅顾不得跟晓雄说话，向车内招呼：“台生，你下来。”台生下了车，晓雄紧张地望着台生：“姐，他是什么人啊？”晓梅自豪地说：“他是警总的人。”晓雄脸一下子青了：“警总？阿姐？”晓梅笑着抱了抱阿弟：“放心啦，台生不是来抓你的，是来救你的。是吧，台生？”

台生硬着头皮道："这种事情，军中太多了，我跟他们打个招呼吧。"他心中连连叫苦，原来撒谎是要付出代价的。晓梅高兴地说："阿弟，你听到没有？"她转而看台生："我阿弟躲在这个馒头店里，又怕军队的人找到，又怕阿爸知道了捉他去自首，又怕山猪找麻烦，整天担惊受怕，真可怜。"她又高兴地转头看阿弟："对了，山猪现在被台生治得服服帖帖的，真爽！"

晓雄简直不敢相信自己的耳朵："山猪？没人敢惹他呢！"台生装出一副大哥大的架势："放心吧，以后没人敢欺负你了。"晓梅高兴地对小芳说："你跟阿弟的苦日子到头了。"

晓梅说约好去给余夫人检查的时间到了，嘱咐晓雄代自己向八百叔问个好，上了台生的车走了。八百黑推着一车面粉回来，晓雄便开始炫耀："我台生哥是警总的人。"八百黑不以为然地撇撇嘴："八字没一撇，就叫得那么亲热？"晓雄自信地大笑起来："你都不知道，台生哥迷我姐迷到什么程度哦！要不你想想，我惹的事够大的吧？谁愿意趟这种浑水？台生哥二话没说，胸口一拍，就打了包票，我这姐夫他是当定了。"

八百黑试探道："你这台生哥在警总是干什么的？"

"谁知道？人家很低调，不吹牛。"其实，晓雄确实不知道台生是干什么的。八百黑半信半疑："你这可是逃兵，一般警总的人是摆不平的。你这台生哥听起来年纪不大，他就能摆得平？依我的经验，这事有点不靠谱。"

晓雄笑："你有什么经验？不就是做馒头卖馒头的经验？台生哥要是摆不平这事他就惨了，我姐一定甩了他。"

台生送晓梅到余夫人家，晓梅给躺在藤椅上的余夫人按摩，台生在一旁为晓梅打下手。收音机里传出歌仔戏《四郎探母》的唱段："说什么夫妻情恩爱不浅，我与你配夫妻千里姻缘……"余夫人听到这里瞟了一眼桌上的照片，里面一个英俊潇洒的年轻人，西装领带，头发三七分，一丝不乱。晓梅道："夫人，这歌仔戏真好听。"余夫人微笑起来："这是厦门那边的歌仔戏。"晓梅吓了一跳，余夫人竟然收听"匪台"！

余夫人笑着瞥了台生一眼："台生，你不会让你爸来抓我吧？"

台生笑了："我爸？他常跟我说余夫人是他梦中情人呢，干妈真会开玩笑。

我爸常说，像干妈这么有气质的贵妇，全台湾只有两个。一个是蒋夫人，一个是干妈你。”余夫人拍了拍晓梅的手：“台生嘴这么甜，你就是让他的嘴骗了吧？”晓梅羞红了脸。台生赶紧讨干妈的欢心：“干妈，你真喜欢大陆歌仔戏，改天我录两盘给你。”

“你要真有这本事，就给我录一个叫严奉仙的。哦，不用了，下个月厦门白鹭歌仔剧团要到香港演出，她唱主角哦。香港的朋友给我弄到了票。”余夫人闭着眼睛，好像是在享受晓梅的按摩，又好像陷入了沉思，“厦门，那是我的家乡，我也许可以……”

“干妈可以托厦门剧团的人打听一下我干爹的下落。”看来，余夫人的爱情故事，台生一点也不陌生。

从余夫人家出来，台生又提出送晓梅回家，晓梅说不必。台生便说怕晓梅再被山猪纠缠。晓梅对山猪还有点心有余悸，只好同意了。

这时候，台生还真有点感谢山猪客观上做了他和晓梅的媒人。他对晓梅的纠缠，给了台生在晓梅面前尽显“英雄气概”的机会，使他的形象在晓梅心目中越来越高大。台生知道，再黑的黑社会，也不敢和官斗，台生既然已经让山猪相信他是警总的人，并且向山猪表明晓梅是自己的女人，山猪自然会识相，以后不会再纠缠晓梅了。台生当然不会把这些告诉晓梅，他要用“山猪”做借口，继续做晓梅的“护花使者”。晓梅也渐渐地习惯并且喜欢有一个帅哥为自己鞍前马后的。女孩子嘛，都有这么点虚荣。

到家时，晓梅远远看见大门旁的小杂货铺亮着灯，几个老兵在门口下棋聊天。晓梅心想糟了，自己和台生还没确定男女朋友关系，眷村的人看到一个男生开车送她回家，怕又被传得沸沸扬扬。可是赖在车上也不是办法，她只好硬着头皮下了车。台生从车窗内伸出头来：“我送你进去吧？”晓梅赶紧说：“不用了，谢谢。”她逃跑似的跑进自家大门。

可是第二天，关于晓梅和她的新男朋友的事，还是传开了，而且添油加醋越传越离谱。

“知道吗？老洪女儿有男朋友了，那男的开着汽车呢！”“可不得了，一个富家公子，开着车子亲自送洪家丫头回来。”“开的是美国车，车身有这么长，这么宽，车上还下来个仆人，替他们把车门打开，那排场就像王子和公主哎！”

网市按捺了两天，终于按捺不住："晓梅，前天是不是有个男生开汽车送你回来?"晓梅有些意外："你怎么知道?"网市开始一条条审问，家里有没有钱？长得帅不帅？有没有小姑子？

晓梅很烦："他是有钱人家的独生子，吃冰淇淋都到'来来'，长得跟猪哥亮差不多啦。"

网市喃喃自语："没有小姑子？这样好，这样好，你嫁过去就不会被欺负。有钱就好，有钱就好，至于长相嘛，不能当饭吃，对你好就行……"

洪根生发现眷村的人都用异样的眼光看着他。有两个老兵在大榕树下下棋，简陋的棋盘上红黑棋子交错，几个老兵站在旁边，比下棋的人更紧张，七嘴八舌出谋划策，突然间，大家看见根生走来，全都不自然地静了下来。洪根生招呼道："又是谁跟谁下啊?"没人搭理他。一个说："老张让咱俩去搬他的破冰箱呢!"另一个说："差点忘了，走走走!"有的说："我得去接我那小孙女了，不陪你们了。"另一个忙不迭地说："正好，我去接小孙子。"眨眼间，围观看棋的只剩洪根生一人。洪根生凑上前去："这班人外行，不懂棋，老孙，你下面出车。"老孙一脸尴尬，不理洪根生，一直望着对手："瞧我这记性！我老婆要去荣总看病，我得送她去。对不起，晚上接着下。"老孙起身匆匆走了。洪根生一屁股坐到老孙的位子上："这怕老婆的东西，老姜，别急，他走了，有我。"

老姜一拍脑袋："哎呀，我家炉子没关火。"他收起棋盘，也匆匆跑走了。

洪根生目瞪口呆，终于感觉到大伙对他的态度有点不对劲，可他怎么也想不明白，大家怎么突然像躲瘟疫似的躲着他。根生走到老张门口，老张看见洪根生，转身就要进屋，洪根生喊住他："老张，老魏和老齐呢？他俩说来帮你搬冰箱的。"

老张无奈地停住脚步，不安地望着洪根生："没有，没有，我没要搬冰箱啊。我不知道他们干什么去了。"老张随手把门关上了。洪根生疑惑地在老张家门口站了一会儿，又走到守正家大喊："守正，守正!"美如走出门来，笑得很不自然："守正不在家，去八百黑那里买馒头了。"洪根生有些失望，美如匆忙走入大门，砰的一声关上大门。

美如走进屋内，杜守正有些埋怨地看着美如："其实，我不用躲根生的。"美如瞪着他："你给我老老实实待着，一步都不能出去。"杜守正无奈地坐了下来。美如挎上菜篮子出门买菜。屋内，杜守正吃着山东大饼，大门推开了，杜守正的目光还粘在报纸上："美如，忘记什么了？"没有回音，杜守正放下报纸一看，根生怒目而视。杜守正尴尬地放下报纸："根生……你……来了？"

洪根生冲到他面前，一把揪住他的衣衫："这两天眷村的人见到我像见到鬼一样，到底是怎么回事？"杜守正口吃起来："我……我也不知道。"洪根生像要吃人："你会不知道？你也躲着我，你会不知道？他妈的，连你也跟我耍花招，算什么生死兄弟？"

杜守正不知该怎么说才好："是他们啦……他们说是你出卖了老董……"

洪根生大吃一惊，手无力地垂下来："王八蛋！这是谁造的谣？我洪根生为人谁不知道？怎么会有人信这种谣？"杜守正无奈地说："老董被捕的前一天，有人看到路长功在废品站跟你说了很久的话，所以大家就议论……"洪根生一拳砸到桌子上："路长功自己长着腿，他要来废品站我有什么办法？老董的事，我一个字都没跟他说。这么多年，警总找过我们多少次了，我们有谁出卖过朋友吗，这你还信不过我？""我当然信得过你，可是八百黑说你和警总……"

"八百黑？"洪根生不等杜守正说完，就像一头发狂的驴似的冲到八百黑馒头屋，高一声低一声地喊："八百黑，你给我出来！你为啥胡说我出卖了老董？"晓雄与小芳紧张地藏在蒸笼后，偷偷看着外面两人对峙。八百黑脸涨得通红："我可没说你出卖了老董。"

"你还狡辩。守正说了，眷村的人都这么说。"洪根生越说越气愤。八百黑也急了："我只是说你跟警总的人有关系。"洪根生更气了："放你娘的狗屁！我什么时候跟警总有关系了？"

八百黑比洪根生还生气："你是真不知道，还是跟我装傻？你回去问晓梅吧！晓梅交了个警总的人，你还在这儿装蒜。"洪根生越听越吃惊："晓梅？"洪根生转身就要去找晓梅，他要马上弄清楚，这到底是怎么回事。

洪根生茫然地站在厦门街，他不知道晓梅做家教的孩子家住在几门几号，只知道这个路口是晓梅下课回家的必经之路。傍晚时，远远地看到晓梅和一个男生说说笑笑地走过来。台生为了跟晓梅在一起长点时间，最近连车都不开，迷上散步“晒月亮”了。

洪根生眼睛里喷着熊熊怒火几步冲到他们面前，指着台生：“他就是你新交的男朋友？还是警总的？”

晓梅吓了一跳：“爸，你这是怎么了？”台生忙喊了一声：“伯父……”

“谁是你伯父？”洪根生吼道，又转向晓梅，“我不许你跟这种人来往！你以前交男朋友爸从来没管过，爸希望你早点有个家，有个男人照顾你，可是警总的人不行。”

晓梅不高兴了：“为什么不行？警总的人不能娶老婆了？我的事用不着你管。”洪根生一副凶神恶煞的模样：“警总的人娶谁我不管，我的女儿不准嫁警总的人。你敢跟他来往，我打断你的腿。”晓梅带着哭腔：“你打啊，打啊。”洪根生挥手打了晓梅一个耳光。

别看晓梅平时很乖巧，其实骨子里脾气和父亲很像。父亲当着台生的面这么蛮不讲理，对她又打又骂，令她犯了倔脾气：“我就是要跟他好。”本来在这之前，她没给过台生什么承诺，这一句“就要跟他好”激起了台生莫大的勇气，洪根生又举手要打，台生一把抱住晓梅，替他挡了这一巴掌。几乎在挨了根生一巴掌的同时，一个黑影窜到台生身后，冲他的头上挥了一棍子，台生缓缓地倒了下去。洪根生一愣，晓梅大惊：“台生，台生，你怎么样？”

“淑玲，快跑啊！我打了警总的人，淑玲你快跑。我把他们引走。”晓梅这才醒悟，打根生的人，就是上次那个痴痴地看着她，冲着她叫“淑玲”的疯子。

疯子向另一边跑去，边跑边喊：“我打了警总了，我打了警总了，来抓我啊！”他跑进巷子里，想引开想象中的警总。洪根生被突如其来的状况惊得目瞪口呆，只见台生头上鲜血直流昏迷不醒，晓梅带着哭腔说：“爸，你来帮个忙啊，难道要看着他死？”洪根生这才蹲下身帮晓梅扶着台生，幸亏晓梅平时训练有素，赶紧用手帕给台生简单包扎一下，两人以最快的速度把台生送到医院。

网市看到晓梅被打得红肿的脸，心疼得不行，赶紧拿来茶油帮晓梅涂在脸上，边涂边骂：“你这个死老芋仔，下这么重的手。你忘了，她读了护专就出来做事，一天兼几份工，为的就是帮这个家，就这样把自己的婚事给耽误了，现在好容易找到一个好的，你又不同意，你昏了头了你！”

洪根生恨道：“只要她不嫁那个警总的人，我给她下跪都行。老董就死在警总啊！我要是招了警总的人做女婿，我做鬼怎么去见老董？”他嘴巴虽硬，但心里也后悔得很。从小到大，他从未动过晓梅一根手指头。

网市瞪他一眼：“你们老兵的事，怎么扯到年轻人身上？人家那个台生，也没做过什么坏事啊！晓梅好不容易碰到一个自己喜欢的人，你管那么多做什么？”洪根生破口大骂：“警总的人，没一个好东西！除非我死了，不然你一辈子也别想嫁他。”网市吓坏了：“你小声点啦，拜托！”网市的心是向着台生的。以前她觉得女儿嫁一个普通人家就好，教师，公务员，哪怕是个卖肉卖面的，只要安安稳稳过日子就行。但现在她的想法完全变了，台生答应摆平晓雄的事，教师能行吗？公务员能行吗？更别说什么摆面摊的小老板了！

晓梅跟她阿爸一样倔：“除非我死了，不然我一定嫁他。”网市急得跺脚：“呸呸呸！你们两个怎么张口就是死？”父女俩仇敌一样对峙着。

医院走廊里，路长功和立苹急急走来，立苹哭得双眼红肿。路长功安慰老婆：“如果危险，就会安排在加护病房，安排在这层住的都是轻伤。你放心啦，肯定没打到要害部位。”立苹泣不成声。台生从小到大，他们当父母的都舍不得打他一下，想不到竟被一个疯子打得头破血流。“台生会不会被打傻了……”立苹抹泪。路长功安慰夫人：“医生说了，只是轻微脑震荡，不会有后遗症的。”

两人走到病房前，路长功看看门房号：“就是这一间。”他想开门，看了看立苹，轻声嘱咐道：“进去之后，你可不能一把鼻涕一把泪。”

立苹红着眼睛：“我就怕自己控制不住。”路长功轻轻拍了拍她的手：“你这一哭不要紧，台生说不定会以为他伤得多严重呢，结果他头上的伤不要紧，心脏病发作那才要命。”立苹被他逗得破涕为笑：“你啊，老没正经的！人家不哭了。”她勉强笑了一下，轻轻捶了捶老公。

路长功再次提醒：“儿子要是睡着，你可不能吵醒他，看一眼就走。”立苹白了他一眼：“知道啦，你很啰唆哎。”路长功一笑，轻轻推开房门。两人一看都傻眼了：病床上，台生坐着，脑袋用绷带包得像猪头，头上压了一个大冰袋。床边，晓梅拿着汤匙在喂他吃药。一个中年妇女正用一颗鸡蛋在台生眼部瘀青处滚动：“蛋不热了你就告诉我。”中年妇女看到路长功与立苹进来，满脸不高兴：“病房重地，闲人免进！”

路长功与立苹愕然。中年妇女把台生眼部的鸡蛋拿开，台生看见路长功与立苹，脱口而出：“妈！爸！”晓梅吓一跳，网市尴尬不已，看到长功与立苹那穿着打扮与气质，吓得躲到晓梅背后。立苹也不招呼晓梅与网市，只顾大步上前心疼地握住儿子的手。

路长功以他惯有的冷静扫视晓梅与网市，礼貌地点点头：“你们来看台生，太感谢了。”

立苹也回过头来打量晓梅，晓梅大方地说：“伯父好，伯母好。请坐。”立苹关切地抚摸台生的头，眼泪吧嗒吧嗒往下掉。台生慌忙安慰：“妈，没事，真的没事……”立苹伸出三个指头给台生看：“你看这是几根手指？”台生调皮地笑了：“五根。”立苹不明就里吓了一大跳，伸出一根手指再问：“这是几根？”

“拳头。”看到立苹那惊慌失措的样子，台生不禁哈哈大笑。立苹这才松了口气，嗔道：“调皮。”晓梅也忍俊不禁。网市被立苹满身的富贵之气震了，有点心虚：“我……我再去热鸡蛋。”她走出病房。路长功借口抽烟，也跟了出去。立苹冷冷地打量着晓梅，态度很不友好。晓梅知趣地提起热水瓶：“我去打点开水。”

病房内只剩下立苹和台生母子二人，立苹不安地询问儿子：“这个晓梅是做什么的？”

“一家私人诊所的护士。”台生满不在乎。

立苹叫起来：“护士？上次妈给你介绍的是女博士。”台生觉得妈妈可笑极了：“妈，那个女博士会四门外语，我呢？国语，闽南语，加上客家语，也只会三门。”立苹责怪道：“人家那是什么家庭出身？你这小护士什么家庭？眷村家庭！一看那打扮就知道，芋仔加番薯。这样的媳妇能娶进门吗？”

台生理直气壮：“怎么不能？她很水哦！”

“水有什么用？你爸什么身份？结婚典礼上，让他跟那老兵站在一起，还不被人笑死？”立苹真是恨铁不成钢，越说越伤心。

台生摸着自己的头：“那就不要办婚礼嘛，我们旅行结婚。”立苹瞪大眼睛：“什么旅行结婚？亏你想得出来，你的婚礼得在圆山大饭店办！”

网市站在装着热水的大铁桶边，打开开关冲着小搪瓷盆中的鸡蛋。路长功站在她身边，态度温和地搭讪：“你们住莒光新村？你们主委是罗加祥嘛。”网市惊喜得两眼放光：“对！您跟眷村也那么熟啊？”当她听到路长功住在中央新村的时候，更高兴了，那可是大官住的地方呢。路长功微笑：“什么大官？运气好一点，拣到了。我当年也是陆军啊！”

网市拍着大腿感叹：“有缘啊！以前人家也给我们晓梅介绍过几个男朋友，要么是客家人，要么就是在地台湾人。晓梅他爸都说不好，晓梅也看不上。现在好了，晓梅总算找到个老兵家的孩子了，你有空到我们眷村来坐吧！”

路长功微笑：“好啊，以后多联络。我也留个电话给您，明天让晓梅他爸打给我吧。”网市看路长功那么亲切那么随和，一点官架子也没有，暗想，晓梅真是有福了。

路长功与立苹从医院回来，两人都累坏了，靠在沙发上。立苹忧心忡忡：“台生是吃了秤砣铁了心，非要娶那个晓梅。”路长功握住老婆的手：“放心啦，他们成不了的。我的儿子，哪能娶一个眷村丫头？”

立苹哪里放得下心来：“你没看台生那痴情的样子？我越劝他，他越来劲。居然跟我说他伤一好立刻就要娶晓梅。要不是看他受了伤，真想狠狠打他一顿。怎么会看上一个眷村的丫头呢？而且年纪好像比我们台生还大。看不出那丫头还真有本事，不知道给台生下了什么药，能把我们台生迷得神魂颠倒。”

路长功把握十足：“解铃还需系铃人，过不了几天，这个晓梅就会主动找台生提出分手。”作为台生的爸爸，他清楚地知道台生的婚事是跟他的前途连在一起的，他不会让儿子栽在一个眷村丫头手上的。看着立苹那不放心的样子，路长功微笑：“放心吧，你老公是警总的人。”

台生一直在犹豫如何跟晓梅说出自己不是警总的人。他怕一说出来，就被晓梅在感情上判死刑。又怕拖得越久，晓梅受伤感越深，越不肯原谅他。这种“说出来是找死，不说是等死”的感觉，令他万分纠结。

台生躺在病床上左思右想，觉得现在是说出真相的最好时机。一来他舍生忘死保护晓梅，在晓梅和他老爸心里加了分。二来他现在伤得这么重，晓梅的心会比较软。看着在床前替他削苹果的晓梅，台生终于下了决心："晓梅，如果我不是警总的人，你爸是不是就不会反对你跟我交往？"

"是，我爸以前从来不干涉我交男朋友的事。"

"我要告诉你一件事，你千万别生气，我不是警总的人。"晓梅"噗嗤"一笑："你这谎话编得太幼稚了，哪里骗得过我爸？""我不是骗你老爸，我是说真的，我是电视台的编导。"晓梅惊讶地审视着台生，见他表情严肃，不像是开玩笑，她感到疑惑："那为什么我们第一次见面，你在警总的车上，和警总的人在一起？"台生解释道："庄力奇是我的朋友，那天我是找他玩的。我说自己是警总是为了吓吓山猪的，没想到你相信了。""那你为什么不早告诉我？""我怕说出真相你就不理我了。"晓梅生气道："那你就骗我？我长这么大还没被人这么耍过。你把我当成什么人了？看你是警总威风八面才跟你交朋友？好吧，我今天还就当一回势利眼了，你既然不是警总，那就一切免谈。"说完起身要走。

台生表情痛苦抱着头，哎呀一声，倒在了床上。晓梅急忙回头："台生，你怎么样啊？哪里疼？"见台生一动不动，晓梅有点慌乱："我去叫医生……"台生一把抓住晓梅的手，放到自己的胸口上："我这里疼，心疼。"晓梅一甩手："别演戏了，你还真不愧是电视台的。"说着忍不住笑了起来。台生如蒙大赦，忽地坐起来："你不生气了？"

回到家里，晓梅向父亲解释："台生在电视台工作，那天是为了从山猪手里救我，才冒充警总吓唬山猪的。不信你看……"晓梅把台生的工作证递给父亲，这是台生让她带回家来证明自己身份的。网市听了有些遗憾，又有些欣喜："不是警总的啊，那就帮不到晓雄了。不过他家住在中央新村，看来他老爸是个不小的官。人家真没架子，特别交代，让你阿爸今天一定要打电话给他……”网市唠唠叨叨说个不停。

洪根生带着审视的神情，翻来覆去地把证件看了半天，嘴里嘀咕：“这个台生姓路？姓这个姓的人可不多。”他把手向网市面前一伸：“电话号码呢？给我。”晓梅和网市欣喜地对望了一眼，网市忙从包里找出那张纸条，交给洪根生。

洪根生开始拨号，那边传来一个女中音：“你好，这里是警总。”洪根生面色一沉，一种不祥的预感涌上心头：“请问这里有位路先生吗？”

那边的女声彬彬有礼：“我们这有一位先生姓陆地的陆，还有一位姓道路的路，请问你找哪位？”根生克制着自己：“我只知道他是路台生的父亲。”

“哦，那就是路长功路处长了，请问哪里找他？”

洪根生的嘴唇开始颤抖，用力挂断电话。路台生竟然是路长功的儿子，真是冤家路窄啊！网市看到根生那副表情，是大发雷霆的前兆，她小心翼翼地问：“怎么了？”

洪根生吼道：“台生不是警总的，台生他爹是警总的，还是警总的头头。要我做路长功的亲家，那就等我死了再说。”他生气地看着晓梅，“不准你跟台生来往！”

网市沮丧得不行，原以为晓梅攀上高枝了，没想到事情竟是这么糟糕。晓梅没想到会发生这样的变故：“我又不知道台生的爸爸是谁。他爸是他爸，台生是台生，我为什么不能跟他来往？”

“因为老董就是死在路长功手上。害死老董的凶手要是做了我的亲家，我怎么跟眷村兄弟交代？”

“怎么交代是你的事，我的爱情是我的事。台生在电视台做事，他爸的事不能归到他头上。”父女俩音量一个比一个高。

“你敢跟路台生好，我就……我就……”根生气急败坏。

晓梅扬起脸：“你又要打我？打吧！”

“我跟你脱离父女关系！”洪根生咆哮。晓梅喊道：“随便！”哭着跑了出去，根生无力地坐下。网市急得跺脚：“你快去追啊！”

洪根生兀自不动：“追什么追？我只当没这女儿。”

网市忍不住哭了起来：“我的命怎么这么苦啊？儿子在军队被人欺负，跑回家，你说就当没这个儿子；女儿的男朋友不合你的心意，你又说就当没这个女儿，就剩我们两个人，日子怎么过？”

“怎么过？老子照样快活过！”洪根生嘴硬。网市边哭边捶打着洪根生：“你赔我儿子！你赔我女儿！”洪根生铁青着脸，任由网市捶打。

第二天早晨，台生斜坐在床上，门开了，晓梅梦游般飘了进来。台生一阵惊喜：“这么早？”晓梅一步步走近他，面色沮丧。台生疑惑道：“你怎么了？”晓梅没有回答他，只是一步步走到床头，大眼睛直盯着台生。台生越来越不安：“出什么事了？你说话啊！”晓梅猛地抱着台生：“台生，你不是警总的人有什么用？你父亲是警总的，问题更大了。我们没有办法了，要想在一起，只有私奔。”

台生又惊又喜：“你是说，你为了我，不回眷村了？你肯和我出去租个房子住？你喜欢什么地方？天母？大直？木栅？”

晓梅赌气道：“只要我们两个人，什么地方我都愿意。”

台生兴奋得浮想联翩：“拉斯维加斯吧？我爸说那地方结婚最容易，一两个小时就搞定了。我们先到那边结婚，然后在美国玩一玩，其他的事回来再说。”

两人都沉浸在对未来的无限遐想中。

路长功来看望台生，只见台生包扎得跟猪头似的，晓梅却痴痴地看着他。见路长功进来，晓梅起身说：“我跟余夫人约的时间到了。”准备离开。路长功却说：“洪小姐你等一等，一会儿我也要去拜会余夫人，我送你去。”晓梅不安地看了看台生。台生用眼神安抚着晓梅，表示：有我呢，什么都不用怕。

坐在路长功的汽车上，晓梅有些忐忑不安：“路伯父，去余夫人家好像不是这条路。”

路长功微笑道：“我先去买点东西。”汽车拐个弯，停在八百黑的馒头铺前。晓梅心虚地看着路长功：“您来这里买什么？”

路长功拿出钱塞给晓梅：“这家店里的馒头很好吃。我不下车了，你去帮我买十个。”晓梅心虚地接了钱下车，路长功取出烟斗慢悠悠地抽烟，看着晓梅的背影微笑。晓梅急急走进门内，只见小芳趴在灶前哭得一塌糊涂。晓梅的心一沉，焦急地看着小芳："小芳，出什么事了？晓雄呢？"

小芳眼泪汪汪看着晓梅："晓雄被抓走了。八百叔到新店送货，我又急又怕……"

晓梅失声道："是山猪那帮人。"

"不是山猪，是警总的人。"小芳脸上泪痕交错。

晓梅大为震惊："警总？"她本能地看着门外，只见路长功悠然自得抽着烟斗，烟雾在他面前弥漫，显得那样高深莫测。晓梅激动地冲到路长功面前，声嘶力竭地喊："你不是来买馒头的！"

路长功吐了一口烟："当然不是。这种地方的馒头我敢吃吗？我告诉你，晓雄就是警总抓走的。"

"警总的人抓晓雄？应该是军方的人来抓才对，你们没有权力乱抓人！"

路长功一弹烟灰："聪明。我就是怕军方早我一步找到晓雄，所以才先下手为强。这里面也有你的功劳呢，我原来不知道晓雄躲在这里，是你告诉了台生，台生又来求我救晓雄，我当然知道这地方了。"

晓梅又伤心又气愤："台生求你救晓雄，你反而来抓他，你到底想干什么？"

路长功微笑着用烟斗指着馒头铺："我也是来救晓雄啊。你以为晓雄躲在这地方，真能躲得了一辈子？军方可不是吃素的，没几天，晓雄就会被他们抓走。"

晓梅知道路长功说得对，还是嘴硬："这地方很偏僻，军方找不到的。"

"就算军方找不到晓雄，你打算让他一直躲在这里，将来继承八百黑的馒头铺，做一辈子馒头？你是不是以为躲一阵算一阵，总比关到警总好？错了！关到警总，就是到了一个安全的地方，军方不会找到那儿去。"

"那又怎么样？关在警总跟关在军方有什么差别？"晓梅红肿着双眼，六神无主。

"差别大了。如果被军方抓到晓雄，那就是军法审判，重则枪毙，轻则坐一辈子苦牢。关在警总就不一样了，只要你们配合，他进去的时候是逃兵，离开的时候他就是一个退役军人。"

晓梅愕然："这怎么可能？您愿意帮忙？"

路长功点点头："我肯帮这忙，不知道你愿意不愿意帮我一个忙?"晓梅忙不迭地点头。路长功开条件了："我也不要你上刀山下火海，只要你离开台生。我知道，台生很爱你，谁也无法阻止他，除了你。"

晓梅一颤，用绝望的目光看着路长功："你……你这是用晓雄来逼我离开台生?"

路长功苦笑："这算是一个交易，你得回弟弟，我得回儿子。台生是我唯一的儿子，我对他寄予很大的期望，他的未来在政坛，踏上政坛的每一步我都精心设计好了，而要实现这个目标，他就需要一个合适的女人。"

晓梅满腔悲愤。可怜的台生，他还不知道他父亲背着他干了什么事。是的，在路长功心中，儿子需要一个门当户对的女人，绝对不是晓梅这样来自眷村的女孩。晓梅的泪眼中射出一道冷冷的光："如果我不答应你呢? 你是不是就把晓雄押到军方去?"

路长功更冷："我是个执法人员，法律规定抓到逃兵该怎么做，我就怎么做。"

"台生不会离开我的!"晓梅绝望地大叫起来。

"没错! 所以现在只有你去告诉他，你另有心上人，他才会死了这条心。台生一开始可能不相信，但你一定要让他相信。我没法教你怎么做，可是你记住，如果你没法让台生断了念想，你就再也见不到你弟弟了。"路长功说完便拉开车门坐了进去。

汽车开走了，晓梅泪眼蒙眬。她恍恍惚惚回到诊所的宿舍，度过了这辈子最难熬的一个夜晚。第二天早上，晓梅来到台生的病房。门虚掩着，晓梅悄悄窥视病房内，只见台生躺着，点滴瓶缓缓滴着药水，他不知梦见了什么，嘴角还挂着一丝微笑。晓梅内心又挣扎起来：断? 还是不断? 一只手突然抓住晓梅的肩膀，晓梅吓了一大跳，回身一望，台生的母亲怒视着她："你到这儿做什么?"

晓梅慌忙把房门拉上，生怕台生听见，低低喊了一声："伯母……"

"别叫得那么亲热!"立苹横眉冷对。

晓梅惨然一笑："路太太，我有封信要给台生。"立苹不接："台生都被你害成这样了，你还缠着他不放?"晓梅把信塞到立苹手里："这是一封绝交信，麻烦您转交给台生。谢谢!”晓梅说完便跑开了，她怕克制不住眼中的泪水。立苹一怔，拆开信看了起来。看着看着，她满意地笑起来。

台生看完了晓梅的信，只觉得一口气喘不上来，他把信气愤地一扔：“什么叫八字不合，这明明是个借口。”立苹在旁边添油加醋：“可能她找到了更有钱的男朋友吧？儿子，你别难过，天涯何处无芳草？还稀罕这一株野草？”台生充耳不闻，他默默把信重新看了一遍，真想不到前一阵子晓梅还说只剩他这么一个亲人了，现在又写出这么一封决绝的信来，其中必有隐情。他恨不得马上揪住晓梅当场问个明白，可惜他稍稍一动，头便像要炸开一般，只能无力地躺回床上。

晓梅打电话给路长功：“路先生，你赢了，我答应不再和台生来往。”路长功靠着皮椅接电话：“很好。洪小姐，你做了明智的选择……放心，你弟弟很快就会回家了。今天？当然不行，明天？洪小姐，我得去跟台生谈一谈，等我确信台生真的跟你分手了，到那时候，晓雄就会回家……你应该相信我……凭什么？凭我是路长功!”

晓梅无力地挂断电话，倚在墙上，面色苍白。

女儿已经离家出走三天了，洪根生心不在焉地和杜守正下着棋。网市站在他们身边，唠叨个不停：“都说一子一女凑个好字，最有福气，现在呢，儿子不知道在哪里，女儿也让你逼走了。”她越说越伤心，揪住洪根生的耳朵：“我看你这把老骨头最后谁来收拾?”

洪根生烦躁地拍掉她的手：“你说够了没有？人家守正来下盘棋，就听你在耳边叽叽喳喳。”

“这女儿多懂事，高中不上，去上护专，她成绩很好哎！老师都说她考北一女没问题，可她说读了护专，就为了能早点工作，早赚钱帮家里……”网市说着说着眼泪就流下来。

杜守正打圆场：“晓梅这丫头，眷村谁不夸啊？哪像我们小芳，跟着人就跑了……”他突然想到小芳就是跟晓雄跑掉，后悔不已，赶紧闭上了嘴巴。

网市越想越伤心，女儿到现在都嫁不掉，不是人家不要她，追她的人多了，就像那个赖明志，台电的工程师哎！见了晓梅喜欢得不得了，就是有一条，他在高雄上班，结了婚就要搬到那边去，晓梅不肯，说不想离娘家太远，就这么分手了……还有那个石浩伟，自己开了餐厅，也是晓梅的死忠，都要订婚了，有次看到石浩伟在骂他爸爸，晓梅就跟他分手了。她说这人连自己的亲爸爸都不爱，怎么会对老丈人好。

洪根生紧紧皱着眉头。杜守正感叹："晓梅真懂事啊！哪像我那大女儿，一嫁就嫁到美国，这么多年一次也没回来过。根生，你好福气啊，晓梅做什么都想着你。"

网市又受刺激了："女儿想着他，他根本不想女儿。女儿赌气走了，都三天了，这死老芋仔硬是不肯找女儿回来。"网市戳了戳洪根生的额头，"哪有你这样当老爸的？人家都是把女儿当个宝，你呢？把女儿当棵草。你看人家守正，哪次跟女儿吵架，不都是他先软下来？这才像做爸的样子嘛！男人就得让着女儿。"

杜守正苦笑。他家是女儿国，四女一男。他爱老婆疼女儿，成天不是哄女儿就是哄女儿的妈，不知让根生笑了多少回。洪根生烦了："说够了没有？口渴不渴？"

网市怒气冲冲："我不渴，我还要说。"

"你不渴，人家守正渴。坐了这么久，连杯茶也没有，这是当女人的样子吗？"

网市一怔："对哦，我都被这死老头子气昏了。守正，茶马上就来。"

网市一离开，洪根生赶快低声对杜守正道："你这笨蛋，快给我一个台阶下啊。"杜守正恍然大悟，大声道："根生啊，你这就不对了……得去找女儿啊！"网市端着茶壶茶杯，从厨房走了出来，只听洪根生还在装腔作势："凭什么？老爸大还是女儿大？难道让我跟她认错？"

杜守正佯装凶恶的样子："你今儿不去找晓梅，老子跟你不客气了。"说着过来拉洪根生，洪根生作势反抗，两人拉拉扯扯出了门。网市松了口气："这死老头，跟我玩这一套。死要面子活受罪！"

杜守正问洪根生到哪里去找晓梅。洪根生低头看了看表，这个时候，她应该在给孩子补习。"走吧，我们去厦门街。"

两人在昏黄的灯光下吃扁食，等着晓梅下课。杜守正不放心洪根生："我把话说在前头，待会儿晓梅出来，你要主动上前，态度要好，身段要软，女孩子是要哄的。可不许臭着张脸，知道吗？”

“知道了，你说了八百遍了。”洪根生也觉得挺委屈，怎么满世界都是别人的道理，错误都是他一个人的。杜守正见他那不服气的态度，又说他了：“说了八百遍不管用，你听得进去才要紧。”洪根生叫起来：“你还让不让我吃啊？”

两人埋头吃着，后面突然传来老板的招呼声：“疯子，疯子！”杜守正好奇地抬头望去，只见小吃店老板端着一个大碗，走到门口招呼着。那疯子接过大碗，蹲下来贪婪地吃起来。老板不高兴了：“不要挡住我做生意啦！”疯子听话地走开了。杜守正伸长脖子疑惑地看着，洪根生背对大门不知道发生了什么事，见杜守正出神的样子，嘲讽道：“你看什么？林青霞还是胡慧中？”

杜守正喃喃道：“这个疯子长得好像小傅，就是被我们抓壮丁抓来的傅友诚。”

洪根生吓了一跳：“你是活见鬼了？傅友诚早被枪毙了！”

“是啊，死了……”杜守正游魂般机械地把扁食往嘴里塞，洪根生忽然想起来，那天这个疯子叫晓梅“淑玲”。

“守正，你记不记得小傅说过，他有个女朋友，是他的同学，叫什么……”

“好像叫什么玲。”

“淑玲？”

“对，是淑玲。”

“难道这个疯子是……”洪根生放下汤匙，起身向大门走去，杜守正跟在后面问怎么回事。洪根生说：“这疯子真有可能是小傅。”老板急了：“喂，你们还没付钱呢！”洪根生回头道：“我们不走，我们就是去看看那疯子。”

疯子蹲在电线杆下吃着扁食，看到两个人影走过来，他警惕地站了起来，护着碗。洪根生与杜守正睁大眼睛看着疯子，不停地互问：“像吗？三十多年了……会不会认错人？”

杜守正惨笑：“别的人会认错，小傅可是一辈子也不会忘啊！”这是他这辈子最对不起良心的事。洪根生颤抖地喊了声：“小傅？”傅友诚一颤：“你们，你们……”

洪根生激动起来：“你不认识我们了？”

那疯子大喊：“我认得你们，你是警总，你也是警总。”洪根生与杜守正面面相觑。疯子把手上的大碗用力一掷，转身就跑："警总来了，警总来了！"洪根生一脸一身的扁食汤，滴滴答答往下淌。两人正要去追，洪根生忽然愣住了，女儿在对面默默看着他。晓梅自答应路长功断绝与台生来往后，已是心灰意冷。父女二人相见无语，默默地往家里走。网市站在大门口，心急如焚。好不容易看见女儿陪着根生缓缓走来，她心里一喜，心中一块石头落地，便悄悄回到屋内。

台生偷偷从医院溜了出来，他头上还包着纱布，开门的曹妈看见他吓了一跳，好半天才辨认出来："路公子，快进来，快进来！夫人刚刚还在念叨你呢。"

曹妈领着台生走进客厅，余夫人赶紧上前把他扶住："你还没好呢，怎么乱跑？赶紧坐下来……曹妈，把人参鸡炖上！"

台生劈头就问："干妈，晓梅没来？"他刚刚去诊所找晓梅，那边说晓梅请假了。

"没有啊。早上打了电话来，说她今天有事。你们是不是吵架了？"

台生无言地把晓梅的信递给余夫人，余夫人一边看一边喃喃道："怎么会这样？怎么会这样？明明是龙凤呈祥，怎么变成孔雀东南飞了？"台生失魂落魄地回到医院，在走廊里烦躁地来回踱步。

夜很深了，天上星星稀稀疏疏的，大概也回家睡了。晓梅骑着自行车回诊所，远处，诊所门外有一个人影正在寒风中徘徊。不知是阿母还是台生？晓梅心里七上八下，等她到近处一看，人影越来越清晰，竟然是余夫人。余夫人朝晓梅笑："晓梅，你可回来了。"晓梅赶紧下车："夫人怎么到这儿来了？"余夫人取出台生转交给她的信："这信是你写的吧？"晓梅尴尬起来："这信是我写的。"她知道台生一定找过余夫人了。

"是台生他爸让你写的吧？"余夫人笑眯眯地问。晓梅一颤："夫人怎么知道？"余夫人微笑："我跟路长功太熟了，他心目中最理想的儿媳妇是那位潘小姐。这信是他逼你写的吗？"晓梅痛苦地摇摇头："不，这的确是我自己写的。我真的是自愿的……为了我弟弟……"

余夫人把真相原原本本告诉了台生。

台生躺在床上，面色惨白："干妈，你说的全是真的？"

余夫人目不转睛看着台生："其实你心里也明白，我说的全是真的。你只是没有勇气承认。"被余夫人这么一激，台生伸手抓起床边电话就要拨号。余夫人按住他的手："千万不能乱打。你爸为什么拿洪晓雄威胁晓梅？不就是怕你知道真相吗？你这一问，你爸还以为是晓梅告诉你了，他还不恨透晓梅？那晓梅就倒大霉了。"

台生不甘心："我……我让他马上放了洪晓雄，我爸真的太过分了。"

余夫人很冷静："你爸放人容易，他只要一个电话，军方就来抓人。那时候，你还能救洪晓雄？你要是真爱晓梅，就得先救晓雄，他是个逃兵，只有你爸才有办法跟军方交涉，摆平这件事。"

台生知道只要他和那个老潘的女儿来往，爸爸就会开心。爸爸只要确定他和晓梅分手，就会让晓雄变成一个没有案底的退役军人。可是，他怎么克制自己想念晓梅的情绪呢？如果按爸爸说的去做，他就永远失去晓梅了。而且他担心要是爸爸不守承诺，那他岂不是两头空？

余夫人安慰他："不会的，要不了多久，晓梅就会回到你身边。你爸的脾气我太清楚了。你还没出生之前我跟你爸就是好朋友了，以后我会说服你爸接受晓梅的，你现在一定要忍耐，不要硬跟你爸对着干。"

台生苦笑："岳将军跟我爸是生死之交，连他都劝不动我爸爸。干妈，您要是真能让我跟晓梅在一起，我认你做亲妈都行！"

"那你妈不跟我打起来了？台生，你要给我时间，百炼钢要化成绕指柔，也要时间啊！只要你演好这出戏，我就一定能让晓梅回到你身边，我向神明发誓！"

台生连连点头："我懂……先救晓梅她弟弟。"

太阳白晃晃的，晓梅骑着自行车出了眷村。一辆车突然停在她前面，门开了，下来一个人。晓梅睁大眼睛定睛一看，不禁大叫起来："阿弟，你回来了！"晓雄上前抱住晓梅："阿姐，我回来了！"姐弟二人眼中全是泪花。泪眼模糊中，晓梅突然警觉起来："车呢？谁送你回来的？"

“警总的人送我回来的。”晓雄还沉浸在重见天日的喜悦里。

网市从菜市场买菜回来，一边跟邻居打招呼。美如迎面气喘吁吁地跑来：“你儿子回来了！”网市一颤：“你拿我开玩笑做什么？”

“我要是骗你，出门就给车撞死。”美如赌咒道。网市见她脸色认真，不由慌了手脚：“你说阿弟他……他……”

美如跺脚道：“他也不知道戴个帽子遮住脸，就这么大摇大摆走进眷村来了，多少人都看见了！你说要是有人打电话给军方……”网市丢下菜篮子回身就跑。

洪根生与杜守正这时正坐在桌边泡茶，外面传出网市的凄惶的叫声：“老洪，老洪！”两人吓了一大跳，网市已经闯了进来，喘息不已：“阿弟……他……他回来了！”

洪根生用力一拍桌子，咬牙切齿：“好！我去找根绳子，我把他绑起来，送去自首。”说着便冲进厨房。

网市大惊失色，求救地看着杜守正：“老杜？”

杜守正急道：“你还愣着干吗，赶快去拦住晓雄，把他领到防空洞去藏起来。”网市这才醒过神来，正要跑出去，晓雄却跟着晓梅进来了。网市又喜又怕：“阿弟！”此时洪根生已拿着一根绳子冲出厨房，杜守正一把抱住洪根生，不让他动弹，大叫：“晓雄，快跑！”

晓梅、晓雄一怔。洪根生怒叫：“我抓我的儿子，关你屁事！”

杜守正还是死不松手：“你要抓我女婿，我就要管！”网市大叫：“阿弟，还不快跑！”晓梅笑了：“阿爸，阿弟他不是逃兵。”网市满脸疑惑，洪根生怒吼道：“他还不是逃兵？自己打自己一枪的孬种！”晓雄从口袋中取出一份文件递给阿爸：“这是军方发给我的证明文书，你看看，军部大印，不会假吧？”

洪根生半信半疑，接过文书仔细看着。杜守正凑过来看，网市低声问洪根生：“真的假的？”洪根生激动起来：“真的，是真的！军方让晓雄正式退役，以后，他就是个合法的公民了。”他突然蹲了下来，号啕大哭。杜守正抱住晓雄，激动地捶打他的背：“我们小芳不会看错人的。”网市哽咽起来：“这死老头，儿子没事了，你哭什么呀？”

晓梅忍不住跑出大门，倚着墙仰望天空，泪水潸然而下。她好几次看见台生挽着一个女孩子说说笑笑从诊所大门走过，她的心在滴血。

洪根生是个藏不住事的人，他马上给眷村的老兵打电话，让他们到他家里来，他要帮儿子洗清逃兵的罪名。客厅来了不少老兵，大家传看着军部的文书，洪根生眉开眼笑穿梭在老兵之中。杜守正比洪根生还要得意，吹牛道："我挑女婿，比皇上挑驸马还严格。"

一个老兵嘲笑道："一口一个女婿你也不害臊？前些日子我还记得你骂晓雄拐跑了你女儿呢，说他不是个东西！"众人大笑。杜守正面红耳赤："没有！根本就没有！你耳朵不好……"晓雄尴尬地站在一旁。

洪根生大声道："别光笑，大伙儿帮我儿子找个工作。"便有人说："我们老板正好要招一个司机。"洪根生高兴极了："晓雄会开车。"

晓雄微笑："我已经找到工作了，就在八百叔店里做馒头。"洪根生觉得有些丢脸，但晓雄做馒头已经上手了，俨然行家，甚至在花样上还超过八百黑。

八百黑说："我这里庙小装不下大菩萨，也就是在你们落难的时候敢使唤你们一下，我哪请得起你们这一对金童玉女。你们要去找一份有前途的工作。"

开心过后，守正忽然担心起来："官方的案底虽然一笔勾销了，山猪那边的事恐怕还没完。我听说，黑社会为了聚拢人心，对背叛的人比对仇家还要狠。晓雄和小芳投靠山猪没几天，就得罪了老大，山猪可能会报复。大家还是想想，能不能让晓雄和小芳离开山猪的地盘，在南部找一个工作。"

大家纷纷贡献出自己的人脉，八百黑说，他有几个朋友，在高雄开修车行的。洪根生和杜守正都说好：修车怎么说也是个技术活，做好了会有出息。网市和美如虽然舍不得儿女远走，但为了安全，也没有别的办法。

杜守正的顾虑还真有先见之明，听说晓雄没事了，山猪在眷村和老兵们开的店里遍寻晓雄小芳不果，恨恨地抛下一句："有本事别让我再看到他们。"这事才算了结。

晓雄和小芳的事情有了着落，洪根生和杜守正更专心一意地想着傅友诚的事了。两人反反复复地讨论，厦门街上的疯子，究竟会不会是小傅。疯子长得太像小傅了，而且他念念不忘的人也叫"淑玲"。世界上应该不会有这么巧的事。当时上头明明说傅友诚被枪毙了，他怎么又会疯疯癫癫地出现在厦门街？

讨论不出一个结果，他们最后决定向岳将军求证。

岳将军熟练地泡着茶，给他们一人倒了一杯，自己也端起茶杯喝了一口，许久才长长叹了一口气："傅友诚其实没有被枪毙，当年他偷了一条旧轮胎想游回厦门没有成功，被潮水带回了金门，醒过来后就胡言乱语，当时金门的医疗条件也没法鉴定他是不是疯了，我跟长官报告，把他送到台北的精神病院去。怕别的人受到'启发'，认为开小差不成装疯就能逃避惩罚，造成军心动摇，所以对外就宣称查出来傅友诚是装疯，枪毙了。"

洪根生不明白："既然到了精神病院，有人照顾，小傅怎么又流落街头？"

"我找人去查了，原来傅友诚进了精神病院没多久就又逃了。他跑到车站，说要坐到厦门的车，车站的人一听有人公然嚷嚷要回'匪区'，悄悄报了案，警总马上来人把他抓走了。小傅在警总经历了什么，就不得而知了。"

洪根生忍不住咬牙切齿："难怪小傅提到警总跟见了阎王一样。"

"警总后来终于发现小傅好像不是装的，到精神病院查到小傅的病历，这才把他放了。后来他就不知所终了。据你们所说情形来看，厦门街上的那个疯子，真的有可能是他。"

两人从将军家出来，更加确信那疯子就是傅友诚。当年为了交差，把还是个学生的傅友诚抓了壮丁，这是他们俩一生的良心债，他们决心要找到小傅，好好照顾他，赎自己的罪。

连着几天一无所获。烈日当空，洪根生满头大汗，拿着一个军用水壶大口喝水。杜守正说："问了很多人，都说这疯子虽然碍眼，但已经是厦门街的一景，这些天没见到他，大家都不习惯了。"洪根生担心道："他会不会跑到别的地方，不再回来了？"杜守正想了想："我想不会，他什么地方不能去？为什么偏偏到了厦门街就再也不走了，一呆就是好多年？这说明他以为这里就是厦门，是他的家，他是不会离开的。那天他把我们当成警总的人，会不会看见我们就躲起来了？"

洪根生眼睛一亮："没错。能藏的地方，咱们都再找一找。"两人再次出发把厦门街像用梳子一样重新梳理了一遍，还是找不到人。洪根生被逼得实在没办法了，只好让晓梅引小傅出来。公寓大门打开，刚补习完了的晓梅走出来，她站在门口，等候着傅友诚出现。洪根生与杜守正躲在大垃圾箱后面紧张地监视着，杜守正低声道："小傅会出来吗？"洪根生心里也没底："只剩下这招了，这招再不灵，那真没指望了。"等了一会儿，傅友诚还是没出现。杜守正低声道："没来哎！是不是跑到别的地方去了？"

洪根生不死心："再等等看……"

晓梅左等右等不见疯子，她灵光一闪，突然大声喊道："小傅，我是淑玲啊！你在哪里啊？我是淑玲啊！我害怕……你快来啊！"

这时，大垃圾箱的盖子缓缓倾斜升起，躲在垃圾箱后的洪根生和杜守正目瞪口呆。垃圾箱盖完全翻起，傅友诚站在箱子中，满脸焦急的神色，他的身上还带着垃圾。晓梅跑过来拉住傅友诚的手："小傅，可把我急坏了。"

傅友诚很激动："淑玲，小心，警总的人常来！"

晓梅很高兴，她终于帮爸爸了结了一件心事："小傅，我们回家……"晓梅拉着傅友诚的手往前走。杜守正想跟上去，洪根生按住他："再等一下……被小傅看见我们，又要当成警总的人，把他吓跑了就麻烦了。"

等晓梅牵傅友诚走远了，洪根生和杜守正才长长吐出一口气。杜守正笑起来："我们什么地方都搜了，就是没搜这垃圾箱。"洪根生看着垃圾箱感慨万分："这里面多臭啊！想不到他……"

晓梅把傅友诚带回家，先安排他洗澡。水龙头哗啦啦地喷着水，布帘后面传来傅友诚的歌声："安童哥咯，去买菜，卖鱼的三姑见我猛招手啊！卖肉的九叔见我笑眼开，哎……哎……哎……"

院子里，网市正在木盆中洗着傅友诚的衣衫。晓梅坐在她身边帮手。网市边洗边说："要死了，这疯子的衣服有多脏，整整洗了我一块肥皂，真夭寿啊！他是几年没洗了？"

晓梅叹息："他不是几年没洗，是几十年没洗了……"

"可怜啊！我听美如说，你爸还是他的班长？"

"当年国军撤退到厦门，上头命令抓壮丁，傅友诚当时还是一个高中生，走在巷子里就被两个大兵给抓上船了。"

网市生气地骂道："啊，这大兵也太可恶了！"

"这两个大兵就是我爸和守正大叔。"

网市目瞪口呆："就是他们俩？夭寿啊！"

晓梅把傅友诚的裤子用力拧干："撤退到了金门，傅友诚天天哭。他根本还是个孩子嘛！有天晚上站岗，他望着大海，海那边就是厦门，他就带着一个轮胎跳下去了。可他不懂得潮水变化，游了半天，又回到了金门。"

网市都忘了干活了："夭寿啊！龙王爷也不帮帮他……好好一个孩子，就这么疯了？"

晓梅摇摇头："幸亏他疯了，听说，那时候逃兵抓到就枪毙。"网市直念阿弥陀佛："难怪哦！你爸有一次做噩梦，大叫：小傅，小傅！我还以小傅是他大陆的相好呢。"晓梅边说边把一大盆脏水倒掉："我爸和守正叔一直以为傅友诚死了，他们觉得罪孽深重……这一次，阿爸听到厦门街上一个疯子口口声声叫我淑玲，他想起傅友诚说过，他的女朋友叫淑玲，他就猜到那人是傅友诚，阿爸和杜叔叔两人在厦门街找了好几天……他们这是要为自己赎罪啊！"网市说："这个罪我们一起帮你爸赎吧！"

这时，里屋的傅友诚喊道："淑玲，我洗好了，洗了好几遍了。"他拉开布帘走出来，全身只有下半身围着一条浴巾。网市啧啧称赞："真是变了一个人啊，没想到小傅长得还真斯文，我都认不出来了。"

傅友诚认真地看着晓梅："淑玲，你不是说洗干净，班长班副要来看我吗？"晓梅一拍额头："对啊，我看看他们到了没有。"她走到大门前，开门向外伸头，然后回身望着傅友诚："班长班副来了！"

大门打开，洪根生和杜守正齐步走进来，他们都穿着旧军服，戴着军帽。傅友诚激动地迎了上去："洪班长，杜班副！"守正激动地擂了洪根生一拳："他认得我们了！"洪根生强忍着眼泪："小傅……你归队了，以后不要怕了！"

傅友诚搂住两个人的肩膀："不怕！有班长、班副，我不怕……"网市与晓梅含泪看着，洪根生与杜守正立正，向傅友诚行军礼，洪根生道："我代表十九连十一排八班向小傅致敬！"傅友诚也急忙脚后跟用力一碰，举手行了个军礼，由于太用力，围着下半身的浴巾掉了下来，吓得网市与晓梅急忙转身，网市喃喃道："夭寿啊，夭寿啊！"

第五章　宝岛宾馆

初五那天，香港宝岛宾馆的老板魏永乐陪赵彤到机场接岳知春，直等到岳知春所乘航班的客人都走光了，还没有等到他们要见的人。魏永乐提出：“赵先生，您先回宾馆休息，我去替你打听消息，看看是出了什么问题。”赵彤叹了口气：“不必麻烦了，事情很明显，台湾方面做了手脚，不想让我们相见。看来，我这位老朋友日子也不好过啊，我给他惹了麻烦，他被台湾当局盯上了。”

送别赵彤时，魏永乐不忍见他怅然若失的表情，安慰道：“‘道路是曲折的，前途是光明的。’两岸交流是大势所趋，人心所向，是任何人也阻挡不了的。你们两位老朋友，总会有相见的日子。到时候希望我这小小的宝岛宾馆，能有幸见证这感人的一幕。”

见赵彤惊诧地看着他，魏永乐笑了：“奇怪我为什么会背毛主席语录是吧？我是厦门人，一九七八年才来的香港。”

魏永乐是个热心肠的年轻人，他这种性格，在大陆被称为“活雷锋”。初到香港时，永乐两手空空，为节省开支，选择在生活成本低的调景岭寮屋区安了家。在周围层层叠叠的摩天高楼和璀璨灯光的映衬下，调景岭好似“都市里的村庄”。为什么会这样呢？这令魏永乐很奇怪。更令他奇怪的是，这里被称为“小台湾”，很多地方飘着青天白日旗，还可以听到全国各地的口音。好奇心强的魏永乐，工作之余开始研究和打听调景岭的历史。

原来，调景岭原本是一个荒岭，却有着一个非常诗意的名字——“照镜岭”，因为这里临海，而且海平如镜。相传20世纪初，加拿大人伦尼投资面粉厂失败破产，选择在这荒岭上上吊自杀，从此这里就被称为“吊颈岭”，后取其谐音，称为“调景岭”，本名反而被人忘却了，这也足见它曾经的破败与荒凉。一九四九年，解放军势如破竹，国民党军撤离大陆过程中，很多官兵及眷属，还有一些躲避战火的百姓退到了东南沿海，进而涌进了香港，聚集到了香港摩星岭一带。一九五〇年，香港的“左派”学生与国民党老兵发生流血冲突，港英当局为维持安定，以整顿市容为名，将这些滞留香港的国民党兵用船分批运送到调景岭，港英当局原来预计这些人只需暂住几年，便可回家乡或是赴台湾，所以没有在调景岭进行任何基础生活设施的建设。但因为历史的原因，他们中的大多数既回不了家乡，又不被台湾当局接纳。他们就在这与市区无水陆交通，无生活设施的调景岭搭建棚屋，蜗居了十几年，在有关“难民”救助机构的帮助下，生活才得到一些有限的改善。他们的命运就像油麻菜籽，大风一刮，就随风而去，落到哪里，就在哪里生根。

这是魏永乐第一次知道香港滞留着上万名国民党老兵和家眷。他们鲜为人知的命运和经历引起了魏永乐深深的同情。在调查香港国民党老兵的过程中，魏永乐交了许多老兵朋友。因为他来自大陆，为人热情，老兵们便经常请他通过大陆朋友与自己家乡联系。渐渐地，经香港老兵的介绍，有些台湾老兵也悄悄来请永乐帮忙，因为魏永乐的牵线搭桥，上演了几场多年音讯相隔的亲人在香港相见的悲喜剧后，魏永乐在老兵中成了传奇。

几年后，踏实肯干的魏永乐很快就在香港打下了一小片天地，他盘下一座民宅，改建成香港常见的那种家庭式旅馆。因为这时候求助于他的大陆台属和台湾老兵滚雪球似的越来越多，他干脆给自己的宾馆取名为“宝岛宾馆”，员工请的是香港的国民党老兵或他们的孩子，住客则多为台湾的国民党老兵和他们的大陆亲人。魏永乐的宝岛宾馆简直成了老兵联络站。

魏永乐把客人送到机场回到宝岛宾馆，女员工马莉咋咋呼呼地迎上来：“波士哎，出新鲜事了。我们宾馆的客人一向都是从台湾来的大陆老兵，什么湖南湖北的、河南河北的、山东山西的、广东广西的……今天反过来了，从大陆来了一个台湾老兵，你快去看看！”这个马莉，是魏永乐的老兵朋友郑斌的女儿。

魏永乐大感兴趣："哦？你把他安排在哪个房间了？我要去跟这位'稀客'好好谈谈。"

客房门没有关，里面的一位老人穿着藏青色衣服戴着藏青色的帽子，完全是当时大陆男人最普通的打扮，他正弯腰从一个蓝色旅行袋里，往外拿毛巾牙刷刮胡刀之类的盥洗用品。魏永乐敲了敲本来就敞开着的房门，礼貌地说："欢迎光临！我是这里的老板小魏，请问先生从哪里来？"

老人抬起头，做了个请进的手势："魏老板好，我叫林水泉，从大陆来，我老家在台湾。我想经由香港回台湾探亲。听说魏老板古道热肠，促成过很多两岸分离家庭骨肉团圆，我是慕名而来……"

魏永乐陪林水泉下楼到餐厅用餐，马莉端着餐盘凑了过来："波士，波士，你跟他谈过了？他有没有穿帮，是不是冒牌老兵？"

林水泉有些好笑，什么冒牌？老兵又不是什么吃香的名牌，我还犯得着冒充？他向马莉解释："你只知道一九四九年跟着蒋介石撤退到台湾的大陆老兵；你不知道，其实，一九四九年两岸隔绝，大陆也留有不少回不了家乡的台湾老兵。"

马莉被弄糊涂了："林伯，那你到底是国民党的兵，还是共产党的兵？"

林水泉说："我原先是国民党的兵，后来当了解放战士，成了共产党的兵。后来还参加了抗美援朝，跟美国兵打过仗，立过功。"

马莉自以为抓住了破绽，大笑："哈哈，穿帮了吧？林伯，谁不知道共产党跟国民党是死对头？不是共产党打国民党，就是国民党打共产党。你还能脚踩两只船，两边的兵都当？省省吧！"

林水泉哭笑不得。历史复杂多变，不是马莉这样生在香港长在香港，不关心政治的年轻人所能理解的。

电话铃一响，马莉马上对老兵的事失去了兴趣，她一路喊着"是我的，是我的"，跑到柜台后拿起电话，用广东话跟电话里的人聊天笑骂起来。

林水泉来到中华旅行社，这里实际上是台湾驻港办事处，处理所有入台签证事宜。十天前，他已来过这里，递交了自己的资料和申请，今天是约好的给予回复的日子。

柜台内一个年轻职员满脸严肃，把一份表格交给一位老职员，两人讨论了一会儿，老职员走到柜台前告诉林水泉："你好，请到三号房间。"

林水泉转身沿着走廊找到三号，房间内坐着一个戴眼镜、不苟言笑的中年人，桌上的职位牌表明他是一位"主任"。主任用刀一样的目光打量着林水泉："你想去台湾？"

"是啊，我就是台湾人啊！台北县三峡镇木桥村人。我家世世代代都住在那里，我父亲林永在，母亲方阿好，老婆陈招弟。这些我上次递交的资料上都写了的。"

主任用怀疑的目光审视着林水泉："你是哪一年当的兵？属于哪个部队？旅长、参谋长、团长叫什么名字？"这下可把林水泉难住了，他当年只是个小兵，旅长、参谋长离他十万八千里，他哪记得这些长官的名字啊？主任冷笑一声："林先生，对不起，当地户政查不到你的户籍资料。没有资料，我们无法证实你所说的是不是真的，我替林先生感到遗憾。"他合上文件，"你可以回去了。"

三十多年的思念，十天的热切期盼，就这么短短几分钟就被打发了？林水泉绝望得几乎要哭起来："回去？我回哪里去？我的家在台湾啊！"主任头也不抬："对不起，我们已经尽力了。"

林水泉在大街上踽踽独行。

魏永乐一整天不见林水泉的踪影，问马莉怎么回事。马莉说："林伯说要去中华旅行社拿入台证，一去就没回来，连电话也没有。不过波士你放心，我一直在看电视，今天没有车祸的新闻。"魏永乐不满她说话口无遮拦，责备地瞪了她一眼。

魏永乐预感到林水泉回台湾的事可能遇到了麻烦。林水泉如果拿到入台证，一定会尽快回来与大家分享这个好消息的。他们早就约好了，如果林水泉此行顺利，他们要到珍宝海鲜舫大吃一顿，以示庆贺。

"林伯会不会是拿到入台证，开心过头，心脏病发……""马莉！"魏永乐厉声打断马莉的话头，"你懂不懂得忌讳，说话要不要经过大脑啊？"马莉吐了吐舌头。

天完全黑下来的时候，林水泉终于回到了宝岛宾馆。魏永乐、马莉和一位在宾馆做杂务的老何，一起来到餐厅陪正喝着闷酒的林水泉。

老何在国民党军队中做过政工，听林水泉讲述了白天在中华旅行社的遭遇后，老何责备水泉太老实，不该把参加过共产党军队的事说出来。“就凭这一条，你就回不了台湾。依我的经验……你的资料他们可能根本就没送到台湾去。”

林水泉不服气：“可我只是普通一兵，又不是共产党员。”

“你有所不知啊，一九七五年，中共特赦了一批国军战俘，你们称为‘战犯’的。其中有十个家人全都在台湾。他们原来在国民党军队中，最低的职务是上校，最高的是中将，为了党国，他们蹲了二十六年中共的大牢啊！常言道，没有功劳也有苦劳！他们比你更有理由回台湾。结果呢？台湾这边一个也没准！”

林水泉越听越绝望：“台湾那边到底怕什么呢？老兵都这把年纪了，还能掀起什么大风大浪？”

“还不是怕统战！”

林水泉无言，猛地将一大杯酒一口喝干。老何也不劝他，知道他难受，又主动为他倒了一杯：“老林，认命吧！你看看这调景岭上的老兵，我们刚来的时候，以为这里只不过是一个客栈，很快就能回家乡或是到台湾去，可日子一天天过下来，这调景岭已经成了我们的家，香港成了我们的家了。”

林水泉喝着喝着趴了下去……等林水泉酒醒，魏永乐开导他：“喝酒有什么用？根本不能解决问题。回自己的家乡，看自己的父母，是天理人情，怎么能人为地设置障碍？你别灰心，下次我陪你去跟他们据理力争。来，鼓起劲来！”马莉也兴奋起来说：“林伯，我也去给你壮胆。”

林水泉有些担心：“我怕这一闹，人家更不让我回台湾去了。”马莉有些恨铁不成钢：“你不闹，人家也没让你回去啊。”

魏永乐也给他打气：“我们的同志在困难的时候，要看到成绩，要看到光明，要提高我们的勇气……”马莉道：“哇，波士说话就是有水平。”

“这是毛主席语录。”魏永乐和林水泉异口同声，不禁相视而笑。魏永乐说：“这就对了，林伯，拿出志愿军战士的英雄气概来。美国大兵你都不怕，难道还怕他们？”

三人来到中华旅行社，林水泉鼓起勇气用力推开门走进去。职员礼貌地请林水泉到左边拿号，魏永乐一把推开他。马莉走到台前，用力拍着桌子：“把你们主任叫出来，我们是记者。我们来报道林水泉办回台签证被推诿的事。”她取出一个相机，咔嚓咔嚓到处乱拍。职员吓坏了，赶紧去请主任。

魏永乐一推林水泉，林水泉恍然大悟，跟上职员，职员正在向主任报告，林水泉来势汹汹闯进门来。职员想将林水泉劝出门外，林水泉一把抓住职员将他推出门外，职员想挤进来，林水泉用力关门，按下锁钮。

主任赶紧笑脸相迎：“林先生，你不要冲动。”

林水泉怒指主任：“你根本没有把我的资料送到台湾去，对不对？我已经跟家里人通上电话了。”这是魏永乐教他的招数。

主任冷笑摇头：“你和台湾家人通上电话？不可能。”虽然谎话被拆穿，可林水泉一下子从主任话语中抓住了漏洞：“看来你清楚我是台湾人了，那你还说查不到我的户籍资料。你为什么骗我？我是台湾人，我有权回自己的家，有权回去看自己的父母。”

主任很尴尬：“我只是依照规定办事，像你这种当过共军的人，一律不准进台湾。”林水泉叫起来：“我参加的是中国人民志愿军，是抗美援朝。”主任冷笑：“我们叫韩战。共党的军队就是共军，叫志愿军还是别的什么名字都一样。”

林水泉不想跟他纠缠这个问题：“你爱叫什么叫什么，我那是打美国兵，我没打过台湾人，而且我早就退役了。”

主任毫不松口：“凡是参加过中共党政军组织的，一律不得入台。就算我让你填表也没用，申请递上去，转手就被扔进垃圾桶。”

林水泉悲愤地说：“你们还是人吗？不让我回家，我就在你们大门口绝食。不，我才不那么傻，你不让我回家，我也不让你回家。你是台湾派来的吧，我看你就别想再回去了，老子跟你拼了！”

主任叹了口气，不情愿地拉开抽屉，取出一份文件：“我们真的把你的申请转给台湾了，这是他们的答复，你自己看吧。”

文件上记录着一九六七年木桥村在一次台风中被土石流全部淹没，伤亡惨重。难怪先前主任一下断定林水泉不可能联系上台湾的家人。林水泉如遭雷击，整个人呆住。

主任叹息："非常抱歉，我真尽力了。"没想到这位主任是个面恶心善之人，他扣下这份文件是不忍心让水泉绝望。打听不到父母的确切消息，还可以想象他们都健在。知道父母早已双亡，让这个老兵情何以堪？现在他被水泉逼得没办法，只好揭开残酷的真相。

林水泉出来后，伤心地将交涉结果告诉了魏永乐。魏永乐安慰道："林先生，这上面说村子毁了，没有说人都死了啊。我记得外国有个村庄，也是被土石流埋了，三天以后，救援人员赶到还救出了十三个人。"水泉绝望地摇摇头："魏先生，你不用安慰我了！其实，这么多年，我通过各种渠道，寄了那么多封信回家，从来没收到过任何回音，我已经有心理准备了……这个世上只剩下我孤孤单单一个人，我再也没有什么可留恋的了。"他瘫坐在椅子上。

魏永乐紧紧握住林水泉的手："不管你要跳楼还是要跳海，你等我七天。我正好要到台湾去联系业务，我会帮你查找家人的下落。"

林水泉仰头目送着越飞越高的飞机，飞机上载着魏永乐，也载着他的全部希望。桃园机场，一架香港来的飞机稳稳地降落在跑道上。

魏永乐过关时，一位年轻的关检人员翻看他的行李，没有什么收获。当看到魏永乐带的两瓶醋时，明显有点"发现情况"的兴奋。他指着商标说："这上面是简体字，匪货，要没收。"魏永乐争辩道："我不知道什么匪货不匪货的，我这是在香港超市里买的，合法货。"年轻关检让步："那你要把商标撕掉才可以带进去。"魏永乐动手撕贴在醋瓶上的红色商标。浆糊刷得太多，很不好撕，他只好用指甲一点点往下抠。这时候年轻的关检员又对他带的一大沓信有了兴趣，翻来覆去看了看，没看出什么名堂，就挥手放行了。魏永乐松了口气，刚走出几步，一个老关检员忽然大声叫道："你等等！"

老关检员把魏永乐领到旁边的一个小屋里，把魏永乐的那一沓信拿在手里，抽出一封，小心地用裁纸刀沿封口处挑开。从牛皮纸的大信封中抽出一个大陆最常见的白色带红蓝边的航空信封，信封上写着简体字的地址姓名……他又照此办理，一连抽出了好几封“信中信”，然后得意地看着魏永乐，表情好像是在说：“年轻人，这点小把戏还想从我这里蒙混过关？你还嫩点。”他对魏永乐说：“还需要我一封封全拆开吗？这些信，我要全部没收。”

魏永乐有些着急地说：“你干脆拆开来看看，这都是大陆家人写给台湾老兵的，我敢保证不涉及政治。”

老关检员严肃地说：“只要是对岸来信，一律没收。”

魏永乐试图动之以情：“你看，人家骨肉分离了几十年，好不容易通个信，这犯了什么法？”

老关检员不为所动：“对不起，这是规定。”

魏永乐不满道：“这些老兵离乡背井几十年，为你们的‘国民政府’卖了一辈子命，现在人家和家人通一封信的权利，你们也忍心剥夺？这也太没有人性了吧。”

老关检员带着点警告意味地仔细检查魏永乐的护照：“魏先生，你要是再这样说话就不妥了。你带‘匪区’的信进台湾是违反规定的，我知道这是家信，正是出于人性的考虑，我才没有对你进行任何处罚。但是，我得把你带大陆来信的事登记在案。”

“你爱怎么登就怎么登吧。请把信还给我。”

“很抱歉，这些信件必须没收。”

魏永乐忍不住讥讽道：“这又不是炸弹！几封大陆亲人的普普通通的家信，就把你们吓成这样子？”

“上头就是这么规定的。这两瓶大陆的醋你可以带进去，但是信不行，家信更不行！”

“你知道那些老兵收到一次家信有多不容易吗？他们的家人从大陆的山区乡村要寄一封信到香港，又有多不容易，你怎么就这么不通人情啊？”

老关检员仍是不动声色：“规定，先生，这是规定！我只能照规定办事，你懂不懂？”

“不懂！”魏永乐见拿回信件无望，愤怒地拎起自己的行李，甩开大步走了出去。

“哎，等等，这两瓶大陆的醋，你可以带走。”

大陆朋友委托他转交给台湾家人的信件全部被关检没收了，想到他将要去见的老兵们望眼欲穿的样子和失望的表情，魏永乐心中充满内疚。自己应该把信伪装得更好一些，应该把每封信都影印几份，以防万一。

到了岳将军家里，魏永乐从箱子里掏出两瓶老陈醋："没能见到将军，赵先生很遗憾。他跟我说了很多年轻时与将军并肩作战打日本鬼子的往事。回到大陆后，赵先生又托人带了两瓶醋到香港，嘱咐我一有机会就给将军送来。"岳知春久久抚摸着醋瓶，感动地说："我这个老朋友还记得我吃饭是无醋不欢啊。他一定知道过年送的那瓶醋我早就吃完了。"

魏永乐自责道："我这次来要让大家失望了，给老兵带的家信，全给没收了。前几次过关都很顺利，我就疏忽了。这些信寄托了多少思念与盼望啊，怪我大意了。"

岳知春安慰道："这不能全怪你。是当局看到两岸交流暗流汹涌，担心失控，他们知道，一封家信，就可以摧毁当局的文宣攻势，所以如临大敌。加上政治斗争，也有人要拿老兵探家的事做文章。前几天刚有一个叫董家强的老兵，私自回了大陆老家，被硬往'匪谍'案上办，审讯时心脏病发作，死了。人心都是肉长的，以前有些关检员心里同情老兵，对老兵与大陆亲人的信件睁只眼闭只眼。最近风声很紧，谁都怕与'匪谍'两个字沾上边，关检不敢放水，怕被扣上'包庇匪谍'的罪名。你这次信件被扣，怕是上了他们的黑名单，要多加小心，暂时先不要再带信了。"

魏永乐心里有事，略聊了一会儿，便起身告辞，说要去朱晋家。望着魏永乐离去的背影，岳知春陷入沉思，他问老莫："我不让永乐给老兵们带信，是不是太狠心了？"老莫说："将军这也是为了他们的安全。"

两年前魏永乐到台湾给老兵送信时，机缘巧合上了朱晋的计程车，得知朱晋也是位老兵，热心的魏永乐主动提出帮他联络家人。自从那次"信天游"事件差点遭遇牢狱之灾后，朱晋整个人变得事事小心谨慎。通过魏永乐与家人联络的事，朱晋连对将军都没说，对洪根生他们更是瞒得铁桶一般。春节之前，岳将军刚与老朋友赵彤取得联系，就把他们几个老兵请到家中聚会，主动要为大家联络家人，这令朱晋内心十分惭愧。老兵们走后，朱晋留下来，主动向将军报告了认识魏永乐的事，并检讨自己胆小自私。将军安慰他："小心不为过。

兄弟之间，只要能守望相助就好，不一定要分享所有的秘密。”在得知除夕那天洪根生被路长功带到警总讯问的事后，将军敏锐地感觉到，戒严法就像悬在老兵头上的达摩克利斯之剑，危险随时可能降临到每一位“违法”与大陆亲人联系的老兵身上。将军嘱咐朱晋：“暂时不要介绍永乐认识别的老兵。知道秘密的人越多，暴露的几率就越高。如果根生他们需要，由我们两个出面请永乐帮忙就好。”

董家强死后，岳知春反思了整个事件，认为帮助老兵和大陆亲人暗中牵线搭桥，终究不是彻底解决问题的办法，弄得不好还会给他们带来风险，再出一个董家强。他现在倾向于推动当局解除戒严法，允许老兵回大陆探亲，将老兵“授田证”上的土地折合成现金支付给老兵……总之，将军要让老兵们光明正大、堂堂正正地回家。因为有了这个想法，加之与赵彤见面的事两次受阻，将军便把替老兵带信的事，暂时搁置了。

朱晋见到魏永乐惊喜万分，对朱晋来说，魏永乐就是他的鸿雁，他的喜鹊。他赶紧泡了功夫茶端给永乐，然后眼巴巴地等着永乐掏出一封家信来。魏永乐满脸愧疚：“对不起，没想到这次查得特别严，我带的信给关检搜到了。以后我会更小心一点。如果你不怕我看到秘密，我还可以把信拆开，影印几份，总有一份能送到你手上……”

朱晋虽然有些失望，但还是强装笑脸安慰魏永乐：“没关系啦，前几封也都是报报平安，叙叙家常……没事的，小魏，这两年全靠你，我才能跟家里通上信，还在你的安排下，到香港见了大哥。真是麻烦你太多了！”

魏永乐赶紧摆摆手：“没事的，我开宾馆，就是为住客服务嘛。”

朱晋满脸真诚的敬意：“你飞来飞去，机票钱都是自己掏腰包……”

魏永乐故作轻松：“我跟这边旅行社也有业务往来，来往港台也是生意上的需要……”话虽这么说，魏永乐每回来台湾，都带老兵的家信，这里送那里送，不单费时费力，其实也冒了挺大的风险，朱晋看着，心里着实感动。朱晋掏心掏肺地说：“小魏啊，我看你以后啊，少来台湾，来了也别带信了。要是你有个闪失，我们心里也是不安，知道亲人平安就很好了，以后我们没有什么大事，也尽量不麻烦你。”

魏永乐笑起来：“朱伯伯，不用担心，再怎么样，我拿的是香港的证件。”魏永乐其实也知道，危险还是有一点的。他现在送送信搭搭桥，不过是小打小闹，或者是警总还没有注意到，或者注意到了觉得还犯不着当回事。要是真的触怒了当局，碍于身份，明的不敢下手，他们还不能制造一点车祸之类的事故？

正聊着，门吱呀一声开了，朱晋的女儿朱家仪下班回来了。魏永乐等的就是她：“家仪，我记得你在户政事务所上班？如果是三峡那边的户籍，你还能查到吗？”

朱家仪爽快地答道：“台北县都能查。”

“那就太好了！我有个客人，就是三峡镇木桥村的人。他叫林水泉，麻烦你帮我查一查。”朱晋急得朝女儿直眨眼，心里责备女儿少不更事：还没问清楚林水泉是什么人呢，就答应人家。万一是个‘匪干’呢？小魏都说了，这次他带来的信在机场被搜出来了，说不定他的名字已经上了黑名单。说不定警总就跟在他后面，看他到底跟谁接头。小魏是自己的恩人，如果需要自己帮什么忙，他一定在所不辞，但是朱晋不想把女儿卷进来。

朱家仪假装没看见阿爸的暗示。人家魏先生帮朱家来来回回送信，还安排阿爸和大伯到香港会面，难道阿爸把这些全忘了？阿爸不是常说滴水之恩当涌泉相报吗？怎么说一套做一套？现在人家就这么一点事请她帮忙，她要是不帮，良心上真说不过去！

魏永乐告辞走了，他还要走访几个老兵，信虽然被搜走了，还是要一一去报个平安。

朱晋知道女儿现在在想什么，他哀求女儿：“小魏的恩情我不会忘，适当的时候我会报答他。但是这件事我不想让你冒险。我是说，你就跟他说……档案查不到了，人也找不到了。这样也不伤和气，好不好？”他本来就胆小怕事，董家强事件之后，他更是如惊弓之鸟。

朱家仪心软了：“好啦，这件事我不管了，行不行？我给他电话地址，让他自己到三峡镇公所去查，这就没我的事了，好不好？”

朱晋还是不放心：“你不能骗老爸哦！”

朱家仪看着老爸惊恐的表情，叹了口气，回自己房间拿起一本书，书中掉下一张魏永乐郑重交给她的纸片：林水泉，男，生于民国十九年，家住台北县三峡镇木桥村……良久，朱家仪把纸片折好，小心地放入自己的手袋中。

热闹的西门町里，各式招牌霓虹闪烁。魏永乐坐在一家快餐店内心不在焉喝着黑松沙士，他在这里等家仪，已经等了两个小时。昨天请家仪帮忙，她倒是爽快地答应了，但看朱晋的表情，似乎不太情愿。也许，家仪变卦了？或者，林水泉的父母，确实不在人世了……但他还是执拗地等着，不论好消息坏消息，他要一个确切的消息，给林水泉一个交代。

一个女孩修长的身影突然出现在他面前，他抬起头，满心惊喜："家仪！"

朱家仪在他的对面坐下。昨天老爸跟她谈了话后，她也有些踌躇。今天，她握着关于林水泉家人信息的一页薄薄的纸，陷入了思想斗争中。她眼前一会儿浮现出老爸惊慌害怕的眼神，一会儿是永乐热情善良的脸。家仪认识的男生中，没有一个像永乐这么乐于助人，不求回报的。这次永乐求她，也依然是为了帮助别人。想那位林水泉翘首等待着亲人消息的心情，一定和老爸盼着永乐带来家信一样的吧。父亲得知奶奶的消息时，与大伯相见时种种悲喜交加的情形，仍然历历在目。将心比心，朱家仪真的不忍心不帮魏永乐这个忙。最后，朱家仪一看已经过了两个小时了，终于下了决心，她决定去约好见面的快餐店看一看。如果永乐还在等她，她就把这张纸交给他。如果他离开了，那就以后再说。朱家仪想："这不是我的选择，是你自己的选择。帮还是不帮，就看你够不够心诚了。"

一眼看到魏永乐还傻傻地在靠窗的位置上坐着，朱家仪心中一阵欣喜。她原以为自己给自己出了一道选择题，可以选"帮他"，也可以选"不帮他"。但看到魏永乐时那一阵由衷的喜悦让朱家仪知道，她已别无选择。

魏永乐满心期盼："有没有查到？"

朱家仪把记录着林水泉家人信息的纸递到魏永乐手上，口里报出一大串好消息："林水泉的父亲林火在，我找了三个户政所才找到。他真是命大，台风那天晚上，林火在跟一个槟榔摊的人打架，被抓到派出所拘留，没在家里，结果呢，因祸得福，捡了一条命！"

魏永乐非常激动："那林水泉他妈妈呢？"

“他妈妈赶到派出所去看老公，也逃过一劫。就是他老婆，那个陈招弟，没查到。”

魏永乐有些担心：“会不会被土石流……”朱家仪摇头：“不像，户籍上只有林水泉父母的名字，根本没有这个陈招弟。”魏永乐急不可耐：“反正见到林水泉的父母就知道了，他们住在什么地方？我们这就去吧？”

朱家仪神秘一笑：“他们就住在对面。”魏永乐激动得马上要起身，朱家仪抗议道：“为了你的事，我到现在还没吃饭呢，肚子都饿扁了。你怎么一点都不懂得怜香惜玉啊？”魏永乐果断地把手一挥：“外带，边走边吃。”

魏永乐捧着一个大纸袋走出快餐店，朱家仪时不时地从他手中的纸袋里抓几根薯条塞入口中。朱家仪忽然觉得这情形看上去会让人误会为一对情侣，不禁一阵羞涩，急忙把整个纸袋从魏永乐手里拿过来。偷眼看看魏永乐，他好像并没有感觉，全部心思，都在找人上了，这让朱家仪微微有一点失落。

“到了。”朱家仪指着对面一栋豪华大厦，“就是那一栋。”

魏永乐仰望大楼：“能够住这栋大楼里，不会是穷光蛋吧？这下好了，要是他能到台湾来，光凭他老爸这房子，也够他吃一辈子了。不过，不会是租的吧？”朱家仪笑起来：“放心啦，能够租西门町的房子，也不会是穷人。”

两人走进大厦管理处，一个老管理员坐在里面，警惕地望着二人。魏永乐向老管理员打听：“我们找林火在先生，请问他住几楼？”老管理员满脸皱纹，似乎里面装满了沧桑。他戒备地上下打量着二人：“你们找他有什么事？”

“是他儿子托我找他的。”魏永乐诚恳地说。老管理员脸色一沉：“林火在儿子早死啦！难道你们是从地府上来的？”

“他没死，他一直在大陆。现在他人到了香港，要找他的父亲。”

“没死？这玩笑开大了。你是警总的？”

朱家仪解释道：“什么警总？这位魏先生是从香港来的。受林水泉的委托，替他寻找亲人。”

管理员还是不相信：“你说林水泉托你，有没有什么凭证？”

魏永乐取出一张照片交给老管理员，彩色照片是林水泉在香港宝岛宾馆拍的。老管理员看着看着，难以置信的表情。魏永乐又取出一张发黄的黑白照片，那是年轻时的林水泉。老人眼前一亮，随后眼泪流了下来，全身颤抖。朱家仪吃惊地扶他坐了下来，魏永乐明白了："阿公，你就是林火在？阿公，你儿子要回来了，恭喜啊！"

林火在再也克制不住，望着两张照片号啕大哭起来。等林火在平静下来，永乐试探地问："阿公，水泉他妈妈……"

林火在抬起头来，满脸泪痕："她在……她在……我去叫她。"林火在踉跄着走出管理处，永乐和家仪跟在他后面，林火在走过电梯口，走上旁边的楼梯。永乐和家仪有些疑惑，又担心老人家这么激动万一心脏病发作，就一左一右扶住了林火在。到了八楼，林火在气喘吁吁，双腿直抖，再也支撑不住，一屁股坐到楼梯台阶上。这时他们听到唰唰唰的声音，声音越来越近，楼梯上方出现了一个佝偻的影子。一个白发苍苍的老太太走下楼梯，她背都弯了，一只手拖着一个很大的竹筐，每拖一步，竹筐摩擦水泥地，就发出唰唰唰的刺耳声响。

林火在终于喘匀了气："我这牵手在大楼里收垃圾……我不知道她收到几楼……"

魏永乐和朱家仪恍然大悟，难怪他不坐电梯，要一楼一楼找上来。魏永乐向她问好，阿婆只是疑惑地看着他，没有什么反应。林火在长叹一声："我这老牵手，耳朵已经不行了……"

朱家仪心中一震，父辈的苦难像鞭子一样鞭打在她的心上。老人家，原本应该儿孙绕膝，有一把老摇椅，有属于他们的美好的夕阳，然而他们却像两只沉默的老猫栖身于破烂的仓管处，形影孤单。

方阿好开心地询问着，比划着，以为两个年轻人家里有垃圾要收。林火在从口袋取出照片递给她，方阿好疑惑地看着照片，又疑惑地看着老伴。林火在灿烂地笑着，饱经沧桑的脸上满是泪水。方阿好低头再看看照片，双手颤抖起来，再抬头用眼神询问林火在，林火在含着泪水，连连点头。方阿好望着照片，发出了撕心裂肺暗哑的呜咽。

魏永乐与朱家仪默默望着，林火在哽咽着安慰老伴："傻婆子，儿子活着……你哭什么呀……傻婆子……"方阿好扑到他的怀中，双手捶打着老伴。

永乐迫不及待想打电话给林水泉报喜，但宝岛宾馆的电话总是占线。朱家仪站在窗户旁边，意外地看到一个熟悉的身影，她看到了阿爸。阿爸倚在计程车旁边，原来阿爸不放心她，还一直跟着她，朱家仪一阵感动。

电话总是打不通，林火在和方阿好紧张地等待着。魏永乐故作轻松地望着他们：“我那里是宾馆，用电话的人多，没关系，等一会再打。”

宝岛宾馆那边，马莉正用脖子夹着电话煲电话粥：“这样的男人你还要？又没车子，又没楼……一起奋斗？省点吧！这年头谁还讲究这个？阿姐啊，拜托你不要这么老土好不好。记住，拍拖秘诀头一条：只讲金，不讲心！”她忙着涂指甲油，正举着右手自我欣赏。

魏永乐再次失望地放下电话。家仪有些奇怪：“哪个客人会讲这么久的电话？”说者无意听者有心，魏永乐意识到肯定是马莉又在煲电话粥，这个该死的马莉，总是误事。他知道只要马莉煲上了电话，短时间内一定打不通，于是转拨大楼管理处的电话。

宝岛宾馆内，马莉仍用脖子夹着电话，斜坐在椅子上，一边晃着一边聊天：“你说我这个波士？人长得……怎么形容？有点像周润发，背影啦！钱？小客栈啦！住的是台湾人，以前是水客，后来都是老兵，还有一些老兵的大陆亲人，都穷，赚不到什么钱……有钱我也不会嫁我们波士啦。为什么？他是阿灿啦，大陆仔！”她发出一阵放肆的大笑。这时，宾馆大门推开，大厦管理员走了进来：“你的电话粥还没煲完？老板打了好几个电话打不进来，打到我那里去了。”

马莉吓了一跳，赶紧挂断电话。她知道，波士肯定生气了，她想象得出波士气得要吃人的样子。这时电话又响起来了，马莉慌忙接起，那边传来魏永乐的咆哮：“你煲个电话粥也煲成干饭了吧？我打了八次电话，一直占线。”

林水泉原本躺在床上发呆，一听魏老板从台湾来了电话，从床上一跃而起，冲到大堂电话机前：“喂。”魏永乐很激动：“林伯，是你吗？我找到你的父母了，应该八九不离十，你们谈一下，应该是！”

魏永乐扶起林火在走到电话前，林火在的声音有些颤抖：“是水泉吗？你知道阿爸身上有个伤……”林水泉激动起来，他当然记得阿爸身上的伤，那是日本兵刺刀刺的。林水泉越来越证实这就是自己的父亲，脸上表情越来越激动：“我老婆叫招弟，是三重埔的。”那边林火在高兴得快喘不过气了：“水泉……你真的是我的仔……你赶紧喊我一声啊！”

林水泉大喊一声：“阿爸！”

听到这声迟到了三十几年的呼唤，永乐与家仪情不自禁互相紧紧握住了手。林火在突然破口大骂：“你这不孝子，几十年了，连一封信也没有！你跑到什么地方去了？你走的头一年，日子实在过不下去，招弟怕我们负担重，带着女儿走了。”说起辛酸的往事，林火在不禁老泪纵横。

林水泉的眼泪一下子流了出来：“阿爸……是我不孝……这些年我在大陆……是我对不起招弟，她早点嫁个好人家，女儿也享福，我也心安。”

林火在几十年的苦痛突然全部爆发了，骂道：“你心安个屁！你走了，你老婆也走了，丢下我跟你阿母两个人，没人照顾……你知道我们过的什么日子！”

林水泉心里一揪：“阿母她……好吗？”

“天公保佑，一把老骨头还在……”林火在本想把电话递给方阿好，突然意识到老婆听不见，那边林水泉还在说：“阿爸，我要听听阿母的声音……”林火在只好对着老婆比手势，方阿好激动地上前接过电话，使出全身力气嘶叫：“阿泉啊……”

林水泉心痛如绞，惨叫一声：“阿母啊……”他膝盖一弯，扑通一声跪倒在地。住在宾馆里的老兵们此时都闻讯围了过来，个个眼含泪水。

放下电话，林火在突然晕倒过去，魏永乐和朱家仪紧急把林火在送到医院抢救，检查出来是突发的脑溢血。方阿好握着丈夫的手，浑身瘫软。

林水泉再次来到中华旅行社，对那位主任说：“我已经打听清楚了，父母还健在，我再次申请去台湾探望双亲。”主任先恭喜他，但表示无能为力：“我已经跟你说过很多次了，你想回台湾，走我这边是走不通的，想想别的办法吧。要不，到救总去试试看。”

林水泉睁大了眼睛，犹如绝处逢生：“还有别的路？救总，救总是干什么的？”

“救总就是‘大陆灾胞救济总会’。我接过两个案子，跟你的情况很像，他们后来都是通过救总回了台湾。救总在九龙何文田自由道。”主任在一张纸上写下电话和地址，递给林水泉。林水泉如获至宝接过：“自由道，多好的名字！主任，谢谢你！”

主任啼笑皆非，眼前这个老兵恨他时差点要掐死他，现在又几乎要拥抱他。

林水泉一刻也等不了，第二天一大早就来到了自由道。自由道上招牌林立，林水泉站在救总的大楼前，铁门锁着——他来得太早了，人家还没上班。过了半小时，身后才响起一个声音：“是找救总吧？跟我来，我是救总的程刚主任。”他拿出一把钥匙开了门。水泉一阵惊喜，今天这么顺利，也许回家有望。

听了林水泉的讲述，程刚很痛快地说：“虽然你参加过志愿军，但你一没入团，二没入党，三又是台湾人，你的条件比别人好多了，去台湾应该没什么问题。”

林水泉眼睛里射出亮光：“真的？”

“当然是真的，比你条件差的我都办过去了，你只要填一份表格就行。”

林水泉大喜过望：“这么简单？”

“就是这么简单。我们是人道救济机构，填个表格，履行一下程序。原则上我们希望每个申请人都能去台湾。”

林水泉激动不已，拿起表格细看，越看越不对劲，眉头不禁皱了起来。其中有一项占了表格的一大半：曾遭受何种迫害。他在大陆没受什么迫害啊！吭哧了老半天，他只填好姓名、祖籍等几项。程刚走过来一看，有些诧异：“你怎么留这么大一片空白？好好想想，你刚被他们俘虏的时候，吃过什么苦头吗？”

林水泉认真想了想，开口道：“我刚被俘虏过去时，就是参加了几天政治学习，首长讲话：解放军官兵平等，是人民的队伍，来去自由。愿意留下一视同仁，想回家的就发两块大洋路费。我想那里离台湾千山万水，兵荒马乱自己一个人回不了家，就留下来了参加了解放军。俘虏我的部队都是山东兵，个头大，因为我个子小，他们经常替我背枪。一路打仗，日子是挺艰苦，可大家都一样，就不怎么觉得苦了。”

程刚挺意外：“哦……这样啊……那后来呢？反右啊，‘文化大革命’啊，难道就没找你什么麻烦?”

“我是一个小人物，没人找我麻烦。因为我是台胞，过年过节单位还会发一份慰问品。”林水泉实话实说。程刚有些不高兴了，启发林水泉：“你周围的人有没有遭到什么样的迫害？包括听到的也可以。”

林水泉睁大一双茫然的眼睛：“我周围的人？别人的经历怎么能安在我身上?”

程刚知道自己碰上了脑子不开窍的木头疙瘩，救总要的是遭受“迫害”的经历，至于是不是事实根本不重要。林水泉乞求地看着他：“程先生，不填这些不行吗?”

“当然不行了！你是以难民资格申请，没有受迫害的经历，怎么能叫难民?林先生，我这里是难民救济总会，只负责帮助难民。如果你不想以难民的身份回台湾，那只能到中华旅行社去申请。”程刚有些不耐烦起来。

林水泉愕然：“就是那边叫我到这里来的。”

“那边退件，表示你已经不能循正常管道进台湾，剩下的管道就是我们这里。”程刚的态度变得越发冷淡。林水泉这才知道，自己被当成皮球踢来踢去了。程刚乘机煽动：“其实，我们这边比他们那边快多了，许多那边拒签的案子，到了我们这里都会很顺利办下来。这样吧，如果你不愿意自己写，我可以帮你填，填好了，你只要签个字就行了，好不好?”

林水泉依然梗着脖子：“我只是想回家看望双亲，我可不是什么难民。”

程刚见他一时拐不过弯来，只好耐心抚慰：“林先生，这就是一个形式。上次有个人，什么条件都不符合，可是他填写了一段受迫害的经历，血淋淋的，一看就知道是编出来的，可是上头照样通过了，他也就顺利去台湾了。”

“对不起，我不是那种人。看来，我是来错地方了，再见!”林水泉起身离开。他刚进门时心里热乎乎的，现在被迎头泼了一盆冷水，变得冷冰冰的。

程刚冲着林水泉的背影喊：“林先生，别急，你回去好好想想，我们欢迎你随时来。”他并没有去追赶林水泉，反而微笑起来。像林水泉这样的情况他见过几个，过后一定会再回来的。

林水泉回到宝岛宾馆，气得全身直抖，咬牙切齿地骂道：“这群混蛋!”

魏永乐回到香港已经是七天后了。事关生死，他不能向林水泉隐瞒林父的病；实话实说，又怕刺激林水泉做出什么傻事。林永乐只好字斟句酌地把林父的病情告诉林水泉："你阿母身体挺好，就是你阿爸因为找到你太激动，血压有点高，住进医院养病了。现在就盼着你回台湾团聚。"

就这样已经让林水泉心急如焚了，他恨不得能生出翅膀马上飞回台湾。他忍气吞声又去了一趟救总，这次程刚不但要他当难民，还要他召开记者招待会控诉。林水泉面色涨红，像座快要爆发的火山。他快步走出救总大门，回头用手按着大楼对讲机按钮大吼："救总，我操你祖宗十八代！"那边传出气愤的女声："谁？我报警了！"

林水泉回到宾馆躺在床上，好像一具僵尸。马莉在门缝外偷窥了一会儿，悄悄走回柜台前，担心地对魏永乐说："波士，我看林伯很可能要疯了。"魏永乐合上手中的账簿呵斥道："别瞎说。你疯了他都不会疯，他是身经百战的老兵。"

马莉不解地说："只要承认是难民，救总就可以批准他去台湾见父母了，这要是别人，不晓得有多开心。可他就是不肯。我真不懂林伯为什么这样死脑筋，难民的身份虽然不好听，可是也没什么大不了的。我老豆不也是难民吗？还不是把我养这么大，一家人在一起就好！"

魏永乐叹息道："谁不想见父母？林伯本来是想光明正大回到台湾去见父母，哪晓得现在搞成这样，以儿子的身份居然见不到父母，这是什么道理？你还年轻，觉得以什么身份回去都无所谓，但林伯不一样，他是老兵，还是志愿军英雄。"

马莉撇撇嘴："我看不出来有什么不一样。话又说回来了，救总也太过分了，非要人家编一套谎话才让人回家看父母，难怪水泉伯骂粗口了。早知道我也帮他骂。"

不知什么时候，林水泉从房里走出来，苦笑道："我今天操了救总的祖宗，把救总给得罪了，我现在连难民也当不成了。"魏永乐拿了一碟花生和两罐啤酒，与林水泉两人隔着柜台对酌。魏永乐举起啤酒杯："林伯，我敬你！你是我见过的最正直、最诚实、最有骨气的老兵！"

"骨气有什么用啊？这一来，我再也去不了台湾了。我阿爸阿妈要是知道我回不了台湾，还不得急死！”林水泉的声音特别伤感。

“你应该告诉他们你为什么你去不了台湾，二老会理解你的。”魏永乐抓起柜台上的电话开始拨号，林水泉突然把电话摁断：“我真是没有勇气说啊！”

林水泉垂头丧气回房间去了。整座宾馆显得特别安静，好像每个人都心事重重。魏永乐看四周无人，便拨通了朱晋家的电话。他听到那边传来朱晋的声音，便说：“不好意思朱伯伯，这么晚打扰您，我是魏永乐，我想跟家仪说个话。”

朱晋声音很沮丧：“小魏……你对我们家的恩德容我以后报答，现在家仪帮不了你的忙了。她为了帮你，把工作都丢了。你……以后不要再打电话来了。”电话里传来嘟嘟的忙音，永乐呆住了。

朱晋心情坏透了。前天，他领着一个朋友去户政所找女儿办事。一路上大声吹嘘说：“我女儿在这里上班，不用排队的。”户政所里每个柜台都挤满了人，朱晋一个个柜台挤进去，都不见家仪。他问家仪的同事家仪在哪里，同事个个都是奇怪的表情，避而不答。

朋友看着朱晋：“这里的人好像都不认识你哎。”朱晋脸上挂不住了：“开玩笑，我女儿在这儿做了八年了，这里的人，哪个不认识我？一大半的人都坐过我的计程车。”他对着柜台内大喊：“小崔，小崔！”小崔低下头佯装在桌子抽屉里找东西。

朱晋搔着头，大感不解。这时户政事务所的苗主任严肃地走了过来，朱晋好像抓到了救命稻草：“苗主任，我来找我女儿……”

苗主任不苟言笑：“朱家仪已经辞职了。”朱晋吃惊得张大嘴巴：“她在这里做得好好的，为什么要辞职？”

苗主任说：“这你就要去问警总了。警总的人找到户政所说，朱家仪擅自把户籍资料复印给可疑人士。户政所的长官就找我们，说户政所是政府重要部门，朱家仪有亏职守，不宜留在这么重要的部门工作了。要求她主动辞职，是为了照顾她的面子。如果不辞职，就要革职。”

朱晋最终像一只嗅觉灵敏的警犬摸到了家仪帮工的花档。这里是高速公路的天桥下的花市，里面有上百个花卉小贩。花档内，朱家仪正在专心修整枝叶，朱晋痛心地看着。不过回头想想，他也就释然了。看样子，永乐是真的上了警总的黑名单，以后再和他来往，会有被警总盯上的危险。如今女儿为帮永乐的忙，付出了这么大的代价，永乐的恩也算是报答了，永乐以后肯定也不好意思再找家仪帮忙。看家仪的样子，只要永乐开口，她是决不会拒绝他的。丢了公务员的工作虽然可惜，不过，一家人平平安安是最重要的，工作丢就丢了吧。

淡水医院302病房的仪器屏幕上，绿色脉冲线跳动越来越缓，仪器连接到林火在的身上，他呼吸急促。朱家仪恐惧地看着那条越来越平的脉冲线，方阿好双手紧紧握住丈夫的手。屏幕上，心跳脉冲线条已经降到最低点，久久才跳一次。朱家仪面色惨白，睁大眼睛紧盯着。十点一刻，屏幕上只剩下一条长长的绿色直线，林火在彻底停止了呼吸。方阿好双手紧握着丈夫，眼里含满泪水。

朱家仪用走廊墙上的公用电话拨通了宝岛宾馆，永乐震惊："可怜的林伯，他怎么办啊？"

"这就是我担心的事，水泉伯还会打电话来台北，我不能老说林阿公昏迷不醒吧？你得想个办法。我知道纸包不住火，但能瞒多久算多久吧，至少先稳住水泉伯，别让他一时冲动做出什么傻事来。阿嬷这边我会照顾，明天阿公要火化了。"

"好的，我会先瞒住林伯。我已经雇了林伯在我宾馆工作，给他开了一份薪水，他的情况暂时是稳定了。你辛苦了！"魏永乐放下电话发了一会儿呆，他想，该替林伯给阿公烧点纸钱啊！

林水泉两手各提着一个皮箱领着两个客人走进来，嘴里头还招呼着："进来吧，进来吧！你们先坐下，把护照给我，我替你们登记。"两个老兵坐在沙发上，把护照给了林水泉，林水泉走到柜台前。马莉接过护照登记："林伯，你来了真好，以前这些事都是我做哎！这些老兵要回乡，每个箱子都装得满满的，好重哦，累死人了！"

林水泉笑起来："以后，这些事情就交给我来做。对了，马莉，朱小姐打来电话吗？"他一直惦记着躺在医院里的阿爸，十来天了，一个电话也没有，真让人着急。

"台湾那个朱小姐？没有电话啊。电视上有一句话：没有消息就是好消息！你想想，要是你爸有什么事，那电话还不立刻打过来。"正说着，电话响了。马莉接起电话："宝岛宾馆，你好！魏老板？你哪里找？哦，他出去了，我让他打给你好吧？谢谢！"放下电话，马莉继续涂指甲油，"林伯，麻烦你叫一下波士，就说中旅社黄先生找他。波士在顶楼天台。"

林水泉有些疑惑：魏老板在天台干什么？他走上天台，只见魏永乐背对着他，双手合十正在喃喃祈祷："阿公，你在天之灵保佑林伯顺利拿到签证，回到台湾，跟阿嬷团聚！"林水泉疑惑地看着，听不见魏永乐祈祷些什么。天台上的风吹着永乐的衣衫，燃烧的纸灰在风中飞舞。林水泉的脸色唰地变得惨白，他逼近魏永乐："是不是我阿爸他……"

魏永乐躲躲闪闪不敢看林伯的眼睛。林水泉双腿一软，一屁股坐到地上。魏永乐低着头："对不起，林伯，这是你母亲的意思。她让我不要告诉你……阿公走的时候没有经历什么痛苦……"

林水泉克制着自己的眼泪："我知道……我知道……你们都是为我好。"他疯狂地捶打自己的头："救总那份声明，我应该签。签了我就能去台湾，签了我就能见到我老爸，签了我就是孝子！"

魏永乐安慰他："自古忠孝难两全，你不签，对得起自己的良心。"

林水泉喃喃自语："现在就只剩我阿母一个人了，她在眼巴巴地盼着我。我已经尽过忠了，现在……该尽孝了！明天我就去救总。你说，我是不是叛徒？"

魏永乐安慰道："不，你是个孝子！谁也不能责备一个孝子，国家也不能！林伯，打个电话给阿嬷吧。阿嬷没钱打过来，还是我们打过去吧。用宾馆的电话，你不必为我省钱……"林水泉痛苦地说："你忘了？我阿母的耳朵已经听不见了。"魏永乐自责地拍打了一下自己脑袋，心中充满了对林水泉的同情，母子俩三十多年不见，如今知道了对方的信息，既不能相见，又不能交谈，千言万语说不出来，这是怎样的悲哀。

夜已经很深了，林水泉躺在床上，一动不动。他下了决心，准备明天上救总去，救总的人真狠啊！随着他回乡心情越来越迫切，他们的条件也层层加码。现在他们先要他写什么反共声明，然后又是记者招待会，又要上电视控诉……他不答应又能怎样？有没有什么办法让他既能到台湾见到阿母，又不必当叛徒？

马莉走进水泉房里，林水泉正在埋头看文件。文件很多，反正就是要他把大陆说成人间地狱。程刚在救总工作真是屈才了，他应该去当编剧。他给水泉新编了剧情，现在林水泉不是难民而是升级为“反共义士”了。马莉很同情：“林伯，你为了去台湾，把大陆说得一团漆黑，去了可能就回不了大陆了。”

林水泉很坚决：“不，我还会回大陆。人民政府心胸没那么小，他们连战犯都宽恕了，何况我这小人物。”

林水泉的发言稿又被退回来了。他坐在桌前，烦躁地抽着烟。救总要的东西真是狗血、煽情，林水泉在“文革”最乱的时候，也受过短暂的冲击，写过检讨书、悔过书，可那时都没这次这么难！他这个“反共义士”，既是救总搞宣传的最好工具，又是他们升官的最好的踏板，救总不会轻易放过他的，他们要把他最后一点利用价值都榨干……没办法，救总看穿了他急着去台湾看望母亲的心情，以此来挟持他，他只能任他们摆布啊！一个老兵的骨肉亲情就这样被救总绑架了。

魏永乐感叹：“老兵啊老兵，打仗的时候卖命的是他们，仗打完了，被牺牲的也是他们。”

折腾了许多遍，发言稿终于通过了，林水泉松了一口气，到时候硬着头皮，记者会上念一遍，就可以去台湾了。没想到救总又让他去做体检，他身上原来有几道伤痕，是打仗时留下的，救总要求他说是红卫兵打的。小腿上的一道疤，是小时候被邻居的狗咬的，现在变成是他逃出劳改营时干部放狗咬的。甚至连他嘴里缺了的那颗牙，救总也给他编出了故事，说这本来是一颗大金牙，因为没钱，他只好硬拔下来，才换了一张从大陆来香港的通行证。

林水泉口中念念有词地背“剧本”，马莉在一旁听得哈哈大笑起来，她说救总改拍八点档的电视剧更合适。

林水泉叹息：“记者会上，我不仅要念稿，还要脱下衣服，展示我这身伤疤。还要展示这颗缺牙。你说，天底下谁想见自己的母亲要受这么大的侮辱？”

马莉和魏永乐都同情地望着他。

第二天，马莉正在柜台化妆，看见林水泉穿着一身西装走出来，他的头发白了许多。原来，伍子胥过韶关一夜白头是真的。林水泉走出宾馆大门，看见街边停着一辆小汽车，车窗摇下，救总的程刚向他招手。这救总也真够可以的，唯恐他改主意，派车来接。林水泉无奈地拉开车门坐了上去。

程刚一脸严肃："今天我们把左派报纸的记者也请来了，估计他们会向你问一些尖锐问题，你要立场坚定，态度要硬。该怒时要怒发冲冠，该悲时要声泪俱下……要是搞砸了记者会，那你就永远也别想进台湾，这辈子再也见不到你母亲。"

会场上方拉着一条很大的横幅，上面写着大字：反共义士林水泉先生中外记者招待会。里面已经坐了许多记者，陆续还有记者入场，工作人员正在调试扩音器。林水泉两脚有如千斤重，走向大门，突然听到身后魏永乐喊他："林伯！"

林水泉回身一望，魏永乐开着一辆小巴在他身边停下。在他身边，坐着一位老太太，车窗反光，看不清面容。程刚催促道："时间到了，赶紧进去。"

魏永乐从车窗伸出头大叫："林伯，你妈妈来了。"程刚试图抓住林水泉，林水泉一把挣脱冲向小巴。小巴箭一般开走了，留下程刚干瞪眼。林水泉突然一怔，永乐旁边坐着一位陌生的老太太。林水泉失望地大叫起来："不是我阿母！永乐，你搞什么鬼？我这一走，救总的路子就算断了，这样一来，我永远见不到我阿母了。"

魏永乐一副胸有成竹的样子："这是我刚到机场接到的汪太太，也是从台湾来的。我接汪太太时突然想到，你的老家已经被泥石流摧毁了，回不回老家对你意义不大。现在你阿母就是你的全部。你的目的是能见到阿母，在哪里见并不重要，对不对？所以，我决定从现在起想尽一切办法把阿嬷接到香港来。这样就能保证忠孝两全了。"

林水泉一拍大腿："对啊！我怎么就没想到呢？永乐，谢谢你！"再也不必违心地扮演"反共义士"了，他如释重负。

第六章 策划返乡

三月初七，春阳正暖，余夫人飞到香港听歌仔戏，她久久地站在海边，心事如海潮一样澎湃。在她心里，埋藏着故乡的夕阳与炊烟。家乡，是印在她胸口的一株红梅。台湾与厦门近在咫尺，可笑她想要感受一下家乡的气息，却要舍近求远跑到香港来听家乡厦门的歌仔戏。鼓槌激烈地敲打，胡琴拉动，余夫人一身旗袍，雍容华贵坐在贵宾席上。舞台上，严奉仙扮演的妈祖娘娘正在智斗妖魔。魏永乐与林水泉也在剧院里，津津有味地看着。演出大获成功，团长慷慨激昂地致闭幕词："同志们顺利完成了来香港之后的首场演出，这是在领导同志直接指导下取得的成绩……"

严奉仙正在后台对着镜子卸妆，一个工作人员走到她身边，跟她低语。她不顾妆卸了一半，跑出化妆室，惊喜地叫了一声："表哥……"

魏永乐冲着林水泉道："怎么样？我没吹牛吧？真的是我表妹。"严奉仙领着二人在她的座位旁坐下，继续卸妆："本来打算明天再打电话给表哥的，哪晓得你先来了？"

"我在报纸上看到广告，抢先就订了票了。这位林先生就是台湾人，他一听到你开口唱哭调仔，眼泪都流下来了。"

余夫人也到后台来了。她激动地走到严奉仙面前："唱得真好！我又听到了纯正的歌仔戏了。尤其是你唱的都马调，原汁原味！几十年以前，我就是在厦门唱歌仔戏，就是扮演你今天演的这个角色。"

"原来阿姨是前辈啊！"严奉仙肃然起敬。余夫人将一个盒子塞进奉仙手里。严奉仙连连摆手："我们团里有规定，不能收礼物的……"余夫人将盒子打开，里面赫然是几张黑胶唱片，是她当年从厦门带到台湾去的。严奉仙翻看着一张张唱片上贴着的发黄的剧照，惊喜连连："这个……太珍贵了。很多剧目，我还以为失传了，没想到前辈这里有这么多老唱片，有的唱段我都从来没听过。前辈这份大礼，价值连城啊！"

余夫人满脸慈爱地看着严奉仙："你赶上了一个好时代，好好唱吧！"

严奉仙回到宿舍里，再次打开唱片盒，拿出黑胶唱片，爱不释手，突然发现盒子底部放着一块折叠好的手帕，缓缓打开，手帕内是一枚闪闪发光的金戒指。严奉仙惊呆了。这戒指的款式很新颖，在内地是看不到的。她细细观赏了一会儿，再小心翼翼地把戒指重新用手帕包好。她喊上魏永乐，一起找到夫人下榻的大酒店，将戒指递还给余夫人："阿姨，我想您一定是不小心把这个戒指放在唱片盒里头了。"

余夫人微笑道："请问你们是怎么找到我的？"严奉仙说："是我表哥找到的。"

余夫人把探询的眼光转向魏永乐，魏永乐说："我是开宾馆的，看人还是有点眼光的，根据夫人的气质风度判断，住的肯定是最好的宾馆，这样找起来范围就小了。"

余夫人满意地点点头，转而对严奉仙说："戒指我是故意放在里头的。"魏永乐有些惊奇地望着余夫人，严奉仙更是吃惊："阿姨，您送这么贵重的东西给我，我不能收啊。"

"不，这不是礼物，这是酬劳。奉仙姑娘，我想恳请你帮我做一件事情。你为了还这枚戒指，能够找到我，说明你和你的表哥一定可以帮我这个忙。"

严奉仙有些困惑："阿姨想在香港办什么事？我表哥就住在香港，他很熟的，一定能帮到您。戒指肯定是不能收的。"

"这件事情有些难，我要在厦门找一个人！"余夫人无奈收回了戒指，接着打开手袋取出一张照片。这是一张很旧的老照片，上面一对年轻男女甜蜜地依偎着，很显然，照片中的女人就是余夫人，只不过比现在更年轻更漂亮。

魏永乐问："这位先生是……"

"他叫田夫，是我大陆的丈夫。"

余夫人思绪回到了一九四九年……余夫人站在窗前，窗外是维多利亚港，乌云低压，黑蓝色的大海上有一艘船正在颠簸着，她陷入了深深的回忆。那时，整个厦门乱哄哄的，她们全家好不容易才买到了船票，都上了去台湾的船。她站在甲板上焦急地等待，盼望着田夫能够及时赶到。可是一直等到船开了，田夫也没有出现，她急得要跳下船游回岸上，父母死死摁住她。就这样，船一直开到基隆。几年后，迫于生计，她嫁给了从大陆来台的富商老余，几年后老余去世，一眨眼三十几年如过眼云烟，皱纹不知何时已爬上了额头，昔日青春美貌的少女，如今垂垂老矣，不敢再揽镜自照。

魏永乐同情地望着余夫人，严奉仙替余夫人着急："田夫怎么没有坐下一班船来找你？"

"我也是这么想的，我天天到基隆港等他，我还记得，那是招商局的仲凯号，每隔三天往返于厦门跟基隆之间，一直等到十月十七日，我就彻底绝望了……"

严奉仙很是不解："为什么等到那天就不等了？"

"因为那天厦门沦陷……哦，按你们的说法，是解放了。"余夫人苦笑。滔滔海峡，多少痴男怨女的眼泪也填不满这海峡的鸿沟。余夫人默默望着窗外，海上波涛汹涌，无声地冲击着码头。严奉仙听着余夫人与田夫的故事，感动得热泪盈眶。

魏永乐接了个长途电话："宝岛宾馆，你好！是我……朱先生？哦……知道了……我这就转告他……不必客气……"他放下电话，叹了口气，拿出厚厚的电话本翻阅着，然后开始拨号："喂，是岳将军吗……将军您好……我是香港的魏永乐……有件事要麻烦将军了！是朱晋，他是将军的老部下，所以我想还是由将军转告他比较好，我刚刚接到他哥哥打来的电话，朱晋的母亲已经在昨晚六时三十分因病去世……"这么糟的消息，魏永乐实在没有勇气直接告诉朱晋，"谢谢将军！请转告朱先生，有什么要我帮忙的，尽管来电。要汇款我这里可以先垫支……好的，再见，将军。"

朱晋的母亲九十多了，也算是高寿，高龄老人去世，儿女是有思想准备的，不至于承受不了这个噩耗。魏永乐之所以对朱晋难以启齿，是因为去年他安排朱晋与大哥在宝岛馆相见，亲耳听到朱晋与家里通话时，风烛残年的老母亲是怎样声声泣血盼着见小儿子一面。朱晋出于种种顾虑，一直未能成行。今年好不容易下了决心，要偷偷回家见母亲一面的，又因为董家强的死，被吓住了。没能联系上倒也罢了，已经联系上了家里，却未能与母亲相见，留下了终生遗憾。魏永乐可以想象朱晋会如何痛心疾首。

岳将军把大家召集到一起，告诉大家："朱晋的老娘去世了，大家看看要怎么告诉他？"

众人惊讶："朱晋和老家有联系？"

将军点点头，简要地讲述了朱晋认识魏永乐，联系到家人，又好心地把永乐介绍给自己认识的经过。"他是想让永乐也能帮到你们的。可惜，我秘见赵彤的计划被路长功破坏了，永乐他最近一次来台湾，身上的信被关检没收了。照现在的情形，暂还没有办法帮你们跟家人联系，所以也就没有介绍他跟你们认识。"

杜守正感动道："没想到朱晋这样胆小的人，也肯冒险帮大家。帮到没帮到，心意我是领了。"大家纷纷点头。

洪根生说："朱晋好像被客人包了趟长途，不好找，不过他女儿在建国花市，我去找她吧。"

"那就拜托你了，你帮我把这点奠仪给他女儿。"说着取出一个信封交给洪根生，"当年朱晋的娘追到军中，说鬼子打完了，该让他儿子回家了，我跟她说，三年，三年之后，一定让朱晋回到她身边。现在都过去三十多年了，我没能让朱晋回去……我是个骗子啊！"洪根生接过信封："将军，您也别难过了，"说着自己却难过起来，"我们都是骗子！当年我跟阿茶说，打到赣州，我就回来……"

洪根生受了将军的委托，本想直接去找朱家仪，想想又有些张不开口，硬是拉上了杜守正。

两人来到朱家仪帮工的花档内。各式鲜花盛开，娇艳欲滴的红玫瑰、纯情高洁的百合、蓝色深情的勿忘我挤挤挨挨站在一起，空气中弥漫着花朵的芬芳。朱家仪正在整理鲜花，抬头看见两人，笑容满面地招呼道："咦，洪伯伯，杜伯伯，你们俩也来逛花市？"

看到家仪笑得如此灿烂，杜守正觉得有点张不开嘴：“你洪伯伯有话跟你说。”

洪根生没想到杜守正竟会推给他，一时也说不出来：“你……”看他们两个吞吞吐吐的，朱家仪不安起来：“是不是我爸出什么事了？”

洪根生慌忙摆手：“没有，没有。”“那到底是什么事？快说呀，别这样吓我！”

洪根生只好取出信封：“家仪，这是岳将军给你爸的。是你老家的奶奶……”

朱家仪终于明白了，她机械地接过信封。早上出车之前，阿爸还跟她说起昨晚梦到了奶奶，没想到在那个时刻，奶奶就已经不在人世了。活着没法相见，她老人家是来梦中看望儿子的吗？

洪根生回到家晚饭怎么也吃不下，直到半夜还在床上翻来覆去睡不着，便向网市絮叨着朱晋的事：“朱晋很小就没有爹，是他娘守寡把他们兄弟俩拉扯大的，他要是知道这消息……我的天啊！我都不敢想了……”

网市叹息道：“夭寿啊，夭寿啊！明天我们去看看他吧！”正说着，窗外汽车灯光闪动，网市疑惑道：“这么晚了，谁的车子啊？”朱晋在门外大喊：“根生，根生！”

洪根生一颤，慌忙披上衣服跑了出去。只见朱晋正从计程车后厢取出一筐香蕉：“这是黄连长送的。累死我了，跑了一趟罗东，顺道去看了黄连长……”洪根生小心观察着朱晋的表情：“老朱，你……没事吧？”朱晋看了看根生：“怎么了？我家出事了？妈的！你脸色不对哦，是不是警总？”洪根生内心挣扎着：“老朱……你家里……是出事了……”朱晋紧张起来：“是家仪吗？还是家劲？”听说家仪家劲都没事，朱晋大大松了口气，“妈的！他们都没事，你还说我家有事。”

洪根生狠下心来：“不是台北这个家，是你老娘……”

朱晋像当头挨了一棒，泥塑般一动不动。洪根生上前搀住他：“老朱，你……你千万要挺住！先到我家坐坐。进去喝口热水……”朱晋脑袋一片空白，喃喃道：“家仪她们都知道了？我回家……我回家……”

洪根生既心痛又担心：“你怎么开车啊？”

朱晋两眼茫然："没事的……没事的……我能开……"他推开根生，上了计程车。洪根生喊道："老朱，你开慢点……"计程车已经箭一般疾驶了出去。洪根生呆呆地站着目送。

朱晋将计程车时速提到一百公里，疯狂开到家里，嘎的一声急急停下，踉跄着冲进自己家。家仪和家劲已经在门口等候，他们都穿着素服。朱晋嘴唇颤抖说不出话，家仪轻轻道："爸，进去吧！"

朱晋的身体原来软得像团泥似的，被家仪家劲搀扶着才走进家门，一进门他的身子却忽然挺直了，厉声喝道："为什么没有灵堂？为什么没有灵位？"

他的妻子小声道："这丧事一办，就等于告诉所有的人你跟大陆亲人私自联系了啊。"朱晋哭道："我不管，我不管！老娘去世了不能办丧事，天底下没有这样的道理！"

妻子赶紧向两个孩子示意，家仪家劲赶紧张罗，摆起一个供桌，上面供着一个牌位："朱府吴老夫人灵位"，烧纸钱的铁盆也摆上了。一布置停当，朱晋便扑通一声跪在地上凄厉地大哭一声："娘啊！"他爬到灵位前，悲愤地以头撞地。朱晋哽咽道："魏老板帮我转了八封信，封封信老娘都说她想我……真后悔啊！我该早点回家，是我胆小，是我没用，是我不孝……"他顿了一下，终于忍不住再次号啕大哭起来。

窗外，眷村榕树上的大喇叭反反复复播放着邓丽君的歌曲："哭泣，你哭泣为了分离，分离，分离后再相见不易……"

杜守正连连叹息："我让美如去看了家仪，说老朱都哭昏过去了。朱晋的老娘九十三了，活到九十三都等不到见儿子一面，这都是命啊！朱晋肠子都悔青了。本来上月想回老家的，因为董家强的事，他又怕了，想再等一等，这一等就天人永隔了。"

洪根生若有所思："他可以等，老娘不能等啊！"众老兵神色凝重，因为家中的老娘都早已年迈，也不知是不是还在人世，如果活着，也不知能不能盼到团圆的那一天。只有傅友诚最开心："我娘最年轻，她只有三十七岁。"洪根生轻轻拍了拍他的肩，大家不仅没有笑话他，心中甚至有些羡慕，也许像他这样疯了，会少些痛苦烦恼。小傅可以令记忆停留在任何一个美好的时段。在他心中，母亲永远年轻，恋人朱颜不改。

“白发娘，盼儿归，红妆守空帏……又一位母亲，直至离开人世都没能见到她的儿子。又一位儿子，只能遥祭分离四十年的母亲……”岳将军念着手上的文稿。他要向报社投稿，向有关部门陈情，向社会团体寻求支持……没有什么可怕的了，再不回家，越来越多的骨肉，从此天人永隔，永无团圆之日；偷偷回家，被抓住了，就是董家强的下场。不如公开抗争，当局毕竟还是标榜民主自由，在意民心向背和国际观感的，反倒不好秘密处理。成功，光明正大地回家探亲；不成功，还能糟糕到什么地步呢？权衡利弊，老兵们纷纷在文稿签上了自己的名字。

连一向胆小的朱晋都没有犹豫。他说：“活着没能见母亲一面，老娘去世不能奔丧，已是不孝，如果再连个丧事都不办，我就不配为人了。今天我公然隆重地为老娘办了丧事，等于与大陆私自通信的事曝光了。警总想怎么办就怎么办吧，以前怕这怕那，都是为了这个家，为了孩子的前途，现在家仪也辞了公职，我没有什么可顾虑的了。”

台生的伤已经好了，今天他穿了一身浅灰色的西装，显得格外英俊潇洒。他遵从爸爸的旨意约会了老潘的女儿几次，还带了潘可人到家里吃饭。路长功与立苹欣慰地看着一身洋装的潘可人幸福依偎着台生的样子，两人相视而笑。

“爸，妈，我们去中影文化城玩了。”

路长功忙说：“等一下，等一下！”他取出车钥匙放到儿子手里：“以后这车子就归你了。台生，你要照顾好可人哦。”

台生佯装激动：“我有车了！可人，走！”

可人露出甜甜的酒窝向长功和立苹招手：“伯父伯母，再见！”两人手拉手走了出去。立苹满脸欣慰：“儿子回来了！”路长功也感叹一声：“儿子终于回来了！”

台生倚在车边问：“潘小姐，你下面要去哪里？我送你。”潘可人笑着上车：“送我到前面路口就好，我替我男朋友谢谢你。你不愧是电视台的，演技不错。”台生苦笑：“不用谢，互相帮助嘛，彼此彼此，你演得也不错。”

晓梅强打精神上门帮余夫人量血压。余夫人躺在藤椅上，血压计里水银上下浮动，晓梅高兴地说："血压很正常，夫人最近身体不错哦！我看夫人去了一趟香港气色好了许多。难道一场歌仔戏就有那么神奇的功能？"

余夫人微笑："当然不是歌仔戏的功能。是因为看了那场歌仔戏，认识了严奉仙，她答应帮我找田夫。"虽然不一定找得到田夫，但总比以前根本没机会心如一潭死水强。想不到奉仙小姐不光戏唱得好，人也聪明热心，她肯帮自己找田夫，只要开始寻找就有希望！

晓梅不禁啧啧感叹："这就是爱情的力量！"

这时，曹妈拿着一封信走进来，是香港的航空挂号。余夫人一看是魏永乐寄来的，不禁喜上眉梢，难道永乐这么快就找到田夫了？她急急忙忙把信拆开。永乐在信里告诉她，已经和严奉仙通了电话，奉仙告诉他，她正在全力查找。余夫人喃喃道："只要还在找就有希望！这年头，好心人还是多啊！"

晓梅替夫人感到欢喜："这个严奉仙真好，她跟夫人才认识，就肯这么帮忙。就像夫人帮我和台生一样。"

余夫人笑起来："怎么？熬不住了？你不会偷偷跟台生联络了吧？听我的，牛郎织女就能相会。"晓梅涨红了脸连连摆手："没有，没有，我什么都听夫人的。"

这天傍晚，上完补习课后，晓梅回到家中，见家里冷锅冷灶的还没做晚饭，阿母在抹泪，阿爸在叹气，傅友诚一副不知所措的样子。

原来，天凉了，傅友诚没有合适的衣服穿，网市就把晓雄一件七成新的夹克找出来改小一点。网市把衣服改好后，让友诚试穿："合身吗？"傅友诚欢喜地照着镜子："合身，合身，难怪洪班长老是说，阿茶嫂子的手是最巧的。"

网市心里咯噔一下，多年不愿面对的现实，终于无法回避了："阿茶嫂子是谁？"傅友诚困惑起来："就是你啊，洪班长说，你是上晓起村的一枝花，村里好几个男人都喜欢你，你只喜欢他……"

可以肯定，洪根生一回来，网市就发动了一场家庭大战，晓梅回家看到的情形，已经是进入冷战阶段了。"你爸爸他没有良心啊，骗了我这么多年，我对他那么好，他心里还是只想着江西的那个黄脸婆。”洪根生辩道：“是我对不起你，可阿茶没对不起你，你不要这样说她。”

对于父亲家乡还有位“大妈”的事，晓梅也不是完全没有思想准备，一来这样的事眷村有不少，二来，一家人亲密无间，多多少少会露出一点迹象的。晓梅和网市一样，只是采取鸵鸟政策，事情没有捅破，就装着不知道。现在三个人反而有一种鞋子落了地的释然。晓梅懂事地劝慰阿母：“这是时代弄人，不是阿爸的错。阿爸不说，也是因为顾念你的感受，怕你伤心。阿母你不要怪阿爸。”

网市理智上不怪根生，但感情上还是一下子过不去。想到自己嫁给根生时，也不是头婚，而根生从来没提过她从前的事，网市心里就渐渐平复下来，闹了几天罢工，家里又一切如常了。

台生所在电视台的剧组带着大型摄影机到莒光新村拍电视剧《老兵》，选这个题材来拍电视剧，是岳将军给台生出的主意：“与其胡编乱造洒狗血，还不如拍点有真情实感的，催人泪下的故事，比如老兵的故事。”台生一听，正中下怀，那时他还在以“警总”的身份追晓梅，他想，有朝一日身份穿帮，还可借“了解老兵命运”的理由，再去接近晓梅。他把这个创意在节目组一提出，立刻得到一位老编导的赞同，因为，那位编导，自己就是一位老兵。

眷村的小孩奔跑雀跃着，连村里的鸡鸭都兴奋不已。台生正跟杜守正吹牛，实际上是隔空说给洪根生听的：“这个剧原来要去杨梅眷村拍的，我硬把他们安排到这里来的。到时候戏一播出，你们眷村就出名了。”

演员正在摄影机前哭诉：“阿母啊！我不孝啊……”洪根生感叹道：“台生，你要不是路长功的儿子多好啊！”台生微微一颤，强笑道：“晓梅还好吧？”洪根生点点头：“还好，还是一个人。”台生的心隐隐痛起来。这时，傅友诚突然冲到摄影机前，学着演员的样子，对着镜头喊：“阿母，我是友诚啦！我没事，我在台湾啦……”洪根生慌忙冲上前去，把傅友诚拉到一旁，埋怨道：“你添什么乱啊？”

傅友诚两眼闪光：“拍电影哎，拍电影哎，我让他们拍下来，放给我阿母看。”

洪根生被傅友诚这话狠狠地刺了一下，台生上前哄他："是电视，不是电影啦。不过都一样。你先乖乖在旁边等着，等拍完了他，马上拍你。导演说你很上镜，演大兵都不用化装。"傅友诚便乖乖地站在一旁等候，时不时整理着衣帽。眷村的男男女女都在围观着，就连屋顶、树上都爬满了小孩。日影西沉，导演喊了一声："Cut！收工！"演员们结束了表演，摄制组人员忙着收拾器材。傅友诚急了，挤出人群跑向摄制组："等一下，我还没拍呢！"

众人哄笑起来。导演拍拍自己的额头："对，还有你！摄影机准备，灯光！"助手打起反光板，傅友诚激动地站在摄像机前。洪根生一怔："真拍啊，台生？"

台生小声道："没有带子啦。"

洪根生脸色一沉："他一个疯子，你们还要把他当猴耍？"

台生慌忙解释："洪伯父，你可别误会，我们导演可是一片好心，他也是外省老兵啊！这几天傅友诚一直缠着剧组闹着要拍，执行制作都要揍他了，是我把他的身世告诉导演，导演说了，今天就拍他。骗骗他也是让他了却一件心愿。"

洪根生哭笑不得："唉，导演是好人啊。"

导演一脸严肃："准备！五！四！三！二！一！Action！"傅友诚既紧张又兴奋地用闽南话说开了："我叫傅友诚，是二十二兵团第八十军第二零一师六零团十九连十一排八班士兵。我的家在福建省厦门市思明区傅厝街三十三号。爸爸叫傅振权，妈妈叫李秀英。阿爸，阿母，你们放心，我很好，我找到淑玲了……"

洪根生脸色苍白地望着，感动得嘴唇都在颤抖。本来在看热闹的人们全都静了下来，大家都默默望着友诚。摄影师悄悄走到导演身边小声道："导演，可以了吧？"导演叹了口气："让他说完吧！"傅友诚越说越兴奋："阿母……你跟学校请个假，我很快就回去了，我还要回去念书……"

老潘把一大堆报纸杂志摔到路长功的面前："你那位老同事什么时候才能消停啊？报纸、杂志、访谈、陈情，到处都是他的'老兵的故事'，听说台生在他的鼓动下，正在拍一部老兵的电视剧。没看出来啊，他一员武将，还有这一手。”

“老岳可不是一介武夫，他黄埔出身。”见老潘面色不善，路长功有点紧张，“老潘，你不会又想……”

“当然不会，现在他是名人了，我不但不敢动他，还得求老天保佑他不要有个三长两短。否则谁都会以为是警总干的，黄泥巴掉到裤裆里，不是屎也是屎。”

路长功松了口气：“那你想要我怎么做?”

“眼不见心不烦，你还是劝他去美国探亲算了。”

“你不怕他跟赵彤见面，成为李宗仁第二?”

“两害相权取其轻，他退役这么长时间了，就是被策反，中共也捞不到什么油水。再说，现在中共提出接触谈判，把人弄过去，已经不是他们的目的了。岳知春全家都不在大陆，应该不会过去。他在美国，总比在台湾搞事要好些。”

路长功挟着个公文包，来到岳将军家，从公文包里，取出一个小公文袋：“给，你的美国签证。嫂夫人与令公子都在美国定居，你应该去找他们。我希望你尽快走。”

岳知春有些意外：“这就奇怪了，以前我要去美国，你们死活不让我去，怎么突然转性了?”翻看着公文袋里的东西，“哟，连机票都买好了?就这么迫不及待?让我想想这是为什么。明白了，这是‘送瘟神’对不对，我最近为老兵开放探亲所做的事，让你们受不了了?”

路长功无可奈何：“你这人真是狗咬吕洞宾不识好人心，你这样闹会有危险的知不知道。我这是救你，你倒来骂我。”

“那就谢谢了，我无官一身轻，没什么可怕的，不需要谁来救，我只想在有生之年，还清我的良心债，看到我的兵能回归故里。”

“好好好，你是圣人，我是恶人。可你要做的事也不是一天两天能办成的，你就当给我一个面子，暂时离开台湾一段时间好不好?”

“好吧，我还真的好长时间没看到我的老伴儿和孩子们了。不过我明人不做暗事，我去了美国之后，会想办法与赵彤见面，你可别说我瞒着你。”

“你想见谁就见谁吧，但是你最好不要告诉我。”

几天后，老兵们为岳将军饯行，将军嘱咐老兵，万事小心，他很快会回来。

这段日子，被董家强之死强行中止的关于“回家”的话题，又因为朱晋母亲的去世在老兵之中重新热议起来。大家心中反复地回荡着一个声音：不能再等下去了，连我们都老了，父母如果活着，也如风中之烛，随时可能熄灭，再不回家，就要像朱晋一样抱憾终生了。但一讨论到具体问题，又不得要领。以什么理由出去？怎么才能绕道回家？钱从哪里来？怎么才能不引起警总的怀疑……种种问题，都是无解的问题。

洪根生走进自己家门，看到小傅背对着他，手上握着一卷报纸当话筒，很认真地说话：“阿爸，阿母，你们记住是江西的上晓起村，我们班长姓洪，他叫洪根生……”

洪根生过去拍拍他的肩膀：“小傅，你在干什么？”

小傅回身腼腆一笑：“我在练习啦，明天导演还会来拍啊，我要练习一下，明天才拍得好啦！明天我要说班长和班副家里的事了，让我阿爸阿母帮忙……”

洪根生有些疑惑：“明天导演会来吗？”小傅开心地笑了：“导演说了，会来。”他继续拿起报纸做的话筒，“阿爸阿母，还有我们班副，杜守正，他是山东人……”洪根生看着，忽然灵光一闪……他为自己的想法激动不已，又不能跟网市透露风声，急急忙忙出门，网市在背后喊：“饭都煮上了，你这是上哪去？”洪根生不理，拉上杜守正就往八百黑的馒头铺走，说是有要事商量。

还没落座，洪根生就急不可耐地说开了：“我有办法了！我们大家凑钱，只要凑够一个人回家的路费，我们每个人都可以看到家乡亲人，家乡的亲人，也可以看到我们，怎么样？”

八百黑摸摸根生的额头：“你没发烧吧？世上哪有这样的好事，老洪你想家想得发梦呓了吧？”洪根生甩开他的手：“不是做梦，我是看到这几天拍电视剧才想到这个办法的。我们买一个摄像机，把自己要跟老家亲人说的话拍下来，托人带回老家去。”他越说越兴奋，沉迷在自己美好的遐想中。

“托人？托谁啊？”八百黑两眼茫然。洪根生拍拍杜守正：“守正啊！女儿在美国，有探亲的借口。”

杜守正吓一跳：“这可不是闹着玩的，你忘了老董了？”

洪根生道：“老董那是被警总盯上了。我们这趟回去，对谁都不说，你连美如也不要说。我呢，也不告诉网市。这就是天知地知你知我知了。我就不信警总连这也能查出来。”

杜守正还是担心：“岳将军临走时千叮万嘱，说最近风声紧，探家的事，让我们等一等。”洪根生见杜守正这么孬种，不屑地撇撇嘴：“你可以等，老爹老娘不能等了。你要是不敢去，我去！我替你们一家一家去看望老爹老娘。”杜守正见洪根生瞧不起自己，心里很不好受，诘问道：“你凭什么去啊？”

“我就说去泰国旅游，到了香港，我就跳机。”

八百黑上下打量着洪根生：“别逗了，就你这样子，像有闲钱出国旅游的人吗？警总肯定会怀疑。”

“那有什么办法，我又没有女儿在美国。说好了，路费三人出，我去。”洪根生的牛脾气又来了。杜守正着急起来：“根生，别开玩笑。”他下意识地看了看门外。洪根生不理他继续说：“先凑钱买摄像机，我把你们都拍下来，进了大陆呢，先到小傅家，再一家一家地转过去，把录像带放给老人看。”

八百黑终于弄明白了洪根生的整个计划，不禁激动起来：“哎，这个主意好，这钱我出一份。”

洪根生指着杜守正：“我最后再回自己老家，公平吧？你们两个说句痛快话，干不干？”

杜守正嗫嚅道：“那我……这个……要回去跟美如商量商量。”

洪根生生气起来：“跟老婆商量了哪还走得了？你不如干脆说你就是不参加了。行，八百黑，就咱俩了，一人一半！”八百黑比洪根生还兴奋：“好！明天我就拿钱给你。”两人击掌。杜守正尴尬地跑到门前，拉开门伸头看看外头动静，又跑回来，声音颤抖：“再商量，再商量！”他哪能让洪根生和八百黑丢下他一个人呢！

洪根生回家，见饭菜都摆在桌上没动，网市一边在给傅友诚改衣衫，一边等他。洪根生见她戴着老花镜低头做针线的样子，心里涌起一阵柔情：“网市也是像阿茶一样的好女人啊，脾气是大了一点，可是又能干又勤俭，自己今生是注定对不起这两个好女人了。见到洪根生，网市立刻放下衣服嚷道："你去哪里了？这么晚才回来，我都急死了！"

洪根生一怔："急什么？你老公丢了也没人捡。"网市指着外面小声说："你没看见吗？小傅疯病又发得更厉害了。"洪根生见惯不怪："不就是拍片子吗？"

网市急了："这个不算病，刚才我问他，就算拍了下来，他的父母怎么看得到？我跟他开玩笑他是不是准备游泳送回厦门去？小傅笑我笨，说游泳根本游不到厦门。他准备拿了带子骗人家说出国旅游，飞到香港以后，就悄悄进大陆……"

洪根生吓了一大跳："他脑子清楚得很嘛！小傅到底是真疯还是假疯？他还懂得这么走？"

"所以我才紧张啊，这疯子要是在眷村到处讲，搞不好人家还以为你想这样回老家呢，那不要命吗？"网市满脸忧虑。

洪根生强笑："你不要这么紧张啦。你还记得那个老周吧？海光一村的，他就回了老家，住了十几天呢，回来也没事嘛。"

"那是他们命好，碰到警总这只老虎正在打瞌睡。"

洪根生说着说着就兴奋起来："还有啊，克难二村的李国瑞回了一趟广西。"

网市脸色一沉："你什么意思？你回来一直讲谁谁谁回老家，我看你就是存着董家强那种意思。"

洪根生慌忙摆手道："我没那个意思。"

网市冷笑："哼，你尾巴一翘我就知道你要拉什么屎。你为了跟你的阿茶团圆，命都不要了。我告诉你哦，洪根生，你不要自己的命，我要！我还要儿子女儿的命！如果你敢回老家……不要说回老家，去香港也不行。"

洪根生一副可怜巴巴的模样："去香港也不行？"

网市恶狠狠地威胁道："你要是敢回'匪区'，我就去警总举报你。"她拿着把衣衫一丢，叫道："小傅，吃饭。"洪根生看着傅友诚，想到傅友诚一心想着替班长班副录像，心里不禁一阵感动，挟了满满一筷子菜到他碗里，傅友诚礼貌地说："谢谢班长，我自己来。"

杜守正回到家，怎么也睡不着。洪根生那句“你可以等，老娘不能等啊!”一直回旋在他耳边，他的头快要炸开了。他再也忍受不了了，一骨碌下床就往根生家跑。杜守正在洪根生家外面打了声唿哨，洪根生闻声睁开眼睛，悄悄起床披上衣服走出来：“出什么事了，半夜三更的?”杜守正脸色苍白两眼炯炯：“根生，老家那边我去!”

洪根生大叫一声，往守正身上狠狠擂了一拳：“妈的，你让老子高兴死了，你干吗不明天再来告诉我，害我今晚没得睡了!”

杜守正打定了回大陆的主意，第二天早上就和洪根生直奔中华商场，他们要买一台好的摄像机。柜台内陈列着各式各样的摄像机，两人看傻了眼。杜守正想着不然回家问问惠芳哪一种好，转念一想，还真不能问，一问就穿帮了。洪根生自告奋勇：“我平时回收废旧家电，好歹也算搞电器的吧。不过，这么贵的玩意儿，要慎重点儿，咱们慢慢挑。”

摄像机买回来了，接下来就是给大伙儿拍录像，当然得瞒着网市和美如。洪根生对网市撒谎：“‘退辅会’弄了个座谈会，让大伙儿聊聊眷村里的设施哪些还要改进，电视台要来拍，叫我们穿整齐一点。小傅也要去。”

网市有些奇怪：“什么会，还要把小傅带去啊?刚才我碰到老萧，他就不知道什么座谈会。”洪根生愣了一下，马上编了一个借口：“这……这就看什么人了，座谈会要发言的，老萧那口广西腔，谁听得懂?小傅又会讲国语，又会闽南话，最好懂。你再看看老杨，一个酒糟鼻子怎么行呢?电视台要来录像，要挑长得帅一点的嘛!”

网市半信半疑：“真的要挑长相哦?”

“不信你可以去问守正，他就接到邀请了。”洪根生忙着穿西装打领带，小傅穿着洪根生的一套西装，大了一点，不是太合身。网市用别针临时从里面夹住尽量让西装看起来合身一点。洪根生笑眯眯地打量：“小傅穿上龙袍还真像太子。”

杜守正也用同样的理由骗美如：“不信你去问网市啊，根生就接到邀请了。”美如为他细心地打着领带，满心喜悦：“真的哦?上华视?座谈会有没有吃的?记住，能打包的，就多打一点。”

洪根生、杜守正和傅友诚三人都是西装革履，惹得眷村的人都侧目相看，猜着他们三个人大概要上电视了。在众人的目光下，三人更是把腰杆挺得笔直。

月光下的馒头店，八百黑一身西装笑眯眯地等着根生他们。一辆计程车停下，根生、守正、友诚三人下车，八百黑迎上前去："我可等老半天了。小傅，帅哥哦!"

洪根生笑了："帮小傅打扮，花了点时间。"傅友诚打量了一下馒头铺："在这里开座谈会?"杜守正感叹："别看他疯，有时候脑筋挺清楚的。"

众人走入铺内，只见里面三个窗户都用棉被钉住，一看就是防警总的，比防空洞还安全。另一面墙上，钉着一张很大的画，画的是台湾风光，大家啧啧夸着漂亮。八百黑道："一早去书局买的，有发票哦，讲好所有费用三个人分摊嘛。"

洪根生有些生气："一张画你也要我们分摊？你小子也太小气了吧?"八百黑指了指四周："场地也是我出的，我还没收你们场租呢。"杜守正笑起来："你们两个就别斗嘴了，抓紧时间吧。"他从身上挎着的布袋中取出摄像机。傅友诚惊喜地叫起来："新机子哎！又拍电视了?"

"跑了八家店，腿都跑断了。根生说他是个内行，其实和我们一样都是草包。"洪根生慌忙打断守正的话："没时间了，没时间了，小傅，你先来!"根生把傅友诚带到那幅台湾大画前面，"你有什么话要跟你阿母说，说吧!"

傅友诚兴奋地清了清嗓子。杜守正低头摆弄摄像机，好半天也没弄好。洪根生不耐烦起来："在店里人家教了你十遍了，你不是说会用了吗?"杜守正没有心思和他打嘴仗："糟了，怎么镜头全是黑的?"

洪根生生气地接过摄像机检查："你这个臭手，在店里好好的，一过你的手就坏了。"杜守正连连叫屈，他哪敢动摄像机呢，一个指头都没动过。八百黑笑道："镜头盖子没拿下来。"洪根生赶紧取下镜头盖子，训斥杜守正："你看你，做事毛毛躁躁的。好了，好了，小傅，想一想你要跟阿母说些什么。"

傅友诚憨厚地笑了："我不拍了，我已经拍过了。班长先拍吧，拍完了班副拍，然后八百黑拍。我先去外头站岗，警总很厉害的，我在外头站岗，你们放心拍，要是没情况，我会大声唱邓丽君的歌，要是警总来了，我就唱军歌，你们就把机子藏起来。"不等三人回应，傅友诚已经推开大门走出去。三人面面相觑，根生难过极了，上次导演哪里是真拍呀！等一下无论如何，也要哄小傅重新拍一次。

傅友诚站在大门外，警惕地四下张望，大声唱着《月亮代表我的心》：“你问我爱你有多深，爱你有几分……”唱得还挺动听，大家忍不住心里嘀咕：这都是小傅发疯以后才流行的歌，他居然都会唱，他到底疯还是没疯啊？

杜守正拿起摄像机，对准洪根生。洪根生看着摄像机，突然紧张起来：“我……我说什么？不行，我喉咙好像有东西，八百黑，你先来！”他从画前大步走开，满头大汗。

杜守正又把摄像机对准八百黑，八百黑顿时紧张起来：“我……我说不出来……”他离开大画，面对墙壁，克制着自己的情绪。杜守正放下摄像机，沉默地看着洪根生和八百黑，三个人一时间都说不出话。外面傅友诚还在大声唱着：“忘不了，忘不了，忘不了你的泪，也忘不了你的笑……”

洪根生用毛巾擦了擦脸，杜守正说：“根生，我看就照小傅那样说。那天在眷村，对着人家华视的剧组，小傅说得多好。”洪根生受到鼓舞，定了定神，面对镜头拘谨地说开了：“我是洪根生，我是二十二兵团第八十军二零一师八零团十九连十一排八班班长，我的家在江西省婺源县江湾镇上晓起村，爸爸名叫洪再旺，妈妈名叫江四妹，我的老婆名叫李茶……”

洪根生越说越投入：“阿茶，真的对不起你，我在台湾又成了家，她叫网市，是台湾本地人，我们生了一个女儿、一个儿子。阿茶，我知道你的性子，你会一直等着我。我今天拍下这段话，就是想告诉你，不要再等我了。要是……要是有合适的男人，你就赶紧嫁……你嫁了，我的心里……才好受……”洪根生说着说着便受不了，踉跄跑出门外，往台阶上一蹲，双手捂头呜呜地哭了。小傅还在唱：“多少恩情，依稀在我心，最难消受就是离情，叫我泪满襟……”

八百黑站在大画前开始说话：“我是六十二军团第七十师一百四十旅三百八十团三连八排一班士兵吕永达，我是山西洪洞县左木乡红光村人，当兵的时候，爹已经去世了，家里就剩下老娘……”

杜守正的脸上全是泪水，他坚持拍摄着。八百黑泣不成声：“老娘爱听中路梆子，一有空我就去学，那时候最红的角儿叫八百黑，老娘就管我叫八百黑……今儿我为老娘唱一段。”八百黑唱开了，“擦去了老娘的热泪满腮，提起了往事儿心如刀裁，心如刀裁呀……十五年日日夜夜，夜夜日日常把南朝怀，到今儿才有机会探母来！”门外的傅友诚也应和着：“你听那母亲的呼唤多甜蜜，我们曾和她相偎依，纵然岁月消逝，也不能忘记，我一心要回去，我一心要回去。”根生抬起头望着，脸上全是泪水，他突然捂住傅友诚的嘴：“求求你，别唱了！”

八百黑唱着唱着，突然跪了下来，边唱边叩首：“我一叩一拜三叩三拜，叩叩拜拜，拜拜叩叩，我把高堂拜呀……”

第七章　警总圈套

警总大楼里，所有的人都埋头忙碌着各自的工作。庄力奇拿着申请由香港出境的老兵资料和机票影印件，交给路长功过目。路长功一张张仔细看着：“你说，这些人之中，谁会私入‘匪区’？我们得把他们找出来，阻止他们。董家强的死只收到一时之效，现在老兵私入‘匪区’的案子又开始多了起来，大有决堤之势啊。”

庄力奇摇摇头：“每个人都有可能啊，他们家人都在‘匪区’。这可难了，我们没法每个人都跟踪啊。”

这真是个棘手的难题，总不能拿着照片站在罗湖桥头看哪个老兵进了“匪区”吧？想到这，庄力奇不由得焦躁起来。路长功帮他做了分配：“你把所有兄弟都分散到各个眷村去，要像狗一样，去嗅出可疑的气味来。”

忙了几天，庄力奇终于在杜守正身上嗅到了可疑的气味，兴奋地前来报告。路长功正在打电话：“对，押送绿岛……就这么办!”他放下电话问庄力奇：“有什么好消息啊？连走路的姿势都不一样了。”

“杜守正准备去美国，他有个女儿在美国生了儿子。”

“去看望外孙是很正当的理由啊，这有什么可疑之处呢?”

“可疑之处在于，这个外孙现在两岁了，前年孩子刚出生时，杜守正就办好了护照和美签，准备探亲，后来好像是因为钱的原因没有去成。前不久他为了赎回授田证，还向岳将军借钱，现在怎么有钱去看外孙了，这不是很反常吗?”

“嗯，有点意思了。”路长功给了他一个赞许的眼神，庄力奇受到鼓舞，说得更加带劲了，“更加奇怪的是，杜守正还新买了一台很贵的摄像机。摄像机这种东西，台湾税很高，在美国买要便宜得多。杜守正要去美国，他大可到了美国再买，为什么急着在台北买？”

路长功微笑。显然，这一次他对庄力奇非常满意。他一边来回踱步一边分析：“杜守正一个手头并不宽裕的老兵，买了一件与他的经济条件完全不匹配的奢侈品，不去便宜的地方买，偏偏在贵的地方买。这是为什么？只有一个可能，他不是要带摄像机去美国，而是要带着在台湾拍摄下来的东西去别的地方。”

庄力奇有几分崇拜也有几分讨好地说：“对啊！还是处座分析得精准到位，他们到底要拍什么？能拍到什么？”路长功挥挥手：“想办法拿到杜守正拍的带子。”

“除了杜守正，莒光新村还有什么动静？”路长功一边吃便当一边问。

“没有了，除了洪根生和杜守正拣回的那个疯子傅友诚经常闹点笑话，这眷村就像一潭死水。傅友诚现在就住在洪根生家里，台生带着华视一帮人，在那里取景拍一部连续剧，傅友诚闹着要拍他，说寄给阿母看。导演让摄像用空机子哄他……”

“洪根生真够义气哦！”路长功嘴角露出一丝讥讽的微笑。

“可不是？他对傅友诚可真好，昨天晚上有个‘退辅会’办的座谈会，他还特地带傅友诚去，帮他打扮得人模人样。”

路长功眉头一皱：“座谈会？”他抓起电话，“给我接‘退辅会’。”

洪根生回到家，见网市坐在竹制茶桌边和晓梅、友诚嗑瓜子聊天。网市叹息道：“就差一个晓雄了，要不这一家人就齐了。”她突然生气地瞪了洪根生一眼：“你哦，从来也不关心晓雄，嘴里不是董家强就是朱晋的老娘，什么时候听你念过儿子？”

洪根生理亏，不吭气。傅友诚插嘴：“有啊，有啊！嫂子，我们班长天天都在想儿子。”

洪根生一听，顿时精神起来，底气十足地看着网市：“你听听，你听听，小傅算是说了句公道话了！”网市撇撇嘴：“小傅还不是帮你说话。”

傅友诚滔滔不绝地说：“有一天，班长喝多了，抱着我哭，我问他哭什么，他说想儿子。”

网市有些感动：“真的哦？”她提起茶壶为洪根生斟了一杯茶。傅友诚受到鼓励更来劲了：“那天在八百黑店里，班长还说，他这辈子最对不起的就是自己的儿子。他说，儿子刚生下来，他就走了，连名字都没来得及起……”

洪根生一颤，网市顿时明白洪根生说的是江西老家那个儿子，她恶狠狠地瞪了洪根生一眼，起身跑入屋内。

洪根生哀叹道：“完了，完了，今晚又得跟友诚挤一夜。”晓梅追入屋内去劝解她阿母。傅友诚向洪根生邀功：“班长，我说得好吧？”洪根生欲哭无泪：“好，你说得太好了，老子上辈子欠了你的啊，这辈子你这样来报答我？”

傅友诚认真地握住洪根生的手：“班长，你不用谢我了，我都不好意思。”

根生把傅友诚带到废家电回收场，耐心地教他说话：“记住了，不能光说‘儿子’，要说晓雄。”

傅友诚说：“班长放心，要跟嫂子说，班长想晓雄，牵挂晓雄，一整天念叨晓雄。班长想念晓雄，经常掉眼泪。”

洪根生满意地笑了：“记住了，网市再问你，你就这么说。好，你回去吧！”

傅友诚从废冰箱上站起来，走了几步忽又回过头来转身问：“班长，老家那个儿子，不是你亲生的吗？不然你怎么不想念他？”洪根生被戳到痛处，发起火来：“你哪来那么多话啊？叫你怎么说，你就怎么说！不该问的，就别问！”

傅友诚听话地走开了，洪根生心情沮丧地坐着。妈的！自己的儿子，想一下都不可以啊？

回到眷村，傅友诚看见网市正在洗碗，便依着班长教他的话说了：“刚才班长好几次说到晓雄都哭了。”网市抿嘴一笑：“这死老头，算他有良心！”傅友诚更来劲了：“嫂子，班长是个好爸爸哎，老家那个儿子，他想都不想哎。”晓梅慌忙打岔：“友诚……我爸有没有夸过我阿母？”

“夸了，夸了！班长说，他老婆是天下最漂亮的女人。他还说你是村花呢！

班长说当年追你的人很多，他是抢破头才抢到手的。"

网市窃喜，谦虚道："也不是啦，四五个人追而已啦。"

"班长说了，你本来喜欢一个姓马的，那个姓马的比班长还帅，又高又大。班长说他跟嫂子拜天地的时候，姓马的还闹自杀哎，好痴心哦!"

网市脸色一沉："原来他说的女人是上晓起村的那个。小傅，班长说全村最漂亮的就是这个女人?"傅友诚拍手道："对啊，班长说了，当年嫂子大辫子一甩，把他的魂都勾去了。一直到今天，他做梦都忘不了。"

晓梅绝望了，恨不得把傅友诚的嘴缝起来。网市面色铁青把洗碗布一扔："晓梅，告诉你爸，不用回来吃饭，我不做了。"

晓梅没时间劝慰阿母，曹妈刚刚打来电话，说余夫人有点不好，晓梅急着要去给余夫人检查。见晓梅要出门，傅友诚追上去，递给她一把雨伞。晓梅笑起来："天又没下雨，拿伞做什么?"

"给你遮太阳，这样你的皮肤才不会晒黑啊，才够水啊!"晓梅看着这把男人用的大黑伞，哭笑不得，但还是接过来撑开："谢谢你，太阳全挡住了，真好用，我走了。"

傅友诚满脸笑容朝她招手："淑玲，过马路要小心哦，看到警总你就躲哦!"晓梅撑着伞走开，心里有点感动："人虽然傻掉了，可对淑玲的情义，一点不掺假啊。"

到了余夫人家，晓梅一看血压计，吓了一大跳，"夫人，这几天发生什么事了，你的血压这么高?"余夫人有气无力地说，接到魏永乐的电话，严奉仙查遍了本市的户籍档案，没有田夫的资料。"田夫在'文革'的时候受到冲击，被下放到农村，再无音讯，可能去世了!"尽管早有心理准备，余夫人还是一下子病倒了。晓梅满心同情："夫人，您千万要想开点，只是还没有找到人，并不一定不在人世了啊……"

余夫人惨笑："其实，我心里也没有抱太大的希望，都几十年了……晓梅，你给我打一剂强心针吧，这样才能让我忘记痛苦。我这几天总是全身发冷。"

晓梅摇摇头："夫人，您的身体状况不适合打强心针，不然我给夫人按摩一下吧。"余夫人闭上眼睛："按摩没用的。还是念念心经吧。观自在菩萨，行深般若波罗蜜多时，照见五蕴皆空，度一切苦厄。无无明，亦无无明尽，乃至无老死，亦无老死尽……”

庄力奇和曹梦把车停在大树不远的地方，在车内监视着守正家的动静。曹梦是警总的“暗探”，公开身份是眷村的义工。守正家里，美如一边为他整理行李一边唠叨：“没见过你这种疯子，桂芳刚生的时候，说要去看外孙，护照签证都办好了，舍不得钱，没去。现在说去就要去，那是美国哎，你以为是去高雄啊？”

杜守正低头摆弄着摄像机，赔笑道：“前两天做梦，梦见菩萨说我要是去看外孙，能给我们外孙添福寿。”

美如一脸讽刺：“你还给外孙添福寿？你们这种老芋仔，这辈子就够衰的了！”

杜守正被戳到痛处，强笑着岔开话题：“这机子很贵的，你藏好，这可是要拍咱外孙回来给你这个姥姥看的。我给你放在抽屉里哦。这可是个宝贝，不！它比宝贝还贵重。我到根生家一趟。”说着把摄像机放入抽屉，然后关好抽屉上了锁。

美如不以为然地接过钥匙，哪个小偷会到眷村偷东西？那真是昏了头了：“这都要出国了，多少事情要忙，你还要出去？”见美如生气，杜守正忙说：“我是去找根生拿钱，他说帮我出三分之一的路费。”一听说是去拿钱，美如大喜，向外推杜守正：“你们这些老芋仔还真讲义气。那你还在这里发什么呆？赶快去，赶快去！”

见杜守正推开门走出来，庄力奇大为兴奋：“曹梦，你看杜守正背的那个包，放不下摄像机，这说明那架摄像机留在家里。我去跟踪这个老芋仔，你去跟他老婆啦呱啦呱，想办法把录像带弄到手。”

曹梦自信地笑起来：“放心啦，我跟美如很熟的。”她敏捷地跳下车，朝美如家走去。美如正忙着往一口陈旧的大皮箱里放猪肉干、凤梨酥等准备给女儿解馋的台湾土特产。曹梦笑嘻嘻走进来：“嫂子在忙呢？”

美如赶紧拍拍双手站起来：“曹小姐来了？好久不见！”

“最近都在荣民之家帮忙，眷村这边就少来了。”美如倒了一杯水给她：“你真好心啊，这年头关心老芋仔的人越来越少了。”

“老兵对社会有贡献啊，我们不应该忘记哦。嫂子还记得住在南机场公寓的那个老魏吗？他要去菲律宾探亲，钱不够，我们组织大家捐款，送了他一架摄像机哎。你都没见过哦，是日本最新的产品啦。这么小，好神奇哎，你都没见过。”曹梦处心积虑把话题往摄像机上引。

美如不服气了：“见过，我们守正刚买了一架呢！”曹梦故意刺激她：“我说的是日本最新产品，台湾根本没有啦，你老公买的肯定是旧款啦。”美如按捺不住：“旧款？你等一下。”曹梦说：“不用看了啦，就是不一样啦！”

美如哪里听得进去，拿出钥匙把抽屉打开，取出摄像机，骄傲地递给曹梦：“是不是这一种啊？”曹梦装作吃惊的样子：“外形很像哎，里面是不是一样就不知道了。”美如洋洋得意：“里面？打开看看啊！”曹梦接过摄像机打开套子，左看右看，装出一副失败的样子：“比我说的那架还新哎，我都没见过。杜伯伯真的是有眼光哎！”

美如的虚荣心大大得到了满足：“老芋仔也买得起几样好东西的嘛，你慢慢看。”她回身去收拾皮箱，曹梦趁美如背对着她，迅速从自己包里拿出一盘录像带，换出了录像机里的带子，放入自己的皮包里。曹梦假装欣赏完了摄像机，递还美如：“嫂子小心收好哦，这是最新款的机子，很贵的！我不坐了，还要去别家走走，你忙吧。”

回到警总，庄力奇把录像带放给路长功看：“没有什么机密文件，也没有拍什么机场桥梁，就是邓丽君啦。但这不能证明他不想进‘匪区’，听说那边的人很喜欢邓丽君，邓丽君演唱会的录像带是老兵回乡最受欢迎的礼品。”

路长功仔细看了看带子：“这是买摄像机的赠品。关键是杜守正买摄像机的目的是什么。我查过了，那天‘退辅会’根本没有什么座谈会。会不会是这班人拍他们自己？杜守正没钱，但是他们几个人加在一起钱就够了。他们是不是集资让杜守正一人进入‘匪区’，替他们与家人联系，买摄像机是拍他们自己，是为了让杜守正拿去做相认的凭证。力奇，你上当了，一定还有另一盘录好的带子。”

杜守正到根生家取钱，见网市和晓梅都在，就说是去美国手头有点紧，向根生借点钱。晓梅一听说杜叔叔要去美国，感觉很奇怪：“桂芳姐嫁到美国好多年了，杜叔叔从来也没去过。”网市一副羡慕的口吻：“看外孙嘛。对了，你什么时候也学学桂芳，学她嫁个美国人，再给我生个外孙子。”

晓梅笑起来：“这怎么学啊？又不是随随便便找个男人嫁了就生了，也得找得到啊。”傅友诚突然从门帘伸进头来：“淑玲，我跟你生。”网市与晓梅忍不住都笑了。洪根生将傅友诚一把扯到外面：“你也想要吃天鹅肉？我问你，昨天我们去哪里了？”

“我们去‘退辅会’参加一个座谈会，谈眷村设备改善的事，是梁副主委主持的。昨天有人问我，我都是这么说的。”

洪根生满意地点点头：“小傅，行啊，一字不差，给你打一百分。”傅友诚开心地跑进里屋：“淑玲，我拿了一百分哎。”洪根生掏出一支烟，点燃，长长吐了一口。录像带是拍了，但能不能顺利带到大陆，还不知道，真是一种煎熬啊！

杜守正从洪根生家取了钱回来，便拿了钥匙直奔抽屉取出摄像机。美如翻着白眼：“没丢吧？回来也不看我一眼，就顾你的宝贝哦！”杜守正赔笑，打开摄像机，按下播放钮。摄像机的小屏幕上，一片雪花，没有画面。杜守正顿时紧张起来，取出录像带反复看了几遍，装作不经意地问：“美如啊，今天有谁来串门子？”

美如忙着熨衣服：“曹小姐啊，就是常在我们眷村服务的那个义工啊。”

杜守正疑惑起来：“她有什么事？”

“也没什么事啦，这个曹小姐也真可笑，她跟我吹说有一种新型摄像机，她以为我们这种家庭买不起。我就把摄像机拿给她看了。你没看到她的脸色哦，看到我们这架机子，她都呆住了，左看右看，不得不承认我们这架是最新款的！”

杜守正面色苍白，心中暗骂，这个蠢婆娘哦！嘴里问道：“还有别人来吗？”

“没有了，只有她一个。”美如将熨好的衣服展开看了看，满意地笑了。杜守正心里一紧，赶紧又回去找洪根生通报情况。洪根生听杜守正说完曹梦的事，也紧张起来：“我们拍的那盘带子呢？”杜守正指指自己的背包：“我随身藏着，当了一辈子兵，这点警惕性还是有的。”洪根生松了口气：“幸亏你警惕性高，要不然我们四个全完了。”

杜守正觉得不可思议：“这么一个小姑娘，居然也是警总的人？真是做梦也想不到啊！”洪根生气愤得不行：“他奶奶的！咱们一辈子为党国卖命，他们还不放心，花这么大力气对付我们。”

杜守正被这么一吓，打退堂鼓了：“根生，我看……这事……算了吧！警总已经盯上我了，要不，我们取消这次探亲，再找别的机会。”

洪根生担心：“你本来说去美国看外孙，曹梦偷看了录像带，你就不敢去了，这不是此地无银三百两，等于告诉警总我们做贼心虚吗？再说了，曹梦换走的是邓丽君演唱会的带子，那就说明你清白啊！”

杜守正稍微镇定了些：“哎……这么说也对哦，那还是去？”

洪根生又想了想：“我看还是先拖一阵子，等风声过了再说。守正，我虽然做梦都想知道家乡的情况，但我不能让你去冒这个险。就算警总知道了我们想回家又怎样，只要我们没有行动，他们就抓不住我们的把柄，难道还能判个‘想家罪’不成？他奶奶的！就想回老家探个亲，搞得跟做贼似的。鬼鬼祟祟地谋划这么久，我都觉得自己像‘匪谍’了！”

一听杜守正说不去美国了，美如目瞪口呆：“不去了？你这人……开什么玩笑嘛！”杜守正低着头像个做错事的孩子：“刚刚去了荣总检查，说我心脏有点问题，大夫说最好休息一段时间。”美如很不高兴：“你这人也真是的，净给我添麻烦，我都收了人家礼物了。你要去美国看女儿，眷村的人都送了礼，你要不去，我可怎么办？老杨家送了一只老母鸡，已经被我炖了香菇了。”

杜守正哭笑不得：“把咱家的大公鸡抓还给老杨得了。”

庄力奇发现杜守正刚刚把机票取消了，匆匆回到警总，把影印下来的机票交给路长功：“杜守正不是改期，而是把机票退了。退票要扣手续费，损失不少钱哦，看来他是铁了心不出去了。处座，看来我们白忙了一场。”庄力奇有点沮丧，觉得自己这是竹篮打水一场空。路长功半天没吭声，意味深长地看着庄力奇：“年轻人，做事不要太急功近利。办大案子虽然能立功受奖，能阻止罪案发生，这对国家，对社会岂不是更好？”庄力奇怔了，这他倒是没想过。

路长功起身去局长办公室，向老潘报告已经“成功吓阻一名老兵私入‘匪区’”。老潘听得双眉紧锁：“我看安排曹梦去偷录像带是一大败笔，你们打草惊蛇了。现在他们全都不敢动，我们拿他们就没办法了。也许得麻痹他们一下，再下一个大诱饵，我不信他们不上钩。”

路长功不以为然：“我们严查‘匪谍’，严惩私入‘匪区’的老兵，都是为了确保社会安全政局稳定，不能让他们动摇国本。既然他们知道畏惧，已经中止犯罪，我们的目的就达到了，为什么要多此一举，故意诱导他们犯罪呢?”

路长功投笔从戎之前，是学法律的，他相信“法不容情”，任何罪犯，无论多么“情有可原”，他处理起来也绝不心慈手软。他因此立功、受奖、升迁，也觉得当之无愧。但是主动构陷，引人入罪，则突破了他的底线。路长功冷血无情，但并不卑鄙。董家强的案子，他明知只是私入“匪区”，却有意往“匪谍”案上办，除了满足上司老潘的胃口，也是因为他觉得老兵回家的势头太猛，难以遏制，必须杀一儆百。面对岳知春悲愤的怒斥，他不是没有一点内疚。他知道这样的事不能做第二次了，否则他会永远失去老岳这个唯一的朋友。现在老潘想故伎重演，再制造一个“董家强”，路长功不想做帮凶了。

老潘哪里知道路长功的这些心思，他有些意外：“老路，你这是怎么了?以你的精明强干，你会看不出这个案子如果办成了，有多大的价值?杜守正虽然是一条小鱼，但他这次私入‘匪区’，不是个人行为，而是一个有组织有预谋的集体行为，一网小鱼就等于大鱼，这案子立马就升值好几倍了。如果到‘匪区’以后，他再与‘匪干’有来往，那我们就是破获了一个特大‘匪谍’案啊!”

路长功心里不由打了个寒战，他知道老潘心狠，没料到竟会这么狠，四个老兵的性命，十几口人的幸福，在他眼里不过是一网鱼，他可以毫不顾惜地用他们的血，染红自己的顶子。路长功想，一旦需要升迁路上的垫脚石，老潘也会毫不犹豫地在他身上踏上一只脚的。

老潘意识到自己失言了，不该把真实的想法暴露在下属面前。他看了路长功一眼，见路长功面无表情，不禁心生恨意：这个九尾狐，满口冠冕堂皇的大道理，引得自己失言，他却是滴水不漏。

几天后，台生和潘可人相约见面：“我爸爸对你爸爸不满了。”“我爸爸也对你爸爸有意见了。”好像这是他们等待已久的好消息似的，两个年轻人击掌相贺："不用演戏了，我们可以宣布分手了！"

网市又罢工了，洪根生只好到杜守正家蹭吃的。杜守正与美如、大芳围在桌边吃着，洪根生捧着饭碗，神情沮丧。杜守正责怪他："小傅脑子不好，你又不是不知道，哪能教他传话嘛？"

洪根生嘟囔道："我教得清清楚楚，他也说得清清楚楚，我才让他回家。开头挺好，结果他话一多，说着说着就说到阿茶了。平常网市是小火半天熄，中火一天熄，大火三天熄。这回呢？是冲天大火灾啊！"

美如插嘴道："你们这些老芋仔哦，真是没良心。几十年了，还想着老家那个黄脸婆！"

杜守正想说能不想吗，又怕挨骂，只好闭嘴。吃完饭，根生与守正开始泡茶，守正凑近根生耳边："最近都没有什么动静。"

洪根生总算开心一点："你那张机票一退，警总就相信你不想出国，更不会私入'匪区'了。"

杜守正压低声音："再过些日子，我悄悄走。"

"别急，别急！跟警总周旋要有足够的耐心。"

"其实现在回乡的人那么多，警总顾得过来？说不定已经盯上别人了。"正说着，美如在外头喊："'退辅会'来我们家送奖状了！守正，你被选为'荣民楷模'了！"

杜守正大喜："我？乖乖，天上掉馅饼了？"

美如拿着奖状眉飞色舞："整个眷村，只有你一个人得了这个奖。看看，看看，'退辅会'主委亲手颁发的奖状。"

这张奖状来得太及时了。"退辅会"给老兵颁发荣誉奖状，是要经警总审查核准的，守正能得这个奖，就说明警总的黑名单里没有守正的名字。洪根生浑身轻松拿起茶杯，以茶代酒："真不容易啊，干一杯！"

美如与惠芳在百货店里闲逛，商品琳琅满目。她们在一个饰品柜台停下，挑选着耳环。一个穿着制服的女职员捧着一个抽奖箱，跟在美如母女后面。庄力奇用眼睛一示意，女职员便捧着抽奖箱走到美如面前："您好，请问你们买了多少钱了?”

“三百八十一块。”

女职员笑靥如花:“超过三百块可以抽奖。头奖是来回美国的机票哦!试试你的运气吧。”美如兴奋起来:“这么好?”她迫不及待把手伸到抽奖箱内,突然又把手抽出,“惠芳,你来抽。我的手气太差了,这辈子抽奖连一个小奖也没抽中过,还是你来吧。”

惠芳便伸手取出一张抽奖券,正要打开,美如制止她:“等一下!”只见美如双手合十,喃喃念道:“观世音菩萨,土地公,上帝保佑!”惠芳笑起来:“阿母,你又是观音又是上帝,土洋神明都请来了?”美如瞪了女儿一眼:“多一个神明多一个机会嘛!”

惠芳打开抽奖券,眼睛突然直了,一动也不能动:头奖!她简直不敢相信自己的眼睛。美如尖叫着和女儿紧紧拥抱在一起。

母女俩欢天喜地回了家,惠芳献宝似的把抽奖券放到爸爸面前:“老爸,我抽头奖得来的机票哎!”美如瞪了女儿一眼:“土地公跟上帝是谁请来的?”母女二人都抢着要去美国,杜守正摆摆手:“奖券上面注明,限一星期内出发有效,限香港转机。你们连护照都没有,怎么去啊?现办也来不及了。你们两个都去不了,不用争了。我呢,护照、港签、美签都是现成的,只有我能去。我知道你们两个都有功,我从美国回来,给你们一人带一个皮包。”

美如很泄气:“你不是心脏有问题吗?”

“巧了,今天刚去做检查,一点事情也没有。老天爷就是要让我去!”杜守正洋洋得意。

杜守正喜气洋洋走在眷村的路上,洪根生与傅友诚走在他身边,有人招呼道:“老杜,要出国了?”傅友诚紧张起来:“不是啦,他是去酒家找小姐啦。”洪根生和杜守正忍不住大笑起来。天意啊,一切都是天意!杜守正把机票退了,老天又送给他一张机票,冥冥之中,老天就是要杜守正走这一趟!

杜守正感叹:“这是老家在召唤,老娘在召唤!老天爷,三十七年了,我……要回家了!”

几个人到了馒头铺,八百黑弄了几碟卤菜,倒了酒。傅友诚没动酒杯,呆呆想着什么,好久才开口:“你们说,香港有警总吗?老家有警总吗?”

八百黑一口喝干杯中酒："香港肯定没警总，那是别人的地头。老家更没有警总，老家欢迎咱们回去呢！班副很安全的，要不咱们怎么喝酒呢庆祝呢？"

傅友诚心中石头落地，举杯喝了一大口酒，呛得脸色都变了。洪根生劝道："不能喝就别喝了。"傅友诚大叫："再喝一杯，真高兴啊！"杜守正接过话："好，喝酒！两天后我就出发，今晚我们不醉不归。"

虽然遵命去给杜守正放了两个诱饵，但路长功的消极应对瞒不过老潘的法眼。"不知道这家伙什么时候悄悄变了，变得越来越像岳知春了。"他对路长功有点不放心，亲自把庄力奇叫进自己的办公室面授机宜。局长跨级召见，令庄力奇受宠若惊。他暗暗调整了自己的呼吸，紧张地等着局长发话。老潘仔细地问了杜守正他们的动态，庄力奇也详详细细地汇报了，老潘突然问道："力奇，杜守正认识你吗？"庄力奇想了想："应该不认识，我虽然负责他们这一片，但一直是便衣暗中监视的。"老潘满意地点点头："力奇，今天要交给你一项十分重要、十分艰巨的任务，希望你调动自己全部的精力与智慧完成它。做好了，回来以后我马上向上面推荐你当大队长。"

庄力奇心中大喜，就好像一个在黑夜里走路的人从狭长的隧道里出来突然看到了满天的星星。

老潘对庄力奇说，杜守正带着傅友诚、洪根生、八百黑及他自己的录像带，准备假借到美国探亲绕道香港，伺机进入"匪区"。任务就是跟紧杜守正，看杜守正在"匪区"里跟什么人接头，进行什么非法活动，搜集相关证据，回台湾后把杜守正等人一网打尽，弄成个惊天大案，那么，大队长的帽子就非他莫属。

庄力奇深知这个任务必定艰险无比。但不管多么艰险，他都要去做，因为他迫切需要机会，机会是通向成功的前提条件。有的人，一辈子都没有这样的机会，现在，机会来了，他一定好好把握住它。

要跟踪一个人，是一件相对简单的事情，庄力奇害怕的是万一他被大陆的"共匪"抓住该怎么办。在他所受到的教育中，"共匪"都是杀人不眨眼的魔头，庄力奇下定决心，无论"共匪"如何对他严刑拷打，他决不吐露半个字，必要时为党国献身，这样，他就成了义士，阿母就可以得到他的抚恤金，至少可以保证阿母下半辈子衣食无忧。

回到家，庄力奇兴冲冲地对阿母说他要到香港出差一个月。他向阿母隐瞒了跟踪杜守正进入大陆的事，一是任务秘密不能透露，二是怕阿母担忧。阿母没有追问他到香港要做什么，只是絮絮叨叨地嘱咐他出门在外万事要小心。她转身准备线香、寿金等一大堆供品，第二天一大早就到关公庙里为儿子求平安。阿母从庙里回来的时候，庄力奇拖着行李箱正准备出发。阿母把求来的一个平安符挂到儿子的脖子上，紧紧抱住儿子。庄力奇用力一挣，挣开了。他讨厌阿母一直把他当小孩子看，更不想有“生离死别”的感觉。他头也不回地离开了，心里想着，那些老兵当年离家也是这种情景吧！

庄力奇紧紧跟着杜守正上了飞机。杜守正坐在10排A座，庄力奇坐在同一排F座，见杜守正紧紧抱着旅行袋，庄力奇暗自好笑，这个老芋仔，大概手都抱酸了吧。没有人会抢他的东西，对他来说，那录像带是宝，对别人来说，一钱不值。出了机场，阳光灿烂，杜守正眯着眼睛看了一会儿太阳。他舍不得叫计程车，一路走一路询问宝岛宾馆的位置。慢慢走到僻静的路段，突然间，一只手抓住杜守正的背包，用力一扯，包带扯断，一个阿飞抓着抢来的背包快速逃离。杜守正愣了一下，很快反应过来，大喊：“抢劫啦!”庄力奇忙扔下自己的行李箱，快步追上阿飞拦住了他的去路。要知道，庄力奇是学校里的百米冠军。阿飞亮出一把匕首朝他大吼：“滚开!”庄力奇抓起地上一块砖头，舞了个漂亮的姿势。阿飞见势不妙，扔出背包就跑。杜守正绝望地大喊一声：“我的录像机!”声音凄厉。庄力奇奋不顾身冲过去，凌空接住背包，心说：这个笨蛋，演技真差，要是把包里的录像机摔坏了，这戏还怎么往下演!

杜守正气喘吁吁地赶来，庄力奇把背包交还给他：“阿伯，拿好哦！你一路上死死捂着包，人家还以为你包里藏着黄金呢!”

杜守正不好意思地笑了：“虽然不是黄金，但对我来说比黄金还要重要。”他感激地看着庄力奇，“今天要是没有你，我就完了……”

庄力奇趁机和杜守正套近乎，说他要到大陆去旅行，先去山东转一转。杜守正说什么也要请庄力奇吃一顿饭表示感谢，说他也要回山东老家，正好结伴走。庄力奇暗自高兴，拖着旅行箱跟着杜守正朝路边摊走去。杜守正为了表示感激之情，叫了蒜蓉粉丝蒸扇贝、辣椒炒老蛏、辣酒煮田螺、炒面和一盘热气腾腾的花蛤汤。老板厨艺不错，端上来的菜红是红，绿是绿，煞是好看。庄力奇早就饥肠辘辘，毫不客气大嚼起来。

杜守正结完账，两人一起朝宝岛宾馆走去。庄力奇猜老芋仔一定在懊悔自己舍不得叫计程车，结果却花了一顿饭钱，得不偿失。正在幸灾乐祸的时候，庄力奇的胃肠突然绞痛起来，从小他的胃肠就不好，同样的东西别人吃了没事他却闹肚子。今天大概是有些海鲜不够新鲜的缘故，庄力奇的冷汗马上沁满全身，再也没有力气走路，沿着墙根慢慢蹲了下来。现在，轮到他为自己的贪嘴付出代价了。庄力奇想，完了完了，要是自己病上两天，老芋仔自顾自走了，就再也追不上了，潘局一定会把他打入冷宫，更别说当什么大队长了。

庄力奇没想到杜守正不仅没有扔下他，还满怀愧疚，说自己本想好好感谢他，结果却害他得了急性胃肠炎。杜守正打电话请宝岛宾馆的魏永乐帮忙，把庄力奇送进了医院。打了点滴，跑了十几趟厕所，折腾了半夜，庄力奇昏昏沉沉睡着了。

第二天醒来，庄力奇看见杜守正脸上菊花般灿烂的笑容。他心头一松，啊，老芋仔还在。他半真半假地表示抱歉："阿伯，我拖累了你。你不是急着去办事吗？"杜守正说："力奇，你保住了我的命根子，我怎么能扔下你不管呢？"

这时，庄力奇才觉得满嘴发苦，全身软绵绵的没什么力气。杜守正给他买来了猪肝面线，他吃不下去。这时，他特别想吃稀饭，配阿母亲手腌的咸菜。杜守正听他说想吃稀饭咸菜，马上给他弄来。庄力奇夹了几筷子咸菜，放下了。那咸菜黑乎乎的，味儿怪怪的，一瞬间，他强烈思念起阿母的咸菜，强烈思念起阿母，他真想马上回台湾。庄力奇忽然觉得此行很荒谬，自己为什么不好好地呆在台湾，而是跟在这个人畜无害的老芋仔屁股后面转呢？庄力奇突然有点明白老芋仔为什么要冒着生命危险回大陆了。在家千般好，出门一时难。自己离家才几天啊，这就想家了，老芋仔他们，那是三十多年啊。就在他心软的时候，他突然想起了警总里那顶大队长的帽子。

在杜守正的精心照料下，两天后庄力奇又活蹦乱跳了。此时杜守正和庄力奇正站在罗湖桥边。罗湖桥下是湍急的深圳河，大桥另一端五星红旗迎风飘扬，老芋头指着前方："过了这大桥的中线，就是大陆了！"庄力奇看见杜守正的眼角沁出了浑浊的老泪，大口大口地喘着粗气，手脚有些痉挛，庄力奇紧紧扶着他以防他倒下——老芋仔啊老芋仔，我的前程全靠你了，你可千万不能倒下！

第八章　初探大陆

到了罗湖火车站，一列长长的火车刚好进站，车站工作人员敏捷地引导着人群。广播里抱歉地通知着另一趟列车晚点的消息，疲惫的旅客躁动起来，因为列车晚点的消息像长长的铁轨一样延长了回家的路。庄力奇在火车站时刻表上看到了开往济南的火车是下午三点。杜守正却摇摇头："我们不坐火车，坐大巴。"庄力奇有些疑惑，坐火车又快又舒服，还便宜，老芋仔昏了头吗？杜守正看出了他的疑惑："我不去山东，我要先去厦门。魏老板跟我说过，从深圳去厦门，坐大巴比坐火车快！"

庄力奇想，这老芋仔真是奇怪，跟家人离散几十年了，好不容易冒险进入了大陆，不先回自己的老家，反而先去一个疯了的老兵的家，难道这就是所谓"生死与共的战友之情"？庄力奇没打过仗，实在是不能理解。庄力奇迅速地为自己继续"跟踪"杜守正找理由，他装出一副热心的样子："杜伯，大巴站应该就在附近，我帮你找。我以前没来过大陆，都是听人家说哪里好玩就去哪里，你要去的地方反正我都没去过，都是新鲜地方，干脆我们还是结伴走。听说厦门很美的，我早就想去了。"

杜守正很激动："力奇，你这个小伙子是个热心肠，为了我，你自己的旅行计划都打乱了。"庄力奇差点儿失声大笑，就像听到一只公鸡真诚地向一只黄鼠狼道谢一样。

杜守正坐在长椅上候车，庄力奇用公共电话给警总通报情况："喂！九叔，我到深圳了，准备去厦门看表弟……"

大巴很快把他们送到了厦门。在庄力奇看来，厦门是一个既陌生又熟悉的城市，这里属于“匪区”，还是个什么特区，与金门一水之隔，却热闹繁华得多，这大大颠覆了庄力奇对大陆的认知，一切都显得那么新鲜。另一方面，走在厦门的大街小巷，红砖大厝随处可见，周遭空气中飘荡着纯正的闽南话音，仿佛又置身台湾，庄力奇这会儿也发挥他的语言优势，时不时地停步问路，终于顺利地摸到了傅厝巷。傅友诚家在三十三号，他们走到七号位置时，杜守正突然脸色煞白，全身像发疟疾一样颤抖。庄力奇扶住他，等他平静下来。现在，庄力奇有的是耐心，因为目标就牢牢地控制在他手里。同时，庄力奇也多了些同情心。他在宝岛宾馆养病那两天，杜守正为了方便照顾他，特意跟他睡同一个房间，结果不但没照顾到他什么，还大半夜的吵醒他好几次。杜守正有一次在噩梦中大喊大叫，庄力奇叫醒他，问他梦见什么了。他说梦见他的战友左眼、鼻子和上嘴唇都被子弹削掉了，身上是旧麻袋一样肮脏破烂的军服。战友眼泪汪汪地看着他：“救救我!”杜守正向他伸出手要去扶他，一枚炮弹炸开，战友不见了。庄力奇递给他一杯水，杜守正对他说：“力奇，你不知道，你也许看着我活得很苦，但我比起那些枉死的兄弟，不知幸运多少倍。我活下来了，就要还我欠下的债。”

到了三十三号，一扇木制大门紧闭，上面红色的油漆斑斑驳驳。杜守正躲在后面，庄力奇让他快点过来：“这就是傅家了，快进来!”

杜守正突然掉头就跑，庄力奇赶紧追了上去：“杜伯，你怎么啦?”杜守正嘴唇颤抖：“我……我怕。小傅是被我抓到台湾去的，我要怎么跟小傅的父母赔罪？我要怎么跟老人家说你们的儿子还在人世，只是他已经变成了疯子?”

庄力奇怔住了。老芋仔把人家儿子抓到了台湾，傅家老人是会把他撕成碎片的。不过，这也不完全是他的错，兵荒马乱的岁月，为了自保，很多人都做过错事。现在他给傅家老人带来了儿子的消息，将功补过，也许可以相逢一笑泯恩仇。

杜守正取下摄像机交给庄力奇，朝他双手作揖：“拜托你把这个放给小傅父母看，我在这儿等你。”庄力奇只好点点头。杜守正无力地在远处一个石阶上坐下，拿出一支烟和打火机。他双手直抖，庄力奇帮他把烟点上，然后走到三十三号轻轻叩门。没人开门，可庄力奇分明听见里面有唱歌的声音，他推开门，门内是一个院子，一棵石榴树上，挂满了像小灯笼一样的石榴。一个穿着戏服的女子，正在翩翩起舞，长袖飘飘，有如天仙。她的唱腔跟台湾歌仔戏的唱腔差不多，庄力奇都听得懂，他看得呆了。

杜守正一根接一根地吸烟。他心里挣扎了许久，终于把烟头一扔，站了起来。他望着大门，深深吸了口气，壮壮胆子，伸手推开大门。大门内，庄力奇正听得如痴如醉。杜守正很不高兴："力奇，你在干什么？"

庄力奇朝杜守正嘘了一声，把他拉出门外："太美啦！我想等她唱完再问啦！"

杜守正埋怨道："叫你来找人，你却听起戏来。我等了三十多年，再也等不了了！"

女子这时才发现了来人，从门内走出来："请问，你们找谁？"杜守正赶紧上前："我们找傅友诚的家人。"女人摇摇头："傅友诚？我不认识这个人。"

杜守正着急起来："这里不是傅厝巷三十三号吗？我一个台湾的朋友说，这里是他的家，他托我一定要找到他的家人。"

女子听他们说从台湾来，赶紧安慰他："老先生，您别着急。这里现在是白鹭歌仔戏团的排练场，歌仔戏团恢复才三年，之前是谁住这里我就不知道了。我带你们到派出所问问。"

杜守正一颤："派出所？不去，不去！"他是"非法"进来的，对警察避之不及，哪敢自投罗网。庄力奇也吓了一大跳，来之前，他就一直考虑着如何夹紧尾巴以免引起注意。他想，只要他不刺探军事情报，不惹是生非，应该可以顺利完成任务。他暗自庆幸老芋仔拒绝了去派出所的主意："小姐，我们不熟悉这里的环境，你能不能帮我们问问，我们可以给钱。"

女子嫣然一笑，露出两个深深的酒窝："不就是帮你们问个人吗，哪能要你们的钱？"庄力奇的心简直要掉进那两个酒窝里去了。杜守正夸女子真是个热心人，庄力奇趁机"请教小姐芳名"，得知她叫严奉仙。杜守正又夸庄力奇也是个热心的小伙子，夸他一路上怎么照顾自己。庄力奇第一次觉得老芋仔怎么这么顺眼这么可爱。

庄力奇和杜守正坐在一棵大榕树下一边聊天，一边等待。严奉仙到思明区派出所帮他们打听去了。等了大概半个小时，杜守正突然坐立不安起来：“力奇，我们还是走吧，我越看越不对劲，万一把我们逮进去，办一个什么罪名怎么办？你想想，她凭什么这么好心？又不要钱，又跑这么远？又进去了这么久？找不到人不要紧，别把咱俩搭进去。”

其实，庄力奇也等得心里发毛，他比杜守正更怕，杜守正不过是个老兵，大陆似乎还是欢迎他们的。庄力奇知道，自己的身份一旦暴露，那问题就严重了，按大陆的说法，他是“国民党特务”。想着严小姐笑靥如花的样子，庄力奇又觉得她单纯热情，不像是假意帮他们，实际上是去举报。正在迟疑着，杜守正起身就走，庄力奇只好追了上去。

庄力奇赶上杜守正，两人默默地走着，没有目的地，只是想离“派出所”这种令他们不安的地方远一点。后面突然传来摩托车的声音，两人扭头一看，一位年轻警察驾着一辆警用摩托车朝他们疾驶而来。杜守正失声道：“警察！”拔腿就要跑。庄力奇一把拉住杜守正，紧张得手心出汗。他知道，在这种情况下逃跑反而会引起警察的怀疑。警总训练的第一课，就是告诫他们遇事要镇定。

警车驶到他们面前停了下来，车的后座坐着严奉仙，她很惊讶：“杜先生，你们怎么走啦？”

庄力奇急中生智：“杜先生身体不舒服，想回饭店休息一下。”

“幸亏这位民警同志开车送我，不然你们走得这么快，我还真追不上你们了。”她朝民警一笑：“谢谢你，同志，您去忙您的事吧，查询结果由我来告诉他们就行了。”

民警说了声“不客气”就驾车离去。庄力奇和杜守正都松了口气。严奉仙转向他们：“老先生，派出所的同志找到傅友诚父母现在的住址了。你们跟我来。”杜守正又是一阵千恩万谢。于是，严奉仙在前面带路，杜守正和庄力奇跟着她，庄力奇还帮杜守正背起装摄像机的包，杜守正也没有拒绝。庄力奇暗喜，看来自己得到了老芋仔的完全信任了。

到了一户墙角伸出三角梅的人家，门半掩半开，门内站着一个手提喷水壶的中年女人，疑惑地望着来人。她身后的三角梅叶子湿漉漉的，显然浇花浇了一半。

严奉仙走上前去：“阿姨，您好，这两位台湾来的客人，说是傅友诚当兵时的副班长，要找傅友诚的家人。”

女人有些激动：“这么说，友诚当年真的是被国民党抓了壮丁。他人现在在台湾吗？这几年回来的老兵不少，我们一个个地去打听，都没有他的消息。”她说着说着哽咽起来，说不下去了。

杜守正有点困惑，看年龄她不可能是小傅的母亲，看她激烈的反应似乎又是小傅的至亲，可是小傅是独子，没听说他有姐妹啊。

庄力奇问：“请问傅友诚的父母在哪里？我们这里有傅友诚的录像带要让老人家看。请问你是小傅什么人？”

女人竭力忍住哭泣：“他们可能要过一会儿才能回来，录像能让我看一下吗？”

“不行，这带子只能给他父母看。”

女人颤抖着请求：“求求你们……我就看一下。看一下也不会坏。”严奉仙看不下去了，帮女人求情：“庄先生，看一下不要紧吧？”

严奉仙一求情，庄力奇马上心软了，点点头，放好带子，按下播放键。屏幕上出现傅友诚的脸：“阿母，阿爸，我在台湾很好，我找到淑玲了，你们还没见过淑玲呢，她是好女孩子，你们见了会喜欢的。”

女人突然爆发出一阵哭声：“友诚为什么说他找到我了呢？他已经有了新的女人吗？”

杜守正一下子明白了，这个女人就是刘淑玲——是傅友诚的同班同学，是傅友诚疯癫之后仍然念念不忘的初恋情人刘淑玲。确认了身份，杜守正一五一十地将傅友诚的经历告诉了淑玲，淑玲也说了傅家的情况。

傅友诚在一九四九年那个夏天忽然失踪之后，他的父母和淑玲都发了疯似的到处找他。淑玲不顾少女的羞涩，找到傅友诚的父母，问是不是家里反对友诚与她交往，把友诚关在了家里。在这最后一线希望破灭后，他们不得不面对这残酷的事实，傅友诚确实失踪了，很可能是被抓了壮丁。未来公婆和未来儿媳妇竟然是在这种情况下，第一次见面。毕竟没有确切的消息证明傅友诚的下落，淑玲固执地认为，也许在某一天，傅友诚会忽然出现在她的面前，所以一直等着他，一年一年岁月蹉跎，她没有嫁人。唯一的儿子失踪了，傅友诚的父母从此孤苦无依，淑玲就经常去看看两位老人家。两年前淑玲的双亲去世了，淑玲便把傅友诚的父母接到自己家里来，现在他们三人组成了一个独特的家，一位不曾过门的媳妇照顾着公婆。

在等待二老回家的时候，庄力奇看见杜守正上了五次厕所。他估计杜守正这是太紧张，其实一滴也尿不出来。他知道，在这个世上，杜守正最不得不见，又最怕见的人，就是傅友诚的父母。庄力奇安慰杜守正："别怕，老人家一定会原谅你的。"

两位老人家终于回来了。他们衣着虽然简朴，但是干净整洁，一看便知是有修养的人。见家中有客人，二老有些意外。淑玲指着杜守正告诉老人："爸，妈，他说他是友诚的副班长。"

老人家被这意外震惊了。三十多年，他们的儿子毫无音讯，他们原以为今生再也无法见到儿子了，没想到还能等到今天。

老夫妻老泪纵横，拉住杜守正的手："杜先生，你是我们家的大恩人!"三十多年前一夜之间骨肉分离，故园惊变悲天恸地。夫妻俩每年都要跟随上百名在那次兵灾中失去亲人的家庭成群结队来到海滩，遥对云海深处的海峡东岸，烧香化纸洒酒，不知亲人是死是活，只能遥寄。多少次，他们一声声呜咽呼唤亲人，只闻孤独的浪涛声声；多少回，他们一双双泪眼盼归舟，不见帆影只见云，只有海水默默地倾听着无数辛酸的往事。

杜守正尴尬得说不出话。庄力奇赶紧放录像带，傅友诚在向镜头招手："阿爸，阿母，你们看到我了吗？我到台湾了，这里很好，吃也不要钱，住也不要钱，穿衣服也不要钱……"傅母走到屏幕前，抚了抚儿子的脸庞："阿诚也老了。"

傅友诚继续说："对了，我还要告诉你们，我找到淑玲了。阿爸阿母，我知道你们不想我太早恋爱，所以还没有带她见过你们，可是我很爱她，我要娶她!"

老人家惊诧不已。淑玲泪流满面："阿爸，阿母，友诚他……他已经疯了!"

傅母哭喊起来："阿诚怎么会疯的？去台湾的老兵回来很多人啊，每个人都是好好的，为什么只有阿诚疯了？"

杜守正哇的一声哭了出来："我该死，我有罪，友诚就是我抓的。"他跪在老人家面前连连叩头。傅母抓住杜守正的胸前的衣襟使劲摇晃："你……你，友诚那时候还是个中学生，你怎么忍心？你为什么要抓我儿子？"庄力奇赶紧为杜守正解围："阿姨，他也是执行长官的命令，没有办法，到了部队，他一直很照顾傅友诚……"

傅父过来抱住老伴："牵手啊，不要哭，不要哭！阿诚还在人世，这就是老天爷给我们的恩典。没有这位杜先生，我们根本没有阿诚的消息，我们流的眼泪更多……阿诚还是幸运的，他没有战死，没有饿死，也没有病死，也没有缺胳膊少腿，我们应该高兴。"

傅母哭倒在老伴怀里。这时，杜守正突然趴在地上一动不动了，庄力奇赶紧将速效救心丸塞进杜守正嘴里，让他开水服下，救护车闪着红灯蓝灯一路呼啸着将杜守正送进了医院。

庄力奇心里乱糟糟的，充满了矛盾。他还是通过香港的线人如实向老潘反映了杜守正的情况。老潘说："你要好好照顾他，千万不要把杜守正变成董家强。"杜守正输了液正在昏睡。庄力奇只好趴在病床边小寐，第二天醒来全身骨头酸得不行。原以为是公费旅游，没想到吃了这么多的苦，庄力奇真想甩甩手回台湾算了。这时，淑玲提着一罐排骨汤来，一口一口喂杜守正喝。

杜守正夸淑玲："谢谢你！小傅有你这么一个女人，是他的福气。"

淑玲勉强一笑："杜先生，有件事我想拜托你。你回去以后，不要告诉友诚你见到了我。"

不单单杜守正傻了，庄力奇也傻了。淑玲继续说："他现在把晓梅当成我，他会安心待在台湾，如果知道我在这边，我怕他脑子犯糊涂，万一又要偷跑回来就太危险了。我不要他冒险，我要他平平安安地活着。他现在能够住在眷村，有你们这些兄弟朋友照顾……我就心安了。"

杜守正叹息头摇头，淑玲红着眼圈："老话说，欢喜做，甘愿受。"

庄力奇踱到窗边，假装看窗外的风景。哎，执行这次任务真是太不好受了，心里忽上忽下，还动不动被弄得要掉眼泪。他是一个执法者，他奉命卧底在"嫌犯"身边收集罪证，如今他的心，却一点一点地在偏向他所监视的"嫌犯"，这令他感到一丝隐隐的恐慌。

杜守正身体一好起来，就赶紧张罗着给傅友诚的父母拍录像，以便带回去给傅友诚看。老人家说，阿诚最喜欢鼓浪屿，我们到鼓浪屿去拍吧。鼓浪屿的风景美不胜收，金色的沙滩，绿树掩映的花园洋房……严奉仙这阵子没有演出任务，也陪同他们拍摄。庄力奇存着私心，将严奉仙也拍进了录像带里。她察觉到了，满脸红晕看了他一眼。

奉仙喜欢热心肠的人，一路上庄力奇陪着杜守正东奔西走，细心照顾他的病，无亲无故萍水相逢，能做到这样，令奉仙对这位来自对岸的年轻人十分敬佩。据庄力奇讲，他祖籍是厦门，和她也算是一家人了。“一家人”这三个字让严奉仙多了一些联想。

两位老人家手牵着手，对着摄影机说：“阿诚，我们看到你了！很高兴……好好保重身体，我身体很好，你阿母也很好，你呀，安安心心在眷村，要听班长的话，听副班长的话……”

杜守正急着要离开，他还要走很多地方呢。庄力奇极力撺掇杜守正在厦门多呆几天，他想多和严奉仙在一起，而且，厦门的海滩那么美，简直和台湾一模一样，他已经爱上了这个美丽的城市。杜守正根本不明白庄力奇的心思，他已经是归心似箭，要兑现自己的承诺，先去根生、八百黑家，然后他才能回自己的老家山东，时间很紧。庄力奇有苦难言，只好开始收拾行李。

外面响起了敲门声，严奉仙悦耳的声音随之响起：“力奇！”庄力奇先到浴室镜子前，扭开水龙头，用手沾了点水，把头发梳得油光发亮，然后摆出一副潇洒的姿势，缓缓把门打开。

没想到，严奉仙身边竟然还有三个男人，庄力奇被迎头泼了一盆冷水。严奉仙笑着介绍：“这位是报社的，这位是电视台的，这位是广播电台的。”三个男人纷纷跟庄力奇和杜守正打招呼。

庄力奇一惊：“奉仙，你什么意思？”

严奉仙浑然不觉，还是一脸灿烂的笑容：“来采访你啊。我联系了一整天，才联络到他们三位，他们是来报道你助人为乐的事迹的。”她示意三个记者可以开始采访了，庄力奇赶紧一手抢下照相机，一手捂住摄像机的镜头。严奉仙目瞪口呆：“我们是要表扬你，宣传你啊。”

“谁要你表扬？你征求过我的同意吗？”

三个记者尴尬地站在那里。庄力奇见严奉仙要哭了的表情，有点后悔自己语气太生硬，他把严奉仙拉到一边，小声说：“奉仙，我知道你是好心。可是我和杜先生私入匪……对不起，我是说私入大陆，在台湾那边是违法的，你们这里公开报道，万一要是被那边看到了，我们会有麻烦的。”

严奉仙忙道：“对不起，对不起，我没想到这一层。”她转身向三位记者道歉，“是我想得不周到，那么就不要报道了吧，让你们白跑一趟，真是对不起。”

三位记者连连说：“没关系，我们可以理解。”退了出去。

傅友诚的父亲母亲赶来为杜守正和庄力奇送行。傅母取出一块手帕打开，里面是一沓外汇券，说是给他们的路费。杜守正赶紧把钱推回去：“我有钱。你们留下来，买点好吃的，自己补一补。你们过日子也不容易，我要是收了钱一辈子良心不安。”傅父把钱接过来，不由分说塞到杜守正手里：“这钱，就算我给阿诚的，请继续帮我们好好照顾阿诚吧！”

庄力奇伸长脖子等待，上午，他态度粗暴地拒绝了严奉仙好意安排的采访，不知道她会不会生气。一直没有看到严奉仙的身影，庄力奇沮丧地上了面包车，关上车门。他们要去火车站。

杜守正自言自语：“奇怪，淑玲怎么没来送我们呢？”庄力奇心想，我要是淑玲，我也不来。对淑玲来说，我们带来的既是好消息也是悲惨的消息。她等了几十年，等来了一个疯子，而且这疯子早把另一个人当成她了，这叫她怎么承受得了？

他们进了火车站，呆住了。淑玲站在车站大门口，风吹着她的衣衫。她怎么会在这里？

“有些东西，不能给阿爸阿母看到。”她从挎包中取出一本很旧的笔记本，翻开本子，第一页贴着一张旧得发黄的照片：中学时期的友诚与淑玲，他们都穿着学生制服，那时候的淑玲果然跟晓梅很像。这是淑玲和傅友诚谈恋爱时共同写的日记，这是她和傅友诚的全部记忆。“阿伯，麻烦你把这日记交给友诚吧。”

杜守正突然问道："友诚的父母知道这本日记？"

淑玲点点头："昨晚我跟他们说了，他们都想留着这本日记。我想了一夜，一夜没睡，这本日记应该回到友诚手里，所以今天我避开阿爸阿母，单独在火车站等你们。这本日记对我很重要，对阿爸阿母很重要，对友诚更重要！阿爸阿母他们会明白的。"

杜守正默默接过日记本。庄力奇无语。这种沉重的场面总是让他感到压抑。

"请晓梅小姐陪着友诚一起看，请她……继续扮演我……"淑玲哽咽着说不下去了。

挥手跟淑玲告别后，上了车，庄力奇惊喜地发现了严奉仙在火车上："你怎么这么晚才来，还有一分钟就要开车了。"严奉仙笑而不语，火车缓缓启动，守正和庄力奇急了："奉仙，你下不了车了。"看他们着急的样子，严奉仙调皮地笑了，指了指放在脚下的行李："我不下车，我跟你们一起走。"

原来，严奉仙向团里提出建议，排一出反映台湾老兵返乡的新歌仔戏，得到了团里的批准，团里派她跟随杜守正的回乡之路，体验生活，为这出新戏做准备。

庄力奇因为这个意外的惊喜简直乐晕了。

月光下，列车奔驰在崇山峻岭之中。卧铺车厢内，旅客们大都东倒西歪睡着了。杜守正独自坐在窗前，望着窗外，看着飞掠而过的灯光像流星一般闪过。严奉仙的座位，不跟他们在一个车厢，庄力奇只好拿着摄像机，躺在卧铺上看。小屏幕中，奉仙开心地笑着，庄力奇却越看越惆怅。奉仙是"匪区"的人，他是要回台湾去的。奉仙能跟他回去吗？两个人会有结果吗？庄力奇越想越痛苦，恨不得揪断自己的头发。

下了火车，到根生家还有很长的路。蜿蜒的公路在山中盘绕，三人坐上一辆老旧长途客车，客车一路卷起高高的尘土。严奉仙顾不上山路颠簸，不断地赞叹："真是太美了。"正是油菜和肥田草开花的时节，遇到平地，公路两边就像铺上了绵延不断的锦缎似的，一片金黄，一片淡紫。遇到山地，则是层层的梯田，像一圈圈的彩带缠绕着小山。杜守正目不转睛地看着窗外："根生常常跟我说起他的老家，一层层的梯田，种稻子，种茶树，我一直想象不出是什么样子，今天总算看到了。江西真是鱼米之乡啊，哪像我们那儿穷山恶水，年年饥荒。”

庄力奇一路惊奇，他读书时的地理成绩不差，理论上他知道中国从南到北跨了多少纬度，从东到西跨了多少经度。但纸上得来终觉浅，在他的脑子里，没有关于大陆的直观印象。他想，厦门属于福建，福建与江西是邻省，两个离得最近的省，火车就要跑上一天一夜，一天一夜之后，景物已是天差地别，等到了北方的山东、山西，又会有多少令人惊奇的景象等着自己呢？庄力奇是台湾本地人，从小到大，台湾就是他所能感受到的“国土”的全部。这一趟见识了大陆广袤的土地，大江大河，庄力奇觉得心胸一下子变得广阔了，上司的喜怒，大队长的位置，他忽然觉得不那么重要了。

根生家实在太远了，坐完火车坐汽车，还有很长的红泥路。他们幸运地碰到了一辆拖拉机，听说他们要去上晓起村，年轻的女驾驶员爽快地把他们拉上了。庄力奇和杜守正两人在拖斗内随着车身一起左右颠簸，杜守正说他的老骨头快要颠散了。坐在前面的严奉仙倒是神态自若，庄力奇不禁夸她“真厉害”。严奉仙轻描淡写地说：“这有什么啊，我们送戏下乡，到基层慰问演出，比这更颠的路，我也走过。”

等他们下了拖拉机，庄力奇心里毛毛的，周围太安静了，天空被洗得瓦蓝瓦蓝的，望不到尽头的油菜花，一条清清的小溪，一点声音都没有。他们不是上当受骗了吧？他和杜守正走在青石板上，走了大概二十分钟，终于看见了一座座白墙黑瓦的徽派建筑，古色古香。这房子简直就像在山水画里，是电影里才有的嘛！还有一个大戏台，戏台基座是青石条，雕着龙凤鸟兽，比地面高出一米多，上边有四根上好的楠木做成的明柱，支撑着飞檐。屋脊陡立，比周围一般的民宅高出多半头，顶子是纯木结构的，彩绘的仙鹤看起来似乎要飞起来一样。其他三边墙壁刻着著名的戏曲故事，墙上是小空儿木制窗户，通透明亮。地面上平铺着红色大方砖。杜守正看得入了迷。

“同志们，冲啊！”一个半大男孩，拿着一枝木头枪，头上绑着毛巾，冷不防率领一批大小孩冲了过来，庄力奇和杜守正来不及反应，就被孩子们包围起来。

半大孩子严厉地问：“哪里来的？”

杜守正老老实实地回答："台湾来的。"

"台湾！"孩子们就像听到爆炸的声音，呆在了那里。

过了一会儿，半大孩子大声问："谁派你们来的？"

庄力奇赶紧答："洪根生先生派我们来的，要找李茶。"

半大孩子眼睛一亮："洪根生？那是我爷爷！我叫洪卫东。"他转头对孩子们挥挥手："游戏结束了，解散，解散。"小孩们一哄而散。洪卫东兴奋地带着杜守正一行人往家走，他大老远就喊："奶奶，爷爷从台湾派人找你来了！爷爷当大官了，一派就派了三个人来。"

或许是盼根生的消息盼得太久，一旦有了消息反而不敢相信，茶嫂从屋里出来，呆呆地看着来人。杜守正突然立正，向茶嫂敬礼："我是洪根生的战友，我叫杜守正。"

"根生没有死？根生还活着？"茶嫂突然蹲了下来，号啕大哭。卫东把奶奶扶起来："奶奶，你别光顾着哭啊。爷爷活着，派人来看我们，这是喜事啊！"

杜守正有些不敢相信自己的眼睛。在根生的描述中，茶嫂有着一根乌油油的大辫子，是位健壮而美丽的村姑，而眼前的茶嫂却皱纹丛生、满头白发，也不知道这个女人究竟吃了多少苦？他从背包里取出摄像机："阿茶嫂子，根生他一时还回不来，让我们拍了录像，等下你就可以看见他，他跟你说了好多话。"

卫东一阵惊喜："这是电影放映机吗？你们把我爷爷拍了电影了？"

严奉仙笑着跟卫东解释，是录像机，不过跟放电影差不多。

茶嫂哭过之后，擦干眼泪，吩咐孙子赶紧把建国找回来。卫东跑到田埂上大喊："爹，爹！台湾的爷爷派人回来了，还带来一架机器，爷爷就在机器里头说话呢。"卫东故意把声调抬高，好让所有的人都听见。田里，卫东的父亲洪建国与村民正在耕作，听到喊声，他抬起头来，乡亲们轰动了，议论纷纷。

建国匆匆上了田埂，大步往家里走。卫东跟着父亲走了两步，突然一怔，马向前正牵着一头牛不安地望着他："卫东，你刚才说的……是真的？"卫东同情地看着马向前："马公公，这种事能开玩笑吗？"马向前有些怀疑："你爷爷怎么不自己回来？"

卫东洋洋得意："这证明他当了大官了嘛！首长能随便行动吗？"卫东跑走

了，马向前牵着牛心情复杂地继续往前走。茶嫂家大门外，人头涌动，乡亲们挤得水泄不通，伸长脖子往大门内看热闹。卫东挤入人群，大声喊：“让一让，让一让！”

洪根生正在镜头里说话，他泪流满面：“爹是三月十五生人，娘是七月初八，每年这两个日子，孩儿都会到庙里点一盏灯，为爹娘添寿。”

建国低声道：“我爹还不知道爷爷奶奶不在了，还在跟他们说话呢。”

“下面，我跟我的老婆阿茶说几句。”屏幕突然没了影像，没电了。家里没有合适的插座，庄力奇拿着摄像机和建国一起到镇上找插座充电。

茶嫂泡了一杯茶给杜守正，见四下没人，悄声问道：“杜先生，我们根生，他……”茶嫂艰难地吞了口唾沫，“他在台湾……又娶了吧？”

杜守正无声地点了点头，茶嫂手中的茶杯落地，整个人摇摇晃晃坐不稳。杜守正赶紧上前扶住她：“阿茶嫂子，你没事吧？”

茶嫂无力地摇摇头，她嘴唇发紫，一大串泪水从她眼角滚落。根生离开时，她还年轻，是村里有名的一枝花，多少人打她的主意！大队、公社干部都看上她，甚至曾有一位到村里支农的部队连指导员，也托人说过媒。当初要是嫁了指导员，她就是军属！可她……这死心眼啊，革命军属不当，宁愿当蒋匪军属！“文化大革命”的时候，她挂着牌子游街，红卫兵把她押到台上，逼她表态和国民党匪兵洪根生划清界限，她吃了秤砣铁了心，咬定牙关，就是不肯表这个态……

卫东本来在大榆树下等候爸爸充电回来，马向前招手把他喊过去：“卫东，你帮我问问你奶奶，到底你爷爷在台湾娶了没有？”卫东摊摊手：“我问过了，奶奶说‘小孩子，这不是你该问的，去去去’。”卫东把茶嫂的口气学得还真有几分像，“马公公我看还是你自己去问她吧！”

建国他们去了老半天也没回来，杜守正就自己来到大榆树下溜达。马向前又凑上去向杜守正求证：“杜先生，根生在台湾娶老婆了吧？”

杜守正不知道他与根生是什么关系，觉得没有经过茶嫂的同意，不应该向外人泄露人家的隐私，就说：“你自己去问茶嫂吧。你跟根生很熟吗？”

马向前苦笑。何止是很熟，他和根生从小一起玩到大，两人都喜欢阿茶。两人约定，不管阿茶最后选择了谁，另一个都要大大方方地退出，两个人还是好兄弟。最后阿茶选了根生，新婚不久，根生被抽了壮丁，说是打完日本兵就回家，把家托付给了马向前。这么多年了，阿茶就这样傻傻地等着根生；而自己，就这么傻傻地等着阿茶。杜守正试探："根生人在台湾，这事会影响到茶嫂吧？"马向前顿时激动起来："影响？那叫连累！老公当了蒋匪军，这还了得？刚解放的时候，村干部就来做她思想工作，劝她办个离婚手续，那她就跟着娘家成分，算是贫农，可是阿茶就是不肯，她的爹妈怎么求她，她就要当洪根生的老婆。杜先生，你回去告诉洪根生，阿茶为他吃尽了苦头，他要是敢对不起阿茶，我头一个饶不了他。"

杜守正被震动了。女人的"傻"，真是让人想不到啊！他默默走回根生家，看到茶嫂正抱着一只鸡，抚摸羽毛。卫东嚷道："奶奶，你舍得啊？这鸡很能下蛋哦。"茶嫂嗔怪地看了孙子一眼："杜先生是你爷爷的好兄弟，是我们家的大恩人。庄先生和小严同志从那么远来，都是贵客，我们要好好招待，哪能连只鸡都舍不得。"

庄力奇和建国充好电回来了。大家蜂拥到摄像机前，杜守正却对大家说："这盘带子后面的内容，是根生专门录给茶嫂看的，大家散了吧。"严奉仙心中暗赞杜守正想得周到，庄力奇也没想到看上去头脑简单的一个老芋仔，还有这么缜密的心思。他是怕根生在众目睽睽之下，说出在台湾又娶了老婆，让茶嫂在众人面前难堪。

看热闹的乡亲散去了，村里与茶嫂家里沾点亲带点故的，男人们被邀请陪客人，女人们留下来帮忙张罗宴席。杀鸡剖鱼，淘米洗菜，家里头有一口井，装着木辘轳，长长的摇把，拴着个木水桶，水桶一会儿吱吱扭扭地摇上来，一会儿咕噜噜地放下去。许是风吹雨淋日晒的缘故，辘轳摇得有些吃力，茶嫂抹上一把黄腻的机油，辘轳又欢快地转了起来。

捞饭、压粉条、炸果子、炸油豆腐，还有烧肉、炸丸子，当然，还少不了一大盆菜糊，摆了满满一大席面呢，简直跟大过年似的。

丰盛的晚宴过后，茶嫂才问杜守正摄像机上的那些键是怎么用的，她生怕自己摁错。杜守正指着删除键叮嘱她千万不要摁这个键，不然影像就会被洗掉。茶嫂连连点头，关上门，今晚注定是个不眠之夜。她早上从房间里走出来时，发现一家子都聚集在一起，迫切地等待她发布录像带的内容。她笑起来：

“卫东啊，你爷爷不是将军，直到离开部队，他也只是一个副排长。”

卫东很失望，嘀咕了一声“小小排长还是副的”。建国悄悄打了儿子后脑勺一下，压低声音呵斥道：“你小子还敢势利眼？当不当官都是你爷爷！”

“建国啊，你阿爸让我告诉你，你生下来就没爸，是他对不起你。他不仅没照顾你，反而因为他人在台湾，让你吃了更多的苦，每次想到这些，你阿爸都很难受，他让我问你能不能原谅他。”建国含着泪连连点头，茶嫂紧紧握住儿子的手，两眼泪光闪闪。

马向前一直目光灼灼地望着茶嫂，茶嫂平静地看了看他：“根生跟我说，他一直是一个人，他一直在等我。”说完她拿着鸡食走出去喂鸡，大大小小的鸡争先恐后地围拢过来，茶嫂呆呆地站着，任由鸡啄食她手中的饲料。马向前一愣，他不死心，走到庄力奇面前：“小伙子，麻烦你，放给我看看。我想看看根生到底怎么跟阿茶说的！”卫东也过来纠缠：“我也想听听爷爷说话。爹，你也想亲耳听听爷爷跟你说的话吧？”庄力奇一摁录像机，没电。茶嫂看了一夜，把电全用完了。她是存心不让大家看。

没有旁人的时候，茶嫂悄悄走到杜守正身边，恳切地对他说：“杜大哥，我想请你帮个忙，不要跟我家人说根生在台湾有老婆。建国从小就没爹，现在好不容易联系上了，结果他爹在台湾又有自己的儿子，你说建国心里能好受吗？”杜守正摇摇头：“你不说出根生在台湾成了家，就不能再嫁人。你不想嫁，马向前怎么办？马向前的事卫东都告诉我了。录像带你也看了，根生的意思是要你别再等他。我看啊，你还是听根生的话，赶快嫁，你要是再这样下去，根生心里也是不安啊。”

“所以，我还得求你另一件事。回到台湾，见到根生，你就跟他说，我早就嫁人了。根生在台湾都有家了，有老婆，有儿女，如果他知道我没嫁，他就会一直想着我，他的台湾老婆会难过……杜大哥，千万拜托了！”

杜守正眼角发酸。茶嫂啊茶嫂，你怎么都在替别人着想？你就不为自己想想？

茶嫂一个人趺趺撞撞来到公公婆婆的坟前。坟上长满了青草，茶嫂跪在草丛中，用手抓着坟上的草，山风把她的头发吹得乱蓬蓬的。茶嫂激动地拍打着土坟："爹，妈，我在这里守着家，守着孩子，守着二老……给你们养老送终。根生呢……他在那边娶别的女人……你们给评评理啊，根生他怎么对得起我，我这个媳妇哪里做得不够啊，你们说啊！"太阳西沉，慢慢从山那边掉下去了。茶嫂知道，一天又过去了。三十几年的时间就是这样一天天过去的，她一天又一天重复着痛苦的日子，公婆坟头的草荣了又枯了，她在坟头栽下的一棵茶树都老了。

茶嫂花了很长时间才平静下来，她擦干眼泪回到家里，看见儿子孙子都是一副闷闷的神情。她知道儿子孙子为什么郁闷，即使他们把摄像机的电池充得饱饱的，也看不见什么了，因为她把录像带全洗了。

庄力奇、杜守正和严奉仙在一大片金黄的油菜花中散步。庄力奇真想不通，茶嫂既然这么思念洪根生，这带子上有洪根生，她怎么舍得洗掉呢？杜守正长叹一声："别看茶嫂不识字，她懂得妇道。"严奉仙说："倒也不是为了妇道，是为了爱，爱就是只要对方过得好，自己什么都舍得。"庄力奇默不作声。他真的搞不明白茶嫂爱的逻辑。在最苦最难的时候，都是马向前在照顾她，茶嫂就更应该跟马向前好啊！杜守正苦笑："她对马向前也不是全无情义，只是在根生没有确切消息之前，她内心只认自己是洪根生老婆，这个信念支撑了她三十几年，现在要她一下子改变，她一时没法接受。我们多帮帮马向前，多劝劝茶嫂，他两人要是好了，那是皆大欢喜。"

小溪边，马向前牵着牛，茶嫂走在他身边。马向前质问她："根生在台湾肯定娶了老婆了。他要是没娶，你就会给我看录像带。他娶了，你害怕大家看到才会把录像带洗掉。"茶嫂口吃起来："洗掉是……是我不小心按到的啦，我又不是故意的。"

第二天，杜守正拿着摄像机拍茶嫂。茶嫂故意把马向前喊来了，镜头里茶嫂和马向前边走边谈，看起来挺亲密。这是茶嫂不想让洪根生永远怀着内疚过日子，故意拍给他看的。这样，根生就会在台湾安心过日子了。

庄力奇觉得女人的想法他真是不懂。想想淑玲，想想茶嫂，老兵家里的女人都这么善良，她们等了几十年，一句抱怨的话也没有，都默默关心着自己的男人。再看看奉仙，都不知道掉过多少次眼泪了，眼睛都肿了。庄力奇想，能为别人的遭遇哭泣的，一定是善良的人。他不禁担忧，如果奉仙知道了他此行的任务，会伤害到这些值得敬佩和同情的人，奉仙对他会怎么想？

轮到拍建国的镜头了。建国穿着整齐的衣服，显得前所未有的正经，扣子一直扣到领口，他很不习惯，他手上拿着一张纸，紧张地照上面念着："尊敬的父亲大人，您好！我是您的儿子洪建国……"

卫东大笑起来："爹，你现在这样子说话，好像我们校长开全校大会的时候训话哦。"建国很为难："我这篇稿子就是请黄校长帮我写的，还给村长审查过。"

有人自告奋勇："校长村长写惯了报告，你不能跟自己的爸爸念报告啊！我来教你，你就这么说……"

这时，秀菊和邻居扛着一台缝纫机吃力地走进来，建国忙迎上前去帮手："这是谁家的缝纫机，你们搬别人家的东西来做什么？"

秀菊笑起来："是村长让搬的，他说，先摆在我们家充充场面。杜先生不是要把你们拍下来吗？村长说，我们家东西太少了，晓东家还有一辆自行车，多几辆好看嘛。"

建国傻掉了："怎么能欺骗我爹呢？"

秀菊安慰他："不能给老家丢脸啊。"

正拍着，一个赋春镇的老太太走过来，突然朝杜守正跪下："大哥，劳烦你帮我找一下我的男人。"杜守正赶紧要扶老太太起来："大姐你别这样……有话起来说。你老公也是在台湾当兵吗？"老太太执意不起来，要把话先说完，她含泪点头："他是拉壮丁走的。那天晚上，一群兵冲进屋里来，我男人左脚刚穿上一只布鞋就被抓走了，他右脚那只布鞋我还收着，盼望他早日回来，三十多年了，两只布鞋不能成双，我看一次这只布鞋就要掉一次眼泪。"

茶嫂忙帮着杜守正扶起老太太，严奉仙红着眼睛，默默地为老太太她整理凌乱的头发。茶嫂说："大姐，你就对着这机子，给你男人讲几句话。杜先生把拍下来的带子带回台湾去，放给那些老兵们看，说不定有认识你老公的人，说不定就是你老公看到了……"老太太絮絮叨叨没完没了，建国和卫东急得抓耳挠腮，卫东发牢骚："儿子孙子都还没拍呢，这奶奶脑筋坏了。"

杜守正对老太太说："大姐，你要先报一下家门牌，说说男人的大名，这样才能找到人。力奇，麻烦你重新再来过。"

庄力奇一遍一遍地重新拍摄，累得腰酸背疼，旁边还有三个差不多年纪的老太太在等着，她们都是闻风而动，从大老远跑来的。一个老太太好不容易打住了，第二个老太太又在摄像机前滔滔不绝：“我叫花二妹，家住江西省婺源县赋春镇水头村。我老公是冯家雄，他是一九四八年十月被拉壮丁走的，我公公名叫冯明通……”

茶嫂在旁边默默注视，她等了三十多年，最能理解这些老太太的心情，看到她们，就好像看到了自己。建国坐在大门石阶上抽着烟，卫东像热锅上的蚂蚁，在阿爸面前走过来走过去。建国阻止儿子：“你坐下来行不行？晃得我眼都花了。”卫东着急得不行：“奶奶这是做什么嘛？来个什么人都叫庄先生先拍。来个老太婆，奶奶就跟人家聊，聊完了就哭，人家没哭她先哭了。哭完了就拉人家拍录像，我这亲孙子到现在都没拍成呢！”

建国安慰儿子：“拍完她们就拍你。”卫东翘着个嘴，他最担心拍完老太太们，带子就用完了，没他的份了。

杜守正找个空隙叫马向前带他去根生爹娘的坟前，这一趟，既然是两位兄弟凑钱让他替大家探家，杜守正觉得，他有必要替他们向爹娘磕几个响头。坟前石碑又高又大，底座又宽又厚，一看就不是普通的墓碑。听马向前说，根生爹娘坟上的石碑是从南山运来的，村里不产石头，有，也是薄片子浆石，不要说刻碑，铺路年头一长，也就酥了。茶嫂是花了大钱把青石碑买回来。看看立碑的时间，青草长在根生爹娘的坟头已经十二年，青石碑已有些发黑，字上红色的油漆大多脱落，斑斑驳驳。

杜守正掬起一捧泥土，贪婪地闻着。记忆中的泥土是馨香的、温暖的，小时候他常常玩泥巴捏泥人，现在，他终于又回到了大陆，泥土的味道仍然没变，还是那么馨香、温暖。马向前将纸烟揉碎，捏着烟丝装进烟锅里，用嘴吹着纸媒子，点着烟，抽了起来。杜守正磕了头，马向前把他扶起来。杜守正说：“老马，我也代根生谢谢你！建国秀菊都跟我说了，这么多年都是你在照顾茶嫂一家。建国还说，‘文化大革命’的时候，你也因为是根生最好的朋友，受了连累。”

马向前摆摆手：“过去的事，不提它了。我和根生从小一起长大，替他照顾家人，是我们的约定，换成是我去当兵，根生也会替我照顾家人的。”杜守正感动地望着马向前："老马，我得跟你说一件事。那天你问我，根生在台湾娶了没有，我考虑到茶嫂的感受，没跟你说真话。这两天我看出来了，你是好人，茶嫂应该跟着你。根生在台湾早就娶了老婆，生了一儿一女。老马哥，我今儿代表根生求求你娶了茶嫂吧！"这虽然是马向前希望听到的消息，但马向前还是为茶嫂抱不平，他有些生气地说："根生太对不起阿茶了！"

"唉，这都是老天捉弄人啊。根生是硬汉子，部队刚到基隆的时候，我们都哭，只有他不掉一滴眼泪，可在眷村，每次跟我提到茶嫂，他都会掉泪……一个男人实在没办法过日子，这才成的家。临来的时候，根生对我说，如果茶嫂已经改嫁，他还安心一点。但他知道茶嫂的性子，所以一直很愧疚。"

马向前叹息："这个根生……"

杜守正握紧马向前的手："根生这辈子怕是回不来了，你能照顾茶嫂，不仅茶嫂有了倚靠，根生在台湾也能安心。"

"老杜，回去告诉根生，不管阿茶对我怎么样，这辈子我都会守着她，照顾她，不会让她受一点委屈……"马向前心情既欢喜又沉重。阿茶一直搪塞他，现在好了，根生已经再娶，阿茶就可以嫁给他了。跟杜守正聊完后，马向前立刻去找茶嫂："阿茶，你已经仁至义尽了，根生也说了，让你赶紧改嫁，别再等他了。这是杜先生告诉我的，是根生亲口交代他的。"

茶嫂久久不语，马向前苦笑，他知道，倔犟的阿茶可能是要根生当面跟她说"你嫁给别人吧"，她才会死心，才肯跟着自己过日子。这要等到猴年马月？望着茶嫂远去的背影，马向前在一望无际的油菜花地里发呆。微风过处，油菜花有如波浪起伏，马向前独自一人在小河边他与根生结拜的大树下，久久徘徊。

第九章　断水水更流

岳知春将军在美国探亲期间，心中仍然惦念着他的老部下们，一日打电话给洪根生，得知大家集资让杜守正以探望女儿和外孙的名义出境替几位老兵探家的事。岳知春大为吃惊："这段时间风声紧，我临走时不是嘱咐你们不要轻举妄动嘛，怎么这么沉不住气?"过后想想，他也能理解老兵们为什么等了三十多年，忽然就一天也等不下去了。都是因为朱晋老娘的去世，提醒了他们"岁月不等人"，再不行动，可能就要留下终生之憾了。

这次通话，令岳知春非常不安，他想打电话给路长功探探口风，看看警总有没有盯上杜守正，有没有打算利用这个案子大做文章，却又怕警总本来没有注意到杜守正他们的事，自己打电话一问，反倒是提醒了路长功。这个执法机器一旦知道此事，再想要他装没看见，几乎是不可能的。岳知春想知道整个事件的详情，好分析判断一下杜守正此行有没有危险，电话里三言两语又说不清楚。左思右想放心不下，岳知春决定提前返台。好在自己想在美国做的事，也都做到了，见到了赵彤，还打探到了路长功老家的一些情况。

岳知春一回到台湾，立刻招洪根生、八百黑来家里商议。洪根生、八百黑向岳将军报告了杜守正探亲之旅成行的来龙去脉。"本来已经中止行动了的，后来因为大芳和美如在超市购物中了一张机票……"

岳知春听得眉头越锁越紧："不妙，不妙啊!"洪根生和八百黑也紧张起来："将军，您看出什么问题了吗?"

岳知春分析："既然警总派人查看了你们摄像机里的带子，说明他们对杜守正此行的真实目的起了疑心。也难怪他们疑心，一个老兵去看外孙，要买这么贵的摄像机做什么？就算是要拍外孙，带回台湾给姥姥看，也应该是在美国买摄像机啊。这么蹊跷的事，警总怎么可能只因为一盘邓丽君的带子就完全解除怀疑呢？”

“是啊，”洪根生自责道，“我们怎么没有想到这一层呢？”

“接下来的事情就可疑了。警总偷看录像带打草惊蛇，吓得你们几个不敢行动，把机票退掉了，按道理案子就应该撤销了。可是守正却忽然被评上‘荣民楷模’，授予这项荣誉是要警总审查的，警总明明知道守正有私入‘匪区’的意向，为什么要批准给他授奖？为什么不迟不早，偏偏在这时候授奖？接下来，美如去商场购物，就中了一张机票，还正好是去美国的机票，还正好是由香港出境去美国的机票。世界上怎么会有这么巧的事？”

洪根生道：“将军的意思是说，这不是巧合，一切都是警总安排的？”

岳知春接着说：“你们想想看，‘退辅会’的表彰，给你们传达的是什么信息？警总没有怀疑老杜，让你们放心走；中奖又是达到什么目的呢，机票是限时间的，这是催你们赶快成行。而且刚才听你们说的，当时中奖的情形是，有一个人端着抽奖箱专门跟在美如身后。通常不是应该拿着购物发票去总台兑奖吗？”

“我们不过是几个普通老兵，防堵我们回家我可以理解，《戒严法》规定的嘛。可是警总为什么要花这么大的力气麻痹我们，引诱我们回家呢？”八百黑有些不解。

岳知春拍了拍八百黑的肩：“这正是我最担心的地方，他们花这么大的力气，说明他们想把这个案子办成‘匪谍案’。你们这是‘团伙作案’，对他们来说比董家强案的价值要高得多。”

洪根生气得捶自己的头：“这事都怪我，是我挑的头，是我鼓动守正和八百黑一起干的。如果真像将军分析的那样，那我就去自首，绝不连累他们两个！”

八百黑说：“有福同享，有难同当，我们三个人干的事，怎么能让你一人背，要自首我也算一个。”

将军赞赏地看了他们两个一眼，安慰道：“事情倒也没有那么糟，现在老兵们要求开放探亲的呼声越来越高，各眷村也经常有老兵组织向‘退辅会’请愿，找官员陈情，报纸电视台同情老兵的声音也渐渐地多起来。如果我们努力让这把火持续延烧下去，当局迫于压力，也许会做出一些让步的。”

“可那是远水解不了近渴啊，守正下一步要怎么办？他在大陆没办法跟我们联系，我们不知道他现在是什么情况，我们这边的情况也没办法告诉他。”洪根生真恨自己，都这把年纪了，头脑还这么简单，上了警总的当，把最好的朋友推到了危险之中。

将军安慰洪根生：“不怕。守正最后一站还是要去美国的。到了美国他一定会打电话回家，那时候如果这边有危险，我们就通知他待在美国暂时不要回来。他不回来证据就不会落到警总手里，警总拿不到证据对你们就没有办法。我马上去见路长功，探探他的口风。”

余夫人约路长功到家里，说有要事相谈。路长功一进客厅，就看到岳知春坐在那里，他颇感意外：“老岳你不是答应我好好待在美国吗？怎么这么快就回来了？”

岳知春冷笑道：“我为什么提前回来你心里还不清楚？我真想知道，你需要多少老兵兄弟的血，染红你的顶子。”

路长功不解其意：“这又是为了哪一出啊？”余夫人向来只提供场地，不介入他们的争议，忙说：“有话好好说，好好说，我去给你们炖点莲子汤，去去火。”

岳知春道：“老兵们思乡心切，有时做的事是违反了《戒严法》的规定，可是法理不外乎人情，我每每要求你网开一面，你都说你相信‘法不容情’，法律定得再不合理，也不是违法的理由，除非修改了法律。我们屡屡为此起冲突，可我心中敬你信守法律，没有怪你，没有骂你冷血。我没想到现在你会为了自己的前程和官帽，玩弄法律于股掌之上，故意诱人犯罪，做成大案。杜守正他们想回大陆老家探亲的事，你是知道的吧？人家被你们吓住了，退了机票取消行动你也是知道的吧？可你后来为什么又是授奖又是送机票故意引诱他们上钩？警总还真是肯下本钱啊！这是不是你们想再制造一个‘匪谍大案’，给自己的升迁增添砝码？一个董家强被你们害死了还不够吗？”

路长功辩解道："我知道有很多人背后骂我是冷血动物，可我并不嗜血！杜守正的案子，在他退掉机票之后，我就打算放弃了。可是老潘不肯放弃，他想要第二个董家强案。我知道这几个老兵是你的心尖子，我也不想你怪我，我心里也希望你的兵经得起诱惑，不要上当，好好过日子，不要铤而走险，闹得家破人亡的。可惜，他们还是上钩了，我也没办法。因为我对这个案子消极，老潘对我很不满，到后来他竟绕开我，自己直接指挥了。"

"这么说我错怪你了？那么，你肯不肯为撤销这个案子做些工作，好让我相信你的清白？"

"怎么可能撤销？我只能有一是一有二是二，我不故意夸大，不往'匪谍案'上做。'私入匪区'终究还是有罪的，难道让我装作不知道？"

岳知春叹了口气，他了解路长功，能做到这样，已经是这个执法机器的底线了，不能指望他太多。

这时，余夫人带着曹妈，端来了两碗莲子汤，岳将军和路长功各取一碗喝着，趁着这个机会，岳将军转换了话题："实话告诉你，我已经在美国见到了赵彤。"

路长功不屑："我不想知道这个变节分子的任何事。"

岳知春道："每次提到赵彤，你不是骂他变节分子，就是骂他动摇分子。其实，他从没有动摇，也从没有变节，他只是与我们信仰的主义不同。"

路长功大吃一惊："你是说，赵彤当年是共党的卧底？""没错。"

路长功还没从这个爆炸性消息的震惊中回过神来，岳知春又抛出了一个重磅炸弹："赵彤说，你家的田产当年确实被分掉了，但你父母和妹妹并没有遇害，你父亲是两年前才去世的，母亲还在。工厂、店铺后来变成公私合营了。近几年大陆落实政策，发还了你家的祖屋和一部分财产。你妹妹路长美和赵彤一样，现在是政协委员，他们还在一起开过会……"

路长功忽然高声打断了将军的话："我不信，我不信！这是赵彤那个'共匪'的统战阴谋，他老奸巨猾，当了那么多年的卧底都没被你我发现，你被洗脑了，我不会上当的……"

岳知春吃了一惊，随后理解地拍了拍路长功的背，他的手可以感觉到他剧烈的呼吸："我知道，这个消息太突然，你相信了全家遇害的传闻，仇恨在心里藏了这么多年，一下子改变是不可能的，谁都会这样的。你回去好好冷静一下，赵彤从我这里得知了你的消息，很快会告诉长美的。到时候你和家人联系上了，就一切都见分晓了。”

洪根生从将军家出来，一颗心又吊了起来。他带了三炷香到大榕树下持香祈祷：“土地公，算日子守正该到上晓起村了，见到我的爹娘，见到阿茶了，土地公啊，你要有灵有性，保佑我的爹娘身子康健，保佑我的阿茶……保佑她早点嫁人……千万别等着我……”身后突然传来晓梅的笑声：“阿爸，你拜错了，这是台湾的土地公，他还能管到江西？”洪根生被女儿吓了一大跳，呵斥道：“你懂什么？这土地公是神，神仙的本事那可大着呢！”

台生和潘可人“分手”之后，又开始偷偷和晓梅约会。为讨好晓梅，他主动收集警总中有关老兵们的情报，杜守正替老兵回家探亲的事，就是台生告诉晓梅的。晓梅当时就不满地对洪根生说：“爸，以后少干这种事。不回老家又怎么了？阿母在这里，我在这里，你的家在这里！你多想想这个家好不好？”看见爸爸那么想念大陆的家，晓梅心里也酸溜溜的，更别说阿母心里多么不好受了。

洪根生很痛苦：“这里是我家，那里也是我家。这里的家看得见，摸得着，那里的家只有在梦里才见得着，你说我能不想吗？女儿啊，我的老家也是你的老家啊！你身上流的是我们洪家的血，这血是从江西老家流过来的！”

晓梅有些生父亲的气：“想想也就可以了啦，干吗非要让守正叔回去？他出了事，你就跟着出事，全家人就跟着倒霉，我也跟着倒霉。”

今天看到老爸烧香，晓梅突然有些明白了：“守正叔到咱们江西老家了吧？”根生像犯错的学生一样低着头。晓梅叹口气：“阿爸，你把杜叔叔推到雷区去了。万一他要出了什么事，你怎么跟美如阿姨交代？”洪根生抱着侥幸的心理：“好多人去了老家，回来都没事，守正不会那么倒霉啦。”晓梅提醒他：“也有好多人回来就出事了！你忘了董家强？”正说着，美如迎面走来。晓梅赶紧打招呼：“美如阿姨，这么晚了，你去哪里？”

“唉，我到老董家去了一趟，可怜啊，董太太已经疯了。”

洪根生一颤。晓梅试探地问：“美如阿姨，要是杜叔叔回老家，你怕不怕？”

美如大惊：“呸呸呸！你这乌鸦嘴！我们老杜是去美国，亚美利加！他才不会回‘匪区’啦。”

晓梅很顽固：“万一他要回去了呢？”

美如被晓梅弄得紧张起来：“这话可不能乱说啊！晓梅，这要是被警总的人听到，就完了！老洪啊，你要管管你女儿。”根生答应不迭。美如走后，晓梅瞟了他一眼：“老爸，把守正叔叫回来吧。”

洪根生现在恨不得马上把杜守正叫回来，由他自己回大陆：“嘘，别那么大声。万一有谁听到，跑去警总告密那就惨了。”父女俩一起回家，网市正在补衣衫。洪根生坐到床上，呆呆看着网市。这个女人，跟着他二十几年了，他一件好衣衫也没给她买过，真是对不起她。现在自己还想着回江西老家看看阿茶，是不是太没有心肝了？

洪根生想探探老婆的口风，故意吞吞吐吐道：“我昨天晚上做了一个梦，梦见你回江西老家了。”网市一怔：“我回你老家？你做错梦了吧？”

“真的真的，你到我老家，看见了我爹，我娘，还见到阿茶了。”

网市冷笑：“你那个老牵手没把我杀了吧？”

洪根生赶紧摆手：“哪能呢，她还做了一锅菜糊给你吃呢。你一口气吃了两大碗。”网市冷笑。洪根生讷讷道：“网市，要是有一天，你们两个真见了面，你会不会做碗猪脚面线给她吃？”

“你想得美！她要是敢来，我就拿扫把把她赶走。你这个死没良心的，结婚十多年，孩子都生了，你都不肯跟我说实话。要不是小傅……”

根生叫苦不迭：“小傅那都是瞎说的，他脑袋不清楚嘛。”

网市心里烦闷，便去找美如聊天。美如正在择空心菜，见了网市便嚷：“你来得正好，我一肚子的心事呢。你看我们守正，去了美国，连个电话都没有。等他回来了，看我怎么收拾他。”

网市也从晓梅嘴里知道了老兵们的事，不敢告诉美如实情，只能打哈哈：“美国打回来很贵的，没事就不会打了。放心吧，守正那么老实，不像我们根生，一天到晚就想着老家那个老婆，气得我跟他吵了一架。”

美如笑起来：“你怕什么？吃什么醋嘛！你们根生想的那个阿茶还在‘匪

区’，你不用担心啦，不像我们守正，那些金丝猫可是伸手一抓一大把。”

网市有些疑惑：“你以前不是跟我说男人要看紧吗？”

美如教她：“那个阿茶的事，你管来做什么嘛！你只会让根生讨厌你。不但不管，你还要特别大方，就说你要给阿茶寄东西，还要去看阿茶，还要成全根生跟阿茶……”

网市跳起来：“美如，你这是要害我啊？”

美如诡秘一笑：“反正，阿茶在‘匪区’，根生也回不去，说什么都是空的。你做个顺水人情，让你们根生听得心里舒坦，会觉得你好，还会觉得对不起你，他的心就更会捏在你手上。”

网市眼睛一亮：“哎，我怎么没想到呢？”

回到家里，网市赶紧做了一大碗猪肝汤给老公送去。洪根生穿着工作服正在冲洗废冷气机，水柱喷得老高。他看起来心情不错，嘴里还哼着江西的山歌：“太阳出来照茶山，茶山姑娘赛天仙，见面叫我小哥哥，我就叫她小心肝，小心肝，小心肝……”看见网市的身影，他身体一颤，一不留神水管便到处乱喷。网市有些好笑：“唱什么小心肝啊？”她打开篮盖，取出一个便当盒，“猪肝汤，吃肝补肝嘛。”

洪根生很感动。自从两人为了阿茶经常闹别扭后，老婆已经很久没送汤到这里来了。网市似乎看穿了老公的心思，解释道：“前阵子家务太忙，一直没腾出手来，忘了关心你，不好意思啦。”

洪根生舀了一匙猪肝汤送进嘴里，哇，好久没喝到这么鲜的汤了。他赶紧也舀了一口送进老婆嘴里。网市好像变了一个人似的：“你是一家之主，你的身子要紧，要不阿茶见你又老又瘦，她会骂我的啦！”洪根生摸不清老婆葫芦里卖的究竟是什么药，他是不会轻易上当的：“提阿茶做什么？见不到了，见不到了。”

网市很认真：“呸呸呸！你这乌鸦嘴！我昨天到妈祖庙去上香，求了一支上上签。解签的说啊，阿茶会到台湾来。阿茶要是真到了台湾，我们就住在一起，她年纪比我大，我一定让她吃好，穿好，带她到处去玩。”

洪根生简直不敢相信自己的耳朵：“网市……你今天……好像……有点跟平常不一样哦？”网市故作轻松：“唉，难得我跟阿茶都能服侍你，这就是缘分嘛。真想姐姐啊，你想不想她?”

果然是下套来了。洪根生假装没听见，大口吃着猪肝转移话题：“这猪肝真好吃。”

晚上，趁着网市去美如家串门的时候，洪根生和晓梅抓紧时间聊些悄悄话。晓梅打开一瓶啤酒：“也许这时候，杜叔叔正在跟爷爷奶奶和大妈喝着酒呢。”

洪根生眼神都直了：“你爷爷奶奶看到我会哭死了，阿茶看到我会把我骂死了。”

晓梅叹息一声：“你在台湾又有了老婆孩子，我看大妈会哭死了。”

洪根生的眼圈红了。晓梅强笑：“好事啊，要好好庆祝！阿公阿嬷，大妈，还有大哥看到你了，知道你平平安安，他们会很欢喜。”洪根生又喝下一杯啤酒，他估计，阿茶看了他的录像带一定整晚睡不着。

网市和美如进来了，美如浑身颤抖望着他们。洪根生不安起来：“美如，出什么事了?”美如突然哇哇大哭：“我们守正去大陆了啦!”洪根生与晓梅面面相觑。原来，她的表舅昨天从旧金山去桂芳家找杜守正，到了才知道，杜守正根本没去美国。本来桂芳也帮着骗妈妈说爸爸在美国玩得高兴，都舍不得回家了。现在一看纸包不住火，这才跟表舅说了实话，表舅马上打电话告诉美如了。美如眼泪汪汪：“那个老董去了一趟‘匪区’，回来连命也没了!”洪根生安慰她：“反正又没人知道，你别担心啦。”

美如胡乱抹着眼泪：“警总那么厉害，万一他们知道了呢？你说……我去自首好不好？我听人家说，凡是去自首的，都会从宽处治。我在想，先去自首，也许能保住一家人。”

晓梅吓了一大跳：“你疯了？那都是骗人的。千万不能去自首，那么多人回老家，警总不一定会知道杜叔叔也回去了，你这一去自首，反而害了杜叔叔了。”

美如恐惧地睁着泪眼：“我怕呀。”

洪根生给她打气：“你不能怕，你怕就露馅了。你要装出没事一样，让人家以为守正真的在美国，记住了?”美如六神无主。见到美如这样子，洪根生内疚极了。

第二天，惠芳急匆匆来喊晓梅："赶紧到我家看看我妈。"晓梅慌不迭地背起急救箱跟着惠芳往她家跑。晓梅先帮美如量血压，血压计的水银柱猛往上蹿："美如阿姨，你的血压飙到二百二哎！你这样紧张很容易出事的。你又做噩梦了？梦是相反的啦，噩梦都是好兆头。"

美如恐惧地睁大双眼："我们守正完了。"她一大早到眷村办公室找会长，一眼就看到了那张逮捕杜守正的命令，她偷偷瞄了一眼后吓得拔腿就跑。

晓梅有些疑惑："会长给你看的？真要抓杜叔叔，他还会让你知道？"晓梅还是不大相信，"美如阿姨，我记得你识字不多哎！还是杜叔叔教你认了几个字。就你这水平，瞄上一眼你就知道那是要抓杜叔叔的逮捕令？"

美如争辩道："我是认识不了多少字啦！可是逮捕的'捕'字我认得，杜守正的'杜'字我也认得啊！晓梅，赶紧让你爸通知守正，让他千万别回来。"

晓梅赶紧给美如吃定心丸："好的，好的！我去通知杜叔叔。我这就去……你放心好了。"她拐到眷村办公室，一看那张美如说的逮捕令，忍不住笑了。她跟办公人员要了一张，马上回到美如家里。

美如吃惊地看着晓梅："你这么大胆，把逮捕令都偷来了？"

晓梅笑起来："什么逮捕令？你仔细看看，这是眷村举办母亲节活动的通知啦。这是杜甫的'甫'字，母亲节活动里头，有一项儿童合唱，要唱杜甫的诗啦。"

美如半信半疑，把通知拿过来左看右看。惠芳在旁边一再解释，美如才算相信了。

晓梅到余夫人家里为余夫人做定期检查，她看见路长功也在场，便装作漫不经心的样子把美如的笑话讲了。岳知春、余夫人、路长功三人听了都大笑不止。余夫人都笑出了眼泪："居然把杜甫当成逮捕姓杜的，真是笑死我了。"

路长功笑得茶水都泼出来了："这是'中华民国'最好笑的笑话。"

岳知春突然瞪了路长功一眼："老路，瞧瞧你们警总都把人吓成什么样了？行啊，制敌之道，攻心为上。眷村人都这么恐惧，这江山算是固若金汤了。这哪是什么笑话？这是最可悲的悲剧！"将军一直企图影响路长功，尽管失败了一次又一次，可他固执地认为路长功内心一定会有一块柔软的地方。尤其是从美国回来，向路长功传达了他的母亲和妹妹的消息后，将军时刻在观察路长功有没有软化的迹象。但是路长功宣称，在没有看到确切证据之前，他绝不相信赵彤这个“共匪”的话，一个字都不信。他一直不愿面对这个话题。

路长功微笑着对岳知春说：“我就知道你要借题发挥。悲剧从来不是任何个人造成的，那是历史的浩劫。就像大洪水一般，台湾就是诺亚方舟，这时候，只有同心同德，只有铁的纪律，才能保住方舟上的人。”

这几天，美如时时刻刻胆战心惊。她拿了香火，来到眷村边的大榕树下。树下砌了一块石头，上面刻着泰山石敢当。这是泰山的石神，泰山在山东，山东的事归它管吧。她要好好地拜一拜，让石神好好保佑她的守正。洪根生下班回来，刚好听到美如压低声音喃喃许愿：“保佑警总人耳朵聋掉，眼睛瞎掉，脑筋坏掉，完全不记得有杜守正这个人，拜托，拜托！”洪根生又好气又好笑，见美如虔诚地烧着香，他也蹲下来，取了三根香点上，拜了几拜。香头上的一点红，若明若暗，看着美如那张惊惧不安的脸，洪根生自责地咬了咬嘴唇。

回到家，见网市正在织毛衣，那花样太花哨，是他不喜欢的，正要说，网市一撇嘴：“不是给你织的，是给另一个男人织的。你有两个老婆，就不许我有两个男人？你不是有你的阿茶吗？你把她接来，这地方让给你们，我呀，搬到嘉义去住。”网市什么都好，就是这张嘴不好，利得像刀一样。

洪根生霎时把眼睛睁得铜铃一般大：“阿茶她不一样嘛……这么多年都没联络，我现在是一心一意守着你过日子，你搬到嘉义去，要跟谁住？”

网市噗嗤一声笑起来：“瞧你要吃人似的！给晓雄织的啦。晓雄现在在嘉义的修车厂，修车技术很好哦，师傅很喜欢他……对，他还寄了钱回来，说给你买酒喝。你这儿子这么有出息，你自己也要当个好老爸，千万别学杜守正。你看他，自己溜回‘匪区’去，丢下美如一个人担惊受怕。他还算半个美国人，有什么事就溜去美国，你呢，老婆、女儿、儿子这一家人都在台湾，千万别为了你那个阿茶昏了头，做出什么傻事来哦！”说实话，看到美如那副疑神疑鬼的样子，网市真害怕。她最怕根生也像守正那样不声不响地溜回老家去。所以，她要天天给老公打预防针。

洪根生苦笑：“我没那么糊涂，我当然顾着我们这个家啦。放心啦，我不会回大陆的。”

“你是不是又在骗我？结婚的时候你就骗我，你说你在大陆没老婆……我越想越有气啊。今天你给我说清楚！”

洪根生连连叫苦。又来了，又来了，什么话题网市都能转到这件事上。见网市一副咄咄逼人的样子，傅友诚站在门口敬礼：“报告班长，老崔说找你有急事。”洪根生简直像抓住了一根救命稻草：“急事？哦，快走！”他和傅友诚匆匆走出来。网市追在后面喊：“走也没用，回来也得跟我说清楚！”

刚走出一会儿，傅友诚就忍不住乐得哈哈大笑：“其实没事。班长，你忘了，那天你吩咐我，只要嫂子开骂，我就得进来报告有情况。班长的命令，我当然记得。”洪根生一阵惊喜：“想起来了，我都忘了，你还记得？好，好，好！以后就这么办！好小子，不傻嘛。”两人大笑着走开。

网市这阵子忙着给女儿介绍对象。好不容易等到洪根生回来，她早把上午的争吵忘了，她拿起一张照片问洪根生：“你看这个怎么样？”洪根生一边吃着烤番薯，凑近一看：“这是谁啊？”网市挺得意：“罗太太介绍的，说是在土地银行上班。银行哎，工作体面又有钱。”

洪根生眉头一皱：“这个不好，这小子，腮帮子没肉。腮帮子没肉，命不好，我们晓梅哪能嫁这样的老公？”网市瞪他一眼：“你腮帮子有肉吗？”洪根生摸了摸自己的腮帮子，确实没肉。他苦笑：“所以我的命才不好嘛，阿茶嫁我，我把她丢在老家。你嫁了我，我都没给你买过几件新衣衫。我这命就跟苦瓜似的……”

网市见触到洪根生痛处，强笑着把照片一扔：“这个去掉，你看看这个。这是江妈妈介绍的，她就是这么说的：是她外甥，特别善良。自己开了一家贸易公司，手下有七八十个人呢！”她把另一张照片拿给洪根生看。

洪根生高兴起来：“这个不错，一看就是疼老婆的样子。”

网市也跟着高兴起来：“人家在加拿大有三层房子。”

洪根生一怔：“那我们晓梅要是嫁过去，是不是得去加拿大？加拿大……得多远？女儿嫁过去就跟老杜女儿一样，几年也不回来……不行，我这辈子最后悔的就是把父母丢在老家，再也不能孝敬他们。骨肉分离的滋味我算是尝够了……不行，我的女儿不能离开我，不能离开她的父母。晓梅要嫁台湾人。”

洪根生把照片扔在一边。

网市沮丧起来："好吧，我也舍不得晓梅。我们再帮她找，会有的，会有的。"

洪根生颤抖着嘴唇："穷的也不要紧，只要对晓梅好，只要一家人在一起，在一起。"

台生晚上和晓梅约好在八百黑的馒头店碰头，然后去吃螃蟹。他穿上刚买的那套西装，把肩膀挺直，收了收腹肌，对着镜子左照右照，最后正了正领带，踮起脚尖想溜出去。路长功突然出现在他身后："台生，今晚家里有客人，人家特别想见你。"

"不行，晚上我约了人了。我约了几个朋友打球。"台生既心虚又丧气，这个警总爸爸，总会在不希望他出现的时候准时出现。这就是警总的特异功能吧？

路长功微笑："是你们华视的长官哦，你们长官来谈的就是你的事情。你不作陪，像话吗？"见儿子还想推托，路长功抛出了一个大馅饼，"我要拜托你们长官，把你调到戏剧组去。你不是整天想拍戏吗？你上次跑去给人家编导出主意拍《老兵》，人家很欣赏你哦。现在机会来了。"

台生大喜："真的？"老爸说的可是他梦寐以求的事。

"人家也忙，坐会儿就走，不会耽误你约会的。"路长功微笑。鱼儿这么快就上钩了，"待会儿把车给你用，行了吧？"下午，曹梦给他送来了一个文件袋。他打开一看，是晓梅和台生依偎在一起的照片。这小子，明修栈道暗度陈仓，差点儿把他骗了。不行，他得赶紧想个法子收拾这个不听话的小子。

晓梅悄悄从床上爬起来。她没有开电灯，只有淡淡的月光从窗口照进来。她利索地从窗口爬了出去。哎，台生大概已经等急了。洪根生与网市浑然不觉，他们坐在矮凳上一边看电视，一边聊着吴妈那个在荣总当医生的侄子。听吴妈说，这男孩子一心就是忙事业，连相亲的时间都没有。长得很好，有点像郑少秋，很懂事，又很有文化。洪根生笑起来："你怎么知道人家有没有文化？"

网市很认真:“我见过的，他戴着眼镜啊。”在网市眼里，戴眼镜的人肯定就是有文化的人。洪根生突然指着电视惊叫起来:“你看，那不是晓梅吗?”网市转身一看，新闻画面里有一座熊熊燃烧的房子，消防队拿着高压水枪正在紧张地灭火，一大堆人在旁边围观。“哪有?哪有晓梅?你头脑真的坏掉，晓梅明明在房间里睡觉。”她戳了一下根生的脑袋。

洪根生脸色变得煞白:“你看，是不是她!”网市定睛一看，火灾现场中果然出现了晓梅。人群把她挡在了外面，她惊慌地大叫，试图往里闯。

网市赶紧跑到晓梅卧室门外，推门，门从里面上闩，推不开。洪根生跑到屋外，扒开窗门，晓梅不在里面。洪根生只觉天旋地转:“起火的那间店……就是八百黑的店。要命啊，那是他全部家当啊!”

洪根生赶到现场，店里传来一声轻微的爆炸，晓梅发疯似的冲击封锁线，警察死死抓住她:“店里面的瓦斯桶爆炸了，太危险了。”洪根生一把抓住女儿:“你疯了，干吗往里跑?准备送死吗?”晓梅哭道:“台生在里面，我们约好的!”洪根生明白了，原来女儿和台生从来没有断过，他们一直在八百黑的馒头店里约会，怪不得女儿一直拒绝去相亲。

一名消防人员匆匆走过，根生凑上前去:“长官，查到着火原因了吗?”对方一脸严肃:“有人纵火，我们发现了汽油桶子。”洪根生不禁咬牙切齿，也不知是哪个王八蛋干的好事。八百黑到底得罪谁了?

台生在家里焦急地等待着华视的长官，不知为什么，华视长官却是迟迟未到，台生也不敢打电话催促。路长功与立苹坐在沙发上，他们也在看馒头店着火的新闻。路长功若无其事:“可能是人老了，忘了关火，不小心就烧起来了。”台生突然醒悟:所谓华视长官要来拜访，是他老爸找借口把他留在家里，避过这场火灾。他爸就是这场火灾的元凶。

外送回来的八百黑呆若木鸡:“怎么就烧了呢?怎么就烧了呢?”洪根生扶着他，生怕他倒下，安慰他:“你这店本来就快倒了，我都替你担心呢……烧了也好，大伙儿凑点钱，再盖间新的……”晓梅在旁边哭泣。台生，台生，也不知他怎么样了?失魂落魄的八百黑突然朝着晓梅发起火来:“我明明把火都灭了，是不是你们又生了火?”

洪根生连忙为女儿辩解:“我问过消防队了，是有人放火。”

八百黑喃喃道："我又没得罪人，为什么老天爷专门跟我过不去？"他突然跳了起来："坎肩，坎肩，我老娘给我缝的那件坎肩！没了……烧成灰了……那是我老娘留给我的唯一的东西……以后，看不到了……"

这时，台生飞奔而来，晓梅眼泪夺眶而出，二人紧紧相拥。台生气愤不已："这把火烧得我火大了，明天，咱们就到公园去见面，有本事他把公园烧了。"

烧焦的土墙上犹有燥热的气息，在这之前整整一个月没下过一滴雨了。太阳一天比一天毒，气温一天比一天高，太阳下山，气温还落不下。公园里到处都是人声，黑压压的，嘈杂杂的，到处都是人影，好像全世界的人都拥挤在这儿。台上放有免费的茶水。就在这天晚上，一场雷暴雨突然来临。天上没有乌云，刚才甚至还有一两颗星星，谁都没预想到一场雷暴雨突然下来，像是天地间上演了一场大阴谋。雷电愤怒地闪着，暴雨冲刷起一股股泥土的气息，能感觉到暴雨挟带来的凉意。对峙已久的高温天气终于结束了。台生和晓梅淋得像落汤鸡一样，晓梅的刘海湿漉漉地贴在额头上，显得格外妩媚动人。台生看了怦然心动，一把将晓梅紧紧地搂在怀里。馒头店烧了，台生和晓梅没有了约会的场所。台生下了一个重大的决心……

洪根生得知女儿还在暗中和台生来往，他生气地责备八百黑："他奶奶的，咱们一场兄弟，他们的事你还瞒着我？"

八百黑比他更生气："告诉你，你还会答应吗？他是路长功的儿子啊！得了吧，年轻人的事，咱们就少操心了。走吧，帮我看看，还能拣回些什么破烂。"

洪根生气哼哼地回到家里："我不能跟路长功结亲家啊！晓梅要做路家媳妇就不能做洪家的女儿，不听话就赶出去。"

网市心疼女儿："你胡说什么啊？晓梅这孩子，属牛的，那脾气也属牛。而且人家台生跟他爸可不一样，你也看见了。"

洪根生一拍桌子："他想娶晓梅，也行！让他登个报纸，跟路长功脱离父子关系。"

网市苦笑。女儿又不是千金小姐，人家凭啥做出这么大的牺牲？她劝洪根生别急，事情慢慢来。洪根生急得吹胡子瞪眼睛："我能不急吗？他俩在八百黑那里偷偷约会，已经好几个月了，你再不管，万一把孩子生下来……真有了孩子，那就是路长功的孙子。我女儿还帮他传宗接代？那不如让我去上吊。”

“呸呸呸！你把我们晓梅当成什么人了？”网市骂完又赶紧安慰根生，“不会啦，不会啦，你别急嘛，先吃片血压药。”

馒头铺被烧后，余夫人让台生与晓梅到自己家约会。这天晓梅来到余夫人家，发现台生还没到，夫人去购物了，客厅里坐着路长功。

晓梅吃了一惊，转身正要走开，路长功在后面唤她：“晓梅，进来吧。既来之则安之，夫人很快就回来了。”晓梅心虚地看看路长功，实在找不出理由不进去。只好硬着头皮说：“也好，我就等一等。”

路长功微笑：“晓雄跟小芳已经正式结婚了，你还不知道吧。”

晓梅一怔。阿弟结婚了，怎么没告诉家里？反而是路长功知道。路长功微笑着取出几张照片，晓雄与小芳身穿大红喜服，喜气洋洋的样子：“你不能怪晓雄，因为他怕吓到你！出席他婚礼的都是高雄、屏东一带的角头老大。不简单嘛，现在晓雄在江湖上名气很大，角头老大还跟新郎新娘敬酒呢。”晓梅心里一沉，阿弟变成这样，爸爸不知会多生气，妈妈不知会多伤心呢。

路长功的话越说越让晓梅目瞪口呆：“余夫人说，她现在身体越来越好了，看你兼着三分差实在辛苦，要我介绍一份薪资高的工作给你。我给你介绍一份屏东的工作，薪资比你现在高一倍，你还可以顺便管管晓雄！有一对政坛大佬退休在家，两位老人家托我找一个私人看护，就像你在余夫人这里做的一样，也就是量量血压，按时提醒一下服几片维他命的事。两位老人家还喜欢去国外度假，他们都会带着你……”

晓梅警觉地说：“我爸爸妈妈还要我照顾呢，为什么您一定要我去屏东？”

路长功板起脸，刚才的微笑全不见了：“因为我不喜欢台生来找你。你答应我不跟台生来往，可是你没做到。这样吧，薪资我再去谈，你理想中要多少钱？”

晓梅辩解道：“路先生，那是因为……”

“那是因为台生一直来缠着你？馒头店烧了，他就转到余夫人这边来和你见面。这我清楚，所以我并没有怪你，我就这么一个宝贝儿子，我怎么会不懂他的心呢？只要你在台北，他就会来找你，谁也拦不住。所以我只能想办法，请你离开台北。”

晓梅没想到路长功连他们在余夫人家约会的事也知道。警总太厉害了，她情不自禁地看了看茶几上晓雄婚礼的照片。

“不要误会，我不会拿晓雄来威胁你，今天，我不是以警总人员身份来跟你谈话，我只是以一个普通人的身份，一个父亲的身份……你好好想想，我先告辞了。”

晓梅揣着满腔心事回到家，把照片拿出来给爸妈看。洪根生戴上老花镜看着儿子的结婚照片，网市一脸喜悦，照片上的晓雄很帅气，简直就是第二个秦祥林。洪根生脸色一沉，摘下老花镜，把照片一甩：“臭小子！这么大的事，他就不先告诉老子？”晓梅赶紧把想好的说辞搬出来：“他们是在日本啦。阿弟他们公司的大头家带他和小芳去日本出差，正好碰上那天是日本一个什么节，说是那天结婚最好，大头家一高兴，就安排和小芳结婚，所有的钱都是他出呢。”

网市很激动：“大头家这么好？那结了婚总该回来了吧？要在眷村摆喜酒啊！”晓梅将路上编好的谎话搬了出来，说阿弟他们暂时还不能回来。大头家要在日本开分公司，让阿弟当总经理，阿弟要留在日本打拼。洪根生脸色稍微缓和：“你告诉晓雄，在日本闯事业可以，但是绝对不能入日本籍。他要是当了日本人，就别回来见我。”

晓梅将照片拿到美如阿姨家里，美如开心地望着照片：“小芳长大了，嫁人了！唉，晓雄瘦了，小芳倒是胖了呢。”

台生得知爸爸让晓梅离开台北到屏东工作，很气愤：“不要理他，我看他能把你怎么样。”

晓梅满怀忧虑：“你爸也许不会对我怎么样。可他只要对我弟弟搞点小动作，我弟弟就受不了了。晓雄现在混了黑道了。”晓梅想起弟弟就想哭，这个弟弟太不争气了。

台生很气愤：“你别怕，我去跟我爸摊牌，不准他动晓雄。他总是拿晓雄来威胁你，太卑鄙了！”

“你爸会听你的吗？也许哪一天说是黑道火并，晓雄横尸街头，你也怪不到警总。我惹不起警总。”晓梅悲伤不已。

路长功与立苹坐在沙发上看电视，台生回来了：“妈，我跟我们的经理说了，我请求调到屏东去。那边有一个记者站。”轻松得好像在谈论天气似的。立苹吃了一惊：“你跑到屏东去做什么记者？要当记者你也在台北当啊。”

台生一笑：“我喜欢屏东。”他走入自己房间，看都不看爸爸一眼。路长功对立苹强装笑脸：“我去劝劝他。”他走入儿子房间，轻轻把门关上。台生满脸挑衅地看着父亲：“你不要怪晓梅，你一开口，晓梅早就吓坏了，她明天一早就去辞职。”

路长功叹息一声：“所以你就要去屏东？你知不知道，爸爸所做的一切，都是为了你。”他望着高大的儿子，心中满是酸楚。自己和立苹辛辛苦苦把儿子养大，现在儿子一心向着晓梅，哪还想到父母？

台生不为所动：“晓梅也不准我去，她说我要是去了，你就会报复。也许是她弟弟，也许是她父母……OK！我知道，爸爸做的一切都是为了我，烧馒头店也是为了我，那首歌其实唱得不对，怎么能说世上只有妈妈好呢，应该唱世上只有爸爸好。”他满脸讥讽。

路长功再也按捺不住，怒斥道：“你闹够了没有？一个女人就把你搞成这样？你也太有出息了，我告诉你，我决不会让你跟晓梅在一起。”

台生轻蔑一笑：“你试试看，我们走着瞧！”

路长功大步走出，砰的一声关上房门。立苹小心翼翼问：“馒头店真的是你让人去干的？你怎么能干这种事呢？”

看着妻子那双温柔的大眼睛，路长功无法抵赖，他长叹一声：“我只是让人去吓唬吓唬八百黑，没想到那帮人自作主张……这把火把台生的火气也烧起来了。”立苹直念阿弥陀佛，老天在上，幸亏没烧死人。

立苹安慰老公：“好了好了，有什么事明天再说。”她扶着老公走向卧室准备休息。这时台生的房门吱呀一声打开了，夫妻俩停了下来，只见台生拎着一个旅行袋走出来。路长功眉头一皱，火气又升了上来。立苹吃惊地摁住儿子的旅行袋：“这么晚了，你要去哪里？”台生一笑：“我到晓梅家去住。我跟晓梅举行婚礼的时候，一定会发喜帖通知你们。”他目不转睛地看着爸爸，“如果晓梅家着了火，我不会跑出来，我会留在房子里面。”

立苹哭起来："长功，你快拉住儿子啊！"路长功脸色阴沉："趁早滚蛋！"台生大步流星走了出去，一眨眼就看不见他的背影。

听到敲门声，晓梅拉开大门，惊喜地发现台生背着旅行袋笑吟吟地望着她："请问，有房间出租吗？"晓梅领他到傅友诚的房间里，不放心地看着台生："你……真的不回家？"

"放心，我住在这儿，警总不会再来找你麻烦。屏东你也不用去了，我们能天天见面，不用像以前一样躲躲藏藏了，多好。"他又催促晓梅，"很晚了，你回去睡吧。在我们正式结婚之前，我绝不碰你。"在外面偷窥的洪根生满意地笑了。这小子，是个信得过的人。他轻手轻脚地回到了自己房里。

台生一挨到床铺就鼾声如雷。今天，他做出了人生中最重大的决定，在家里掀起了一场暴风雨，他真的累坏了。突然间，一双手掐住台生的脖子，台生简直要窒息，惊醒过来："傅友诚，你干什么？"

傅友诚睁着愤怒的双眼："你来干什么？是不是来跟我抢淑玲？"台生糊涂了，淑玲？哪个淑玲？傅友诚凶狠地望着他："你还跟我装蒜？"台生被掐得喘不过气来。晓梅吃惊地跑过来："友诚，你干什么？快放手！"傅友诚听话地把手松开了："他是来抢你的！"台生抚着自己的脖子，大口大口地喘气。

晓梅突然醒悟过来，急忙对傅友诚解释："你弄错啦，他是惠芳的男朋友。"

"真的？"傅友诚松了一口气，看着台生。晓梅跟台生使眼色，台生只好点点头。

因为老莫年龄大了，傅友诚又闲着没事干，近来大家经常让小傅替岳将军跑跑腿，有时住在将军家。今天将军让他送点莲雾给洪根生，他回来一看台生睡在他床上，马上生气了。

晓梅对傅友诚说，台生是自己人，傅友诚立正敬礼："是！"晓梅和台生哭笑不得。

傅友诚走后，晓梅向惊魂未定的台生详细解释了傅友诚以为她是淑玲的事，台生非常感动，同时又很忧虑："如果他一直当你是淑玲，我们怎么结婚啊？"晓梅其实也很发愁这件事，她只能寄希望于说不定哪一天傅友诚的病会突然好起来。

网市在卧室里绕着毛线球，洪根生双手帮她撑着毛线。网市心烦意乱，晓梅还没结婚，就找了个男的住到家里来，说出去很难听，可是看女儿这两天高兴的样子又不忍心让台生走。

网市跟洪根生商量："那你再想想，眷村谁家还有地方住？"

洪根生没有回答老婆的问题。以台生的收入，在外头租间房子也不成问题，他为什么跑到这里来挤？除了喜欢晓梅外，最重要的原因可能是怕路长功伤害他们。本来洪根生是坚决反对晓梅跟台生好的，现在他横下一条心：这个女婿他要定了！

网市觉得老公有些反常："你不是说不跟路长功结亲家吗？"

洪根生露出胜利的笑容："台生说了，他跟路长功脱离父子关系，他不是路长功的儿子了，我自然跟路长功也不是亲家。"

网市有些吃惊："啊？这孩子……"同时又感到有些欣慰，自己的女儿多有魅力啊。

台生完全成了晓梅的跟屁虫，只要是下班时间，晓梅走到哪，台生就跟到哪。今天晓梅要去买书，两人在公车站台等车。周围有眷村的人，三三两两或坐或站等着公车。晓梅与台生站在公车牌下，台生手上拿着一个塑料袋，他拿出豆浆，插上吸管递给晓梅。晓梅吸了一口，台生调皮地又插了一根吸管，与晓梅头碰头吸了起来："眷村的豆浆真香！"晓梅红着脸看了周围一眼，突然，她脸色一变，台生发现她表情不对，关切地问："怎么了？"晓梅低声道："你妈就在马路对面看我们呢。"台生转身望去，妈妈果然站在对面激动地看着他，她的身边停着一辆计程车。几天不见，妈妈憔悴了不少。母子二人隔着马路对视，大大小小的车辆在他们中间穿梭。晓梅催促道："赶紧过去看看你妈呀。"

台生犹豫着。马路中间车辆穿梭不停，立苹不敢直接冲过马路，急得直跺脚。这时，公车来了，在那一刹那间，台生突然跳上公车。晓梅一怔，台生朝她喊："赶紧上来！"晓梅朝他喊："赶紧下来！"这时，公车门关上了，晓梅又急又无奈。立苹焦急地望着马路对面，公车终于驶走，公车站只剩下晓梅一人。立苹脸色一沉，不顾一切冲过了马路。晓梅张嘴想解释："夫人，台生他……"立苹不等她说完，不容分说便打了晓梅一个大耳光："你竟然不让台生见我。”晓梅愣住了。傅友诚不知从哪里冒了出来，狠狠将立苹一推：“淑玲，别怕，有我呢!”立苹跌倒路边，一辆小汽车来不及刹车，撞到立苹，立苹发出一声惨叫。晓梅吓坏了，冲到路边，扶起立苹。立苹已经吓昏，小腿上全是血。晓梅冲傅友诚喊道：“快，送医院。”

立苹脸色苍白躺在病床上，她的小腿已经包扎好，路长功站在床的另一边怒视台生：“都怪你。你不跑到眷村去住，你妈会到那种地方去？她会遭到毒手吗?”

台生为晓梅辩护：“什么毒手？医生说妈只是擦破皮而已。明明是那个疯子嘛，你怎么栽赃给晓梅?”听到儿子为晓梅辩护，立苹气不打一处来。那傻子根本就是要把她推到车轮底下，没有被碾死，那是她命大。

路长功又是痛心又是生气：“什么叫栽赃？那车轮差一点点就压到你妈的脑袋。”

立苹见儿子一直护着晓梅，真是气疯了：“不是疯子推我的，是晓梅推的。”台生愣住了，他刚刚问过晓梅，晓梅说是傅友诚推的。“妈，我不跟你争这个，反正你心里明白!”路长功训斥儿子：“你怎么跟你妈说话的?”台生正要反驳，立苹摆摆手：“算了算了，不提这事了。台生，你今天就搬回家来，好吗?”

台生一梗脖子：“不搬!”

路长功怒极：“你不能住在一个谋杀犯家！我警告你，你要是不肯搬回来，一切后果，你自己负责。”

台生更生气了。晓梅怎么可能是谋杀犯呢？是啊，警总说谁是罪犯，谁敢说不是？他挑衅地看着爸爸：“晓梅是谋杀犯，警总打算怎么办？抓去枪毙？我也警告你，晓梅要是有个三长两短，我就杀了我自己。”

立苹慌了：“台生，你别乱来。”台生气愤地走了出去。路长功朝儿子的背影大骂：“臭小子，你是猪油蒙了心。你就等着吧，反正我没有你这个儿子。”立苹忧心忡忡，赶紧嘱咐老公：“长功，你可不能对那晓梅怎么样哦，反正我也没什么事，台生就让他在眷村住几天，住不惯了，他自然也就回来了，你千万不要冲动哦!”

路长功很泄气：“放心啦，我也就说说而已，我还能对一个小护士怎么样？

你老公又不是杀人魔王……”

晓梅从家里提了一罐大骨汤，匆匆从大门内走出，骑上自行车就往医院走。台生妈妈住院，她一直很内疚，这一住院，台生妈妈对她的印象更糟了，她必须用行动来挽回。大街上车流穿梭，晓梅在车阵中灵活地穿行。晓梅突然听到一连串不耐烦的喇叭声，她回头一看，一辆砂石车气势汹汹朝她开来。晓梅慌了，砂石车越追越近，晓梅情急之下来了个急转弯，拐到另一条交叉街道上，不料一辆小汽车疾驰而来，一下子撞到晓梅的自行车，晓梅飞了出去。

路长功正在警总上班，老潘等着他开会，他从抽屉里拿出资料，再把抽屉锁上。电话铃突然急促地响了，路长功顺手接起来：“路长功……什么？洪晓梅怎么了……我马上就去！”天哪，晓梅出了车祸，这下他跳进黄河也洗不清了！

等在他身边的曹梦不安地望着上司：“路先生，老潘还在等着您呢。”路长功头也不回：“告诉老潘，我请假。”他匆匆跑了出去。

眷村里，洪根生接到医院的电话面色惨白。网市一把鼻涕一把眼泪，洪根生又伤心又烦躁，冲老婆吼道：“哭什么？哭什么？”

网市哭叫道：“我早说叫你把路台生赶走，你就是不听，这下好了，路长功下毒手了。你这死老芋仔，你还我女儿，你赔我女儿！”

“你到底去不去医院啊？车子在外面等着呢。”洪根生没空跟她拉扯，他已经叫朱晋赶紧开车过来接他，他大步流星朝外走去。洪根生上了车，朱晋有些奇怪：“网市不去吗？”根生心烦意乱：“不管她了，光会哭，哭得我头都快炸了。她不去也好，去了只会给我添乱。”

朱晋叹息道：“根生，还是带网市一起去吧。晓梅在急救室呢，你怎么也得带她妈妈去看一看吧！”

洪根生心里一酸，推开车门下车，大步走回屋内。客厅里，网市悄无声息倒在地上，昏迷不醒。根生吓了一大跳，幸亏自己听了朱晋的话拐回来，不然后果不堪设想。他抱起网市，大声呼唤她，网市悠悠醒过来。洪根生把老婆放到床头靠着，自己去弄了一碗红糖水过来。他侍候老婆喝下红糖水，赶紧打电话叫医生上门输液，网市想起身却浑身无力：“你不要在这里啦，去晓梅那里。”洪根生眼睛里是从未有过的温柔：“晓梅那边我已经去过了。没事了，没事了，你就放心吧，一点皮肉伤而已。”网市不大相信：“真的没事了？你可别骗我。”

“骗你干吗？晓梅还跟我聊了很多话呢。”洪根生故作轻松。

网市眼睛一亮：“都能聊天了？……那你也不多陪陪女儿？把女儿一个人丢在病房里？”

洪根生趁机哄她：“她还叫我过来陪你呢……对了，她还让我跟你说，要你好好养病，要听医生的话，更要听我的话。来，乖乖把药水喝了。”他一手扶着网市，另一手拿着杯子喂她。药很苦，网市喝得直皱眉头，但为了早点好起来去看女儿，是黄连她也会毫不犹豫地吞下去。

医院里，奄奄一息的晓梅身上插着各种管子，头上包得只剩下一双眼睛露在外面。晓梅住在加护病房，为怕感染，禁止家属探视。台生站在外面，透过玻璃窗痛苦地望着。台生的身边，路长功无奈地望着，他焦急地向儿子解释：“台生，你要相信我，这决不是警总干的。”台生不理他，转身走开。路长功急忙追上他，语无伦次地解释：“我可以对天发誓，我绝对没有派人伤害晓梅！肇事车辆逃走了，但是有目击证人，一定能抓到司机的，到时候，你就会知道……”台生犹如耳聋一般，低着头默默走着，最后大步飞奔离去，路长功绝望地站着，他想，往日父子俩之间的争吵尚有回旋的余地，但这一次他可能彻底失去儿子了。

路长功愁眉苦脸地找到了岳知春，他要岳知春帮他在洪根生面前解释解释，台生说了，要是晓梅有个三长两短，他就不活了。一想起儿子的话，他就觉得后怕。宝贝儿子闹自杀，谁不紧张？

岳知春端上两杯冒着热气的咖啡，看着路长功，摇头道：“想不到堂堂警总大员，也有需要我这个草民的时候？奇怪了，你什么时候害怕洪根生了？我记得你威胁他做线人的时候，下手毫不留情，怎么今儿变得这么婆婆妈妈。”

路长功苦笑：“老岳，现在我不只怕台生想不开，我也怕洪根生想不开，我怕洪根生误会她女儿出事是我安排的。我知道这班老兵脾气都不好，洪根生一定会跑来找我的麻烦，杜守正这案子老潘办定了，我是帮不了你。你要不要帮我，由你决定。”一想起洪根生揍山猪的样子，路长功就头大如斗。他怕洪根生一时冲动，干了什么犯法的事，到时候被抓起来，台生又要怪到他头上。

岳知春叹息："你疼儿子，我疼部下，我这就去找根生。"路长功没料到老岳答应得这么爽快，路长功的眼睛湿润了。他以为岳知春会拿杜守正的案子逼他让步，岳知春似乎看穿了他的心思："我帮你，是因为我们之间的交情，这世上你只有我这个朋友，我能不帮你吗？至于我帮守正，那是我跟子弟兵之间的情义！你别想太多，这两件事一码归一码。"

三天了，晓梅依旧昏迷不醒。玻璃窗外，洪根生面色铁青："八百黑，你知道路长功家住哪儿吗？"站在他身边的八百黑浑身一颤："你要干吗？"

"我要一把火把他家烧了！你看看晓梅，你看看她，这都是路长功害的。我要不替她报仇，我还配当她爸吗？"洪根生咬牙切齿。

"你疯了？路长功的家烧得吗？"

洪根生瞪了他一眼："你的馒头店被烧的时候，你不也说要去放火烧路家？"

"我那是随便吹吹牛，你还当了真了？"八百黑真怕根生做出冲动的事来。

岳知春到医院探望晓梅，看见洪根生这么激动，把他按到椅子上坐下："我跟路长功几十年的交情，我知道他的为人。他有一个习惯，就是从来不伤害女人。他会让人放火烧了八百黑的店，但决不会叫人开车去撞晓梅。"

洪根生吹胡子瞪眼睛，根本控制不住自己的情绪："将军还要为他说话？"

岳知春宽容地看着洪根生，他很理解洪根生此时的心情："你跟我那么多年，知道我从来不乱说话。晓梅是太冤了！如果你一时冲动，进了牢房，那不是更冤？别以为那是你一个人的事，你是一家的主心骨，网市晓梅都不能没有你，你毁了，家也毁了！"

一番话说得洪根生低下了头。岳知春见说动了洪根生，心里特别安慰：守正快从大陆回来了，警总一直想把他们几个打成一个'通匪'组织，根生这边要是放了火，那正好给警总一个大好借口，说这些老兵就是那边派来放火的！根生还赖得掉？到时候，根生不是害了守正八百黑他们吗？

"将军……我知道了！可晓梅她这公道谁帮我讨？"洪根生满心的悲伤与无奈。

岳知春叹息。这些老兵被拉壮丁，这公道向谁讨？老兵离乡背井，几十年回不了家，这公道向谁讨？小傅成了疯子，他的公道又向谁讨？

洪根生绝望地诅咒："这世间，没公道！"

岳知春安慰他："这件事路长功欠我一个人情，也许他会对你们手下留情吧。"

洪根生冷笑起来："这个人，他还会手下留情？台生跟我说，警总的人都管他叫大鱼，纯粹的冷血动物。"

路长功接到了一个可以改变他们父子关系的重要电话："找到肇事司机了？太好了。在哪里审讯？……我马上就到！"这个该死的司机哟，他真是被他害惨了。路长功到交通局了解了情况后，马不停蹄赶到了医院。他满头大汗，激动地抓住儿子的手："那司机是个银行小职员，叫赵子明，在华南银行三民路分行工作，你不信打电话去问！这个赵子明去眷村见了洪根生了，跪地道歉，哭得洪根生都心软了，晓梅的母亲都原谅他了。"

台生冷笑："警总要找人来顶罪还不容易？你不如找个和尚出来，和尚慈悲为怀，不杀生，所以绝对不是有意要撞死晓梅的。你怎么做，我都不会相信你。"

路长功气急败坏："你讲点道理好不好？我到底要怎么做，你才会相信我呢？"

"馒头店那把火照亮了我的眼睛。你跟上帝祷告吧，保佑晓梅活下来，要不然，你就等着吧，这世上就没有路台生了！"台生一脸必死的神情。

路长功绝望地辩白："我只是让他们去教训一下八百黑，没想到他们竟然放火，这笔账算不到我头上。"台生决绝地转身离去。路长功默默看着儿子的背影，他好像一下子苍老了许多。良久，才有气无力地走出了医院。

惠芳也到医院看过晓梅，唉，晓梅也真倒霉，怎么就被车撞了呢？美如一听到晓梅被车撞了，马上说："肯定是警总的车撞的！你不要跟我说那是普通的车，你懂什么？警总还会开着警车，穿着制服去撞啊？当然是化装成上班族啦。惠芳，你记得明天上街，小心汽车。"

台生孤独一人坐在长长的走廊上。余夫人匆匆走了过来："我刚刚才知道。这个长功，也不告诉我一声？他怕我难过啊！晓梅呢？"台生强压着心底对爸爸的怒火，扶着余夫人走到玻璃窗前，晓梅依旧昏迷不醒。余夫人着急起来：

“医生怎么说？”她太疼爱晓梅这孩子了，晓梅带给她很多欢乐，上天怎么专门跟好人过不去呢？

“医生说，要是明天天亮，晓梅能醒过来，她的生命迹象就稳定了。”

余夫人坚定地说：“晓梅一定会醒过来的，我为她念一夜《药师经》，她一定会好的！”余夫人双手合十念念有词：“稽首三界尊，皈命十方佛，我今发宏愿，持此药师经。上报四重恩，下济三涂苦，若有见闻者，悉发菩提心……”台生见状，也双手合十祈祷起来。

立苹陷入了深深的恐惧之中：“那个晓梅会不会死啊？她要死了……台生他……长功，你跟医院说了，用最好的药，用进口的药，钱我们来付……”

路长功神色黯然躺在沙发上：“医院已经尽力在抢救了。哎，台生这小子，中邪了……”

立苹低头祈祷：“上帝……你保佑晓梅……只要她好好的……就算台生跟她结婚也没关系。”她的话让路长功不由一怔。

洪根生与网市在风中站着，两人都是愁容满面。网市满脸恐惧：“我昨天晚上做了一个梦，梦见棺材……”洪根生强笑：“梦是反的，梦见棺材就是好兆头！晓梅会没事的。”网市点了点头。其实，她一点信心也没有。这时傅友诚光着脚飞奔而来，神色极为激动：“班长，班长！台生从医院打电话到家里了。”

夫妻俩心里一颤，网市急切地问：“晓梅怎么样了？”傅友诚气喘吁吁：“他没说晓梅的事。”洪根生很失望：“不是晓梅的事，你跑什么嘛！”傅友诚笑眯眯的：“他说了淑玲的事。”

洪根生与网市一起逼近友诚：“淑玲怎么样了？”傅友诚手舞足蹈大叫：“淑玲活了，淑玲活了！”洪根生与网市一时都呆住，转而相拥着大哭起来。

路长功也接到了医生关于晓梅已经平安的电话，他颤抖着手缓缓放下话筒，全身瘫软，无力地喘息着。他掏出香烟和打火机，想抽支烟，可是手一直抖，打火机一直点不着。突然间，他想起更重要的事，扔下打火机香烟，手忙脚乱拨电话：“喂，立苹……晓梅没事了……没事了……”电话那边立苹喜极而泣。

医院里，晓梅虚弱地笑着。台生坐在床边，握着晓梅的手，含情脉脉看着晓梅。晓梅说："不能怪那个司机哦，我是被那辆砂石车吓到，才突然拐到那条街上去的，他肯定来不及刹车……"

台生不让她多说话："放心啦！那个赵子明本来要付医药费，你爸都没让他付。"

晓梅想着自己在加护病房躺了这么多天，费用一定不少，她想让台生到银行帮她把定存解约，交给爸爸付医疗费。台生笑眯眯的："医疗费早已有人付了，你猜猜是谁付的？"晓梅惊慌起来："是我爸吧？他是不是把房子抵押了？"

台生笑着摇摇头。晓梅又猜是台生付的，台生还是摇头："我说过我来付，你爸也不肯。"晓梅想来想去，总不会是傅友诚付的吧？傅友诚哪里有钱呢？她想破脑袋实在想不出是谁付的，台生才将谜底告诉她："是我爸。"

晓梅不安起来："怎么能让你爸付钱呢？"

台生笑起来："我跟你爸都找了院长，要他退了我爸的钱，可院长说，他不敢。因为我爸警告了他，如果敢收你爸和我的钱，警总就要……那个……"

第十章　庄力奇历奇

杜守正还得忍耐一段时间才能回自己的家，因为他要先去八百黑的山西老家。对杜守正这一点，庄力奇既有些同情，又有些敬佩。他们坐的长途汽车在群山之中行驶，卷起一大片烟尘。庄力奇吃惊地望着窗外：“一棵树都没有啊！这也叫山？这地方也能住人？”起伏的熟土堆，灰黄，稍稍发黑，生了一窝窝芨芨草和干黄蒿，贴地爬着些稀稀拉拉的绿色藤蔓，给人感觉也是蒙着一层黄土，干巴巴的，没有一点鲜活的感觉。

“八百黑跟我说过，他老家是七沟八梁九道坎。”杜守正是一副见惯不怪的模样。庄力奇再往窗外看去，车已驶在悬崖边上，庄力奇吓得脸都白了，要是司机一不小心，整车人就要掉到这万丈深渊下面去了。庄力奇吐吐舌头：“老杜，奉仙，你们不怕？”

严奉仙笑而不语，杜守正轻蔑地看了他一眼：“怕？你瞧瞧人家！”庄力奇回头看看周围的农民，一个个谈笑风生，他只能尴尬地笑笑。他知道是自己少见多怪了。

下了车，眼前是崎岖的山道。杜守正雇了一辆马车，车夫是个老手，他们很快在山道上颠簸向前了。庄力奇呻吟起来：“我的妈呀，这屁股受不了了。跟这马车比起来，婺源那拖拉机简直就是商务舱啊！”

杜守正有点抱歉的样子：“不好意思，本来以为可以带你旅游，没想到让你受这么大的苦。”颠得实在受不了了，庄力奇问车把式到红光村还有多远。车把式用鞭子一指：“你看到对面那座山吗？”庄力奇大喜：“那就是红光村？”

老人摇摇头："那是黄庄。过了黄庄再走二十里山路，就到红光村了。"

庄力奇一下仰面瘫倒在马车上……三个人灰头土脸地下了马车，又按车把式告诉他们的路线，爬了一段山路，终于看到有了人烟。他们拉住一位背着药箱匆匆向前走的年轻女子打听："请问，吕大娘家住在哪里？"姑娘看见他们完全不同于本地人的打扮，疑惑地问："你们是……""我们是从台湾来的……"杜守正刚说了一句，姑娘就向前面一间独立的小屋跑去，边跑边大声说："吕大娘，你千万挺住啊，你儿子从台湾回来看你了。"

他们跟着姑娘走进屋里，只见四个青年小伙子，正把一位用棉被盖得严严实实的老太太抬到一扇门板上。杜守正忙问："大娘的儿子是不是叫吕永达？"一位年轻人问道："你们就是从台湾来的人？"他看了看他们三人判断一下年龄，冲杜守正："你就是大娘的儿子吕永达吧？大娘快不行了，我们正准备抬她去县医院，你们跟着来吧。"

一路上，抬担架的四位男青年和背药箱的姑娘跟杜守正他们进行了简单的交谈，言语间都把杜守正当成了吕大娘的儿子，杜守正觉得三言两语无法解释，便没有去纠正这个误会。后来天渐渐黑了，道路难行，大家集中精力看路，不敢分心，一路无语到达了县医院。

经过一阵抢救，大娘悠悠醒转来，蠕动着嘴唇："告诉……八百黑……我想他……见不着他，我死了也合不上眼睛……"抬担架的四位年轻人回去了，只留下那位女村医照顾吕大娘。见她醒了，女村医推推杜守正："快喊娘啊！"杜守正张了张嘴，没喊出来。大娘却慢慢地睁开了眼，她定定地看着杜守正许久，眼光忽然暗了下去："是谁找你来骗我的？你不是八百黑。"

谁也没想到重病中的老太太还如此清醒，一时都愣住了。情急之下，庄力奇鬼使神差上前紧紧握住吕大娘的手："奶奶，他是杜伯，我爹的战友。我是吕永达的儿子，您的孙子啊！奶奶，原谅我，我来晚了！"

吕大娘的眼睛霎时亮了起来，村医好奇地打量着这个从天而降的孙子。输液瓶缓缓地滴着药液，吕大娘虚弱地躺在病床上，庄力奇坐在床前给老人家打"强心剂"："我爹在台湾开着馒头店，是连锁店哎！奶奶知道什么叫连锁店吗？连锁店就是一开十几家。到了台湾，只要一打听八百黑，没人不知道的！"吕大娘又是高兴又是生气："混账东西，他生意做这么大，怎么不来看我？他要是打仗死了也罢，穷得没路费也罢了，明明那么有钱，就是不回来，这个不孝子！”

庄力奇赶紧安慰：“奶奶，你别生气……这是因为台湾有规定，不能回大陆。”老人家眼睛一瞪：“那你怎么回来了？人家好多老兵也都回来了。”

“那都是偷偷回来的。奶奶，你放心啦！我爹让我先回来探探路，他随后就到。”

吕大娘睁大眼睛：“偷偷回来的，都是孝子！杨四郎盗令箭也要回宋营探母啊！”

接下来的一天，庄力奇编了许多瞎话，他让老人家赶紧养好身子，等“他爹”回来。吕大娘问孙子跟儿子怎么一点也不像，儿子那么黑，孙子这么白。庄力奇说因为他长得像妈妈。他还以“让老人家高兴高兴”的借口，把严奉仙领到“奶奶”床前，说这是她未来的孙媳妇，严奉仙只顾着感动得热泪涟涟，也没顾上抗议。事后，严奉仙也没有追究庄力奇擅自宣称“奉仙是我女朋友”的事，反而说庄力奇的所作所为令她很感动，庄力奇大喜，对自己的“编剧”才能甚是得意。

没想到，只坚持了一天，老人病情又恶化昏迷了。庄力奇冲出病房：“医生，护士，救人啊！”

坐在长椅上打瞌睡的杜守正也吓醒了。医生过来检查：“要马上手术。当然了，手术也不一定能挽救她的性命，不过不动手术，她熬不到天亮。你们家属赶紧签字吧。”庄力奇心慌地后退一步：“我不行，我不行！我辈份小啊！我应该有叔叔伯伯吧？长辈签字比较……那个……权威吧。”

“来不及了，你是她孙子，只有你签。”医生都有些生气了。庄力奇哪负得起这么大的责任？他只好结结巴巴地从实招来：“我……我这孙子……是假的，是为了哄老人家开心。”

医生愕然。这是个好心的骗子，没有哪个骗子会傻到骗一个五保户。医生也急了：“救人要紧……你签吧！就当你没说，我也没听见！”

庄力奇生平第一次遇到这样生死攸关的大事，支支吾吾道：“要不，杜伯你来签吧！你是八百黑的战友，我和八百黑八竿子都打不着……”

严奉仙说：“可是大娘她只认你啊！也许，老天爷安排你当老奶奶的孙子，就是要你来签这个字呢！”医生啪地将笔放到桌上：“孙子，签！再不签老人家就没气了！”

手术室的红灯好不容易熄灭了。庄力奇和杜守正赶紧站起来，护士推着担架床走出来，吕大娘插着各种管子，仍然昏迷不醒。医生摊摊手：“老人家癌细胞已经全面扩散，很抱歉，我们已经尽力了！”

杜守正急了：“医生，请你用最好的药。多少钱，我来付。请你一定救活大娘！”医生摇摇头，老人家上了年纪，全身器官已经衰竭了。

庄力奇设法找来一台电视，将摄像机接上。现在只有八百黑的声音能够救吕大娘了。庄力奇摁下了播放键。

八百黑苍凉的歌声从带子里传出来时，昏迷的吕大娘眼角滚下了一颗浑浊的泪珠，她微微睁开了双眼，庄力奇握住吕大娘在空中四处抓摸的手，吕大娘一下子就安静了，脸上绽放出笑容，就像一朵深秋的墨菊：“儿啊，你终于回来了……”她此时说话极为吃力，误把庄力奇当作八百黑了，庄力奇只能含糊应着。一会儿没了声息，又停了一会儿，吕大娘又说：“谁家在摊煎饼，新麦子磨的面，真香啊！我怕是再也不能帮你摊煎饼了……”她的思维和声音一样时断时续，旁边的人时不时前后顺序颠倒着听，还要慢慢揣摩，最后才能捕捉到她心底最想说的话。周围的人听了眼泪都流了下来，庄力奇哽咽道：“奶奶，我帮你摊煎饼，我爹教过我，我的手艺比我爹还好……”吕大娘的头此时已歪到了一边，用微弱的声音说着：“我看到你爹了，他在田里干活，也没人给他送饭，他好孤单啊……”一滴口水从吕大娘的嘴角流出来，像一根飘忽的银丝垂下来，但吕大娘却丝毫没有察觉，庄力奇颤抖着手帮吕大娘擦了。吕大娘用尽全身力气将庄力奇的手放到自己枯萎的唇上，无限留恋地触碰着，好像是遗失多年的珍贵的珠宝失而复得，那留恋的目光让庄力奇的心疼痛无比，他忽然觉得自己真的是这位老人的孙子，扑通一声跪到吕大娘床头失声痛哭。“奶奶……”，在庄力奇的声声呼唤中，吕大娘安详地闭上了眼睛，神情无比地满足。

终于可以回杜守正的老家了，他们三人坐上了去山东的火车。严奉仙趴在两排座位中间小茶几上，在笔记本上写着这几天的见闻，经常写着写着滴下泪来，庄力奇看着她梨花带雨的美丽的脸，不禁想入非非。杜守正情绪起伏很大，一会儿兴奋不已地回忆起小时候在家乡的种种趣事，一会儿长吁短叹。庄力奇知道，这叫“近乡情怯”。洪根生父母不在了，八百黑的老娘也去世了，杜守正的心里一定忐忑极了。奉仙写完日记后，合上笔记本，双手合十，默默地祈祷着，她希望老天爷不要太绝情，一定要让杜守正老娘等着他。

到站了。他们雇三轮，换摩托，到了一个山脚下。眼前是高耸的青山，有如一道巨大的绿色屏障。庄力奇和杜守正走上长长的石阶，杜守正激动得语无伦次：“这山名叫五老峰。我们在眷村做过统计，发现好多人老家都有一座五老峰，我们刚去过的厦门也有。山里还有座老君庙，小时候，我常在这庙里玩呢！那时候香火可旺了。”

庄力奇真替杜守正高兴。翻过这山就是他家所在的村子了，这山沟沟里头，连这么一座小庙都没变，他们村应该也还在。这样杜守正就可以顺顺利利地找到自己的家了。路上他们遇到了个很健谈的中年人，他赶着一群羊，羊羔个挨个，一片雪白。他说他最喜欢站在坡上，看一群群的羊，一拨一拨地轮流着在西官井石水槽里饮水，咩咩地叫着，那心情可美了。还有别人家饲养的牛、马、驴、骡，大大小小，有三百头，从西羊道外回来时，踩起漫天的黄土。庄力奇对杜守正说：“你家肯定也过上好日子了。”

可是等他们爬到山顶往下看，两个人都傻掉了。山下是一片一望无际的大油田，钻井林立，汽车像玩具一样小，各种重型机械正在忙碌。杜守正的村子不见了。他们急匆匆下了山，一路上经过油田子弟学校，油田第七邮局，杜守正越看越心慌。庄力奇安慰他：“杜伯，这不是明摆着的事吗？你老家这一带找到石油了，发了！”

杜守正都快哭出来了：“我家呢？我爹娘呢？”庄力奇猜杜守正的父母一定搬到别的地方去了，油田有的是钱啊！他们会拿到一大笔安置费……对了，养老院，刚才他看到养老院了，还带着一个小花园。他们应该在养老院里。庄力奇建议杜守正到养老院里碰碰运气。

杜守正却不听，固执地凭着记忆往以前的家走。越靠近杜守正的家，庄力奇越兴奋，谁知杜守正却害怕了，一屁股坐到石头上，再也不肯往前走：“我好怕呀，也不知道我娘还在不在……我爹还在不在……”

他家的老屋已经不见了，取而代之的是一大排公家的平房宿舍。只有一棵老榆树，能证明这里曾经是杜守正的家。杜守正想，娘一定天天站在这棵老榆树下盼他等他。他拉了一把树上的榆钱，放到嘴里嚼着，什么都变了，只有口中这一点新鲜的苦涩滋味没变。老家那股独特的气息扑面而来，一种难以割舍的亲近感，无法遏制地从杜守正骨子里迸发出来，一颗心被乡情融化得炙热而柔软。这个青年离家，如今年过花甲的老人，竟然像个孩子似的呜呜大哭起来。确实没想到啊，走得太久了，故乡已不是记忆中的故乡，而他也不再是旧时的他，归来已成客！他哭了很长一段时间，然后小心翼翼将口袋里一张发黄的纸拿出来。折叠的地方已接近破损，上面端端正正写着“十五亩地”的字样，原来是授田证。要是委员长“反攻大陆”梦想成功，他就变成拥有十五亩地的地主了。他无数次盘算要在地里种上玉米、大豆、高粱、麦子，剩下几畦地种点菜，这样他就啥都有了！到时粮食多得吃不完，大馒头爱蘸白糖就蘸白糖，爱蘸红糖就蘸红糖……可是，看着眼前的油田，杜守正不禁凄凉地笑了。真是春秋大梦啊，现在，该到了梦醒的时候了。还没回到家乡的时候，做梦都在想着授田证上的土地，现在，到处是油井和忙碌的油田工人，这该死的授田证，这害人的授田证！想当初，为了这授田证，害得晓雄和小芳离家出走到处漂泊无家可归；为了这授田证，美如差点和网市翻脸；为了这授田证，得罪了山猪总是惧怕山猪的报复……杜守正热泪长流，真想一把撕了这该死的授田证。转念一想，他还是将手中的授田证放回了贴身的口袋里，他想，回台湾后，要把这授田证藏在一个贵重的盒子里，深埋进院子中，从此不再看它。那是他为授田证做的一个小小的坟墓，里面埋着自己几十年的梦想。

庄力奇手足无措，真不知该怎么办才好。好不容易等杜守正稍微止住哭泣，庄力奇试探性地说：“我们找找村长吧，也许村长知道你家的情况。”这时，杜守正简直变成一个没有主意的孩子了，庄力奇说什么他都点头，亦步亦趋跟在后面。在杜守正的眼泪中，庄力奇终于明白这些老兵为什么不顾性命一定要回大陆。这些老兵被时代的大风大浪裹挟着，犹如一粒粒草籽上下浮沉，渐渐远离故乡。风继续吹，月继续圆缺，草籽随风浪迹天涯，在河流边安身立命，在山崖边安营扎寨。但无论草籽飘得再远，故乡亲人永远是老兵的骨中骨，肉中肉！漫长的岁月里，老兵漂浮在苦海之中，看一眼故乡，忘掉所有的苦，只留下思念。他们用目光把遥远的故乡铺开又折叠，终于不顾一切回到故乡。

他们向路人打听，到哪里能查到当初这片土地上的居民，现在搬迁到了哪里。一位热心的小伙子把他们带到一排简易平房前，指着其中的一间办公室告诉他们，里面的人准能帮上他们的忙。办公室内非常杂乱，只有一个与杜守正差不多年纪的人，穿着一件汗衫，在里面忙着接电话打电话。

“什么，黑妞生了？八个！好好好，你们要好好照顾，确保母子平安。”在电话的间隙，庄力奇忍不住好奇：“一胎生八个，那不是创世界纪录了？”那人笑了：“黑妞是我们引进的良种猪，果然是优良品种啊，头一胎就生了八个。”这里不是油田嘛，怎么还管养猪。庄力奇摇摇头，真是搞不懂。

那人自我介绍：“我叫符天。坐坐坐，我这里太乱了。”他把椅子上一堆杂志搬到地上。听杜守正说明了来意，他热情地说：“十年前，这里发现了大油田，杜家庄和周围几十个村庄都搬迁走了。放心，能找到的，一定能找到的。”庄力奇有些不放心，你这到底是什么部门，怎么又管养猪，又管找人？符天笑了，我们这里是后勤部，生活上的事，都管。

符天带他们去找招待所，不想招待所全住满了，因为油田正在开大会。符天只好领他们到自己的住处，让杜守正睡他的床铺，庄力奇睡沙发，他打地铺。杜守正辗转反侧，床架吱吱响。白天杜守正看到有一面墙上写着：“虎踞龙盘今胜昔，天翻地覆慨而慷！”说得真好！也不知道是谁写的。看到老家变化这么大，他好像在做梦一样。小时候爷爷告诉他，打从爷爷的爷爷开始，他们这杜家庄就没变过样，想不到如今真的是天翻地覆了。外面虫声依稀，窗外树枝的线条像静默的剪影，杜守正觉得恍若隔世。

这一天东跑西颠的，消耗大，庄力奇不到五点钟就醒了，因为肚子饿得咕咕叫。人一饿，就对食物产生幻想。他听杜守正说以前这里有一种老烧鸡，香喷喷的，味道可美啦。好不容易熬到天亮，符天出门买了一只烧鸡、几个烧饼和啤酒，他和杜守正眼睛同时一亮。符天笑了：“杜先生，这是著名的‘老杜家烧鸡’，说不定是你家的专利哦！”他又从另一袋里拿出啤酒，庄力奇再也顾不上斯文，用手扯下鸡腿大吃起来，而杜守正终于又看到了地道的家乡烧饼，他拿起来端详了一下，使劲咬了一口。

今天是警总与庄力奇约好打电话到香港的联络人那里报告情况的日子。他只是简单地报告了行程，说没有什么特别的事情发生。

短短十几天时间，庄力奇已经由一个铁面无情、立功心切的警总探员，变成了容易被感动、时常想流泪的文艺青年。如果不是今天这个日子的提醒，庄力奇差点忘记了自己的身份，他几乎以为自己就是一个助人为乐的好人，一个恋爱中的纯情少年。他突然对自己身上的那么多“不可对人言”的秘密产生了厌恶。

庄力奇思想斗争得厉害，不知道下一步该怎么办。一路上，杜守正的忠厚仗义，老兵家乡女人的忠贞善良，老兵父母思念儿子的悲苦，深深地震撼了他。真要伤害这样一群人，庄力奇已是于心不忍了。何况还有奉仙。一开始，他做“好人”，是为了取得杜守正的信任而演戏，后来，也有了一点讨好奉仙的成分，因为奉仙是那么欣赏他的“义举”。他在病床前照顾杜守正时，他为老兵拍录像时，他给吕大娘当“孙子”时，奉仙总是那样用赞许的眼光看着他。如果知道这一切，都是一个构陷老兵为“匪谍”的阴谋，而制造这个阴谋，只不过是给他带来一顶“大队长”的帽子，奉仙会怎样失望，会怎样鄙视他，他在她心中，将会万劫不复。这不是庄力奇所能承受的。

庄力奇终于下定决心把一切和盘托出，这样他才能从负罪感中解脱，才能轻轻松松地和奉仙谈恋爱。庄力奇用少有的庄重的口气说：“杜伯，奉仙，我有一件重要的事要告诉你们。你们一定要原谅我。”

杜守正面色平静，严奉仙有点忧心的样子：“你不会要说，你在台湾已经结婚了吧?”她这一段时间都为这个问题而煎熬。庄力奇有些意外，原来严奉仙想到这边去了。“没有没有，我发誓，我是单身。”严奉仙如释重负：“你还有什么话，快说吧。”

庄力奇有些迟疑，内心挣扎着。奉仙用她那双湖水般清澈的眼睛望着他，在这样一双眼睛面前，他怎么能够撒谎呢？他不能辜负了这片湖水。庄力奇像被催眠似的说：“我是警总派来监视杜伯在大陆的活动的。杜伯，你不要怪我。奉仙，我全都坦白了。用你们这里的话说，坦白从宽，你以后，还会……相信我吗?”

严奉仙有些吃惊。杜守正却波澜不惊地说："我早就知道了。"

庄力奇大惊："你什么时候知道的，怎么知道的？"

杜守正说："我一直觉得你有些面熟，就是想不起来在哪里见过。在洪根生老家时，你跟卫东玩打仗的游戏，说了一声'报告长官'，我忽然就想起来了。我们在警总见过面，那时路长功为了董家强的事讯问我，你拿了一份文件进来给路长功签字，也说了这么一句。事后我细想，你还是露出了很多破绽的。出门旅游都是事先计划行程的，就算是好心，肯为了照顾我这个老芋仔改变旅游计划，可是你从来没说过你本来想要去哪里，也从来没说过你有几天假期，打算玩几天，你好像就是专门来陪着我的，世上有这样旅游的人吗？"

庄力奇为自己的自作聪明有点不好意思地笑了。严奉仙问："杜伯，那你为什么还让他一直跟着你呢？"

杜守正笑了笑："我是想，既然警总派了你来，说明'私入匪区'的罪名是跑不掉的了，你跟不跟着都一样。我只要小心提防，不跟官方打交道，也就没有什么新罪证。再说，人心都是肉长的，你后来跑前跑后的，是真的出于好心，这我能感觉到。一路上你帮了我很多，我心里还是感激的。"

"谢谢杜伯。"庄力奇内心感动，他又把目光转向严奉仙，希望得到她的宽恕。严奉仙百感交集："我看你的年纪，在警总也不会是什么大官。我知道你的心还没被染黑。你改正吧……我的心……不变！"

庄力奇如蒙大赦。当奉仙说"我的心不变"的时候，那真是人间最美妙的音乐。

这层纸终于捅破了，庄力奇长长舒了一口气。一个人背负着秘密就像背负着一块巨石，连呼吸都不能顺畅，现在，这块巨石终于放下了，这种感觉真好。

傍晚严奉仙和庄力奇在油田生活区的小径上漫步，庄力奇向他袒露自己这段时间的心路历程。"第一次给我触动的是淑玲，就是傅友诚的女朋友。她跟傅友诚没结婚，什么也不是，可她却照顾着友诚的父母……不知道是什么样的精神支撑着她这么做……还有茶嫂，她是洪根生的原配，丈夫已经在台湾成了家，茶嫂没有怨恨，为了让洪根生能安心生活，她还要我们告诉洪根生，她在这边也改嫁了。很多老兵的妻子听到风声，都到上晓起村打听自己丈夫的消息，茶嫂呢，路近的管吃，路远的管住，还要我们把这些老人全拍下来，说是带回台湾好找人……她的儿子和孙子是最后才录的，茶嫂怕带子不够，每人只准他们说一分钟……在台湾的时候，很多人说老兵回乡可惨了，家属们不问亲情，只会伸手要钱，有的把皮带都解下来了，可我看到的都不一样，我看到的只有亲情，只有思念，只有付出……”

严奉仙的大眼睛湿润了。她轻轻地把头靠在庄力奇的肩膀上，庄力奇握住她的手，两人的心情都有些沉重。上一辈人的悲剧，会不会在他和奉仙之间重演呢？庄力奇好担心，好害怕，他只是个小人物，无法决定政治时局，也无法左右自己的命运。一时间，庄力奇感觉自己和那些老兵有了共同之处——一样的身不由己。

终于到了符天的休息日，他带着杜守正、庄力奇和严奉仙来到档案馆查找杜守正父母的下落。各种档案袋堆到天花板。符天坐在一大堆历史资料中感慨：“这个大油田，是一九七四年发现的，那时‘文革’还没有结束，很多工作没有进入常轨。包括杜家庄在内几十个村庄开始了大拆迁，不知道迁移的档案数据全不全……”

庄力奇不安起来：“老杜家的档案，不会被丢弃了吧？”

严奉仙双手合十祈祷：但愿不会吧！

符天边翻档案边介绍：“十一届三中全会以后，全国各项工作都渐渐进入了正常发展的轨道，这些档案资料都是多方抢救得来的。只是被弄乱了还没有系统分类，完全是一团乱麻，要从档案中找到杜先生家人，可能很不容易。”

忽然有个年轻人进来找“符主任”，符天出去和他说了几句话，回来向他们几个道歉：“油田现在生产任务很忙，我恐怕没有时间，只能帮你们到这里，剩下的事，就靠你们自己细心查找了。”严奉仙感动地说：“你还是位领导啊，一点架子都没有，帮我们这么多。”

符天突然转身试探地问奉仙：“严小姐，你是厦门人？”

严奉仙有些意外，符天一口北方腔，怎么听得出她的厦门口音？

符天说：“我也是厦门人啊！‘文化大革命’的时候才来到油田。说起来，当年我在厦门还小有名气呢！哦，我的本名叫田夫，不知你听说过吗？”

听到“田夫”二字，严奉仙突然激动得失声大叫起来。真是踏破铁鞋无觅处，得来全不费工夫！她手忙脚乱地掏出自己的笔记本，从里面取出一张照片，相片已经发黄，相片里年轻的余夫人和田夫幸福地依偎着。符天如遭雷击："你怎么会有蓝瑛和我的照片？蓝瑛在哪里？"

严奉仙激动得语无伦次："余夫人托我找你。哦，哦，你不知道余夫人，她就是蓝瑛。她现在单身一人过日子。她委托我帮着找你，可我在厦门户籍中找遍了，也没有找到你的信息。只听说你'文革'中被发配去乡下……"

提起往事，符天笑容惨淡："这事一言难尽，我下放到这里劳动改造，老乡们对我很好。反正家里也没有什么亲人了，我就再也没回过厦门……"

庄力奇恍然大悟，田夫，符天，原来……就是把名字倒过来。奉仙真了不起，我还没找到杜守正的父母，她倒先找到田夫了。

严奉仙既为余夫人感到高兴又为余夫人难过："余夫人一直在等你，一直等到开船……到了台湾后，余夫人天天到基隆港等着，一直等到船再也不来……"

符天说，那天回家拿行李，家里一个人也没有，邻居告诉他，他爸发急病送到医院去了，他赶到医院，爸爸已经推进手术室，妈妈一个人在外面哭。他只好留下来照顾父母，甚至来不及通知蓝瑛一声，他知道她一定急死了……符天连连叹息："我害苦她了，害苦她了……"他一直等着蓝瑛。开始时想等她，五七年成了右派，"文革"时受冲击，不敢成家，等到改革开放了，事业这么红红火火，老想把耽误的时间抢回来，也就顾不了个人的事了……也许是潜意识里觉得再没有一个人能比得上蓝瑛。感情这东西，真是说不清，道不明……

严奉仙马上想起可以打电话到香港通知表哥，让岳将军转告余夫人。庄力奇和符天在旁边听她打电话，没想到严奉仙心地好，脑子也转得快。符天很感动："替我谢谢你表哥，今晚我恐怕睡不着了。"

魏永乐接到表妹的电话兴奋得说话都有些口吃了，刚才他正坐在柜台内打瞌睡，被电话惊醒："什么？余夫人？什么田夫？……你慢一点说，我听不清。"当他听清楚事情的原委时，瞌睡虫一下子消失得无影无踪。唉，一道海峡，分开的不仅是老兵，还有像田夫、余夫人这样的平民。本来余夫人以为田夫死了，她也就死心了，现在她知道田夫活着，她心也复活了，可是两岸的路是隔绝的，今后给她增加的除了相思，只怕又添痛苦。

千里之外的台湾，余夫人唱着南音："风送梅花过小桥，飘飘，飘飘地乱舞琼瑶。似那人水远山遥，怎不心焦？今日明朝，今日明朝，又不见他来到。佳人，佳人多命薄，今朝，难逃！难逃他粉悴烟憔，直这般鱼沉雁杳。"岳知春与路长功坐在一角，岳知春感叹："这曲子简直就是为余夫人写的一样。"田夫生死未卜，可怜余夫人数十年如一日，思念不断。所以，要趁人还活着，多努力！那些老兵也是这样，他们不想等到人不在了，再来追忆，再来思念，他们只想趁亲人还在，见上一面，这难道有罪吗？

余夫人还在唱："谁承望拆散了鸾凤交，怎教人梦断魂劳……"

魏永乐好不容易找出余夫人的电话号码，接听电话的是曹妈："夫人已经就寝……不行……部长的电话也不接！"曹妈毫不客气地把电话挂断了。

严奉仙失望地说："表哥说，余夫人已经睡了，不接电话。真是急死人。"符天强笑："没关系，明天白天再打。"严奉仙又着急又内疚："我告诉余夫人说田夫可能死了，害得她不知流了多少眼泪，我想马上就告诉她这个好消息。怎么办？她又不肯接电话……"

庄力奇突然灵机一动："奉仙，请你表哥打电话给岳将军。余夫人最信赖的朋友就是岳将军，岳将军的电话她一定会接。"

余夫人家的电话再一次固执地响起来。余夫人一身名贵睡袍，匆匆从楼梯上走下，曹妈小心地扶着她。余夫人走到电话旁，拿起电话："将军，您找我？"

穿着睡袍的岳知春声音里掩饰不住的兴奋："夫人，我刚刚接到香港魏永乐打来的电话……"余夫人有些困惑，魏永乐？谁啊？

"就是严奉仙的表哥嘛，你们见过面的。他刚刚接到严奉仙的电话，找到田夫了！"

余夫人一时愣住："找到谁？"她以为自己听错了。

"田夫！你那个田夫！"岳知春唯恐余夫人听不见，大声喊起来。

"不对啊，奉仙说田夫已经……"余夫人不敢太快确信这个消息，怕紧接着是巨大的失望。

将军急得跺脚："她已经找到田夫本人了，他还活着！恭喜啊，余夫人，现在我相信这世上真的有上帝了!”

余夫人愣住了，拿着话筒遭了雷击般说不出话。良久她才回过神来，向岳知春追着要田夫的电话号码。她想马上听到田夫的声音。岳知春提醒她：“我不知道他的号码，再说了，两岸电话是不通的。这样吧，你先记下魏永乐的号码。”

余夫人颤着手在便条纸上记下了魏永乐的号码，也不管现在已是三更半夜，马上拨号到宝岛宾馆：“魏先生，我是余夫人。谢谢你告诉我田夫的消息。你能帮我联系到他吗?”

“夫人客气了，我试着想想办法尽快让你和田夫联系上。”

余夫人心中犹如波涛拍岸，她要立刻把这喜悦告诉给身边所有的人。她拨通了路长功的电话。路长功听到电话铃睡眼惺忪醒来，扭亮床头灯，伸手拿起床头柜上的电话，下意识地问：“老潘?”睡在他身边的立苹也醒了。

“长功，是我啦！我找到田夫了，他现在在山东。”余夫人激动不已。

路长功回过神来：“找到了？恭喜啊，夫人。原来他从厦门跑到山东去了，怪不得老是找不到人。”

“长功，我想打电话给他，可是，两岸电话是不通的，你帮我接通这电话吧!”余夫人迫切地恳求着。在她心目中，警总是什么事都能办到的。

路长功苦笑：“夫人，真抱歉，这个忙我实在帮不上。通电话的事，不是我们一边说了算数的。”

余夫人好失望：“那……什么时候才能通啊?”

魏永乐想出了个好办法。他又搬来了一部电话机，和柜台上的电话放在一起，细心地接上线。他先打给严奉仙：“表妹，你把田夫叫来，跟他说可以和余夫人通上电话了。”符天听说可以跟蓝瑛通话，他简直难以置信。这个魏永乐，难道是三头六臂的神仙吗?

魏永乐又用相邻的那部电话打给余夫人：“余夫人，我是魏永乐，请您等一下，田夫先生就要与您通电话了。”

余夫人大喜过望，拿着电话等待，又有些半信半疑。魏永乐左右手各持一电话筒，大叫：“海峡两岸首次直通电话，现在开始通话!”他把两个话筒反向互贴，这样，符天与余夫人就都能听见对方通到香港的电话了。

符天颤抖着呼唤："喂？蓝瑛？"

余夫人大哭："你怎么不上船，你怎么不上船啊！"

……

放下电话，符天面色凝重起来。电话里，余夫人提出要回大陆定居。听严奉仙说，蓝瑛在台北过惯了优渥的生活，她到了油田这里能适应吗？

庄力奇安慰符天："余夫人有钱，多带点钱回来，好好把家布置一下，我看油田这里物质条件不会太差啦。她一定也考虑过这边的生活条件，才下决心回来定居的。她不会太计较这些的。"

其实，符天最害怕的还是他和蓝瑛之间精神上的差异。物质上的差异可以慢慢克服，但精神上的鸿沟难以逾越。蓝瑛变成余夫人，田夫也已经变成符天了。就算余夫人还是蓝瑛，可是她要见的是她心中的田夫，其实那个田夫已经不存在了，几十年的风风雨雨，岁月改变了他，特别是十年的油田工作，让他脱胎换骨，他很怕两人再次相见时，已经没有共同语言了。

三人一起陷入了沉默之中。时间这只巨手啊，真能把人玩弄于股掌之间！晚上，庄力奇梦见他和奉仙沿着斜坡的小径走向海。没有吹拂的风，光映照在奉仙若有所思的脸上。庄力奇想，她现在也许和我想的是同一件事，即两人彼此相爱，但中间隔着一片台湾海峡，怎么办？一片沉默，海风吹也吹不散的沉默。但是两人之间有温柔和信任在滋生。庄力奇抬头看看天上的星星，那么亮，那么自信，他觉得自己被星光点燃起来。他要创造一切，他要带奉仙穿过夜之网，跃过悬崖。他会给奉仙一片晴朗的天空，天空下是水草丰美的绿洲。月亮穿过乌云，海上有一片帆，庄力奇伸出双臂，将奉仙紧紧地搂在怀里。

第二天，杜守正和庄力奇一大早又去资料室查档案，严奉仙已经顺利找到田夫的事，给了他们极大的鼓舞。庄力奇想，这油田的风水好啊！符主任能找到自己的心上人，我一定能帮杜守正找到他的家人！这时门被推开了，庄力奇转身一看，原来是严奉仙，她微笑着，手里还拿着一个不锈钢饭盒。"我以为我是最早的，没想到你们比我更早。还没吃早餐吧？我刚才去食堂买了几个包子，趁热吃吧。"她打开饭盒，庄力奇伸手抓起一个大肉包，大口吃起来。有人疼真好。

查找工作进展很慢，没办法，确实太乱了。庄力奇好不容易查到一页杜家庄的，可是下面几十页全是东营的。严奉仙给他鼓劲："有一页就有两页，有两页就有三页，一定能查到的。"庄力奇啃着包子连连点头。严奉仙拿了他面前一份资料专心翻阅起来，窗口的晨光映着奉仙的脸庞，唉，我的心上人，我们到底能不能真正走到一起呢？一想到路长功那张脸，一想到警总大楼，庄力奇的心便不由得沉甸甸的。严奉仙低头忙着翻资料，庄力奇三两口吃完包子继续进行大海捞针的工作。

突然，"杜茂财"三个字跳入庄力奇的眼帘，他不禁高叫起来："找到了！"杜守正和严奉仙激动地凑过来，三人一起瞪大眼睛看杜茂财的档案，可是上面却注明"已死亡"。杜守正腿一软，颓然跌坐下去。

"会不会是同姓同名？"严奉仙不死心。但残酷的事实不会因人的心愿而改变，资料上写得明明白白，杜茂财的骨灰由周四妹领走，看起来就是杜守正的父亲了。可怜的杜伯啊！两人扶杜守正坐到椅子上，继续查找，严奉仙抽出一张档案，默默地推给庄力奇看。两人起身，走到杜守正身边，严奉仙又哭了起来，庄力奇开口："周四妹……你娘也没了！她老人家留下了话，有朝一日儿子回来，让儿子把父母骨灰合在一起，撒在山上的庙旁。"杜守正犹如触电一般呆坐不动，庄力奇让严奉仙照看杜伯，自己去找符天帮忙。人没了，那就找骨灰盒，完成老人家的遗愿。

一行人走到古庙，山风呼啸，林涛起伏。杜守正抱着骨灰盒站在庙前，狂风吹着他的衣衫："我娘知道我一定会回来……一定会爬上这座山，一定会来这座庙，骨灰撒在这里，爹娘也就在这里……"大家无言地站在他身后。千言万语竟不知从何说起，堵在胸口闷闷地压得人喘不过气来。杜守正简直怀疑眼前这一切是不是个梦，他老是不停地拍打着骨灰盒，摸着盒子的边边角角。连同骨灰盒在一起的是母亲生前用过的两样东西，一条手帕，一个布枕头。杜守正瘫倒在地上，对着这些东西磕头。他把那条手帕放在自己贴身的口袋里，手帕上沾了母亲多少思儿的泪水呀！

黄表纸被点燃了，火舌飞舞。群山起伏，层林无边。杜守正大喊："爹，娘……我回来了……"群山回应：我回来了……

离开的时候，杜守正又走到老榆树下摸了摸老榆树粗粝的树干。站在榆树下，娘的身影再一次浮现在眼前，杜守正的眼睛里不禁又起了一层雾。

庄力奇、严奉仙和杜守正三个人就要离开油田了。他们将简单的行李提到符天安排的吉普车上。符天在车外挥手："杜先生，希望你把油田当成你的老家。"

杜守正连连点头："谢谢，谢谢！我还会回来的！"

吉普车开始驶离油田。杜守正一直失魂落魄地垂头坐着。庄力奇和严奉仙一路无语。杜守正忽然说，你们不必跟着我悲伤，奉仙，唱个歌吧，唱一首《忘不了》。"

严奉仙一怔，看了看庄力奇，庄力奇点头鼓励她。严奉仙清了清嗓子，开始唱了："忘不了，忘不了，忘不了你的错，忘不了你的好……"车里很安静，只有严奉仙动情的歌声。庄力奇感叹艺术的神奇，一直觉得这是首爱情歌曲，没想到用来思念家乡，也是合情合景的。

一辆摩托车疾驰而来，车手戴着头盔，看不清他的容貌。摩托车驶到吉普车旁，车手挥手示意停车。杜守正赶紧让吉普车停下，摩托车上的人摘下头盔，原来是符天。庄力奇和严奉仙好奇地看着车外，以为掉了什么东西，符主任专门为他们送来。符天说："是这样，有位严大娘，他的儿子也是台湾老兵，严大娘听说油田来了台湾人，就找上门来，想托杜先生帮他找找儿子。这是她儿子的资料。"

杜守正赶紧把文件接过来："主任放心，回台湾之后，我一定帮忙寻找严大娘的儿子。"

符天满口谢谢，杜守正低头翻看资料，严奉仙说："杜先生，上火车再看吧，有的是时间。"杜守正出神看着，仿佛听不见奉仙的说话。严奉仙提醒他："杜先生，符主任要回去了。"杜守正突然说："主任，我想回去看看这位老人家。问清楚一点……回去我好找。"庄力奇和严奉仙面面相觑，符天也很意外："杜先生，我怕耽误您的时间。严大娘能说的，都记在这里了。"

杜守正很坚决："主任，我还是要去见见大娘！这资料上写着，严大娘已经双目失明了，她可能再也见不到自己的儿子了，我要好好安慰安慰她。"

"谢谢你，杜先生，严大娘没见到你，也很失望，您要是能见见她，安慰几句，那就是功德一件。”符天为严大娘感到高兴。

于是三人又赶回了招待所，万幸的是，严大娘还没走。杜守正面色苍白下了车：“我……我想单独见见严大娘。”杜守正摇摇晃晃走进大厅，满头白发的严大娘坐在沙发上，她的眼睛空洞地望着前方，似乎看见了她的儿子，其实，她看到的只是一片黑暗。守正呆呆望着，突然扑到严大娘面前，双膝一跪：“娘！”

严大娘一颤：“你……你是谁？”

“娘，我就是您儿子啊！”杜守正泪如泉涌。他失去了父亲母亲，而严大娘失去了她的儿子，从今以后，他就是严大娘的儿子，严大娘就是他的娘！严大娘又惊又喜，抚着杜守正的头：“油田的人说，从台湾来了一位杜先生……”

“孩儿到了台湾才改姓杜的，孩儿本名叫严德威。小时候，娘都叫我狗子。俺爹严于准，俺家在桓台县张店镇西周村。俺被抓壮丁的时候，脚上还穿着娘亲手纳的鞋呢！”杜守正一路上把严大娘的资料全背熟了。

严大娘越听越激动：“狗子，真的是你吗？”

“娘，真的是我。狗子可找到娘了！”

突然，啪的一声，严大娘一个耳光狠狠打在杜守正脸上：“你这不孝的孩子！你怎么这时候才回来啊？娘的眼睛都为你哭瞎了，你爹临断气前，还在喊着狗子，狗子。他到死都没等到你啊！”

杜守正大哭着打自己耳光：“孩儿不孝！孩儿该死啊！孩儿对不起爹娘！”大娘心疼地紧紧抱住杜守正的头，号啕大哭起来。

严大娘用粗糙的双手在杜守正的脸上颤抖地抚摸着，为杜守正拭去脸上的泪水。杜守正反过来为严大娘拭去脸上的泪水。可是两人的泪水都越擦越多。杜守正暗暗下决心，一回台湾，就要去为严大娘找儿子，让她的真儿子快快回来。

远处，庄力奇偷偷打开了摄像机。大陆之行快结束了，他要多拍些有利于老兵的素材，回去好交差。

第十一章　母亲节行动

回到了罗湖口岸，庄力奇抓住严奉仙的手："我一回台湾就辞职，一辞职我就到厦门来找你，一定要等我。"

严奉仙连连点头："力奇……我等着你！"他们紧紧地拥抱在一起，直到广播的催促声响起。

罗湖桥香港这头，魏永乐开车来接杜守正和庄力奇。到了宾馆安顿下来后，庄力奇把一盒微型录像带给杜守正看："全部带子我都拷贝下来了，你放心，可能对你不利的镜头，我都剪得干干净净的了，回去之后，我就交给上头。我不相信警总根据这带子，能把你打成'匪谍'。"

杜守正语出惊人："如果问题不大，我不想去美国了。根生、友诚、八百黑他们一定着急看到自己亲人啊。私入'匪区'也就是坐几年牢的事，我不怕。"

杜守正的每一个决定都让庄力奇刮目相看。庄力奇非常感动："杜伯，我看……你还是去美国吧。你先去美国等我的消息，我要看看警总这边的动静。万一他们鸡蛋里面挑骨头，非要把你办成第二个董家强，我会马上通知你，你就留在美国别回来了。"庄力奇心中做着最坏的打算。

杜守正叹息："要是这辈子再也回不了台湾，见不到老婆，见不到根生他们，那我活着还有什么劲啊？"

庄力奇安慰他："不会的，不会的，吉人天相！"

杜守正缓缓躺到床上："我们不是吉人啊，流落台湾的老兵都不是吉人。"

他的脸上布满了伤感，眼睛里有一汪水。庄力奇不敢看他，怕自己也跟着流出眼泪。

“否极泰来，总有转运的一天……”庄力奇一边安慰杜守正，一边为自己打气。

魏永乐送庄力奇和杜守正到启德机场，庄力奇要回台湾，杜守正要到美国。杜守正扛着那架摄像机，眼里都是茫然。魏永乐交代他一些出行的事宜，他机械地道谢。身边旅客来来往往，播音小姐的英文温柔动听，杜守正望着迅速更新的航班数据牌发呆。这一趟回来，又喜又悲，总算死可瞑目了，只是，以后警总会放过他吗？

庄力奇到了桃园机场，提着行李到了检查处。旅客陆续推着行李车接受检查，这时，曹梦与两个便衣警总人员走到他身边，把他包围起来。庄力奇一怔：“曹梦？你怎么会在这里？”

曹梦露出一脸笑容：“把你的行李给我吧，车子在外面等你。”庄力奇明白了，他现在成为重点保护对象，曹梦才会如临大敌，不敢出一丝一毫差错，所以他才会受到这样“隆重”的迎接。

路长功一大早刚进入办公室，曹梦就迎了上来：“处座好，老潘请您立刻到会议室去。”

路长功马上大步走到会议室门外，曹梦紧随着他，为他打开门。路长功走进会议室，只见庄力奇和老潘并排坐着。路长功有点意外，庄力奇什么时候回来的？怎么他这个顶头上司不知道，老潘反而知道了？他迅速冷静下来，也难怪，当初派庄力奇任务时，就是老潘亲自面授机宜，这是摆明了对他不信任了。路长功不动声色地说：“力奇回来了？”

庄力奇站起来向他问好。老潘淡然一笑：“长功，力奇把杜守正‘匪区’行的过程都拍下来了。我们一起看看。”

路长功微笑：“太好了！力奇，辛苦了，辛苦了！”

老潘向曹梦示意，曹梦开始操作桌上的录像机，会议室的投影屏幕上，出现了放大的图像。庄力奇指着上面那个白发苍苍的男人：“这是傅友诚的父亲。”接下来庄力奇一一介绍了茶嫂、建国、秀菊、卫东。见洪根生的儿子在老家种田，老潘有点失望：“种田？他家没人当‘匪干’吗？”

庄力奇逗他：“他的儿媳妇是民兵连长，算‘匪干’吗？”不料老潘却来劲了：“连长当然是官了！”庄力奇不安起来，自己真是多嘴，简直是引火烧身，他赶紧解释：“民兵连长，土八路，不是正规编制。”

老潘不高兴，拉下脸来。庄力奇还想再说话，路长功怕他得罪老潘，打断他的话：“力奇，这人又是谁啊？”这时大屏幕上出现了一位陌生的老太太，庄力奇把老太太的姓名忘了，反正就是那班老兵的家人，有妈妈找儿子的，老婆找丈夫的，也有姐妹找兄弟的。屏幕上又出现了另一个老太太在讲述。老潘很不满：“没事你录这些干什么？”

“是杜守正要录的……我尽量保持原貌……”

屏幕上出现了两座土坟，是洪根生父母的坟。接下来大屏幕上出现了八百黑的母亲躺在病床上的情景，她身上插着管子，旁边有各式仪器。庄力奇介绍道：“这是八百黑的母亲，在医院里抢救的情况。”

老潘很敏感：“单人房，这待遇不低嘛。不用问，一看就是‘匪干’家属。”

庄力奇赶紧解释：“当时情况特别危急，医院专门安排了特殊病房。八百黑家里就他母亲一个人，村里头的公家养她，叫五保户，养老送终，由公家负责。送到县医院以后，院方听说老奶奶是台胞家属，十分重视，特地安排了专门病房，用上了最好的仪器……”

路长功想起自己的母亲，心情沉重起来，他嘴上说不相信赵彤传达的任何消息，其实心里早就有八分信了，他已经有好几天心潮起伏，难以入眠。老潘很不耐烦：“这一段没啥看头，看后面的吧。”曹梦正要起身操作，路长功制止了她：“应该从头到尾仔细看看，不能放过任何一个可疑的细节。”老潘没有反对，耸了耸肩。大屏幕上播出杜守正与山东老太太的画面，杜守正跪在双目失明的老太太面前，庄力奇充当讲解员：“杜守正父母都不在了，这老奶奶的儿子也是台湾老兵，反正她眼睛看不见，杜守正就这么认了她……”

大屏幕上出现了杜守正在罗湖桥的情景，这是杜守正离开罗湖时的最后一个镜头，到了香港就没再拍了。屏幕上出现了片片雪花，曹梦上前关掉录像机，打开了会议室的灯。

老潘颇不满："只有这些了？"

庄力奇摊摊手："都在这里了，一共四家人，都拍下来了。"老潘示意庄力奇和曹梦先出去，他和路长功留下来再谈谈。

"你怎么看？"老潘问路长功。路长功见老潘如此处心积虑得来的"罪证"并没有什么重要价值，心里多少有点幸灾乐祸："我看，就是一个老兵私入'匪区'案，没有什么有价值的东西。"

"你不觉得录像带太干净了吗？"

路长功其实也有这感觉，他继续装糊涂："局长是什么意思？"

"就算只是私入'匪区'探亲，也不会连一个村级的'匪干'都没有出面。这说明带子是刻意剪过的。欲盖弥彰啊！不是'匪谍'活动，他们为什么要剪带子，他们剪掉的是什么？我看庄力奇也很可能被策反了……"

老潘像狼嗅到了血腥味一样亢奋起来，连路长功都有点不寒而栗了。

庄力奇走进路长功的办公室，路长功假意道："力奇，你这次干得真漂亮！放你三天假，好好休息，其他的事我来处理。"他心里其实有点同情这位年轻人，虽然聪明，但毕竟还嫩啊，被老潘看上，才利用了一次，就要像抹布一样被抛弃了。庄力奇从公文包中取出一张纸："谢谢处座。这份东西，请您批准。"

路长功笑了："报销路费？全部报销！还有加班费、奖金，我都帮你申请了。"他看到庄力奇神情不对，抓起那张纸看了一遍："辞职信？力奇，你搞什么鬼？"庄力奇神色黯然："我累了。"路长功亲切地拍了拍他的肩膀："力奇，我给你放一个月大假，有什么事等你回来再说。"

"处座，我想结婚了。"今天，庄力奇已下定决心把事情和盘托出。

"结婚？好啊！跟谁啊？给你三个月婚假，好好去欧洲度个蜜月，然后再回来上班。"庄力奇抛出了一枚重磅炸弹："我要到大陆去结婚。她过不来，我就到她身边去，所以我不适合再留在警总了。"大陆之行，他意外地收获了自己的爱情，现在他终于能理解台生对晓梅的狂热了，他衷心希望台生与晓梅能喜结良缘，也希望自己与严奉仙的爱情能够跨越海峡开花结果。

路长功一怔："看上大陆妹了？你这样太可惜了，我已经递了报告，提名升你当大队长了……”路长功做了个顺水人情。他知道，无论辞不辞职，庄力奇注定在警总是没有前途的了。

要是在一个月前，这个消息会让庄力奇激动得睡不着觉。但是，现在这个大队长的头衔对他来说已经毫无诱惑力了。他已经下定决心要娶奉仙，不管有多少障碍，他都要一个个去排除。第一个要排除的障碍，就是他“警总”的身份。他不知道前面还有多少障碍，需要多长时间才能完成，但每排除一个，就离奉仙近了一步。

美如的病情不容乐观，时常疑神疑鬼的，眷村里只要来一个稍微面生一点的人，她都会觉得是警总的卧探。卖臭豆腐的，卖水果的，都能被她看出好多“可疑”之处，然后自惊自吓。吃过药后会好一点，但她又常常不肯吃药，说那是有人向她下毒。晓梅只好给自己开了一点钙片、润喉片之类，跟美如的药片有点像，当着美如的面，自己吃一片，让惠芳吃一片，才能哄得美如吃一片。网市去看过她后，心里挺难受的，忍不住指责洪根生：“守正回来看到美如这样，会难过死的。你们就不该让守正回大陆去。”

洪根生瞪着老婆：“怎么能不回去？自己的爹娘在那边哎！”

网市更凶地瞪着老公：“他要当孝子，却把老婆吓成了疯子。”

“那……别人也回老家，他们的老婆也没疯啊！”洪根生试图驳倒老婆，网市不甘示弱：“我们认识美如多久了？从来没听她说过生病，怎么老杜一回‘匪区’，她就病了？”两人正说着，忽见惠芳小跑着过来：“洪伯伯，洪伯伯！”洪根生心里一惊，生怕美如又犯病了，他现在有些怕见到惠芳，硬着头皮问：“惠芳……你妈妈她……没再闹事吧？”

惠芳一脸兴奋的表情：“没有，我阿母今天精神特别好。我爸他到美国了，从美国那边打电话回来了。”

“守正到美国了？”洪根生惊喜异常。

“阿爸说他一天也不想留在美国，就想回来见你们。他怕你们着急啊。”

洪根生也着急，可是想起将军的嘱咐，赶紧说：“不急，告诉你爸爸在美国陪外孙多玩几天，等将军说可以回来的时候再回来。”

惠芳欢快地说了声：“知道了，洪伯伯再见！”转身就跑走了，麻油鸡店等着她去上班呢。

洪根生看着惠芳的背影急得直跺脚："这丫头，也不说说我老家怎么样了……年轻人不懂事。"洪根生心里藏不住事，拔脚就往美如家走。美如正在院子里的竹竿上晾被罩，根生赶紧上前帮忙："这被罩一个人可不好晾。"他帮美如一起抓着大大的被罩抖平，同时试探美如的口风："美如，惠芳跟我说，守正打电话来了？"

说到守正，美如就开心得不得了。老公终于从美国打电话回来了，心里一块大石头落地了。洪根生见美如根本不提自己江西老家的事，心里有些急。他旁敲侧击："美如啊，守正有没有说……去过哪里吗？"

美如非常爽快："有啊。他先去了厦门，见到了小傅父母。小傅命苦，还好父母都在……守正说，都把他父母拍下来了，回来放给小傅看，他要开心死了！"

"好啊，好啊！守正还去了别的地方吧？"洪根生醉翁之意不在酒。

"守正还去了八百黑家……唉，可怜。八百黑老娘临走前总算等到了儿子的消息……也拍下了……八百黑总算也可以见到老娘一面。守正还回到山东老家，老家都不在了，父母也都走了……守正在电话里都哭了。"美如絮絮叨叨的。

洪根生一震，更加着急："守正没说别的了？他有没有说到我老家去了？他一定会去我家的啊！"美如忙着晾其他衣服："不好意思啦，守正他真的没说哎。"洪根生满脸失望："这个守正，他搞什么鬼嘛！"洪根生失魂落魄，也没心思到废品站，跑去找八百黑去了。

美如跑到网市家里，网市正在厨房里洗菜，美如坐下来帮网市一起择菜，一副严肃的表情："我来跟你说一件事，根生的事。我们守正到了老洪的家。老洪的父母都去世了。刚才老洪来问我，我不敢跟他说。我们守正就快回来了，老洪迟早要知道他父母的事，守正的意思是让你找个适当的机会，告诉老洪，这样对他比较好啦。"美如这时候特别清醒。

网市惊叫："啊？惨了惨了，这事真不好说。今天吃早饭的时候，他还在跟我说起老家父母的事……想不到……夭寿啊！我怎么跟根生说呢？"

洪根生来到八百黑处，身后的房子修了大半，仍未完工。洪根生与八百黑坐在台阶前，八百黑脸色苍白神情木然，根生递给他一支烟："八百黑，想哭，你就哭吧！"

八百黑一副木然的表情："没有眼泪了，三十七年，早就哭干了……"老娘没了，这辈子他就不会回老家了！老家啊老家……咱们下辈子见了！

洪根生满脸同情。守正父母也不在了，他们都等不到见面的那一天。美如说守正电话里没提到他的事。难道是美如忘记了？可守正家、八百黑家、小傅家的事她都记得一清二楚，怎么单单忘了他家的事？你说急不急人？碰到美如这脑筋！

八百黑反过来安慰他："精神病都是这样子，一时好一时坏。我看，你的老爹老娘一定健在。我老娘不在了，守正会打电话交代美如，跟我打个招呼。你家呢，平安无事，就不用特别打招呼了。"

根生叹息："借你吉言啊！"他拍拍八百黑的肩膀，想安慰八百黑几句，又说不出话，"我……走了。"身后传来八百黑苍凉的梆子声……

网市准备把说不出口的话推给女儿说："等一会儿你爸来看你，你就跟他说这件事：你老家的阿公阿嬷都去世了。这是你杜叔叔从美国打电话来告诉美如的。唉，你阿爸跟我说，他昨天晚上做梦，还梦到回了老家，见到你阿公阿嬷，我今天怎么跟他说老人家都不在了？"

晓梅心情沉重："阿母，这种事还是你跟阿爸说吧，我不敢说。"

网市讨好女儿："你小孩子嘛，你爸见到你本来就开心……你跟他说，他就不会太难过……你读过书，有学问嘛，你知道该怎么跟他说。"

晓梅娇嗔道："好事都轮不到，坏事都推给我。唉，书上也没教我这些呀。"

网市前脚走，台生后脚就来了。晓梅向台生诉苦，台生笑起来："这有什么难的？你就告诉他就是了嘛！"晓梅愁眉苦脸："你说得轻松，我爸对阿公阿嬷的感情是你想象不到的。"

台生不以为然。感情再深，也分离了三十七年，他的爸爸就从来不提老家的事。分开那么久，什么感情都淡薄了嘛！也许人与人不一样，洪伯伯和亲人是分开越久思念越深。台生自告奋勇："这样吧，等一下你爸来了，我来跟他说吧！"

晓梅眼睛一亮："真的假的？我都愁死了，阿爸就快来了。"

"放心啦，这种情节，电视剧都演得太多了，我们台老收到观众来信，骂电视剧编得太洒狗血，太老套了！"

门推开了，洪根生满面春风走了进来。晓梅朝台生努努嘴："台生，你不是有话跟我爸说吗？"

"对，洪伯伯，是这么一件事……"台生刚要说，就被洪根生兴奋地打断了："今天有人来卖旧冰箱，一聊起来，原来是婺源老乡，你们说巧不巧？这还不算巧，这个人……他叫老黄，他家住下晓起村，我家住上晓起村，近得不能再近了，你们说巧不巧？去年老黄还去过我家呢！见到你阿茶大妈，还有你的阿公阿嬷。他们身体都硬朗得很呢！还能种茶、种菜、养鸭子……"根生眉飞色舞。

台生不安起来："洪伯伯，这人会不会……是骗子？"

"怎么可能？是不是骗子，张口就晓得了，老黄那一口婺源话，一听就假不了！他还知道我的小名呢，这个连网市和晓梅晓雄都不知道。"洪根生有些生气地看了台生一眼。台生与晓梅面面相觑。

洪根生兀自沉浸在一片喜悦里："别以为老芋仔没文化，你老爸这点警惕性还是有的，只有到过我们村，跟我爹我娘聊过，才会知道他们小时候叫我'鹅头'。鹅头就是杠子头啦，小时候我就是个二愣子！你爷爷奶奶都叫我'鹅头'，骗子能知道这些吗？对了，台生，刚才你说有什么事要跟我说？"

台生有些尴尬："没什么大事啦。"

洪根生笑起来："是不是想办婚事了？这有啥说不出口的？"

台生急匆匆跑到眷村，网市惊诧不已："不对啊！美如说，守正跟她说的。晓梅她的阿公阿嬷都去世十二年了。"

"那个老黄说是上个月才见到晓梅的阿公阿嬷。我就怀疑这是一个骗子，可洪伯伯现在就相信老黄。他那点老本不要被人骗光了！洪妈妈，我看你还是把美如阿姨找来，当面跟洪伯伯说明白。"台生真替洪伯伯着急，平时那么清醒的一个人，怎么在骗子面前就犯糊涂呢？

网市匆匆走出大门，她得赶紧拉美如来对根生说个清楚明白。正在跟美如说话，台生满头大汗找来了："洪妈妈，晓梅要我告诉你，洪伯伯拿了个粉红色的包，说是要交给老黄带回老家去孝敬父母。那个老黄打电话来，说是明天要去婺源。他现在正在等公车。”

网市惊叫起来。那个粉红色的包里藏着她给晓梅存的嫁妆呢，夭寿啊！他都拿走了？夭寿啊！这个老芋仔！网市拔腿就跑。

公车站牌下，洪根生孤独地站着，网市疯了一般冲到根生面前：“老杜打电话说你父母都去世了，这老黄还说见到他们，这不是骗子又是什么？你要真的孝敬了公婆，我也没话说，你要送给骗子，我就不答应！”

洪根生死死护住包，哀求道：“我以后再买给你啦，老黄不可能是骗子，我问过美如，她说守正根本没有提我家的事。”网市急得直跺脚：“美如是怕你难过，不敢说。”洪根生根本不相信：“你就是舍不得这金戒指、金项链。我爸妈真的还在，老黄见到他们了。三十七年了，我连一杯茶也没有孝敬他们……今天就拿两个金戒指……难道过分了吗？”

网市两眼含泪，恨不得把心剖出来给老公看：“你……你把我当成什么人了？你还以为我舍不得这些东西？我要是个贪财的人，我会嫁你这个老芋仔？我会跟你一起捡破烂？我……我向天公发誓，我绝对没那意思，要是公公婆婆还在，买再多的东西给他们我也欢喜，心甘情愿。”

“网市，欠你的，我会还！这辈子还不了，下辈子我再还，今天这些东西……我一定要孝敬父母……”洪根生说着就要跳上公车，网市着急地抓住他：“你等守正回来，问个清楚嘛。”

“来不及了，老黄明天要走了。”司机催着洪根生上车，不然车就要开走了，网市死死抱着他，洪根生用力甩开她，头也不回，跳上公共汽车。车门关上，公车缓缓启动，网市挣扎爬起来，痛哭失声。台生骑着自行车疾驰而来赶上公车，车头一横，拦住公车。司机急刹车，打开车门跳下车愤怒地喊道：“兔崽子，找死啊！”

台生冲到车门前大喊：“洪伯伯，杜叔叔从美国打电话来，说他要跟你说话，叫你快去。”

洪根生将信将疑跳下车：“台生，你要是骗我……”

“骗你是小狗！就在守正叔叔家，电话都没挂。”

网市忙着向司机赔礼，洪根生跳上自行车疯狂地踩着，到了守正家，洪根生把自行车一扔，冲进屋内。美如正在通话："听说美国的料子便宜……"洪根生上前抢走话筒急问："守正，你去我家了吗？"

杜守正想起自己的爹娘和根生的爹娘，老人家都已化成山上青青的野草，不禁哽咽起来。洪根生火大："你哭什么？我问你呢，你说话啊！"摇曳的灯光映着洪根生的脸，他听着电话，脸色一点一点地变化，他不愿意相信的噩耗终于传来了。洪根生的眼泪狂涌："妈的！你哭成这样，我哪听得清，慢慢说！哪一年去世的？你去了坟上了？坟修得怎么样？"他用松树皮般粗糙的手掌擦着眼泪，"很好，老人家临终的时候，阿茶在身边，儿子孙子都在身边……没有遗憾，我听了，欣慰啊，欣慰啊！美国电话贵，挂了吧，回来再聊……"

挂掉电话，洪根生双手撑住椅子扶手，想站起来，全身无力，怎么也站不起来。他咬着牙，想用力站了起来，双手颤抖，还是起不来，干脆颓然坐到地上。这时，网市冲了进来，用力把他扶起："回家再说吧！"她的声音是从未有过的温柔。洪根生颤抖着说："我没事……没事。"一眨眼间他好像老了十岁，昏黄的灯光将两个人的影子拉得老长老长。

台生告诉晓梅："到了警总那个老黄全招了，原来他常到各眷村去串门子，有一次听到你爸跟人聊天，谈到自己的小名，他就上了心。"

晓梅调皮地笑起来："幸亏你动作快，把我的嫁妆抢回来，不然你就要娶一个没有嫁妆的老婆了。"台生高兴地握住晓梅的手："我不要嫁妆，我只要你。"

傅友诚不知道什么时候进来了，插到他们中间把两人隔开，他很不高兴地斥责台生："你是惠芳的男朋友，怎么可以拉淑玲的手？"两人苦笑，只好正襟危坐："没有啦，是外面树上有只虫子掉到淑玲手上，淑玲怕虫子，让我帮她捉走。"傅友诚严肃地对晓梅说："下次有虫子掉下来，你叫我帮你捉，我不怕虫子。"

余夫人自从与田夫短暂通话后，就再也沉不住气了，她约老友路长功来商议："请你帮帮我的忙，我要去找田夫。"

路长功真心为夫人感到高兴："很好啊，我在香港有朋友，可以安排你们在香港见面。"

“你没懂我的意思，我要回大陆定居，我想请你帮我处理一下财产，我要变现。老岳对钱的事一窍不通，所以我想请你帮忙。”

路长功很惊讶：“夫人，你要知道，对岸的情况……你在这边生活了数十年，突然间要转换另一种生活，千万要三思。你这是一时冲动，这样吧，你冷静一段时间再说。爱有很多方式，不一定非在一起不可。”

余夫人很坚决：“我想过了，我要跟田夫在一起，别的我都顾不了了。我冷静不了。田夫如果有了家庭，我就死了这条心，可他至今还是一个人啊，几十年了，我早嫁人了，他却还是一个人，他就是在等我啊！想到这些，我没法冷静啊！”

路长功觉得不可思议：“夫人只通了一次电话，还是慎重一点，把田夫的情况再了解一下。况且也不一定非要定居在那里不可啊？来来去去，不是很好吗？”

余夫人不为所动：“我直接到他身边去，这就是最好的了解的方法。我们已耽误了几十年了，现在我不能再浪费时间了。我要跟田夫在一起，一分一秒都是珍贵的。我哪舍得再飞回来？长功，你得帮我这一把。”

路长功被感动了：“夫人用情之深，令人感佩。放心吧，你的事我一定放在心上。”

“谢谢你，长功，我得去买花生糖了，田夫爱吃花生糖。”

路长功看着余夫人匆匆离去的背影久久不能平静。这些老兵，包括余夫人，一个个往大陆奔去。一度，他以为他虽然有家乡，家乡却已没有了亲人，如今，岳知春给他带来了老母健在的消息，他又何尝不想念她呢？

路长功与岳知春商量如何劝止余夫人，岳知春叹息：“在爱情面前，什么理由都不顶用，不过我倒是能够让余夫人等等再说。”

路长功问岳知春有什么办法，岳将军说这个暂时保密。

路长功只好不问，他叹道：“都这把年纪了，还谈什么爱情？这不是笑话吗？夫人现是一时冲动，不管不顾。也不想想，山东哎，冬天多冷啊？夫人一生都是在温暖的厦门和台湾，从没到过下雪的地方，她能受得了？”

岳知春的办法，其实是告诉余夫人，杜守正拍了一段田夫的录像，那一次“两岸首次通话”，断断续续的，很多话没有说明白，何不等杜守正从美国带了录像带来，看看田夫说些什么，看看田夫那里的情况再作决定呢？

赵彤托人把一盒录像带交给了魏永乐。岳将军早已交代过，这盒录像非常重要，一定要确保万无一失。因为上次信件被没收的事，魏永乐不敢亲自露面，便按将军的指令，联系上孟忠立，把录像带装进巧克力盒中，转托给一位孟忠立信任的空姐。空姐下了航班，把录像带交给了早已等候在机场的朱家仪，家仪回家交给父亲朱晋，朱晋晚上开上出租车，来到岳将军府上。岳将军接过这接力棒一样传递到他手上的录像带时，欣慰地笑了："来得正是时候，可以开始行动了。"

岳知春马上把录像带送到余夫人家，嘱咐余夫人，一定要尽快约路长功到家里来看这盘带子，只有路长功看到了这盘带子，杜守正才能尽快从美国回来，夫人才能尽快看到田夫的录像带。随后他回到自己家中，通知洪根生、八百黑来家里聚会。

"你们想不想让杜守正快点回台湾？""当然，我们做梦都想看到他拍下来的家乡亲人的情况，可是我们也不想让守正有危险，现在危险解除了吗？"

将军说："能不能解除守正的危险，就要看我们大家怕不怕危险了。"

洪根生和八百黑不约而同："我们不怕，将军要我们怎么做。"

"你们知不知道有两位老兵，何文德和姜思章，成立了一个'外省人返乡探亲促进会'，致力于推动当局开放老兵返乡探亲？"

洪根生点头说知道这回事，八百黑说："我还收到过他们发的传单呢，题目好像是：《我们已沉默了40年》。里面说，'几十年了，我们的父母是生是死，却不得而知。我们只要求，生，让我们回去奉上一杯茶；死，则让我们回去献上一炷香'。写得真好，这也正是我想要说的话啊。"

将军说："知道就好。过几天就是母亲节了，外省人返乡探亲促进会要组织一次大的活动，以母亲节思念母亲的名义，呼吁当局开放两岸探亲。我建议你们尽可能多地发动老兵们去参与支持这次行动，到时候台生他们的电视台也会去报道。如果这次活动的声势足够浩大，相信一定能给当局相当大的震动。最好的结果是当局检讨两岸政策，废除《戒严法》中不许老兵与'匪区'亲人来往的规定，允许老兵自由返家探亲。这样，守正也就无罪了。即使不能促成

《戒严法》马上废止，在强大民意的压力下，当局也会轻判‘私入匪区’之类的案子，甚至可能大事化小……最坏的结果是当局坚决镇压这次行动，所以我要事先告诉你们，风险还是有的。不过据我分析，经国先生还是比较开明的，他亲自催生成立了‘退辅会’，解决老兵就业、就医等一系列问题，还担任了八年的‘退辅会’主委，他对老兵是有感情的，我认为他不会下令镇压。你们回去好好考虑一下，敢不敢冒这个险。”

洪根生和八百黑早已摩拳擦掌，八百黑说：“我没有什么可考虑的，我一人吃饱全家不饿，怕什么？”洪根生说：“就算不是为了守正，我们也应该参加，这是为我们全体老兵争取权利。”

将军依稀回到了运筹帷幄指挥作战的时光，有点兴奋：“那好，我马上打电话告诉守正这里的情况，你们这就回去准备吧。”

正在将军招洪根生八百黑商议“母亲节行动”的时候，路长功如约来到余夫人家中，余夫人把录像带交给路长功，再三说明是岳将军嘱咐的，要路长功就在这里看。路长功心里已经猜到了七八分，这可能就是岳知春让赵彤去他老家拍的录像，他的手不由自己颤抖起来，好不容易才把盒带装进机子，按下播放键。

电视机里，出现一位白发苍苍的老妇人，对着镜头满口四川话：“我的儿子名叫路长功，家住南充市春熙路科甲巷三号，他是西充县立中学毕业……”路长功像被子弹击中了心脏，不错，这正是他的老母亲啊！他泪流满面，情不自禁跪在沙发前的地毯上……最后是一位中年妇人，对着镜头说：“哥，我是长美。你什么时候能回来？妈妈天天想你。”路长功从她的脸上，依稀看到了当年那个跟屁虫一样的小姑娘，用银铃一样的声音叫着“哥，哥……”。岁月无情啊，连妹妹都是满面风霜了！

回到家里，路长功打开保险箱，小心翼翼把录像带放了进去，旋转着密码锁。立苹不知道什么时候走了进来：“你怎么还不睡？什么东西这么神秘，还要放进保险箱？”

路长功掩饰道：“能有什么东西？还不是‘匪情’资料？是庄力奇去‘匪区’拍下来的。”立苹突然有些疑惑，老公的眼睛又红又肿，好像刚哭过。自结婚以来，她还没见过老公哭呢。路长功心虚地解释：“我眼睛不舒服，可能是眼角膜发炎了。”

立苹心疼老公：“严不严重啊？我还是陪你去医院看看吧。”路长功摆摆手，拿上车钥匙，一言不发地出门去了。

路长功驾车无头苍蝇一样在路上跑，满脑子都是昨晚录像带里的画面：老母亲拉开抽屉，取出一个小本子，说：“这是长功小时候写的作文，第一篇就是《我的母亲》，我一直留着……”接着母亲推开一扇门，里面放着一张单人床和一张书桌。她对着镜头说：“长功以前就睡这一间。现在我就睡在这张床上头，就像看到长功躺在我身边……”路长功泪流满面。他调转车头，朝余夫人家开去。

余夫人客厅里，岳知春正娴熟地拉着二胡，余夫人十指急促地弹着琵琶，两人配合得相当默契。岳知春看见路长功带着两个黑眼圈走进来，问道：“看到真凭实据了，现在相信赵彤的话了？”

路长功不语。

岳知春推心置腹地说：“人心都是肉长的，现在证实了母亲还健在，难道你就不想见见白发亲娘！长功，咱们哥儿们一场，我娘是不在了，你命好，还有娘，在我心中，我是把她当娘啊！今儿我不跟你讲大道理，我只有一句话，赶紧把你娘接到香港来，你去香港见一面。”

路长功一颤：“我这身份，香港也不让我去。”

岳知春真心实意为路长功着想：“你娘还能等多久？是不是她这辈子再也见不到你了？我、赵彤、长美一起努力，一定能解决这个问题的，日本你总可以去了吧？美国你总可以去了吧？就看你舍不舍得你的前程了。”

路长功下了决心：“要是为了顶乌纱连老娘都不要，那我成了什么人？这勾心斗角的官场，我也有点厌倦了。可立苹和台生我还是要顾及的。为安全起见，我还是去除公职后再考虑与家人见面比较好。我会尽快交退休报告的。”

岳知春情不自禁地站起来拥抱了路长功：“这才是我认识的路长功，有血性，有情义！我相信你，以后在处理老兵的案子时，你会将心比心，我就不再说什么了。”

这么多年了，他与岳知春争吵不断，今天这样的推心置腹，也令路长功非常感动。只是岳知春的最后一句话，似有所指，他一时不明白是什么意思。

洪根生和八百黑回到眷村，就开始了紧张的准备，一边与眷村中靠得住的铁哥们串联，一边准备母亲节活动的宣传品。他们买了笔墨，还去批发市场买了一大包最廉价的那种白背心。晚上，洪根生、晓梅、台生在一件件白背心的前后，写上“想家”“想妈妈”之类的字。网市对这事虽然有点担心，但一想到关系到守正能不能安全回家，也不敢反对，只是默默地不时地到门口去张望一下，看看有没有可疑情况。傅友诚挨个看了他们三个人写的字后，骄傲地说：“还是淑玲的字写得好，你们两个，写得真难看。”洪根生笑道：“小傅，你也来写，我们小傅读过高中，这要是在从前，就是个举人老爷哦。”一想到这个“举人老爷”是怎样被他抓到了军中，变成了这样的，他不禁又一阵内疚。傅友诚毫不客气，提起笔来，饱蘸墨汁，在一件白背心上写下“阿母我想你”几个大字，虽然因多年不写，笔画有些生硬，但看得出很有些功底，三人都有些吃惊，觉得傅友诚现在除了把晓梅当成淑玲之外，几乎就是个正常人了。

母亲节到了，一大早，傅友诚穿着用乌黑的墨汁写着“妈妈，我想你!”的背心，第一个走出家门。几位不知道此次行动的眷村家属大吃一惊，议论纷纷：“小傅是不是又发病了?”洪根生走了出来，对着人群大声说：“儿子想妈妈，这也叫不正常吗?”只见他也穿着白背心，前胸后背也写着淋漓的大字：“想家!”众人哗然。洪根生笑着挽起傅友诚的胳膊：“小傅，咱们散步去。”这时候，那些洪根生、八百黑联系过并决定参加母亲节行动的老兵们，纷纷走出家门，汇集到眷村的大榕树下，然后人流走出眷村，走上大路……一路上不断有人加入，其他眷村里的人，也都走了出来，大家纷纷向孙中山纪念馆的方向涌去。洪根生、八百黑和傅友诚手挽手并排走着，忽然觉得有人硬挤进他们三人中间，回头一看，不禁惊叫起来：“守正，你怎么回来了，将军不是要你在美国等消息吗?”杜守正大声喊着，试图压过喧嚣的人声：“我等不及了，争取老兵探家的权利，我不能缺席。”

电视台迅速出动，一路跟拍，以最快的速度直播爆炸性新闻：上万名老兵涌上街头，以“母亲节遥祝母亲”的名义在台北孙中山纪念馆举行集会。电视台还给“想家背心”来了好几个大特写。游行队伍大声合唱着《母亲你在何方》："雁阵儿飞来飞去，白云里；经过那万里可能看仔细。雁儿呀，我想问你，我的母亲在哪里……"唱着唱着，有人哽咽起来，痛哭起来。站在请愿老兵前列痛哭的傅友诚率先向大陆方向跪倒在地，老兵们哗啦啦一片随着跪下，广场和街道上哭声一片，有些年老体弱的老兵甚至哭昏在地。

看着这汹涌的人潮，路长功想起了岳将军两天前对他说的话："我相信你，以后在处理老兵的案子时，你会将心比心，我就不再说什么了。"他恍然明白这是什么意思了，面对整装待发的部下，他下令："只准维持秩序，不许出手伤人。"

老潘面色铁青看着电视机里老兵们走上街头的场面，拿起电话拨号："看到电视新闻了吧？不能出动军警……那么多记者在呢，找黑道出面就行了。"

游行队伍浩浩荡荡，前头举着"返乡运动促进会"、"退伍军人联谊会"的横幅。队伍里有各种标语："母亲啊！我们真的想您"、"想回家，怎么办?"、"我们已沉默了四十年"、"白发娘，盼儿归，红妆守空帏"、"捉我来当兵，让我回家去"……洪根生、傅友诚、杜守正走在队伍前面。突然，队伍一阵骚动，原来是一群黑道分子拿着棍棒冲来，向着老兵们劈头盖脸乱打，老兵们根本不是对手。杜守正害怕起来："根生，咱们先躲一下。"

洪根生充耳不闻，朝着一个挥棒正要打老兵的黑道分子冲过去："畜生!"黑道分子一转身，竟然是晓雄。他一愣："爸，你怎么在这里?"洪根生怒吼："我倒要问你，你怎么在这里?"晓雄从小就怕爸爸，马上说了实话："政府出钱，叫我们打人。"洪根生的眼睛几乎要喷出火来："你知道你打的是什么人吗？你打的都是眷村的叔叔伯伯。"

晓雄一颤，四下张望了一下："啊？我真的不知道。"

洪根生大喊："带着你的人滚!"晓雄对着身后的马仔大喊："打错了，打错了！我们是来保护老兵，维持秩序的。"年轻人加入了游行的队伍，队伍更庞大了。

第十二章 将军囚绿岛

母亲节过后，眷村看似恢复了往日的平静，其实，笼罩着又激动又不安的情绪。杜守正回家后，深情地拥抱了美如和惠芳，想到爹娘都已过世，他红了眼圈，“在这世上，我只剩下你们了。”惠芳安慰道：“阿爸，你不要难过了，你还有阿母和我。”她又摇摇阿母的肩膀：“你整天说警总会抓阿爸，现在证明都是你胡思乱想的吧？你看，阿爸这不是回来了吗？”美如面色苍白：“那个人不是你爸。”惠芳有些好笑：“你连阿爸的样子都认不出来了吗？”美如说：“他是警总的人，整容整成你爸爸的样子。”杜守正慌了，他在美国通过电话已经知道妻子出了点问题，但没想到这么严重。自己真是对不起她！他搂住美如的肩膀，心想以后一定要好好待她，守在她身边，相信美如一定会好起来的。

洪根生和八百黑迫不及待地要看杜守正拍回来的录像带。网市有些醋意：“这里头有你老婆吧？算啦，我就不看了，你自己看好了。”说着就想走开。洪根生一把抓住她的手：“你一定要看。”洪根生的表情特别严肃，网市勉强坐了下来。洪根生指着画面：“她就是阿茶。”画面里茶嫂正在与马向前交谈。杜守正补了一句：“茶嫂嫁给了这个马向前了。”

网市大大松了口气：“她真的嫁人了？那我……你就放心了嘛！”

洪根生点点头：“放心了……放心了……孙子也大了，他们跟这马向前都很亲，我也没有什么好牵挂的了。”他看着爹娘坟上的青青野草，打算寄点钱回去把坟修一修。网市很支持：“应该的，应该的！要是有人去香港，就托他带去那边寄，我还有一点积蓄。”她准备明天到庙里去，好好给根生父母烧点香。

杜守正假装抽烟把洪根生拉出门外，洪根生甚是疑惑：“老杜，你怎么把我拉出来？丢下八百黑他们不好嘛！”

“当着八百黑和网市的面，我没法说。我跟你说，茶嫂故意拍了她和马向前的镜头，其实是骗你的，她还是一个人。她一直等着你，马向前也一直等着她。马向前说，阿茶性子倔，当了你这么多年的老婆，一下子转不过弯来，除非当面见到你，看到你一家安乐，你亲口跟阿茶说，让她嫁人，她才会安心地嫁给马向前。”

洪根生被震动了：“当面见到我？这怎么可能？你回去一趟，这边都闹得跟地震似的，我哪还敢回去？”

杜守正帮他出主意：不用回老家，到香港就行了，让茶嫂、建国、卫东到香港来和你见面。“根生，为了茶嫂，你该去香港。”洪根生心中矛盾极了：“这个……这个……我刚刚跟网市说了，阿茶已经改嫁了，突然间我又要跟她说要去香港见阿茶，她那醋坛子不打翻才怪。”唯一的办法是，先申请护照港签，反正还要很久，再慢慢想办法跟网市说。

两人回到屋内，洪根生心事重重地抽着烟。网市没注意洪根生的表情，她热情地为杜守正倒着啤酒，啤酒冒着洁白的气泡。“今天比过节还开心，守正带来了茶姐再嫁的好消息嘛！我们根生啊，重情重义，这么多年，他就牵挂着茶姐，现在好了，茶姐有主了，根生心中一块大石算是落了地！”网市心情大好，她以前在根生面前提到茶嫂，都是醋意浓浓地称“你的阿茶”，今天改口称“茶姐”了。八百黑取笑道：“嫂子，我看是你心中大石落了地吧？”

网市爽快地笑起来：“自己兄弟，我也不瞒你们，老公只有一个，一想到在那边还有个女人跟我争，我心里头真不是滋味。现在，老公是我一个人的了！”她做了两大只万峦猪脚，准备让杜守正回家的时候给美如带去。这回幸亏是杜守正回去，要是洪根生回去了，她不急疯了才怪！万一茶姐不让他回台湾，那她怎么办？

洪根生举起酒杯和杜守正碰了碰，示意杜守正帮他说说话。杜守正一脸无奈，假装若无其事对网市试探道：“要是根生跟阿茶在香港见面呢？”

“那也不行！”网市回答得斩钉截铁，“你们不知道，影剧三村有个姓楚的，也是到香港见亲人，好像是贵州的吧，结果他老婆带着儿子孙子一起来，一家人见面就抱头痛哭。楚老头就回贵州去了。”

洪根生暗惊。八百黑不明就里，取笑道：“嫂子醋劲比我们山西陈醋还大。香港也不行？这事我也听说了，楚老头是死了台湾妻子才回去的……”网市拿着啤酒瓶为大家添酒：“说这些干吗？茶姐嫁人了，根生也不会去见她了。来，再喝几杯！”

洪根生与杜守正绝望地对视。

洪根生只好让杜守正悄悄地在厦门街的扁食店等晓梅，预先告诉晓梅家里的情况。杜守正一脸严肃地对晓梅说：“你爸想去香港跟你阿茶大妈见个面。”晓梅拍起手来：“哎，这主意好啊，我怎么没想到？”

“可惜，这边还有一只拦路虎啊，而且是母老虎！”

看着守正叔一脸无奈的表情，晓梅马上想到了自己阿母。这件事真让人为难。她心疼阿母，也心疼阿茶大妈。怪不得阿爸也没了主意。

杜守正又掏出淑玲和傅友诚合写的日记交给晓梅：“这是淑玲交代的，一定要交给你，她请你每天读一段给小傅听，说不定小傅会好起来。”

晓梅郑重地接过日记本：“守正叔，你要是写信给魏老板，请他转告淑玲，台北的淑玲会完成她的心愿。”

回到家中，晓梅告诉根生，她马上让台生去帮阿爸拿申请表格，只是填表容易，阿母这关难过啊！平时，阿母都听阿爸的话，碰到阿茶大妈，阿母就真的变成母老虎了。她握着阿爸的手：“阿母这边我来说服他，你就放心。路费的问题，我还有一张定存单，我把它解了，多买点东西给大妈。你就不要拿家里的钱了，不然让阿母生了疑心，事情就黄了。”

洪根生很感动。他听说有的老兵到香港去会大陆亲人，这边的家人全都骂他，女儿骂得最凶。相比之下，晓梅多懂事。晓梅笑起来：“你在香港跟阿茶大妈见面，只要不跟她回去大陆，我就没意见。”

这段日子，台生也跟着老兵们忙，洪根生现在完全以老丈人自居，使唤他做事了，他说年轻人眼睛好写字快，让台生看着录像，把委托他们找丈夫的老太太们所说的话记下来，然后根据姓名、部队番号等信息去找人。这天晚上，洪根生的家里，黑压压七八个人头。摄像机的屏幕播映着，一个老太太一口婺源话正在讲述："他叫齐济民，是六十一军团六十九师一三九旅三八〇团……"台生紧张地做着记录，忽听网市大声说"你是谁，找谁?"只听一个男声说："警总的。"气氛骤然紧张起来。杜守正回头一看，笑了："力奇，是你啊。"台生也笑道："力哥，你搞什么鬼?"庄力奇好像不认识他俩似的，一本正经地说："怎么，私自回了趟大陆老家?"杜守正心想，这不是明知故问吗?好好一个人，怎么一回警总就变了脸，他有些生气道："回了，怎么样吧?"庄力奇说："回了就回了，不要到处声张，让我们不好做。"说完若无其事地走了。庄力奇几番辞职不成，形势变幻莫测，他想，也好，再在警总里呆一段时间，也许能为老兵案再出些力。大家面面相觑："他这是什么意思?"台生高兴道："放心，他这是特意来告诉大家，他会睁只眼闭只眼，但大家不要弄得动静太大。"庄力奇内心很感激这群老兵，他已经知道老潘的计划，要不是老兵们这次激烈的抗争，迫使"匪谍"案取消，他自己也难逃"匪谍"的嫌疑，因为老潘对他替杜守正处理录像带一事，十分恼火。虽然废止《戒严法》是迟早的事，但现在毕竟还没有开放探亲，庄力奇觉得有必要提醒杜守正他们，不要大意，行事还是机密一点好。

除了忙看录像，找人，大家就是常在岳将军家里开会，评估老兵母亲节行动后，事态会如何发展，杜守正的危机有没有解除。大家都表示，如果守正有罪，他们几个都去自首，绝不让守正一个人担责……岳将军说，形势看来比较乐观，母亲节后，外省人返乡探亲促进会又组织过几次活动，军警只是看着，根本没有干预，这说明了上边的态度有所软化。将军还说：据路长功透露，有不识时务的家伙，向上头报告了两个老兵私入"匪区"案，也是极力往"匪谍"案上办。上头很不满意，说他们贪功，故意小题大做，拿几个老兵作替死鬼，陷"政府"于不义。老潘听到这个风声，就没敢轻举妄动。

"'匪谍'案是办不成了，那私入'匪区'他们还会不会办呢?"洪根生担心地问。

将军一笑，自信地说："'匪谍'案放弃了，私入'匪区'案就不会再提了，不仅不会再提，还可能会隐瞒起来。"

"为什么?"众人不解，齐声发问。

将军给大家分析："如果办成'匪谍'案，报告就可以写警总多么明察秋毫，警总干探千里追踪，深入虎穴终得虎子，破获了一个间谍网……简直像侦探小说一样精彩。可如果不是'匪谍'案，那就是警总派员千里追踪，抓到一个老兵回家替几位战友给爹娘磕个头扫个墓。杀鸡用牛刀，这就成了一个笑话，所以，他们不会为了区区一个私入'匪区'案让自己难堪的。"

听了将军的一席话，大家都替守正高兴。

杜守正把关于田夫的那一段翻录了一盒，委托岳将军交给余夫人。余夫人接过录像带非常激动："将军，你替我谢谢杜守正！"路长功把线接好，走到余夫人面前接过微型摄影机，然后从岳知春手上接过录像带放入："夫人，按一下这个键就可以看了。我有紧急公务在身，就不能陪夫人看了。"

余夫人很紧张，马上要见到日思夜想的田夫了，她反而有点害怕。她哀求岳知春陪她一起看，岳知春也摆摆手："对不起，家里还有客人，梁副主委还等着我呢，失陪了。"两人一起告退。怕余夫人看录像太激动，身体出什么状况，临出门时路长功嘱咐曹妈打电话请晓梅来陪夫人。余夫人坐了下来，她颤抖地伸手按了摄影机播放键，录像带转动，电视机画面上出现了符天，余夫人激动得屏住了呼吸。哎，田夫也老了！想当年，他是一个多么意气风发的小伙子呀！余夫人拿着手帕，泪眼汪汪看着，电视机播出田夫的画面：他穿着一身崭新挺括的蓝色工装，戴着黄色安全帽。余夫人忍不住含着眼泪笑了……

晓梅来到余夫人家的时候，竟看到夫人在号啕大哭，曹妈手足无措地站在一边，看到晓梅就像看到救兵来了一样："洪小姐，你快劝劝夫人。"

晓梅好不容易才弄明白了事情的原委。原来，田夫在录像中说："相见不如怀念，蓝瑛，就让我们这样在心中永远地思念着对方。"余夫人一听就急了，赶紧请魏永乐帮助打电话问田夫的具体地址，魏永乐回话说田夫不肯说，而且田夫还叫魏永乐告诉余夫人，他不愿意让余夫人去大陆。晓梅帮余夫人分析原因："田夫也是怕你不习惯那边的生活嘛！这样吧，夫人，你不要跟田夫说要去定居，你就说去他那里旅游几天……"余夫人苦笑。田夫也不愿意让她去旅行！她的心都碎了。田夫一直在等她，三十七年了，她都背叛了田夫嫁了人，可田夫没有结婚……就是因为这一点，她才下决心要去找田夫，要到大陆定居的。可是田夫为什么就不肯了呢？田夫大概是怕她受苦，可她一点也不怕。她把家当全变卖了，这些钱到大陆足够他们舒舒服服过下半辈子。现在他们之间没有什么障碍了，再没有任何理由阻挡他们！可田夫顾虑的是：挡在他们中间的，不只是一道海峡，还有无情的岁月……

余夫人不知不觉来到了佛堂。无助的时候，她来到这里才能求得心灵的安静。她跪下来，开始虔诚地诵读经文：愿你作无边宝华盖，能普荫一切世间诸有情；愿你为如意净明珠，能普照一切世间诸有情；愿你为降魔金刚杵，能破坏一切世间障碍；愿你为多宝盂兰盆，能盛百味，滋养一切世间诸饥渴者；愿你有六手，十二手，百手，千万手，无量数那由他如意手，能成全一切世间等等美善……

路长功现在每天晚上都要背着立苹，自己一遍遍温习那盘录像带。母亲的话，他都能背下来了。“长功，娘八十多了，数着指头过日子啊！托老天爷的福，这辈子也算对付下来了，现在日子一天天好起来了，你妹妹工作有成绩了，你外甥女还在国外拿了一个小提琴奖呢！今天托赵先生的福，给娘录像，你也算看见娘了……啥时候，你也录个像带回来，让娘看看你，看看儿媳妇，看看我孙子。”每看一次录像带，路长功的心都要翻江倒海。

从余夫人家出来，路长功紧走几步，赶上岳知春：“坐我的车回去吧？”岳将军看他似乎有话要说，点了点头，上了路长功的车。路长功先道谢：“老岳，谢谢你，我总算看见老娘了！”岳将军纠正道：“你应该谢的是赵彤。”路长功不理会，继续说：“老娘想看看儿媳妇和孙子，要我也拍一段录像给她。你能不能帮我这个忙？”岳将军说：“赵彤会帮忙转递的。”路长功说：“我不是说这个。我现在毕竟还是公职人员，这事情如果泄露了，怕有人抓住了要大做文章。立苹女人家胆小，我还没敢告诉她。台生知道了倒没关系，他现在天天在眷村里混着，这种事司空见惯，他不会大惊小怪的。可是我们父子处在冷战状态。我现在需要你帮助我编个谎，哄立苹和台生一起来拍这个录像。”岳知春爽快地说：“行，这个忙我帮定了。不过有两件事我要你答应我，第一不要恋栈，尽快辞去公职跟老娘见面。第二，成全台生和晓梅，不要再拆散他们两个了。”路长功点头同意，路长功对官场已是心灰意冷，也就不必非要台生找上司的女儿不可了。找个条件好的女朋友，虽然也有利于台生的前程，可是看台生痴情的样子，恐怕强行拆散他和晓梅，父子俩真有可能会反目成仇。罢了罢了，儿孙自有儿孙福，路长功妥协了。

第二天一早，岳知春拿了个微型摄像机来到路家，岳知春把镜头对准路长功，路长功笑眯眯地看着镜头："娘，这就是我台北的家。"他一边说一边往里走，岳知春跟着走进，由于只顾拍摄，他绊到门外的台阶，摔倒了。路长功赶紧上前扶起他："摔坏了没有？"

岳知春紧紧捧着摄像机："没坏，我捧着呢。"

路长功连连摇头："谁问你机子？我问你这把老骨头摔坏没有？"

"骨头不要紧，录像要紧！"

路长功帮立苹理了理头发。岳知春拿着摄像机看着穿旗袍的立苹，由衷地赞道："真漂亮！立苹，你要是拍电影，那班明星都没得混了。看到你，老娘一定很开心。"

立苹一怔："老娘？"

岳知春发现自己说错了，连忙掩饰："老娘就是……那个我们的老同事，他姓梁，移民美国了，想我们了，让我们拍段录像带寄给他呢。正式开始了！五、四、三……"

路长功笑道："这老岳，还学人家拍电视剧呢。"

岳知春示意要开始了。路长功挽着立苹的手，望着镜头："她是立苹，我的媳妇……我们还有个儿子，叫台生，今天在电视台忙，我们日子过得很好，您就放心！"他推了推立苹，要立苹也说几句。立苹不知该说什么，只好胡扯："老梁，您多保重，有空我们来看你。"路长功表情尴尬，内心百感交集。

下午，路长功把台生拉到摄影棚里拍一段录像，冷战了这么长时间，父子相见有点尴尬。因为岳知春已事先告诉了台生，路长功不再反对他和晓梅的事，所以台生虽未明确表示与父亲和解，但事事配合顺从。

路长功骗儿子："将军要拍点日常生活，寄给姓梁的一位长官，他跟我们是生死之交。"他搂住儿子望着镜头："老娘，这是我儿子台生。现在在一家电视台工作，你看，跟我长得像不像？"

台生敏感地看着爸爸："爸，怎么还有老娘？"

“梁长官的母亲一直对我们很好，我们都叫他老娘。现在轮到你说几句了，你就直接叫奶奶好了，因为梁奶奶喜欢人家这么叫她。记住，叫得越亲热越好。”

台生顺从地看着镜头：“奶奶，我是台生啦！我好想你哦！”

录像带大功告成。岳知春依葫芦画瓢，像他们每次传递重要东西一样，把录像带藏进巧克力盒里交给朱晋，又一轮两岸的“接力传递”开始了。

岳知春自从成功地帮路长功联系上母亲之后，大为振奋，他像蜗牛似的伸出触角到处试探，先是利用去美国开恳亲会的机会让人转交老兵的家信。他看到名单上有大陆代表与会，便想请大陆代表把老兵的信转交给他们的亲人。出来开会时，上级千交代万交代六不：“不接触，不交流，不拍照……”因此岳知春避开台湾代表，小心翼翼四处活动。第一个大陆代表胆小，像被烫着了似的把手缩回去。岳将军不死心，又找了第二个大陆代表，这个代表豪爽大胆，欣然把信接了过去。

回台湾后第二个月，有个老兵高兴地跑来找将军：“谢谢将军！我接到家里寄来的信啦！”老兵手舞足蹈，高兴得像个小孩。接到家书后，这个老兵好像又回到母亲怀里了，母亲搂着他唱“冷风兮兮，冷雨凄凄，流浪的人儿需寒衣”。在梦里，老兵又一次看到了家乡的小茅草、羊角蜜、兔子花、隔壁三爷家的黑狗，门口榆树上的喜鹊，最好的伙伴小黑子，他最爱偷吃桑椹，一脸的蜜汁，风一刮一脸土就糊上了，总有苍蝇围着乌黑的嘴转，被他奶奶打得到处跑……

看着老兵兴奋的样子，岳将军感到自己的一切努力都是值得的。老兵开心，岳将军更开心。不过，听说一个惠安大岞村刚结婚一星期就被抓壮丁的老兵，30多年来妻子音讯全无，突然接到妻子的来信，激动得心脏病发作到医院急救！看到老兵垂垂老矣时日无多，岳知春下定决心要在他还能走动的时候帮老兵们做一些具体的事情：他想帮一些老兵将骨灰运回家乡。首先把董家强的骨灰运回他老家去！老莫听完将军的计划，吃惊得瞪圆了双眼：“将军，你疯了不成？”

将军微笑：“我已经老了，随时都可能去见阎王爷，就让我最后疯狂地放纵一次吧！这些老兵，都是他们母亲留在人间的一粒种子，就让我送这些种子回故乡吧！”

第二天，岳将军是十点的飞机。九点三十分了，他焦急地等待着孟忠立帮他过安检。这个孟忠立，昨晚说得好好的，今天怎么不见影子呢？机场广播正在急切地呼唤着岳知春的名字，再不安检，他就误了这趟飞机了。岳知春再也坐不住了，心一横，走到安检口。年轻的安检人员很快注意到了这个硕大的包裹，好奇地自言自语了一句：“这是什么呀！”他手脚麻利地打开包裹，露出半米高的陶瓮。他从未见到这样的事物，伸手就打开瓮盖，突然惊叫起来：“啊！”这时孟忠立气喘吁吁地赶了过来：“叫什么叫？一坛咸菜有啥好叫的？”孟忠立一把抓过瓮盖将陶瓮盖上，吩咐安检人员打包。安检人员嘴巴惊得合不拢，他明明看到陶瓮里装的是一袋袋灰白粉末，像是骨灰，孟处长却说是一瓮咸菜！但是，他不敢得罪孟处长，他还指望孟处长提拔他呢，既然孟处长说是一瓮咸菜，那就是一瓮咸菜。

岳知春一颗揪得紧紧的心此时才放了下来，将孟忠立抓到角落，小声埋怨道：“你怎么搞的，这会儿才来！”孟忠立擦了擦额头上的汗：“上级临时来检查，我根本走不开。会还在开着呢，我是借口上卫生间溜出来的，我还得赶紧回去开会。你一路保重！”两人紧紧地握了握手，孟忠立又慌里慌张地朝会议室跑去。本来，孟忠立是可以提前跟安检人员打招呼的，但这种事越少人知道越好，不到最后关头，孟忠立不愿意将陶瓮之事告知安检。要是没有冒出临时开会这档事的话，孟忠立原打算亲自陪岳将军过安检，只要他搞个障眼法，或者假装交代安检工作上的事，陶瓮很容易蒙混过关。但眼下不行了，安检已经看到陶瓮里的东西，一张大嘴到现在还合不拢，孟忠立怕他把话吐出来，连忙拐回来压低嗓门对他说：“小戴，竞聘安检组长的表格，下午你到我办公室拿一下……”安检心领神会，忙不迭地说：“谢谢，谢谢！”

岳知春先到了董家强家，董家强家门前左右把守着一对忧伤的狮子。董家强的老婆已经从当初水灵灵的媳妇变成了一个皱巴巴的老妇人。她搂着骨灰盒号啕大哭：“当初你活蹦乱跳走了，怎么变成一坛骨灰回来？”岳知春站在旁边悄悄抹泪。送骨灰入祠堂时，女人拉着将军的手，千恩万谢：“家强终于认祖归宗了！我比别的女人幸运，别人连骨灰都见不着，我还能等到家强的骨灰盒……”她已经哭了整整一个晚上，嗓子都哭哑了。

送回大陆的骨灰，有的已经没有亲人，岳将军找到村子的大槐树或者玉米田，一边撒一边念念有词：“我把你交在这儿啦，落了土，你安心吧。”围观的村人指指点点：“这老头怎么回事，神经兮兮的。”

岳将军带回了一些大陆的泥土和小吃来，三公斤的土，分给一百多个老兵，只能一家一调羹，洪根生把其中一半分七次冲水喝下。水从他嘴里面进去了，但是水一刹那之间又从他眼里出来了。泥土的味道，就是家乡的味道，亲人的味道。他把亲人的味道、家乡的味道吃到嘴里了。眼泪淌啊淌，这么多年过去，泥土都已经硬结成块了……他把吃泥土的事告诉将军后，将军捂着脸，下颌无声地抖动。他之前找过几个老兵的家，想替老兵行孝，但那些房子和老兵的亲人，早已不在。

岳知春的行为终于惹恼了老潘。面对德高望重的岳将军，老潘不敢轻举妄动，如实向上级做了汇报。上级的批示只有四个字：“送去绿岛。”

刺耳的门铃声在黑沉沉的夜里尖叫个不停，将军穿着睡衣，睡眼惺忪，一副手铐无情地把他铐了起来。将军怒眼圆睁：“你们怎么可以这样对待一个退休的将军！”对方不吭声，神色冷峻，只有深夜里的狗叫声显得分外凄厉。

老莫心急如焚跑去根生家报信。得知将军被捕的消息，老兵们像开水一样沸腾了起来。他们一起聚到路长功家的别墅前，疯狂地摁门铃。他们拎着各种各样的礼品拥了进来，争先恐后地把礼品盒塞到路长功手里，路长功都懵了，这唱的是哪一出啊！

洪根生哀求道：“路长官，你就把将军放了吧！”路长功一头雾水莫名其妙：“什么？你说什么？”

“你就别装了，将军被送到绿岛了！求求你高抬贵手，看在和将军多年的情分上，放过将军吧！他已经一大把年纪了，根本受不起这样的折腾。”老兵们几乎要给路长功下跪了。八百黑说：“要抓就抓我吧，我来替换岳将军！你把我抓起来，把岳将军放出来吧！”他想得太天真了，就像想用一块石头去换一粒珍珠。在台湾，所有人谈绿岛色变。由于它孤悬海外，地形险要，国民党在绿岛专门修建了关押政治犯的监狱。绿岛原名火烧岛，据说是因岛上发生过一次严重的火山喷发，烧掉了半个岛的树木。1949 年，火烧岛被改名为绿岛，意取其树木繁茂，绿荫蔽日，远远望去，全岛一片葱茏，宛若一颗镶嵌大海中的绿宝石一般，可惜这美丽的小岛现在布满了阴森森的气氛。

路长功浑身一震，像被触了电一般："什么？将军被送到绿岛上去了？你们说的是真的么？"路长功浑身瘫软，跌坐到沙发上。警总逮捕将军的行动他竟然不知道，老潘对他瞒得密不透风。他请众老兵坐下："各位，你们别着急，我会尽自己最大的努力去保护将军。"

岳知春被送到绿岛上已经一个月了。他年事已高，上级特别允许他不必参加体力劳动，但不给他书读，不给他报纸看，将军便以一个军人的姿态端坐着，一遍遍回忆他的部下们的坎坷命运。他想，我应该把他们写下来，让后人知道。好在并不限制他用纸笔，那是让他写悔过书用的。将军在一个有一缕阳光照近监房的早晨，郑重地铺开纸笔，写下了"老兵传·第一章·董家强"。每天晚上，将军辗转反侧。孤岛上的海浪破空而来，一波一波，反反复复，重重叠叠，拍打他此生的无眠。根生来看过他，很多老兵都来看望他，有时一起来，有时轮流来，他们给他带来了力量，让他有勇气去抵御周遭铺天盖地的寒意。在这个海岛上，有多少人在弄脏自己？有多少人在清洗自己？将军坚信自己做得没有错，他只是帮老兵圆自己的还乡梦，怎么会变成了政治犯，成为绿岛的阶下囚？总有一天，历史会还给他清白。

平时放风时，岳知春喜欢坐在一块赭褐色的石头上，看着无边无际的大海。听说在绿岛的南端有一个神奇的咸水温泉——旭温泉，它是世界上两个海水温泉之一，水温一般在 40℃左右，每当涨潮即被淹没，而落潮时又重新出现。岳将军真渴望泡个温泉澡。在监狱里，什么苦他都能够忍受，就是洗澡这件事情几乎要让他发疯。因为多年来养成的洁癖，每天他都要泡一个热水澡，如今在这里泡澡成了件奢侈的事情。当然，他没有提泡温泉的要求，提了也没用，那是长官才能享受的权利。涨潮时分，海天茫茫。绿岛上非常孤寂，几乎听不到人声。偶有动静，要么就是送补给的船只，要么就是送了新的政治犯过来。很简陋的一艘铁壳机动船，尾部的柴油机剧烈震颤着，突突突的噪音瞬间打破小岛的孤寂。有时天色灰暗，空气中饱含丰沛的水分，海风迎面扑过来，湿气凝滞地沾在皮肤上。扁平的船头，压住绵延不尽的浪头，在船舷边不断地激起水花。海水深重的青碧，不知来自哪里，也许是水影的重叠，也许是天空的光色。水花是透明的，那些水珠从海面跃起独自绽放时，炫出了银子的光泽。在万古的大海深处的流动里，呈现多姿形态的浪花，也能够带给岳知春一种生命的喜悦，这是一种水质的生命，虽然只是一瞬间，也是那样的纯粹而灿烂。不一会儿，阴晦的天空已经飘起了细密的小雨，那些银色的丝线随着雨的针脚，不断地掉入海中，泛起一圈圈一层层水纹，在宽阔的海面上绣织出一片迷蒙。带着腥味的风儿吹过，空濛处宛若有一双浣女的纤手轻轻抖了抖雨丝，逸出一道若明若暗的弧线。

所幸阴晦的日子很少，阳光灿烂的日子居多。岳知春平静地看着撒在海面上的阳光，欣喜地看着船只轮回般地在此岸和彼岸之间穿梭。心想，绿岛在台湾人心里是一个险恶的名字，谈绿岛色变；但只要有信心在，绿岛何尝不是茫茫大海之上不沉的舟楫和避难所呢！这是生命的航标呀！

一念到此，将军几乎要忘情地呼喊起来："历史可以改写，墓志铭可以编纂，但公道自在人心！"

第十三章　相见时难

茶山上，建国与秀菊正在忙碌。卫东飞奔飞来："爸，妈！"秀菊心疼："卫东，别跑啊，小心摔跤。"

卫东依旧狂奔："我们要去香港了！阿爸、奶奶还有我，我们一起要去香港见爷爷了！"建国与秀菊高兴得抱在了一起。他们申请去香港已经三个月了，现在终于批准了。卫东像广播一样，到处发布要去香港的新闻。在中学简陋的红土操场上，卫东眉飞色舞，指手画脚："等我从香港回来，送学校一件礼物，一台十八吋的彩色电视机。"周围的同学崇拜地看着卫东，欢呼起来，卫东像领袖一样挥了挥手。远在台湾的爷爷，大大满足了他的虚荣心。

乡亲们也纷纷跑到茶嫂家里道贺，与洪根生有过交情的老人，还让茶嫂带些问候和礼品。

马向前是等所有人都散去才来的。茶嫂泡了一杯茶递给马向前，他接过茶杯品了一口，赞道："好久没喝到这么香的茶了！这是那株'一枝春'的茶叶吧？今年你一两都没给我。"

"今年'一枝春'产的茶叶，我都要带到香港去，这是根生最爱喝的茶。"马向前心里酸溜溜的："我也爱喝这茶呀，你怎么就不想着我？"茶嫂嗔道："'一枝春'是我和根生一起种的茶树，根生没喝上几口，这么多年还不都是给你喝了？我和根生这辈子也见不了几面了，以后也都是你的。"马向前问："你说'以后都是你的'，是说茶是我的，还是说人是我的？还是连茶带人都是我的？"茶嫂又羞又恼："你胡说什么！"

马向前急了："这可是你自己说的，见到根生，你就跟他说我们俩的事。"见茶嫂又要抵赖，马向前张嘴就要喊建国、卫东来作证。茶嫂慌了："别喊，别喊！我不是没见到根生嘛。"马向前逼问："到底你会怎么跟根生说嘛？"茶嫂吭吭哧哧说不出话，旁边卫东调皮地喊："根生，我要嫁马向前！"茶嫂又羞又急："这死卫东！"她抓起桌上一个梨扔出去，卫东笑着接住，咬了一大口，转身跑了出去。

马向前两眼炯炯望着她："对，就按卫东教你的说。"

得知茶嫂他们去香港的申请已经批准，洪根生又惊又喜。魏永乐问："你什么时候能去香港和茶嫂见面？你说个准信，我好跟茶嫂回话。茶嫂的签证有期限，好像也就一个月，过期就无效了。"

洪根生语塞："我……我还没跟网市说呢，我过后再跟你回话吧。"挂了电话，洪根生跑去向杜守正讨主意，杜守正双手一摊："不是我不帮忙，我怕自己越帮越忙。这个事，还是你自己跟网市说比较合适。好好跟网市说，不要急……网市不像我们美如，她讲道理……"

洪根生苦笑："别的道理她都讲，碰到阿茶……什么道理也不讲了。"洪根生抬脚往女儿所在的诊所跑。他现在就像一个溺水的人，到处抓救命的稻草。晓梅正在为病人量血压，见到洪根生有些吃惊："爸，你病了吗？"根生示意女儿出来，他表情沉重："你江西的大妈要到香港来了，你大哥还有侄子都要来。"

晓梅激动起来："爸，我等一下就去订机票。"

洪根生很沮丧："先别订，你妈还不知道呢，开不了口啊。即使开了口，她肯定也不同意。"

晓梅也是相同的遭遇。昨天她跟阿母开玩笑，同不同意阿爸去香港见大妈她们，阿母把她臭骂了一顿。阿母禁止她再提香港，说女儿这样三天两头问这个问题，是存心提醒她阿爸赶紧到香港去。你看，连香港都不准提，阿爸真要去香港，阿母还不闹翻天了？因此，父女俩在家里都是屏息收声，目光不敢交会。

晓梅支招："爸，我想过了，不要让阿母知道。阿母只是怕你去了香港回不来，只要你回来，最多就是骂几句。我们就来个先斩后奏。”洪根生还在犹豫，他是做贼心虚：“我就怕……对不起你阿母。”晓梅激动起来：“爸，你最对不起的人是大妈。几十年才见上这么一面，这次不去，你知道下一次什么时候见？”洪根生心头一颤。是的，他更对不起阿茶。他一咬牙：“女儿，帮我订机票。”

心中一块石头落地，到了晚上洪根生倒头便睡，睡梦中，又回到了故乡，回到了与阿茶共同生活的日子。第二天，洪根生早早起来做早饭。一想到自己要偷偷摸摸到香港见阿茶，他就心怀愧疚。网市像往常一样来到厨房，有些诧异：“你这大老爷，平常叫你到厨房来帮忙，你都不肯，今天怎么转性了？今天不是妇幼节啊！”

洪根生笑道：“平常都是你在忙……你……辛苦了。以后，饭菜我做，家里的事我都做，你坐享清福。”

网市有些疑惑。今天不是她生日，也不是什么重要的纪念日，老公怎么突然对她这么好？难道他外面有女人了？也不像啊，外面的女人哪会找老芋仔？除了她，谁会看上根生哦！不过，无事献殷勤，非奸即盗，她想还是要警惕些才好。

洪根生心慌得不行。魏永乐说茶嫂他们星期六就到香港了，因为总是提心吊胆，洪根生觉得全身上下没有一个地方是舒服的。晓梅帮阿爸量了一下血压，有点高，不过坐飞机没问题。洪根生有些动摇。要是网市知道他偷偷去香港，不气坏了才怪。随着星期六的逼近，他越发坐卧不安起来，觉得时间过得太快。回想以前三十多年，总觉得时间过得太慢，总盼着早点回江西老家看看，现在真的可以见到阿茶了，他反而害怕起来：“晓梅，想来想去，香港你还是别去，你在家陪你阿母我比较放心。”

晓梅不太放心：“我的港签都办好了哎！你头一次去香港，还是我陪着你吧？”洪根生忧心忡忡：“别看你阿母是个女人家，性子比驴还犟，我怕她一时想不开。你想要香港什么东西，爸买给你。”

“行！机票可以退，我在家陪着她，你放心吧。东西你就别给我买了，给大妈、大哥、大侄子多买点吧，他们来一趟香港不容易。飞机是明天下午三点，香港那边会有人会来接你。记住，你什么行李也别带哦！要不然，阿母会怀疑的，她这一段时间很敏感。”

晚上正要入睡，网市突然抱着肚子哎哟叫唤起来，后来竟疼得倒在地上打滚。洪根生吓坏了：“网市……你怎么了？”网市已疼得晕了过去，洪根生赶紧叫救护车。不一会儿，救护车闪烁着红灯尖利地呼啸着来到门来，眷村的人帮忙把网市抬上车，众人议论纷纷。

手术室外，洪根生一头大汗，走过来，走过去，晓梅安慰他：“是急性阑尾炎啦！很小的手术，开一刀就没事了。”

“都怪我……是我做的菜不干净。”洪根生几乎要捶自己的脑袋了。晓梅听了几乎要笑起来，阑尾管腔堵塞跟食物干不干净一点关系都没有，爸爸真是医盲。“爸，你回去睡，这里有我就行了。明天一早，你还要去香港。”

洪根生摇摇头：“我要守在这里，香港我不去了。你阿母在这里动手术，我怎么能离开她？”晓梅着急：“我是护士，我会好好照顾阿母，你就安心去香港。”洪根生还是摇摇头。网市要是醒来看不到他肯定会难过死的。可是，阿茶到了香港看不到他也会很难过的，顾了台湾老婆就顾不上大陆老婆，顾了大陆老婆就顾不上台湾老婆，做人怎么这么难呢？他眼睛突然一亮：“晓梅，你不是也有港签吗？你去香港，你告诉你大妈，我在这里陪着网市，跟她说这是小手术嘛，等网市身子好了，我再去香港见你大妈。”

晓梅有些为难：“我去？爸……你再想一想吧……最好是我留下来，你去香港。”晓梅一想到要跟陌生的大妈见面，她还是有点发怵。

洪根生叹息：“这不一样啊，我有阿茶，已经对不起网市了。她在手术，我就溜了，我更对不起她。要是她知道我是去见阿茶，她哪受得了？不行……你阿母醒来的时候，我一定要在她身边，她第一眼就要看到我。”

晓梅无奈地点了点头。网市手术完被推出来了，她面色苍白，缓缓睁开眼睛，眼前人影由模糊转清晰，她认出了洪根生：“我怎么会在这里？”洪根生握住她的手：“医院啦！你刚刚割了盲肠……没事了。你别说话好好休息，养好身体就能回家。”

银白色的飞机缓缓降落，晓梅拉着行李箱走出来，她心里忐忑不安，很害怕看到大妈失望的眼神。大妈盼的是阿爸，结果来的却是她，不知大妈心里会怎么想？她四下张望，不一会儿就发现了一个写着“洪根生先生”的牌子，她脸上绽放出甜蜜的笑容：“您是林水泉先生吧？我听家仪说起过你。我是洪根生的女儿。”

林水泉伸长脖子往晓梅身后张望：“你阿爸呢？”晓梅叹了口气：“我阿爸来不了，我阿母生病住院了。”林水泉张大嘴：“啊！那……先回宾馆再说吧！”他接过晓梅手中的行李箱。马莉看见林水泉领了一个女孩子进来，不禁大叫：“林伯，错了！叫你接男的，你怎么接个女的回来？”

“洪先生有事来不了，这是他女儿。”

马莉恍然大悟：“哦，就是晓梅嘛！”

魏永乐去罗湖口岸接茶嫂和卫东还没回来。听说建国前几天上山时不小心摔倒，骨头断了，没办法来。马莉心直口快：“一边病一个，真是一家人啊！”眼尖的她突然指着远处一辆蓝色的车大叫：“波士把你大妈接回来了。”晓梅顿时紧张起来，想着见了大妈的面是不是应该给大妈鞠个躬。

虎头虎脑的卫东已经先于茶嫂跑了进来，他看见众人当中只有林水泉够老，便扑通一声跪下来：“爷爷，我代我爸给你叩头。”林水泉急得直摆手：“我不是洪根生，他有事没来香港啦。”卫东满腔热情被泼了一盆冷水：“我这头白磕了？”林水泉把他拉到晓梅面前：“这是你姑姑。”晓梅摸了摸卫东的头：“卫东，你长得真好。没想到我有一个这么大的侄子了。阿茶大妈呢？”

卫东往身后一指：“电梯坏了，我们走楼梯上来的。我急着见爷爷，先跑上来了！”这时，魏永乐拎着大包小包走进来，茶嫂跟在后面。一进门，她就开始用目光热切地搜索洪根生的面孔。

晓梅激动地走上前去：“您就是我阿茶大妈吧？我是晓梅。我阿母盲肠炎发作住院了，阿爸照顾她来不了，派我先来拜见大妈。我阿母一出院，阿爸就会到香港来，他一直想着你们呢。”

茶嫂有些失望，但马上掩饰住了：“不要催他，不要催他，让他多陪陪网市吧。”卫东调皮地问：“姑姑，我爷爷在台湾还会不会讲家乡话啊？”晓梅学着婺源腔：“呷饭了，困觉啦。”茶嫂和卫东忍不住笑起来。外面，已是霓虹闪烁的夜景了。卫东好奇地望着窗外：“这要用掉多少电啊？”

晓梅挽起卫东的手：“我带你到街上走走，大妈我们一起去，我请你们吃好吃的。”卫东开心地拍起手来。想见的人没有见到，茶嫂无心逛街，借口有点累，回房休息去了。

洪根生与杜守正在眷村缓缓走着，他惦记着晓梅在香港跟阿茶不知相处得怎么样。哎，阿茶好不容易飞到香港，想见的可不是晓梅啊。见到只有晓梅一个人来香港，她会多失望。至于网市这边，她刚动了手术，洪根生根本不敢对她说阿茶已经到了香港的事，要是她知道了非得来个一哭二闹三上吊不可。本来洪根生都打算豁出去了，不管网市怎么样，他都要一个人跑去香港，哪晓得网市偏偏得了急性阑尾炎。人算不如天算啊，老天爷净跟他过不去!

杜守正笑他：“别有什么问题就推给老天爷，老天爷管不了家务事。现在网市的手术都做了，没什么危险了，你该去见茶嫂了。”

洪根生还是犹豫：“我不能丢下网市一个人啊!”

“这些都是借口。平常你都笑我怕美如，说你镇得住网市，这会儿怎么成了乖宝宝了？自己老婆都不敢去见了?”杜守正嘲笑洪根生。

洪根生苦笑：“网市也是我老婆啊!”

“你对得起网市，就对不起茶嫂啊!”杜守正为茶嫂抱不平。

洪根生左右为难：“换作你是我，你会怎么做？妈的，你命好，只有美如一个。你要是像我一样两头有家，我看你说得出这种大话来?”

杜守正昂起头：“换作我，我马上去香港。我不是说大话，我说的是心里话。三十七年了，要是有哪个女人等我三十七年，我上刀山过火海也要去见她!”

洪根生心头震动，却默默无语。他急匆匆提起保温瓶到医院看网市。网市病哼哼地躺着，“晓梅呢，怎么这两天都不来看我?”根生随口撒谎：“她……跟余夫人去了南部。余夫人不简单啊，她要回大陆去定居了，这些天都忙着跟亲友辞行呢！她找到当年的情人了，几十年了，还没忘记，你说多么有情有义。”

网市敏感地瞪大眼睛：“你跟我说这些什么意思?”她马上激动起来，“哦，回大陆跟情人住，这叫有情有义，你是不是也想有情有义一下？老家也有你的老牵手啊，你回去跟她住，就有情有义啊，是不是这意思?”

洪根生慌了："我没这意思，是你问晓梅，我才说到余夫人的。"

"我问晓梅，你跟我说晓梅好了，偏偏要扯到余夫人，你就是故意的。她去南部，你说南部就好了，偏偏又要扯到大陆，又要扯到旧情人！你这不是存心要气我？"网市得理不饶人，胸膛剧烈起伏。

洪根生赶紧给她抚胸口："你别生气，医生说刚开刀，不能激动。"网市指着腹部说："医生只是往我这里开了一刀，你却在我心上插了一刀。"洪根生早就习惯了网市凡事上纲上线，他装孙子："你……别激动，别激动，千万别激动，唉，你刚开了刀，怎么这么有力气说话？"这时杜守正和美如也来看网市了，洪根生如见救星一般。美如走到床边，神色严肃地看着网市："警总连你也不放过，竟然对你下手了？"

网市苦笑："不是啦，我是盲肠炎啦。"

"人人都有盲肠，为什么别人不发炎，偏偏你发炎？"美如振振有词，网市不禁目瞪口呆。

杜守正趁两个女人说话的当口，把洪根生拉到门外："晓梅打电话到我家，说茶嫂今晚要打电话给你。"洪根生急得跺脚："现在就是晚上了。"杜守正让洪根生赶紧走，他和美如在这儿守着，再晚就来不及了。洪根生抓住杜守正的手："老哥们，拜托了！"他匆匆离开，消失在月色里。

洪根生跑回家，紧张地守在电话机旁。

宝岛宾馆内，茶嫂盯着电话机，神情有点复杂。马莉问："洪妈妈，您不是要打回台北吗？我帮你拨号。"

茶嫂找借口："再等一下，说不定根生还没回家呢。"其实，她是心里有点害怕。马莉笑道："打过去看看嘛，有人接，他就回家了；没人接，就是没回家。"茶嫂犹豫着从口袋里取出一张纸条，马莉看着纸条开始拨号："阿婆，你就要听到老公的声音了，多久没听到了啊？三十年，四十年？"茶嫂心里一颤，三十年？四十年？以前的日子记得清清楚楚，但最近这几年，日子开始糊涂了。马莉高兴地叫起来："通了！"洪根生听到电话铃响，赶紧拿起话筒。他百感交集，一时说不出话来。

茶嫂拿起电话，手一直发抖。突然，她把话筒放回原位。马莉愕然，茶嫂怎么把电话挂断了？茶嫂什么话也不说，吃力地站起身，回到自己的客房。那边，洪根生听着嘟嘟嘟的忙音，久久不愿放下电话。

网市终于出院了。这阵子因为杜守正回大陆，网市看病，花了不少钱，洪根生心疼地拿出存折，准备算算家里的收支账，结果他吃惊地发现存折上仅有的一万多块不知何时竟被取光了。他慌得大喊："网市，网市，你取钱了没有？"

网市走进来，见根生拿着存折，随口胡诌道："是惠芳来借钱啦。"洪根生将信将疑，网市平时很节俭，要动用这么大一笔钱，肯定是会跟他这个一家之主商量商量的，这次怎么一声不响就借给惠芳了？他跑到惠芳店里，惠芳正在低头忙碌，锅里是热气腾腾的麻油鸡。惠芳抬头一看，有些惊讶："洪伯伯？我记得你不喜欢吃麻油鸡嘛！"

洪根生直奔主题："惠芳，家里最近有什么困难吗？听说向网市借了一万块钱？"惠芳丈二金刚摸不着头脑："这是谁编的瞎话呀。"洪根生掩饰道："是小傅说的啦。"惠芳笑起来："傅叔叔？他那脑筋说的话您也信？伯伯，打两包麻油鸡回去给洪伯母吃吧。"洪根生尴尬地挥挥手："不用了，不用了，她刚动完手术，要吃清淡的。我回去了。"他回到家马上逼问网市："你到底把钱花到哪里去了？我不是怕你买东西，我知道你很节省，我是真怕你被骗了。前两天我也看到你给老罗钱，他是不是鼓动你去投资什么东西？"

网市像个做了坏事被抓住的小孩，低着头不安地说："别问了，过两天你就知道啦。"洪根生着急起来："你要是不说，我现在就去找老罗。"网市只好从实招来："那些钱我是拿去给老罗，拜托他办港签和机票。我在医院的时候，晓梅从香港给我打了电话。她跟我说，茶姐跟卫东到了香港，你为了照顾我，没有去看他们。你呀，这么大的事，也不跟我说一声。"网市表面上埋怨老公，其实心里甜滋滋的，看来，在老公心目中，自己还是比茶姐重要一些。

洪根生有些意外："你在动手术嘛！"他一直鼓不起勇气跟网市说去香港的事，怕她吃醋，怕她难过，更怕她生气。网市身体还很虚，虽然出院几天了，他还是不敢吭声。网市嗔怪道："你啊，你们老说当兵的都是直肠子，我看你肚子里的花花肠子也很能绕哦！我什么时候说过不准你去香港？"她现在是胜利者，胜利者总是大度的。她已经忘了每次杜守正、八百黑来家里的时候，只要他们提到香港，她就撂脸色给人家看。

洪根生保持警惕："不对，你明明白白地说了，要是我去香港，你就要上吊，我哪敢去啊？"

"你们这些老芋仔，满脑子塞满芋泥啦？女人嘛，都是刀子嘴豆腐心，说几句狠话你也信？你真把我当母老虎啦？我只给你一次机会去见茶姐，你要是不相信，那就别去。"

洪根生不忍心把网市一个人丢下，他怕网市胡思乱想，变得像美如一样。他讨好地抱住网市："我们一起去吧。"

网市一怔："你们夫妻团圆，我去当电灯泡做什么？根生，我这可是真心诚意要让你去香港，你好好跟茶姐说说话……唉，她这辈子太不容易了。我真的信得过你，去吧。"

"我也是真心诚意请你跟我去香港！我要让阿茶看看你，也要让你看看阿茶。"其实洪根生心里是有自己的小九九的。阿茶看到网市，看到晓梅，就会明白他的家已经安在台湾了。这样，她才会死心塌地嫁给马向前。

"两个老女人，有什么好看的？人家茶姐要看的是你。"网市嘴巴里这样说，心里却乐得不行。她叫老罗帮忙就是申请两个港签，她早就想跟着老公去香港了。女人嘛，终归是吃醋的，她要看看根生的大老婆到底是什么样子。她不敢提这个要求，怕根生不同意，说她是醋坛子、母老虎、跟屁虫，现在根生经受住了考验，又说出了她想听的话，她怎么会不开心呢？

洪根生早就猜透了网市的心思，懒得揭穿她。他在心里哀叹：女人啊女人！

晓梅带卫东逛街，卫东到了电器城里就挪不开步子了。巨大的玻璃橱窗内展示着电视机，里面正播放女排比赛。卫东挤在最前头："这个叫郎平，铁榔头，一锤致命。哦，侯玉珠发球了，直接得分。"

晓梅也看得眉飞色舞："在台湾看不到这场球……"这时张蓉芳直接扣球成功，橱窗前一片欢呼。晓梅提议："你要是爱看，回宾馆看吧，时间还很长，站得脚发酸。"卫东不同意："这里离宾馆很远哎，走回去少看很多球。"晓梅豪迈地一挥手："你这么爱看电视，姑姑帮你买台电视机，以后回江西家里天天看。”晓梅听说，彩色电视机是台湾人回大陆最受欢迎的礼物之一，因为有了卫东，她一下子升格为长辈了，无论如何要送一份见面礼的，不如大方一点，要送就送卫东最喜欢的。

卫东一听，果然兴奋起来。他在小伙伴中间一时嘴快，说会给大家带大彩电回来，说过就后悔了，奶奶严厉警告过他，不许他主动向爷爷要东西。万一爷爷不知道他的心愿，送的不是彩电，怎么办呢？没想到姑姑一开口，就是送彩电，他高兴得球赛也不看了，认真挑选电视机。电器城里一台台电视机，卫东看得眼花缭乱。晓梅笑眯眯地问：“喜欢哪个牌子？”卫东摇摇头：“牌子我都不懂，姑姑说买什么就买什么。”晓梅帮卫东挑了日立的牌子。她问过店员，电视在这里交钱，拿张单子，可以到南昌取货，省得托运麻烦。卫东拍手笑道：“村里的伙伴们要高兴死了，还是遥控的呢！”晓梅一怔，她原以为电视机是放在家里看的，没想到卫东小小年纪就能为大家伙儿着想，真是难得。晓梅走向柜台准备买单，她的手伸向口袋，突然惊叫起来：“我的钱被偷了！”

回到宾馆，晓梅因为丢了一大笔钱无精打采。马莉安慰她：“就当破财免灾啦！”茶嫂责怪卫东：“你哦，没用啊！叫你陪着姑姑，你在做什么，打瞌睡啊？连小偷偷钱都看不见。”

卫东很委屈：“我……我哪知道香港也有小偷啊？都说香港人有钱啊，人人都是万元户，还会有小偷？”

马莉苦笑：“谢谢你把我们香港说得这么好。上星期我坐地铁才被偷了三百块。”

晓梅说：“大妈，这怎么能怪卫东呢，他还是小孩子。是我自己不小心……只是电视机买不成了。也没钱给大哥、大嫂买东西了。你们好不容易才到香港，连我阿爸的面都没看见，现在两手空空回去……这怎么行？大妈……真对不起。”晓梅说着说着又伤心起来。

茶嫂安慰她：“怎么是两手空空回去？看见根生有你这么好的女儿，我很满足了。对不起你的是我，本来你们一家过得好好的，我们来了香港，打扰了你们的日子……”

看到卫东垂头丧气的样子，林水泉朝卫东招招手示意他过来。卫东走到林水泉面前，林水泉从裤袋中掏出一沓港币。卫东没见过港币，拿起一张睁大眼睛仔细看："水泉爷爷，你想买什么东西，我帮你去买。"

林水泉摆摆手："不是我要买东西，这钱是给你的，赶紧去抱一台电视机回来。"卫东有些迟疑："水泉爷爷，我怎么能要你的钱呢？"水泉说："这是给你们村学校的捐款。来香港探亲的人，只能带一台电视机回去，你们不留给自己，却要送给村里小学，这种精神，一定要鼓励。"

卫东高兴地抱住林水泉："谢谢，谢谢爷爷！"他连蹦带跳拿着这笔天上掉下来的钱跑去找姑姑。晓梅大吃一惊："你怎么能拿他的钱？"

卫东不以为然："人家水泉爷爷好心，说是捐助我们学校……"晓梅耐心地说："香港人也不是个个有钱的。你知道水泉伯的妈妈以前在台湾做什么吗？他妈妈以前在大楼里收垃圾。水泉伯好不容易才把她接过来，为了多赚一点钱给妈妈养老，水泉伯除了在这家宾馆帮忙，还把这栋大楼的清洁工作也包下来。你想想，收垃圾能赚多少钱？水泉伯赚点钱多不容易。"

卫东吃惊得合不拢嘴："啊？我不知道……我哪知道这么多事嘛！"他转身跑到楼下想去还钱。晓梅追着喊："你回来，水泉伯现在不在宾馆，他去机场接人了。"卫东抬头看晓梅："姑姑，你别着急，等水泉伯回来，我一定把钱还给他。"

晓梅高兴了："你真懂事！电视机，姑姑还是会买给你的。姑姑还有钱，只是现在身上带的钱被偷了，我在香港有朋友，可以先向他借。"

余夫人终于用真情说服了田夫，田夫答应让她来油田见上一面。她迫不及待地起程奔赴大陆，奔赴田夫的身边。虽然所有的人都劝她，那里条件艰苦，她可能不能适应，但她相信，有爱的地方，就是天堂。为了表示她开始新生活的决心，她洗尽铅华，素面朝天。这天，她穿着一身牛仔服，身上背着几个小包，在机场大厅准备办理登机手续。身边的旅客来来往往，路长功推着行李推车，上面放着两个大皮箱，身上还背着一个大旅行袋。余夫人很感动："都说叫你不要来！长官推车，像话吗？"

路长功道："幸亏我来了，要不然，夫人一个人怎么办？"他打量了余夫人一眼，平时看惯了夫人穿旗袍，雍容典雅，现在乍看夫人穿牛仔服还真不习惯，好像变成陌生人似的。

这时孟忠立带着一个职员匆匆走来："路兄，你也来了？夫人，请先把证件、机票、行李都交给我吧。"

余夫人把证件机票交给孟忠立，孟忠立指挥手下把夫人的行李运走，转头对夫人说："夫人跟路先生先聊一会儿，我帮夫人办登机手续。"余夫人望着路长功，克制着眼泪："送君千里，终须一别，你回去吧。"

路长功诚恳地说："夫人，到了那边，要是住不惯，赶紧回来。"余夫人一笑。她想，她一定会习惯的，一定会一直住下去。也许，这辈子再也见不到这位老朋友了。她叮嘱道："你要是有机会到大陆来，就可以见到我了。"

路长功一颤："我？不知猴年马月呢。借你吉言吧。"

这时孟忠立领着夫人来到一个专供特别人士登机的地方。夫人往里迈进一步，眼泪忍不住流了下来，回头道："从此以后，再也听不到将军的山西梆子了。长功，你有空多替我去探望知春。还有，你是个孝子，别让母亲望穿秋水。"

路长功默默望着夫人远去的背影，百感交集。

香港机场，林水泉来接余夫人。旅客们纷纷推着行李车走出，林水泉在人群中张望。只见一架行李车，大小皮箱堆得高高的，把推车人都遮住了，走得很缓慢。车子走到身边，林水泉忍不住伸手帮着推了一把，这才看到行李车后面的余夫人。虽然余夫人上次来听歌仔戏时，林水泉见过她一面，但面对着牛仔装的余夫人，他还是有点不敢相认。直到余夫人掏出丝质手绢擦着脸上的汗说："谢谢你！"他才热情地招呼："你好，我是宝岛宾馆的林水泉，夫人跟我来。"

林水泉推了一会儿便冒出汗来："夫人带这么多东西，真不回台湾了？"余夫人嫣然一笑："我要回大陆定居，能带多少算多少。我要陪着田夫，你知道田夫吗？"

"知道。夫人跟田夫的故事，我们都听说了，这真应了那句老话，有情人终成眷属啊！"

到了宝岛宾馆，余夫人旅途劳累，脸色白得像一张纸。林水泉为夫人量了量血压，他当过招待所副所长，自学了中医、针灸和一些简单的西医。他问夫人："你血压有点高，带药了吗？"药在箱子里。箱子塞得满满的，林水泉好不容易找到红色的小药包。林水泉倒了一杯开水递给夫人："我记得上一次余夫人来香港，住的是五星级饭店，怎么这一次住到我们这种小旅馆来了？"

"五星级饭店，设备好，服务好，可没有这里来得温暖。你们这里的魏老板，帮我寻找田夫，帮我和田夫传话，这份情义，胜过五星级饭店的所有服务。以后我只要到香港，一定住在这家宝岛宾馆。林先生，我有个请求，不知道会不会太过分？你从青岛过来，对山东比较熟悉，我想请你陪我去见田夫。"

林水泉有些愕然。不过，他马上答应了。好事做到底嘛，夫人一个柔弱女子，一路举目无亲，有人陪伴妥当一些。为了宝岛宾馆的名声，他也应该走这一趟，正所谓：山不在高，有仙则灵，店不在大，有情则名！

晓梅见了余夫人分外亲热。余夫人拉着茶嫂笑眯眯地坐在沙发上："你就是晓梅的大妈吧？晓梅这姑娘真是上帝给我送来的天使。是她一直在照顾我啊！老姐姐，我在台湾无亲无故，晓梅就像我的女儿一样贴心。"

茶嫂连连点头："我也听杜先生说了，晓梅为了照顾家里，连自己的终身大事都耽误了，真是难得啊！"晓梅真是个让人疼的孩子。茶嫂没到香港时心里就在嘀咕，见到根生嘛，还好说话，就怕见到根生的儿女，人家不愿认自己怎么办呢？见了面，孩子会管她叫什么呢？叫大妈？还是阿姨？没想到刚一进门，晓梅就叫了一声大妈，她这心啊，就化了……

余夫人拉住晓梅的手："晓梅，你当我干女儿吧！我和田夫都没有孩子，两人怪寂寞的，你要是不嫌弃，我就当你干妈吧！"

茶嫂高兴极了："这个主意好，这是晓梅的福气啊！"晓梅赶紧甜甜地喊了一声："干妈！"她很喜欢余夫人的优雅从容与慈祥，有时她跟阿母闹点小别扭，她会想，要是阿母身上能多一点点余夫人的大度多好啊，现在真是皆大欢喜。余夫人搂住晓梅："从今以后，我有女儿了。"她的眼睛湿湿的，这是她大陆之行的第一个收获。女儿是妈妈贴身的小棉袄，何况晓梅这样乖巧。虽说自己有岳知春和路长功两个老朋友，但毕竟男女有别，以后再也不怕深夜寂寞了，她，从此有了一个女儿可以牵挂。

正说笑着，电话响了，卫东正好倚在柜台前，顺手抓起电话："宝岛宾馆，你好！……我是谁？我是洪卫东，你是谁？……你是我爷爷？"卫东不禁火冒三丈，"我才是你爷爷！"他生气地挂掉电话，也不知是哪个缺德鬼，一开口就占他便宜。

电话又响了。马莉上前接听："宝岛宾馆，你好……波士啊，你还在深圳啊？什么时候回来？……哦，好！这里都好，有我打理，你就放心啦！余夫人明天就飞济南了……知道了。波士再见！"

卫东有些糊涂了，如果刚才是魏老板打来的电话，怎么会说是他爷爷呢？难道自己的耳朵出了毛病听错了？电话又响了，今天电话就好像电视台的热线似的，一刻也没停过。原来是找晓梅的。马莉把话筒递给晓梅，晓梅接过话筒："喂……爸？刚才是卫东啦！他以为是……没事了，没事了！"

卫东一拍自己的脑袋："真是我爷爷？这下惨了！我刚刚还骂了他，我真是个糊涂蛋。"晓梅还在继续说电话："哦，什么时候？……明天？好，太好了！"卫东抢过电话："姑姑，让我跟爷爷说两句……爷爷，我是卫东啦！爷爷，我可想你了！"晓梅又抢过电话，跟父亲说了许久。放下电话，晓梅如释重负地跑到茶嫂房间大声宣布："大妈，我阿爸要来香港了！"晓梅最担心的事，就是阿母犯小心眼，缠着父亲不让他见茶嫂。她想，要是那样，我们一家就太对不起大妈了。

眷村的人都知道根生夫妻俩要到香港去玩。网市满面春风走着，洪根生拖着一个大皮箱跟着，眷村的人纷纷向他们打招呼，羡慕不已。网市今天的嗓门特别大："对，要去香港，我跟老公一起去。老方，你想买什么港货？我给你带回来。"邻居用目光送着他俩："网市真好命啊！"

台生骑一辆摩托车赶过来："洪伯伯，洪妈妈，我没空送你们去机场了，电视台有一场直播晚会……"

洪根生笑道："忙是好事，我们自己去没问题。"这时，台生取出一个信封塞给根生，里面是一沓钞票。洪根生赶紧把信封塞回给台生："这不行，晓梅去香港的时候，你就给过她钱。"台生转而把信封塞到网市手里："两码事。给晓梅的归晓梅。"网市暗喜，接过信封，嘴巴上说着客套话："不要啦，不要啦！"台生道："这钱也不是给你们的，是我送给江西阿茶大妈的一点心意。"网市一颤，洪根生动情地说："那我代阿茶谢谢你了。"

台生急匆匆上班去了，洪根生望着台生的背影感叹："这孩子，真不像路长功的儿子。”

网市把信封狠狠地往洪根生手上一塞：“你拿着吧，人家说了，这是给阿茶的，我拿着，你放心吗？”洪根生苦笑：“这还没去香港，你这醋就开始吃上了？要是见到阿茶，你还不得喝下一缸子醋。”

“谁吃醋了？谁吃醋了？我这才叫大方，把钱给你，你爱给她多少我都不管。”网市捂着肚子，她的伤口又开始疼了。

洪根生扶住网市小心赔笑：“别生气了，这钱还是你藏好，我很容易弄丢的……”网市瞪了他一眼，一把抢过信封。

晓梅和卫东早早到了机场。今天到机场他们有两个任务，一个是为余夫人送行，一个是为阿爸阿母接机。余夫人要动身回山东去了，林水泉帮她背着旅行包。在机场安检门口，她吩咐晓梅：“晓梅，回到台湾，有空多去看看岳将军和路长功，他们是我最牵挂的人。真遗憾，你爸爸妈妈今天来，我见不到他们了。”

晓梅拉住干妈的手：“我会去的，干妈放心。”

林水泉催促他们：“你们赶快去接机吧，我陪着夫人你们放心好了。”见他们说话没完没了，卫东低声道：“姑姑，快走吧，爷爷要来了。”晓梅低声训斥：“没礼貌，给我等着。”卫东无奈，低声嘀咕：“爷爷出来找不到人会着急的。”

好不容易互相告别完，余夫人与林水泉走远了，卫东嚷起来：“快点！快点！在哪里接机？”

“在那边，快走！”晓梅紧跑起来，不一会儿发现卫东落在后面，回头一看，原来卫东鞋带松了，正在系鞋带。现在轮到她急了：“你怎么慢吞吞的？你爷爷出来找不到人怎么办？”她也不管卫东了，大步走开，卫东赶紧追了上去：“不是说不要急吗？其实比谁都急。我这姑姑，脾气跟我奶奶一样。”

根生夫妻俩下了飞机等待行李。眼看输送带上箱子由远而近，网市推开人群，逆着输送带向前挤去：“箱子，我们的箱子！”

“慢点，慢点！有点耐性好不好？”看着老婆的举动，根生真替她脸红。网市理直气壮：“我是让你早点拿到箱子，早点出去见茶嫂嘛！”她一向很能狡辩。洪根生道：“急什么？都等了三十七年了，就不急这一刻了。”

网市一怔。

接机的人头涌动，晓梅强作镇定，脸上却忍不住现出焦急的神色。卫东看见一个老人推着行李车走出来便大喊：“爷爷来了！”这个老人跟卫东看到的照片上的爷爷很像。

晓梅循着卫东指的方向望去，有些泄气：“不是他啦，你爷爷比他神气多了。”这时，自动门又开了，洪根生推着行李车走了出来，网市跟在他后面。晓梅大喊：“你阿公和台湾奶奶来了！”卫东忙道：“哪里？哪里？”哪知一眨眼间，晓梅又看不到阿母了。原来网市竟然害怕起来：“根生，你先出去吧，我尿急。”洪根生愕然。

晓梅冲了上去：“阿爸，阿母呢？”

“上厕所啦！”他激动地看着晓梅身边的男孩，“你……你是卫东？”这明明是小时候的自己呀！

卫东也不管人多，扑通一声跪到地上：“爷爷，我给你磕头了。”洪根生赶紧把卫东扶起来：“好孩子，好孩子……我有孙子了，我有孙子了！”他紧紧抱着卫东不放，卫东两眼含泪。他多少次想象着爷爷的相貌，多少次在梦中梦见爷爷，今天终于梦想成真！

晓梅喊道：“阿爸，阿母来了！”洪根生回身一望，网市尴尬地望着他们，根生激动地把网市拉过来：“看看，看看，我的孙子！”网市端详了一会儿说：“真是你们洪家的种哦，跟晓雄眉眼有点像呢。”

一家人坐的士回宝岛宾馆。卫东高兴极了：“想不到台湾奶奶这么年轻，这么漂亮！”网市听了喜在心头，嘴里谦虚着：“哎哟，又老又丑了……”洪根生忍不住炫耀：“卫东，你台湾奶奶是我们眷村一支花呢！”卫东口无遮拦：“我奶奶也是上晓起村的一枝花，看到台湾奶奶和爷爷，我就想起一句老话：一朵鲜花插在……插在花瓶里！”这个卫东，还真会逗人！网市问：“卫东，你阿嬷怎么没来啊？”

“我问了大妈，要不要来机场，她本来说要来的，临出门她又说还是在宾馆等。”

“哦……我还以为她病了呢。”

洪根生听了，敏感地瞪了网市一眼，正要发作，晓梅悄悄在阿爸背上一捏，根生便强忍住了。晓梅打圆场：“大妈就是这样，上一次说要打电话给阿爸，等到电话接通了，她又不说话。”网市马上瞪大眼睛：“有这件事？我怎么不知道？”洪根生见女儿无意中说穿了他的秘密，又气又急，只好从实招来：“你住院的时候啦。”网市白了根生一眼，怪不得他天天急着回眷村，原来是要等电话。

洪根生见势不妙赶紧转移话题：“卫东，你奶奶身体好吧？”

“好得很，下田能插秧，上山能采茶。”

网市酸溜溜地瞟了根生一眼：“这下你放心了吧？”洪根生实在惹不起网市，便问卫东：“你爸爸的腿怎么样了？”

“医生说了，伤筋没动骨，找了老中医天天推拿。”

网市实在忍不住了，故意大声说道：“晓梅，昨天你阿弟打电话回家了。他说在高雄做汽车生意，好大的生意哦！”根生知道网市是在炫耀，无可奈何地摇摇头。不过自从那次游行事件后，晓雄十分内疚，退出了帮会，如今在高雄干些汽车维修的话。见晓雄改邪归正，洪根生也很欣慰。晓梅连忙又捏捏他的背，望着车外：“阿爸，我们到了。”

的士缓缓停在街边一棵大榕树下。卫东先下了车，再扶根生下车。根生说：“我没事，你细奶奶刚刚开过刀……”卫东转而来扶网市：“细奶奶，来，我扶你。”网市没有好声气：“我有那么老吗？”卫东愕然。晓梅赶紧朝卫东眨眨眼睛，以示抚慰。大家走进宾馆，晓梅与洪根生留在最后，晓梅低声道：“爸，你怎么把阿母带来了？”洪根生也压低了声音：“是她自己要来的。我知道，一山不容二虎，可临来的时候，她说得可好听了，哪知道，到这儿，全不对了。”

晓梅苦笑：“你怎么这么容易上当，难道你不了解阿母吗？”

众人走入大厦大门，楼梯门开，一行人走出，卫东一马当先冲入了宾馆大门，大叫：“奶奶，爷爷来了！”洪根生不由一颤，望着大门，想到就要见到阿茶，便有些迟疑。网市嘲笑他：“你发什么呆啊？在台北白天想，晚上想，连做梦都想，现在人就在里面，你倒不进去了？”

洪根生尴尬地找借口：“我只是腿有点麻啦，坐车坐太久了。”晓梅扶着洪根生走进大门，网市紧跟在后面说风凉话：“等一下啦，你急什么嘛！”大厅中只有几个住客，看不见茶嫂。卫东冲进奶奶房间里，也找不到人。马莉从洗手间走出来：“你们回来了?”

晓梅问道：“有没有看到李奶奶?”

“她在医院，送急诊抢救。”

洪根生大吃一惊，网市马上嚷开了：“夭寿啊！我刚开刀，她这边又病了?”晓梅急问：“什么病?”

“哮喘病。”

洪根生面色全白了。卫东嚷道：“我奶奶在老家从来也没得过哮喘病啊！”马莉一怔：“我又没说是你奶奶生病。我说她送别人去急诊了。是三号床的张奶奶，波士开车送她去看病。李奶奶不放心，就跟去了。洪伯伯，你先歇一歇……我跟医院联络一下。”

众人全松了口气。晓梅想，这个马莉，头脑真是少根筋，说话吓死人，跟傅友诚说话有得一比。网市恨恨地瞟了洪根生一眼：一听没病，就笑成这样子。

茶嫂已经从医院回来了。从公车下来，她向宾馆走去。远处，宾馆外，一棵大榕树下面，站着一个人。茶嫂几乎不能呼吸，睁大眼睛看着。榕树下，人影越来越清晰，茶嫂眼中浮出泪水，榕树下，洪根生面色苍白，嘴唇颤抖，叫不出声，两个人远远对视着。车流、人流从他们中间穿梭而过，看对方都是忽隐忽现。好长一会儿，茶嫂回过神来，向洪根生走去，洪根生也朝茶嫂走来，时间停止了，这个世界仿佛只剩下他们两个人。即将走到一起的时候，一大群穿制服的学生冲来，又将二人分开。茶嫂伸长脖子望着，等学生们吵吵闹闹走了过去，却看不见洪根生了。茶嫂焦急地走上前去，原来洪根生蹲在地上。茶嫂大叫：“根生，你伤到了吗?”仔细一看，却是洪根生一只鞋被踩掉了。洪根生穿好鞋子，拉住茶嫂：“这地方不能呆，车太多。”他拉着茶嫂急急走到大榕树下，两人终于面对面了。三十多年的酸甜苦辣涌上心头，茶嫂轻声问：“你怎么在这里?”

“马莉跟我说，医院来的车子就在这里下，我猜你也该回来了。”

茶嫂一早听晓梅说网市也来了，她心里挺不是滋味的，但嘴上还是说着体面话：“网市也来了？你带她在香港好好玩吧！”

洪根生轻轻叫了声："阿茶……"

茶嫂轻声道："这儿人多，回宾馆再说。"

"不行，就在这儿说。"洪根生固执地拉住她，"这些年，你辛苦了……"

茶嫂淡然一笑："都过去了。真的，都过去了。咬咬牙，什么都过去了！你在台湾也不容易……"根生愧疚地看着她："你苦了三十七年！我再不容易，也是男人。你一个妇道人家，还要抚养建国……你怎么能撑得住？"

茶嫂咬住嘴唇，抬头看大榕树。她不能说话，一说话眼泪就会马上掉下来。根生也顺着她的视线望着榕树。他记得上晓起村也有这么一棵大树，不过是樟树。他和阿茶就是在那儿认识的。茶嫂看着这棵大榕树就像看着上晓起村的那棵大樟树一样。每当撑不下去的时候，她都会看看那樟树，一遍遍告诉自己，根生就要回来了……再撑一下子，他就回家来了。这么多年，她就是这样一次次骗着自己熬过来的。开头是骗自己，后来就是骗公婆，再后来，就是骗孩子，再后来，也就习惯了。

洪根生痛心地搂住她的肩膀："阿茶，我对不起你啊！我跟你说三五年我就回家……这一走，就是三十七年。我把你丢下，你一个人拉扯孩子，一个人照顾公婆，给他们养老送终，本来都该我做的事，都辛苦你了。"

"你那是抽壮丁，由不得你了，更怨不得你了。"

茶嫂越是大度，洪根生就越是内疚。这么多年，他对建国没有尽到做父亲的责任，阿茶替他尽了；他没尽到做儿子的孝道，阿茶也替他尽了；他更没尽到做丈夫的义务。洪根生冲动地说："阿茶，我……我要给你磕个头。"

茶嫂吓了一大跳："你疯了？这里这么多人！"榕树附近人来人往，洪根生道："我管那么多！这头不磕，我三十七年的罪没法消。"说着就准备跪下，茶嫂连忙抓住他："别这样，别这样，都过去了……"

洪根生捶着自己的胸脯："我这心里过不去。养儿、养老、送终、栽培孩子，你就是秦香莲啊！我呢，我娶了网市，无情无义，我就是陈世美啊！我就是陈世美，我赎不清我的罪孽……我得给你磕头谢罪。"茶嫂紧紧抓住他，坚决不让他跪，哽咽道："越说越离谱了。"

两人正在拉扯之间，身后响起网市的声音："老公！"两人全定住了。网市平常都是叫洪根生名字或"老芋仔"的，忽然叫"老公"，让洪根生听得很不习惯。这也是网市的小心眼，她要用这个称呼宣示：“这个男人，是属于我的。”

网市走到两人面前，笑得很勉强，洪根生尴尬地说：“我们都回宾馆吧，这里风大。”回到宾馆，三人一起坐在沙发上，洪根生坐在中间，网市和茶嫂一人一边夹着他坐着。网市故作大度：“根生，要不你就带茶姐出去走走？”茶嫂慌忙道：“外面车多，我看了就头晕。”洪根生也随声附和。网市强笑：“那我去把我们送给茶姐的礼物拿出来。”她起身走开了。

沙发上剩下洪根生与茶嫂二人，洪根生正要开口说话，网市在房间内喊着：“老公，你来一下。”洪根生无奈地看了茶嫂一眼，起身走入房间。网市上前关了房门，怒视根生：“你在做什么？”

“我在做什么？我什么也没做啊！”洪根生无辜地摊摊手。

“外面那个是你的原配哎！她等了你三十七年，你就是这样对待人家的？至少你也问问人家，家里怎么样啊？苦不苦啊？要不要钱啊？要不要电视机啊……”

洪根生一脸苦涩：“阿茶要的不是这些。”他知道阿茶要听什么。几十年，她一个人把儿子养大，她就是在等他啊！阿茶要他跟她说，他爱的还是她。他做得到吗？

网市满腹狐疑：“她不是说嫁了那个姓马的吗？”

洪根生决定对网市说实话：“她是为了我，才那么说的，她不想破坏我们这个家。她以前不知道我在台湾娶了你，所以一直等着我，等到现在，一直没有考虑马向前。”

网市张大了嘴巴：“啊？她对姓马的……没那个意思？夭寿啊！”她无力地在床上坐下。

“守正那录像带，阿茶都是远镜头，今天看到她的人，我才发现，她真的老了……她比我小三岁，可看起来比我还要老……看着她的脸，我什么话也说不出来，我只觉得我对不起她。”洪根生喃喃自语。网市也知道茶嫂吃了不少苦，从茶嫂那张脸上看得出来。

网市把台生的信封塞到根生手里：“这钱你拿去给她吧。”

“她要的不是钱，不是钱！”洪根生绝望地攥紧拳头。

“夭寿哦！这怎么办啊？”

洪根生捶着自己的脑袋：“让我想想，想好了我再去见她。”

沙发上，茶嫂默默坐着，一动不动。柜台内，马莉不安地偷窥着她，茶嫂表情淡然，看不出她内心的波动。马莉走到茶嫂面前，递上一杯水：“李奶奶，你喝点热水吧。”

“谢谢，谢谢！”茶嫂接过水杯，她的手在微微颤抖。马莉自作聪明地安慰茶嫂：“他们在里面找礼物啦，找到了就会出来啦。你不要急哦。”茶嫂微笑：“不急，不急。马莉，你知道公园是出门右转吧？”

“对。出我们宾馆门就是白加士街，右转一直走就到了柯士甸道，马路对面就是公园。”

“他们行李多，让他们慢慢整吧！我不打扰他们了。我一个人到公园逛逛。”这趟香港之行，茶嫂的心里矛盾重重。她本意是要亲眼看到洪根生一家生活得安安乐乐，在感情上与洪根生做一个告别，从此后安心地和马向前过日子。马向前照顾自己这么多年，至今还是一个人，也该有个有老婆孩子的晚年。可是一看到洪根生，她又想起了过去的日子，满心满眼都是根生。如果根生说，他要和她回老家，茶嫂觉得，她对不起向前，对不起网市和晓梅。如果根生说：你嫁给向前吧，茶嫂觉得，她半生的等待成空……如今，茶嫂也不知道自己要的是什么样的结果。

一群孩子在公园内奔跑玩耍，洪根生和网市一头大汗东张西望寻找茶嫂。网市扭头问：“看到没有？看到没有？我们分头找吧！”找了一会儿，网市口干舌燥，一屁股坐到榕树下叹息道：“茶姐，你跑哪里去了？你可别想不开啊！”茶嫂从树后走出来：“网市！”

网市一阵惊喜：“茶姐，你怎么会在这里？你真吓死我们了。根生还到处找你呢！”茶嫂笑道：“我好不容易来一次香港，见到了根生，我怎么会想不开呢？”她只是觉得胸口闷得喘不过气，就出来走走，看到这棵榕树，很像家乡村口的老樟树，感到很亲近，就坐下来歇一歇。网市有些不安：“可是根生他把我也带来了啊！”

“他带你来，说明他心里有你。根生是个有情有义的人。他一个人在台湾，要有人照顾。”

网市挺惭愧："那你呢？我们根生他……他一直觉得对不起你……"茶嫂摆摆手："我不要紧，他要紧！都分开了三十七年……哪个老兵不是这样？这也怪不得他，不是他的错啦，根生他凑钱让杜先生来婺源看我们，现在又把我们接到香港来会面，他还是有情有义的……"

网市一开始对茶嫂充满敌意，现在却不自觉地同情起茶嫂来："可是他是带着我来的，你却是一个人啊！他一个大男人跑来台湾娶妻生子，你一个妇道人家，留在老家，一直守着他的父母，养大了他的儿子、孙子……秦香莲也没你这么苦。"

茶嫂看着前方，目光空洞："都是过去的事了，还说它做什么？要紧的是，我们现在过得很好，根生跟你也过得很好，这就是老天爷保佑啊！知足了，知足了！我们邻村的杜鹃婶也是等了三十七年，临来的时候，收到消息，她老公死了……"

网市在心里琢磨，茶嫂不知说的是真话假话。这就知足了？要是我，我一定会把这个老公抢回来！不过，她的心也放下一半了。见网市心里头的疙瘩解开了，茶嫂说："网市，和我说说根生在台湾的生活吧。"

夜幕降临了，华灯初上，茶嫂百感交集，不知哪里是她的家。网市回到房间，让洪根生到茶嫂房间去。不一会儿，洪根生满脸尴尬走了回来。网市一怔："你回来做什么？我叫你去陪茶姐啊，你聋了？"

"阿茶让我过来陪你。她说她一个人习惯了。她不让我待在那里啊。她把我推出来，还把门锁上了。"洪根生有点委屈，他好像变成了两个女人之间的礼品被让来让去。

网市一戳洪根生的额头："你头脑坏了？你陪了我三十七年了，今晚你应该去陪陪茶嫂。你真是木头人啊！茶嫂叫你过来，你就过来啊？茶嫂心地好，到了这时候还想着我，你呢？你有没有为她想过啊！"她使唤根生，"去大厅给我倒杯热水。"

洪根生顺从地走出房门，门在他背后关上，传来锁门的声音。洪根生突然醒悟："网市，开门，开门！"门内，网市露出胜利的微笑："我今晚是不会再开门了。明天见。"她伸手把灯关了。眼见门缝内灯光熄灭，洪根生慌了，更加用力拍门，还是没有回音。他无奈走到大厅沙发坐下，马莉坐在柜台内，睡眼惺忪望着他："根生伯，你还不进去睡啊？"

洪根生掩饰自己的尴尬："我习惯一个人坐一坐……"马莉高兴得一拍双手："太好了，我先去睡了。有电话你帮我接一下哦！"大堂内，只剩下洪根生孤零零一个人。网市在门缝内偷窥外头动静，心里嘀咕着：这个茶嫂，她真的不会开门吗？

茶嫂也从门缝内向外偷窥：网市啊，你一片苦心，我心领了，可我不能开这个门啊！

晓梅带着卫东从外面回来，看见阿爸一个人坐在大堂内，惊讶地问道："阿爸，怎么变成你守门了？"

"我让马莉去休息，反正我也不困，就帮她顶一会儿。"洪根生让晓梅赶紧去睡，他自己继续落寞地呆在大堂。

茶嫂还在门缝内偷窥：网市，你跟我较个什么劲啊！这不害苦了根生吗？

网市看洪根生像根木头似的戳在沙发上，急得不行：根生，你快去敲茶嫂的门啊！这时，茶嫂的门打开了。根生激动地看着她，茶嫂轻声道："进来吧！"

洪根生口吃起来："阿茶……我……那个……网市她……"

"网市一片好心，我们不能辜负了她。"茶嫂把木偶似的洪根生拉进房间内，门又关上了。

躲在暗处的网市偷笑：你多陪陪她，她就知道是我把你让给他的，她就会心软，就不会抢你走了。

洪根生坐在床边，茶嫂在自己的旅行袋中翻找着，拿出一个茶叶罐子："这是那株'一枝春'的茶叶，现在长得很大了。今年长得特别好，大家都说好兆头，果然，杜先生就来了，然后，我们就在香港见面了。"洪根生两眼放光："一枝春？就是我们两人一起种的那棵？"

茶嫂拿着热水瓶，冲泡茶叶，把茶杯递给洪根生，洪根生贪婪地闻着茶香："还和当年一样香。"

"你要是喜欢喝，每年春茶下来，我把茶叶寄到魏老板这里，他再寄给你……"洪根生摇摇手："不用寄了。"茶嫂有些失望："台湾茶真的比较好喝？"

“我回老家，直接就能喝到这茶了。”

“你要回去走走？那就更好了，建国还等着见你呢！”

“不是回去走走，是回去定居。”洪根生两眼炯炯。

茶嫂很意外：“你……那网市怎么办？”

“我陪了她三十多年，上半辈子我陪着她，下半辈子我要陪着你。”

茶嫂知道根生是一时冲动说傻话，但根生能说这样的傻话她还是很欣慰。根生来香港为啥要带着网市来，不就是想让她看看他台湾的老婆吗？说句心里话，看到网市的时候，她心里真不是滋味，当时她就想回江西了。后来，她和网市在公园里聊了很久，网市说，有一年刮台风，电线杆倒下来，根生被砸伤了，那时候眷村淹水，救护车进不来，网市背着根生硬是跑了几里路跑到医院。网市还说根生爱吃婺源菜糊，她就找婺源老乡教她，前前后后学了十八次。她还说，有一次根生心脏病发……当时网市说着说着就哭了。

茶嫂是真的被网市感动了，她对根生说：“我跟你结婚一年，你就走了，这三十多年，是网市在陪着你照顾你，是块石头也焐热了，何况是人。女人半辈子，就这么过去了。根生，你不能对不起网市啊！”

“也就是洗洗衣服，煮煮饭，把孩子拉扯大……”洪根生尽量轻描淡写。

茶嫂叹息：“你听听你自己说的话，心里疼着，口里贬着，这才是一家人的样子。平平淡淡过日子，才是一家人。我们这样客客气气，你对不起我，我对不起你，不是一家人。看着网市和晓梅，我明白，那是你真正的家。我对你只有想念……”

洪根生无言。

晓梅与网市挤在一个被窝里。她把卫东告诉她的事都一五一十告诉了阿母。卫东的话都是从马向前那里听来的，讲茶嫂在‘文革’中受了很多很多苦。马向前也有私心，他其实想表功，茶嫂吃了那么多苦，幸亏他一路保护照顾，希望感动根生，不要反对茶嫂嫁给他。

网市将信将疑：“哦！茶嫂真的吃了那么多苦？她一句也没跟我说，会不会卫东在瞎编啊？他要把茶嫂说得苦一点，让你爸多点愧疚，说不定就跟他们一起回江西了。”晓梅笑起来：“阿母，你干吗老把别人想得那么坏呢？秦香莲都没大妈那么苦。”网市瞪了女儿一眼：“我能不想吗？人家是原配啊！你这张嘴给我加把锁，你爸面前，千万不能提到茶嫂‘文革’时候怎么样怎么样……”

晓梅赶紧保证：“我不会多嘴啦！只是世上怎么有像大妈这么苦的女人呢？”

网市掐了女儿一下：“你到底是谁生的？你怎么都在替她说话？我才是你的阿母呢！”

“放心啦，人家大妈又不会跟你抢阿爸，大妈跟我说过的。”

网市不信：“我也这么说过。这种话能信吗？老公只有一个，一个不小心就是别人的了。”她把耳朵贴在墙上偷听，可是什么也听不到，便使唤晓梅：“你过去听一下，听听看你爸跟茶嫂说些什么啦！”晓梅马上摇头：“偷听？我才不去呢！要是被大妈看见，那不丢死人了。要偷听你自己去！”

“你是小辈，被他们看见也没关系。快去！”女儿执意不去，网市没办法，只好亲自出马。晓梅一怔：“阿母？你……”晓梅怕惹出什么事来，只好追了出去。网市果真在茶嫂房门外偷听，晓梅故意大叫：“阿母，你在做什么？”网市吓了一跳，生气地用手示意晓梅不要出声。这时，茶嫂的房门拉开了，网市来不及躲闪，洪根生问道：“网市，你在这做什么？”网市很尴尬，假装打门上的蟑螂：“这门上有只蟑螂，我打，我打！”晓梅在旁掩嘴偷笑。茶嫂说：“网市，我想回江西去了。见到根生，心愿已了，香港这地方我实在住不惯，还是早点回去好。”

网市有些意外：“回去？你们才来几天哎！那……根生呢？”她紧张地看了洪根生一眼，“根生……你也回去？”洪根生点点头：“我也回去！阿茶她……她让我……回台北。”

茶嫂微笑：“网市，根生疼你啊，一晚上都在跟我夸你呢。本来我就怕自己年纪一大把，临老了还得照顾这个老头子，多累啊！现在好了，这副重担就交给你了。我啊，也解脱了。”

网市松了一口气，立刻板起面孔，故作生气打了洪根生一下：“你哦，怎么能这样对待茶姐呢！她为你吃了多少苦哦，‘文化大革命’那时候她因为你吃了多少苦……”

第二天，网市打扮一新，愉快地哼着歌儿来到大厅。晓梅好像不认识阿母似的："阿母今天很漂亮哦!"网市神气一笑："你爸呢，还没起来哦？我请他和你大妈去饮茶。"

"阿爸和大妈一大早就出去了。"

网市的好心情全部坏掉了："这个老芋仔……见了大老婆，就不要我了。"晓梅劝道："阿母，以后阿爸都是你的啦，现在你就让阿爸和大妈多点时间在一起嘛!"网市气急："你哦，少根筋啦。要是你爸跟你大妈回了江西，你哭都来不及。你别看你大妈一直劝你阿爸早点回台北，那是以退为进啦，装可怜啦，我也会啊。"

晓梅最害怕跟阿母纠缠不清："阿母，我去买早餐给你吃。大清早的你就别生气了，划不来的。"网市气道："我气饱了，不吃。"她回屋嘭地关上房门。

茶嫂和洪根生在公园里散步。茶嫂惊奇地看见各式洋式坟墓："公园里怎么会有坟墓呢？这些洋人怎么都不葬在自己老家？像我们都要讲究落叶归根的呀！你爸临终的时候，本来在医院抢救，他说死也要死在家里，医生一直劝他，他索性把管子拔了。"

洪根生惨笑："他的脾气一点也没变。"

茶嫂想起往事倍感伤感，那些苦难的岁月，是老人家和她一起互相支撑着度过的："公公他跟我说，阿茶，死在医院，这魂就在医院，我得回家，我的魂要守着这家。有一天，根生回来了，我才能看到他……我答应了，连夜把老人家送回家里，刚到家他就咽了气，他走得很安详。"

洪根生哽咽起来："我会回去的……我会让他看到我的……"他与茶嫂坐在一个角落，游人来来往往，茶嫂看着前方："你娘跟我说，她只有一个心愿，就是想跟你爹葬在一起。"

洪根生面色苍白地望着洋坟，想起自己的母亲。

茶嫂继续絮叨往事："那时候还叫大队，我跟大队书记打了报告，大队报到公社，公社还专门开了会，说是台胞，要照顾，特地批了一块地，给爹娘安葬，就在咱们家后面那个小山坡上，可以看到咱们家，每天爹娘都能看到孙子，也看到重孙。"

洪根生痛苦地揪着自己的头发："他看到孙子……也看到重孙……就是看不到自己的儿子……"

“秀菊很懂事……”说到秀菊这个贤惠的媳妇，茶嫂的眼睛就笑得眯成一条线。洪根生默默望着她：“你跟我讲起了所有的人……连秀菊的父母都讲了，就是不讲一个人——马向前。”

茶嫂尴尬地笑起来：“他跟咱家不沾亲不带故，说他做啥呀！”洪根生很认真地看着她：“马向前比亲人还亲啊！阿茶，听我一句话，好好跟向前过日子吧！”茶嫂泪流满面：“根生……你……这么多年，我想的就是你一个人……”

洪根生的眼泪也控制不住哗啦啦地流下来：“我已经有网市了……你不能一个人过日子啊！你不要想我了，我现在是网市的老公……”茶嫂哭着擦自己的眼睛：“是的，你是网市的老公……对不起，我一时忍不住。根生，你放心……我听你的话，回去就嫁人……”说到这里，茶嫂已经泣不成声。洪根生狠心道：“嫁，你回去就嫁！”他看着阿茶双手掩面痛哭，很想上去搂一搂她，又觉得自己没资格，只好仰面望天，任由老泪纵横。

第十四章　亲情难抉

林水泉把余夫人送到油田后，便马不停蹄赶回来了。大堂中，只有晓梅在柜台内，看到林水泉她满腔惊喜，赶紧上前帮水泉拿行李："水泉伯，你回来了？我阿爸阿母还没回去呢，正好可以和你见见面。"林水泉一拍大手："我这回来得及时啊！我正打算请你爸妈吃一顿饭呢！反正见到台湾来的人，我都觉得是老乡。"

正说着，传来网市的喊声："晓梅，你来帮帮我。"晓梅赶紧跑进阿母房间，只见床上放着一个打开的皮箱，里面堆满了小山似的物品，都是网市在庙街买的。网市说："你帮我整理，我先去喝口水。"

大堂里，林水泉正在柜台边上打电话："对，我是林水泉，已经把余夫人……哦，蓝瑛安全送到了……是，我参加了她跟田夫……也就是符天的婚礼后才回来，油田领导都来了，电视台也来了……"听到"林水泉"三个字，网市内心突然一颤。林水泉礼貌地跟网市点点头，继续说："魏老板，你就放心，这里有我呢……"他突然觉得哪里不对，抬头再看了网市一眼，网市正颤抖地看着他。林水泉手中的话筒咣啷一声掉在地上："你是……招弟？"

"阿泉？"

林水泉已顾不得跟魏永乐通话了，他冲到网市面前："招弟，你怎么会在这里？"网市哽咽得说不出话来："我……我……"林水泉一把搂住网市，两人大哭。晓梅听到外面的哭声，疑惑地走到房门口向外望去，只见水泉伯正抱着她阿母痛哭失声。晓梅目瞪口呆。林水泉突然想起什么，含着眼泪热切地问：

“我们的女儿呢？”

网市猛地抬起头来，望着林水泉身后，只见晓梅正呆呆地看着他们。她游魂般地走出大厅门口，正碰上洪根生与茶嫂两人回来，晓梅神情呆滞，机械地喊了一声：“爸！”洪根生笑道：“晓梅来接我们呢！我都说我们认得路的，你还来接我？”晓梅含泪望着洪根生，一时说不出话来。洪根生这才察觉到女儿的异常，不安地问：“你怎么了？”

晓梅眼泪夺眶而出，哽咽得说不出话来。洪根生更急了：“说呀，到底出什么事？天塌下来阿爸也帮你顶着。”晓梅凄凉地摇摇头：“阿爸，你不是我爸，林水泉才是我爸。”她现在恨不得马上飞回台湾回到台生身边，这个世界太混乱了，唯有台生的肩膀可以让她放心地靠一靠。

听了晓梅的话，洪根生和茶嫂的眼睛都惊得瞪圆了。

洪根生与林水泉，两个男人终于狭路相逢。林水泉默默地看着他，洪根生却像老鹰一样射出警惕的目光。现在他终于能理解网市知道他要去见阿茶的心情——心里那种酸，那种痛，是别人都无法体会的。茶嫂推了卫东一把：“扶奶奶回房啦！”卫东一扭身子：“你自己回房啦，我要看看姑姑到底是谁的女儿。刚才我都没听明白，到底是怎么一回事。”

茶嫂硬把卫东揪回房里去了。洪根生吩咐晓梅：“先带你阿母回房间休息。”网市不安地看了两个男人一眼：“你们……”林水泉淡然一笑：“放心啦，我要好好感谢根生呢！”晓梅扶着阿母往房间里走，网市还是不放心，一步三回头。

待网市的身影消失，林水泉正视洪根生：“根生兄弟……我说的是真心话，我是打心底感激你啊！要是没有你，我老婆就活不下来了。”洪根生紧绷着脸：“网市是我老婆。”他跟网市生活三十多年了，乍一听别的男人把网市称为“我老婆”，不禁怒火中烧。

“是啊，是啊，你把晓梅当成亲生女儿一样，我真不知道该怎么感谢你。”林水泉慌忙讨好洪根生。

洪根生终于克制不住，火冒三丈：“晓梅是我亲生的。”林水泉没想到根生会发这么大的火，尴尬地搓着手：“这……是招弟说的啦。”洪根生板着面孔，恶狠狠地嚷道："什么招弟，我不认识！晓梅是我跟网市生的。"他悻悻然走进房间，砰的一声关上房门。

林水泉愣住了。

网市和晓梅不安地看着洪根生，网市问："你跟阿泉说了什么？"洪根生一瞪铜铃眼："阿泉？叫得这么亲热！"网市一颤。晓梅责备地喊了一声："爸！"洪根生也瞪了女儿一眼："你赶紧去找魏老板，请他帮我们买机票，我们马上回台湾。"晓梅哭笑不得："爸，你以为飞机是公车啊？说走就走啊？最快也要明天啊！"

洪根生果断地一挥手："就这么定了，明天一大早马上走。马上离开这鬼地方，快去！"晓梅无奈地看看爸妈，走出去关上房门。洪根生面色阴沉，网市讨好地强挤出一丝微笑："对啦！明天就回去……就回去。"洪根生看也不看她，硬邦邦地说："我跟女儿回去，你留下。"网市一怔："你说什么笑话？我一个人留在香港做什么？"洪根生冷笑："一个人？你不是有水泉吗？难怪你死活要跟我来香港，原来这里有个水泉啊！"他醋意大发，早就丧失了理智。

网市脸色一沉，气愤地喊："你又扯到哪里去了呢？我怎么知道水泉会在这里呢？要是知道我就不会来了。这个家已经够乱的啦，谁愿意让它更乱。"

洪根生激动得直喘粗气，他根本不相信网市的话，天下哪有这么巧的事？"你少装蒜！我问你，你如果跟林水泉没什么，干吗跟他说晓梅是他的女儿？你安的什么心？"洪根生气得脸色铁青。

网市申辩："我没说晓梅就是他女儿，我说晓梅是你跟我生的，可他就是不信。他一直追问我女儿在哪里，我跟他说女儿病死了，可是他不信。"洪根生往床头一坐："要我我也不信。"

网市心乱如麻："哎……反正，我们明天就回去，好不好？"洪根生一脸无奈："林水泉他肯放人吗？我担心他不放晓梅走。"网市只觉得头脑乱哄哄的似要炸开。

林水泉认出网市就是招弟的事传遍了整个宝岛宾馆。站在柜台前的马莉一听此事就大叫起来，魏永乐伸手捂住她的嘴："你给我收声，不然我就拿针来缝了。"他用的是粤语，马莉双手抱拳求饶，永乐才慢慢放开她的嘴。马莉低声道："电视剧也没这么巧的事啊！这网市阿婶也真是的，老公没死就改嫁，这叫重婚罪。”魏永乐呵斥道：“你懂什么？当年林伯被拉壮丁，送到七十四师，后来七十四师全军覆没了，消息传回老家，都说他已经死了。”

马莉还是表示不理解：“那她也用不着急着改嫁嘛！”

永乐叹息：“你听说过祸不单行吗？就在那一年，发了一场大水，林伯老家全村都毁了，家没有了，钱没有了，女儿又刚刚生下来，如果是你，你会怎么办？”马莉连想都没想：“这么惨？我可没办法！”永乐沉重地点点头：“网市阿婶只好选择嫁人。嫁到眷村，马上有瓦遮头，有口饭吃，根生伯又不嫌弃她带了个拖油瓶，女儿不至于饿死……你说网市婶错了吗？”马莉现在终于有点明白了：“她也没错！那到底是谁的错呢？”她看着魏永乐，希望他能给她一个答案。

魏永乐无法回答这问题，只能岔开话题：“反正你这两天小心一点，机灵一点，千万不要乱说话，别像个傻大姐似的，知道吗？”

马莉好像耳聋了似的，她还在纠结一个问题：到底是谁错了呢？

为了打消林水泉的疑虑，洪根生将晓梅的身份证、护照都摆在林水泉面前。林水泉把头扭向一边：“我不看！晓梅是我的女儿，我不用看。”洪根生着急地把身份证拿到林水泉面前：“你不能不看。你看看，你看看，这身份证上面明明写着，晓梅出生年月日：民国四十六年四月七日。你算算看啊！你在民国三十多年就离开了台湾，晓梅怎么会是你女儿嘛？”

林水泉冷笑：“那又怎么样？出生日期可以改的。”

洪根生不服气：“你讲点道理好不好。如果她是你女儿，她今年就得四十岁，可你看她的样子，明明就是二十多岁嘛！”林水泉还是不信：“她长得年轻！招弟也不像快六十的样子，晓梅就随她阿母。”洪根生气坏了：“你……你简直就是蛮不讲理。”

“错！我最讲理，你养育我女儿的恩情我永远都不会忘。洪根生，你有儿子，还来跟我抢女儿？”林水泉两眼亮晶晶的。

洪根生急了：“你女儿真的已经死了。网市来找我的时候，是有个女儿，可后来真的病死了。”林水泉指责根生：“你大陆有儿子，台湾又有儿子，我呢？只有这么一个女儿，你还不放过她？”洪根生真不知道该怎么跟林水泉讲道理才好。这孩子不是水果，我有两个梨子一颗橙，就把橙子送给你，孩子是我的骨肉，我得跟你争个明白啊！谁会嫌自己子女多。

见洪根生就是不让步，林水泉生气起来："老婆是我的，她跟我合法登记的。"洪根生反唇相讥："我和网市也是合法登记的，我们有结婚证，你有吗？"

林水泉愕然。他什么证件也没有，法律上是不会承认的。他绝望地叫起来："洪根生……你已经有老婆了，你还霸住招弟不放？"洪根生这时怒气冲天，说话根本就不经过大脑思考："我……我就是有两个老婆，你怎么着？"林水泉逼问他："你对得起招弟吗？你对得起茶嫂吗？你有了茶嫂，再娶招弟就是不对！娶了招弟，你又把茶嫂找来，你更不对！你这一生……有哪件事做对过？"

洪根生被戳到了痛处："我这一生，全是错，全是错！"他含泪大叫起来，"我这一生，全是错的！"

晚上，洪根生买了一打啤酒大口大口喝着，茶嫂站在一旁关切地看着，她想把酒瓶夺下来，又想到根生这么苦，应该让他痛痛快快地发泄一番，只好说："慢一点，慢一点，别呛着了！"根生打着酒嗝："呛死算了！我呛死了网市最高兴，她有林水泉呀！"

茶嫂为网市辩护："你不要乱说话。你呀，不能这么对待网市，人家不放心你，跟着你来香港，你可要对得起人家。"

洪根生越想越生气："她哪是来照顾我的？她根本就是来见林水泉的。"他一犯牛脾气就越来越没谱，见到网市就拉长一张脸，好像网市欠他三千万。谁让她在他心口上插了一刀？真是没想到，本来是他和茶嫂一家团聚，这下好了，变成网市和林水泉一家也团聚了……茶嫂温柔地看着根生："网市跟你是一家。这件事最可怜的就是网市。你们男人啊，娶了再娶，谁能说你们的不是？网市呢？嫁了又嫁，现在水泉怪她，你也怪她，她能怪谁呢？她不能怪别人，只能怪自己。"

这话说到洪根生心坎里去了，他沉默无言。

"其实网市没有对不起你。她也没对不起林水泉，兵荒马乱，一个女人为了活下来，她做什么都是值得同情的……"

洪根生的语气变软了："我也知道……网市不容易。"

“你跟水泉这么吵，最难过的是谁？当然是网市了，你们两个男人啊，那么大声，都不晓得为网市留一点面子。”

洪根生想起林水泉就来气：“都怪林水泉啦。”

“别光说人家了，赶紧去找网市，好好陪她说说话，安慰安慰她。”茶嫂见洪根生还在犹豫，便夺下他手中的酒瓶，命令道，“快去！”

洪根生在房间里找不到网市，只好到柜台前问魏永乐：“魏老板，看见我老婆了吗？”魏永乐说：“没留意哎！”他捅了捅马莉的胳膊，示意马莉不准乱说乱动。马莉说：“网市大婶出去了。”洪根生很敏感：“是一个人出去还是和林水泉一起出去？”

“跟林伯出去的。”马莉见魏永乐生气地瞪着她，嘟起嘴道，“我没乱说啊，我说的都是真话啊！”

魏永乐无可奈何。洪根生强笑道：“没事。他们分离了几十年，想不到在这里见到了，一定有很多话要说。”马莉心直口快：“洪伯，要不要我去叫他们回来？我知道他们在九龙公园。”

“不用了，不用了，让他们多聊聊，多聊聊……”洪根生茫然地看着前方。他呆呆地走进房间，晓梅跟着进来，想放洗澡水给阿爸洗澡。洪根生一肚子没好气：“你给我放杀虫水好了，你阿母跟林水泉散步去了。”哼，网市在眷村，几年也没跟他上过一次公园，现在一见林水泉，竟然马上到公园去了。太过分了，自己才是网市的正牌老公哎，网市就这样跟林水泉去公园，他这脸往哪里放？

晓梅又好气又好笑：“你不是说他们分离了几十年，有很多话要说吗？这里不方便，当然得到外头去聊了。分别三十多年了！今夜他们就是谈到天亮，也是应该的。”洪根生的肺都快气炸了：“还想谈到天亮？你马上去把你阿母叫回来！”晓梅两眼亮晶晶：“阿爸，你真要我去？我要是见到他们，说不定会陪他们聊到天亮哦！”

洪根生像泄气的皮球：“你留下……我去。”

“你敢去？我就不回台湾。”晓梅原以为只有阿母的气量小，没想到在男女问题上，阿爸的气量也一样小。

洪根生颤抖着手指着晓梅：“你……你也要造反？你也不认我这阿爸了？

林水泉会比我帅吗？你干吗向着他？”

晓梅心软：“你比较帅啦！”

林水泉与网市沿着曲折的小径走着。网市告诉水泉：她刚嫁给根生的时候，女儿比一个枕头大不了多少，哭个不停，她也饿得一点奶水也没有。根生一直抱着女儿，满眷村跑，凡是喂奶的大嫂们，根生就去求她们喂女儿几口奶。一直到女儿断奶为止，女儿喝的是百家奶，她是我们的女儿，更是眷村的女儿！根生真把她当成自己的亲女儿……后来，女儿重病，跑遍了大医院，根生花光了所有的钱也没救活。

林水泉沉痛不已。

网市哽咽：“根生哭得比我还伤心，眷村的人都说，根生真把孩子当成亲骨肉了。我身子不好，好多年怀不上孩子，根生他一句话也没有怪我，后来我有了晓梅……我觉得晓梅是咱们女儿投胎转世。水泉，根生对你只有恩，没有罪，你不能报恩也算了，晓梅是他的骨肉，你要明白啊！”

林水泉的眼里闪着固执的光芒：“我相信你说的，女儿不是我的，可你呢？你总是我老婆吧？我要回自己的老婆，难道这要求太过分了吗？”网市含泪看着水泉：“一点也不过分……可是，根生他……我们有晓梅晓雄，已经是一个家了，你一出现，我们的生活全变了！就像一颗石子扔进了池塘……”林水泉激动起来：“招弟，我在大陆几十年，一直没有成家，我就是想有一天找到你。现在，我没有妻子，没有父亲，只剩下一个阿母，我不知道还能服侍她几年。”

网市掩面哭泣：“对不起，我没法等下去……”

林水泉的眼里涌出了泪水：“是老天爷可怜我，让我见到了你，你难道比老天爷还狠心，对我不理不睬？”

网市只觉一颗心几乎要裂成两半：“水泉，我没有办法，我真没有办法。本来我在眷村过得好好的，可是突然间，茶嫂来了，她带着孙子来了，我们这个家就像地震一样，好不容易把茶嫂安定了，你又来了，我们这个家……也太遭罪了。老天爷有心要拆散我们啊！”

林水泉满脸悲伤：“你不容易，我也难……你再不容易回到眷村还有个家。我呢？我在这里是住旅馆，这不是我的家，有一天我不能打工了，我就得回大陆，那里是单位集体宿舍，哪里是我的家？”

网市想起水泉拿给他看的申请去台湾的表格，只见妻子一栏赫然填着“陈招弟”三个大字，网市不禁又眼泪汪汪。林水泉兀自说着：“有老婆就是家，你不愿离开根生，我就什么也没有了。”网市突然扑通一声朝林水泉跪下，大哭：“明天我就回台湾去，求求你，不要来找我了。”水泉悲痛地大叫起来：“你求我，我求谁？你光要我可怜你，谁又来可怜我？”网市搂住水泉，两人一起号啕大哭。

许久，两人擦干眼泪回到宝岛宾馆，和正要去找他们的晓梅照了个对面。网市强笑道：“晓梅啊，你水泉伯有话要跟你说。”她不知道，洪根生正在房门内紧张地偷听。林水泉面色苍白，嘴唇发抖：“晓梅，刚刚，我跟你阿母谈了一下，这才发现……误会了。你的确不是……不是我生的。”房门内，洪根生百感交集。

晓梅疑惑地看着林水泉：“这误会也太大了吧？”

林水泉强笑：“你是洪根生亲生的，亲生的。”他匆匆回到自己的房间，怕眼泪当众流下来。

晓梅给朱家仪打了个电话咨询她阿爸阿母与水泉伯之间的事。朱家仪说，依照现行法律，她阿母跟水泉伯的婚姻还是有效的，这就是说阿爸跟阿母的婚姻在法律上还不一定成立。

洪根生听了很震惊：“什么？我们做了三十多年夫妻，到头来还不成立？这是什么狗屁法律？”晓梅解释道：“什么法律都是这样，就算现在你回到江西，当地法律也只承认你跟大妈的婚姻。你跟她才是合法夫妻。”洪根生一拍桌子：“我跟你大妈当然是合法夫妻。”

“你跟水泉伯的情况一模一样，只要你跟大妈是合法夫妻，水泉伯跟阿母也是合法夫妻。”

听了女儿的话，洪根生都傻了。他心情烦躁，出门找调景岭的老兵喝酒。士多店的老唐一喝酒话就多：“根生，你不知道吧？水泉在台湾原来是有老婆的，后来有个大陆女干部看上水泉，真要结了婚，水泉的日子就好过了，可他不肯啊！他说不能对不起台湾的老婆……”

洪根生一脸尴尬，赶忙低头喝酒。老唐毫无察觉，还在滔滔不停地夸着林水泉：“就这份情义，我就佩服林水泉，一条光棍打到现在，我就做不到。”洪根生内心被触动，脸烧得通红。

回到宾馆，洪根生见林水泉正要回房收拾行李，于是尾随林水泉来到房门口，耷拉着头："网市……还给你了。"林水泉诧异地睁大眼睛，他疑心自己的耳朵听错了。

这话被网市听见了。她哭着冲出了宝岛宾馆，茶嫂紧随其后，两人来到大榕树下，网市越哭越伤心："根生不要我了。"茶嫂安慰她："我看根生喝了不少酒，一定是说醉话啦！"

网市哭叫："他没醉，我知道，他没醉，他就是讨厌我了。他一见到你就想跟你回江西老家去，水泉一来，他正好有了借口。"

"瞎说，根生最疼的是你，这是他亲口跟我说的。放心啦，根生是有情有义的人。他就是听了水泉的故事，觉得水泉有情有义，在大陆三十多年不娶，他很感动，就要把你还给水泉。这是他一时冲动啦。"

网市一双眼睛肿得像水蜜桃："我又不是一件东西，凭什么由他们两个送来还去，他们问过我想怎样吗？"

网市一副把根生交给茶嫂的样子，开始交代茶嫂："根生有高血压、高血糖、高胆固醇，要记得按时让他吃药。还有，根生膝盖一直不好，要记得每天让他吃一片维骨力……"茶嫂制止网市："我不管这些。根生会跟你回台湾的，你放心好啦。"

茶嫂决定找林水泉好好谈谈。林水泉正在插满各式天线的天台上扫地，一见茶嫂他便喜形于色："茶嫂，同喜同喜！招弟回到我身边，根生就回到你身边了。他说了，要跟你回江西老家。"茶嫂问他："根生回江西是回自己老家，你带着网市……招弟回哪里老家？你老家在台湾，目前又回不去，那招弟怎么办？你要带她住到哪里去？"林水泉语塞："我……"他被眼前的快乐冲昏了头脑，根本没想过这些现实的问题。

"你在香港的签证快到期了，你是不是要带招弟回到大陆去？水泉兄弟，你真得好好想想，你带着招弟回大陆，晓梅怎么办？她回到眷村，已经没有家了。"

林水泉低下头。这些问题真的把他难住了。茶嫂说出一句惊雷般的话："根生和网市的家可以说是被你我活活拆散的。"林水泉一颤："啊？茶嫂……"

茶嫂缓缓地说："世道不公平，总有人吃亏，有人占便宜，咱们这辈子活过来，什么亏没吃过？咱们不妨吃亏吃到底。水泉兄弟，你是个明白人，你看如何？"林水泉不敢看茶嫂的眼睛，他心里在激烈地斗争、取舍。良久，他才挤出一句话："茶嫂，看到你，我才明白我自己一直没活明白。我知道该怎么做了，我替招弟谢谢你。"

"我一个乡下婆子，头脑简单，什么事不会想那么多，没心没肺的，一下子就过去了。"茶嫂凄凉地笑了，"我替根生谢谢你。"

他们各自向对方鞠了一躬。

离别的时候到来了。晓梅满头大汗正在整理行李，网市心急火燎走过来："看到你水泉伯哪里去了吗？"马莉插嘴道："林伯跟魏老板出去了。"网市有些疑惑，都什么时候了，水泉竟还有心思逛街？这时，魏永乐一个人走了进来，网市向他身后一看："魏老板，水泉呢？"

"他回青岛去了。大清早，林伯找我，死活说要回大陆去，我带他去机场，候补到一班飞机。"

网市慌了："他……他什么意思？"晓梅也不安起来："林伯这么急着赶回去，难道出什么事了？"魏永乐一摆手："不，他是要你们一家团团圆圆。他要回单位申请房子，打算接阿母回大陆定居。"网市呆住了。这时电话响起："网市，好好照顾根生。"网市含泪点头："嗯……我会……我会……水泉，你也要好好照顾自己……"

卫东和茶嫂正在收拾行李，东西太多，捆成红白蓝三个塑料大袋，洪根生在一旁默默帮着卫东捆袋子。网市坐在沙发上哭："茶姐，我来了，害得你和根生都没时间在一起，这样吧，我今天就回台湾，茶姐，你不要走，你多和根生聊一聊。"茶嫂拿了面巾纸给网市："谢谢你，你总是想着我和根生。"

大门口，晓梅匆匆跑进来，网市责备道："大妈要回去了，你一大早跑哪里去了？"晓梅并不理会，笑嘻嘻地走到卫东面前，取出一张单据："卫东，这张给你。"卫东疑惑地接过来，上面好多繁体字，但"彩色"两字他认识，大喜："彩色电视机？"晓梅笑着点点头。茶嫂有些疑惑："你的钱不是被偷了吗？"晓梅开心地笑了："我跟魏老板借的钱，魏老板答应我分十二个月还。"

茶嫂不安起来："这电视机我们不能要。"卫东哪里舍得，嚷道："奶奶，我跟学校的小朋友都宣布了，他们都在等这台电视机呢！”茶嫂才明白这电视机是晓梅捐给卫东学校的，她很感动，网市说她们在眷村看的还是十四寸的小电视，晓梅却给村里的学校买十八寸的彩电！“晓梅，我替村里的孩子谢谢你了。”

汽车来了。茶嫂朝大家挥手：“你们别送了。”网市趴在茶嫂肩头大哭：“我要送，我要送！”晓梅上前挽起阿母的手：“阿母，我们都别送，让阿爸一个人送大妈吧！”

洪根生不吭声，提着红白蓝三个大塑料袋默默走出大门，卫东推着大皮箱走在后面。茶嫂看着网市：“根生就拜托你们照顾了。”

网市和晓梅含泪点头。

红磡火车站人来人往，洪根生定定地看着茶嫂：“我一定会回家乡看你。”卫东开心极了：“真的吗？爷爷，你说话要算话啊！”

茶嫂定定地看着洪根生：“根生，这辈子我做梦都没想到我们还能见上一面，是老天有眼啊！老天给了你网市，你才能在眷村有个家，有儿女。我知足了！”

洪根生愧疚交加：“我们不能在一起，这是老天没眼；我有网市，你有马向前，是老天有眼！”

卫东提醒道：“奶奶，该进去了，火车要开了。”

茶嫂哽咽着说了声“保重”，便进了闸。根生看着自己结发妻子的背影，百感交集。眼看茶嫂和卫东的背影就要消失了，洪根生用尽全力喊了一句：“阿茶，跟向前好好过日子，我会回去看你们的。”

油田里，余夫人开始了向往已久的新生活。炎炎烈日天天烘烤着辽阔的油田，空气中满是浓烈呛人的石油味儿。所谓的新家只是油田发给田夫的一间十几平方米的简易宿舍，新生活的单调与枯燥让余夫人猝不及防，她原以为与田夫分别三十多年，重逢后应该天天花前月下，哪知田夫整天要戴着灰不溜秋的工程帽到油井里，直到深夜才能见到他疲惫的影子。他的脸上、手上满是油污，蓝色工作服夹杂着浓烈的汗酸味，面对脏污的工作服，她简直无法下手，这衣服怎么洗呀？洗它三天三夜也洗不干净。她无比想念远在台湾的曹妈，在这里，你即使有钱，也不好雇人洗衣做饭。无奈，她只好捏着鼻子清洗田夫的工作服，她的手也沾上了油污，怎么洗也洗不净，简直欲哭无泪。

余夫人黄昏时独自在油田小路上散步，娥眉紧锁一言不发，沿着起伏不平的小路默默走着，一丝难言的酸楚的情绪从她胸中飘浮出来，她的眼眶忍不住湿了，又怕别人看见，赶紧擦干那控制不住的泪水。可那泪水越擦越多，她真怕自己号啕大哭起来，赶紧低头朝宿舍疾走。她后悔不听田夫的话，事情正在糟糕地往田夫预料的方向发展。她想不明白，田夫怎么会那样清醒那样理智地预见到这一天呢。

深夜，疲惫的田夫鼾声大作，外面油田里机器轰鸣，余夫人辗转难眠，索性披衣起床，为自己泡了一杯随身带回来的速溶咖啡。睡梦中的田夫大概感觉到身边的空虚，他摸了摸身边，摸不到那具温热的身体，蓦然醒过来，见妻子在窗前颓然枯坐，他不安地下床走到她跟前："怎么啦，睡不着吗？适应一段时间就好啦，我刚来的时候，也是睡不着。"余夫人苦笑，无言地把咖啡递给田夫："尝一尝。"田夫接过这褐色的液体，猛喝一大口，他被烫着了。为了掩饰自己的窘状，他扇着舌头说："太苦了，像喝中药似的。"余夫人抱歉地朝田夫笑了笑，给田夫加了一汤匙白糖。她自己是爱喝不加糖的原味咖啡的，她又给自己泡了一杯，端起来小口小口地啜饮着，斯文而优雅。田夫自惭形秽，端着咖啡的手僵在那里。经过多年的油田生活，田夫已经变得粗犷强悍，心底的柔情经常被刚毅的男性面容挡住。如果没有烈酒或是什么特殊的东西，很难使他的面部表情发生变化。田夫知道，妻子现在需要的是柔情而不是刚毅，可他已经很难改变自己的风格。

带回来的咖啡很快喝完了，余夫人无比想念咖啡的味道。她想喝咖啡，原想在田夫面前撒撒娇让他设法弄一些，但一看到他整天埋头工作的模样，她憋住了自己的想法与冲动。她还想听歌剧，油田里没有歌剧院；想散步，周围是异样的目光。大家的脚步都急匆匆的，风风火火的，好像有无穷的事业等着他们去做。田夫整天忙得不着家，如果再赶上出差十天半个月，余夫人就感觉自己被这个世界抛弃了。在台湾的住宅里，墙上是漂亮的壁纸；在这里，面对的是剥落的土墙。她平时喜欢留长指甲，再涂上艳丽的指甲油，把自己打扮得漂漂亮亮的，自己心情也美美的。可是，当她的手暴露在众人目光下的时候，众人的那种鄙夷的眼神，让余夫人惭愧得恨不能剁了自己的手。接下来，一声压低了嗓门的“老妖精”让她的脸唰地变得惨白。余夫人逃回家里，再也不敢到公共场合去了。是的，在这里，她的身份不再是余夫人了，大家都跟着田夫喊她蓝瑛。本来，田夫是由着她打扮的，他舍不得说她，可是，有一天连领导也找田夫谈话了，要他管好自己的老婆。田夫不得不硬着头皮跟她说起此事，蓝瑛的眼泪当场夺眶而出，田夫再也说不下去，夺路而逃——这朵三十多年开放在他梦中的红梅，可能要凋零在这片油田里。蓝瑛相信，总有一天，男人女人们看到她鲜艳的红指甲，露出的不再是鄙夷的目光，而是欣赏的目光或者是习以为常的目光，会有越来越多的女人染起红指甲。但是，她等不及那一天了，那一天可能是十年后，也可能是二十年后，她已经尝够了等待的滋味，不愿意让整个人生都变成漫长的等待过程，这一段等待这个，那一段等待那个。等待是需要体力和勇气的，她的时光已经不多了，也许还剩下五年，也许还剩下十年，这剩下的时间她不想再用来与生活搏斗，只想用来安享，她已经变成一个怯懦的人。

现在，她怀疑起自己的选择。难道自己错了？她想起老朋友岳知春和路长功对她的劝告。也许，三十多年了，她惦记的只是一个梦。她对着照片顾影自怜，在台湾时，她一直认定生当复来归，死当长相思。没想到她追着爱情回来，浪漫却已褪掉了底色，只剩下周围的苍茫油田。她可能要返回台湾去了。漫长无望的等待与再一次的分离，说不清哪一种更残酷、更伤痛。月光下，伤感的蓝瑛满脸泪水：为什么人生的底色永远是苍凉？她揽镜自照，镜子里是一个苍老憔悴的女人，这是油田又冷又硬的风造成的。以前，在台湾的亚热带季风中，她的皮肤是那样滋润，充满瓷器般的光泽。一个女人，最不能容许的就是容颜的摧残与衰老。她揽镜自照，流下苦涩的泪水——年华似水，旧日的时光难以重现，她心中那个来回走动的少年田夫，面容业已苍老。她跋涉千山万水来寻找他，结果只找到一个破旧的幻影。在泪水中，蓝瑛终于明白，她再也无法找到年轻时的爱情，只能独自面对爱人老去的容颜与破碎的内心。

晚上，田夫一觉醒来，发现妻子泪水涟涟，惊得他一下子翻身坐起。蓝瑛无力地靠在他身上，轻声说道：“看来，我还是比较适合台湾的天气。”田夫轻轻地点了点头：“别哭了。我帮你收拾行李吧。”蓝瑛一把抓住丈夫的手：“田夫，你跟我回台湾去吧!”田夫摇头：“我怎么能去台湾呢？一方面，油田需要我，我也需要油田，再说了，我要是跟你去台湾，不被人戳断脊梁骨才怪!”他回答得如此决绝，蓝瑛的眼里再次涌出泪水：“可是，我在这里真的呆不下去了，你又不跟我回台湾，难道咱们真的一辈子要像牛郎织女一样隔着海水相望吗?”

田夫发觉自己的回答过于决绝，伤了妻子的心，他用手抱住妻子的肩膀：“不然这样吧，你先回台湾，我相信，总有一天，台湾和大陆之间会相互开放的，到时我也退休了，我就可以到台湾去，咱们一定会团聚的，你要相信我的话。”

第二天，蓝瑛拖着行李箱准备离开。她百感交集看了看这片田夫无法割舍的油田，忍不住再次热泪盈眶。她万万没有想到，自己满腔热情奔赴田夫的怀抱，竟是这样的结局。

尾　声

一九八七年十月十五日，台湾当局公布台湾民众赴大陆探亲的具体办法。同日，《人民日报》刊登了国务院有关方面负责人就台湾当局开放台湾同胞到大陆探亲一事向新华社记者发表的谈话：“热情欢迎台湾同胞到祖国大陆探亲旅游……保证来去自由。我们将尽力提供方便，给予照顾……”

岳知春获释出狱了，一帮老兵蜂拥前来看望。将军已经病了一段时日。年事已高，加上绿岛监狱里的恶劣条件，旧伤复发，躺倒在床上呻吟。在这高墙圈起的窄小世界里，将军看到窗外那棵樟树上的老枝瘦骨嶙峋，落叶追随着季节的叹息飘曳而下。近日来，他一会儿看见自己老态龙钟地走在台北喧闹的大街上，一会儿他又光着脚丫嬉戏在家乡的田野里，一会儿又穿梭在硝烟弥漫的战场上……将军知道，死神这就要来接走他了。葬地三尺，墓碑一块，要是能葬在故乡多好啊，故园泥土温厚。家乡的野山野水，只在梦里。冷窗外的归乡路，太远太远。

将军虚弱地握着洪根生的手，嘴角露出一丝笑意，环视着这帮跟随他几十年的袍泽：“我恐怕不行了，入狱前，我把赵连长、董家强他们的骨灰送回老家。我走了以后，请你们把我的骨灰带回大陆家乡安葬……”老兵含泪点头。将军又示意洪根生他枕头下面有东西，根生拿出来一看，是一沓书稿，第一页写着《老兵传·第一章·董家强》。

一艘船按着惯性走了几十年，现在突然来个大拐弯，所有的人都忙乱起来了，忙着填表申请回大陆，忙着采购探亲的礼物。花店中，朱家仪正在插花篮，忽然心有所感，从鲜花丛中抬起头来，惊喜地发现魏永乐微笑着站在眼前。“现在不用替老兵带信了，你怎么还会来看我?”“就是为了能经常来看你，我才给老兵带信的。”

林水泉带着阿母，来到宝岛宾馆，准备回台湾。老人说，能和儿子团聚几年，她已经心满意足了，最后的时光，她要和自己的丈夫在一起。林水泉说，阿母在哪里，他的家就在哪里。

上晓起村，鞭炮噼啪作响。洪根生、网市、晓梅、晓雄一起走来，村口是敲锣打鼓的欢迎人群，茶嫂、马向前、建国、秀菊、卫东站在最前头。两边的人逐渐融合在一起……

四川南充，吴双槐在迟缓地扫地。巷口出现一个人影，她疑惑地看着，人影越走越近，正是她的儿子路长功！老人家惊喜得落泪，此情此景，在她脑海里翻滚过无数昼夜，她原以为自己只是做做梦自我安慰一下罢了，没想到梦想竟然变成了现实！

庄力奇和傅友诚结伴而行来到了美丽的鹭岛厦门。庄力奇冲到奉仙家里，奉仙不在。他赶到白鹭歌仔戏团，只见空旷的排练场上，奉仙正穿着戏服与一群少女翩翩起舞。奉仙看见他，她尖叫起来，冲过来扑到了他怀里。

晓梅为了能快点与台生结婚，加紧给傅友诚“上课”。她将一盒新收到的录像带放进机子中，同时拿出淑玲托杜守正带来的日记，翻到夹着书签的那一页读起来：“三一堂庄严肃穆，我和友诚站在耶稣的神像前，发誓，我们永远不分离！我们永远不变心！”晓梅指着录像的画面：“你看，淑玲已经到了你们山盟海誓的地方等你。”傅友诚看着看着忽然站起来，和录像画面中的淑玲一起流畅地往下背：“我们永远相爱，要像椰林爱着微风，要像白云爱着蓝天，要像海浪爱着沙滩，要像星星爱着月亮，要像太阳爱着地球……阿爸阿母还有淑玲在等我，我要回厦门去找他们。”晓梅惊喜万分：“阿爸，阿爸，友诚他清醒了，你可把他还给他父母了……”

厦门傅厝巷里，白发苍苍的双亲颤巍巍站在那里，傅友诚直挺挺地跪了下来。为了当年来不及告别的痛悔，为了三十多年的江河流转，为了今天重逢的欢笑与泪水。那个三十多年前滚落在地的石榴，也许可以重新落地生根，枝头上再次绽放少女的腮红。

编 后 记

1987 年 10 月 15 日，在汹汹民意的压力下，台湾当局宣布开放民众到大陆探亲。这一天，老兵们和故乡的亲人等了快 40 年；这一天，亲情超越了历史恩怨；这一天，是值得两岸炎黄子孙铭记的日子。后面的故事我们就很熟悉了：台资企业、汪辜会谈、两岸三通……两岸人民的交流就像喝水、呼吸空气那样自然，以至于我们都难以想象《原乡》中描写的那些场景：写封家书要托人携带入台，要过机场安检；通个电话要动用 4 部电话机，台湾先拨到香港，那边接起电话，再用另一部拨通大陆；探望亲人要遮遮掩掩、提心吊胆，不小心还要背上“匪谍”的罪名。

2012 年是开放老兵探亲 25 周年，福建省新闻出版广电局党委书记李闽榕先生适时提出，能不能邀请两岸作家联袂创作一部反映老兵返乡的长篇小说。经过两年的创作打磨，就有了《原乡》这部作品的诞生。

感谢李闽榕先生为作品的策划和创作提供的宝贵意见；

感谢陈文贵先生和叶子女士的倾力创作；

感谢尚昱女士对作品的润色和无私的帮助。

当然，我们更要感谢老兵们为两岸交流作出的贡献。美国麦克阿瑟将军说过一句话：“老兵不死，只是凋零。”如今距离开放探亲又过去了 26 年，当年争取返乡的老兵多已离世，可是他们冲破樊篱，踏上漫漫归乡路的事迹将永载史册。《原乡》力图重拾这段历史，如能使读者体会前人种树的艰辛，珍惜今天这种和平交流的局面，我们将倍感欣喜。

编　者

2014 年 3 月